AGATHA CHRISTIE COMPLETE COLLECTION

THE MAN IN THE BROWN SUIT

AGATHA CHRISTIE COMPLETE COLLECTION

THE MAN IN THE BROWN SUIT

갈색 양복의 사나이 애거서 크리스티 장편 소설 | 유혜경 옮김

황금가지

THE MAN IN THE BROWN SUIT

정식 한국어 판 출간에 부쳐

나는 한국에서 우리 할머니의 작품을 정식으로 출간한다는 소식을 듣고 무척 기뻤다. 할머니가 1920년부터 1970년 무렵까지 오랜 세월에 걸쳐 집필한 작품들은 21세기인 지금 읽어도 신선하고 재미있다. 등장 인물들이 워낙 자연스러워서 요즘 사람들과 다를 바 없고 이들이 등장하는 상황과 장소가 전 세계 사람들의 애정과 향수를 자극하기 때문이다. 한국 독자들은 이번에 새로 나온 정식 한국어 판을 통해 그동안 접하지 못했던 애거서 크리스티의 일부 작품들을 읽을 수 있을 것이다. 덕분에 한국에 새로운 세대의 애거서 크리스티 팬들이 탄생할지도 모르겠다는 생각을 하면 가슴이 벅차다.

애거서 크리스티는 대표적인 두 명의 주인공으로 기억되는 작가이다. 14권의 작품에 등장하는 마플 양은 영국의 작은 시골 마을에서 평온한 나날을 보내며 뜨개질과 수다로 소일하는 미혼의 할머니이지만, 놀라운 기억력과 날카로운 두뇌 회전으로 주변에서 벌어진 살인 사건을 해결한다.

그리고 마플 양과 상반되는 성격을 지닌 에르퀼 푸아로는 자신만만하고 콧수염을 포함한 자신의 외모와 벨기에라는 국적에 대한 자부심이 상당하다. 그는 이집트와 이라크를 비롯한 세계 각지에서 수수께끼를 해결하며『오리엔트 특급 살인 *Murder On The Orient Express*』,『나일 강의 죽음 *Death On The Nile*』,『애크로이드 살인 사건 *The Murder Of Roger Ackroyd*』등 애거서 크리스티의 여러 대표작에 모습을 드러낸다.

황금가지의 대담하고 참신한 표지와 전반적인 디자인 덕분에 작품의 성격이 잘 살아난 것 같아 기쁘다. 또한 한국 독자들이 할머니의 원작이 지닌 참된 묘미를 느낄 수 있도록 충실한 번역을 위해 애써 준 점도 높이 사고 싶다.

할머니의 작품이 20세기의 그 어떤 작가들보다 많이 팔리고 있는 이유는 나이와 국적에 상관없이 읽을 수 있는 재미와 감동을 갖추었기 때문이다. 모쪼록 한국 독자들도 황금가지에서 선보이는 애거서 크리스티 작품들을 즐겁게 감상하기를 바란다.

매튜 프리처드

애거서 크리스티의 손자

ACL 이사장

어떤 여행, 사자 이야기, 그리고 언젠가는
'밀하우스의 미스터리'를 달라고 부탁받은 일을 추억하며

E.A.B에게 이 책을 바칩니다.

차례

프롤로그

　파리를 사로잡은 러시아 무용수 나디나는 박수 소리에 맞춰 허리를 굽히고 또 굽혀 인사를 했다. 가늘고 까만 그녀의 눈동자는 더더욱 가늘어졌으며, 진홍빛 입술의 긴 꼬리가 보일 듯 말 듯 위로 치켜 올라갔다. 휙 소리와 함께 무대 막이 내려오면서 붉은색과 파란색 그리고 자홍색의 기괴한 무대 장식을 가리자, 열광적인 프랑스 사람들은 발로 바닥을 굴러 대며 흥분을 감추지 못했다. 파란색과 자홍색의 막이 출렁이는 가운데 무용수는 무대를 떠났다. 턱수염을 기른 한 신사가 그녀를 열정적으로 끌어안았다. 매니저였다.

　"훌륭해, 훌륭해. 오늘 밤 기록을 세웠군."

　매니저는 이렇게 외치며 정중하게 그녀의 양쪽 뺨에 사무적인 입맞춤을 했다.

　마담 나디나는 몸에 밴 듯 자연스럽게 찬사에 응하고 이내 분장실로 향했다. 분장실 곳곳엔 꽃다발이 아무렇게나 쌓여 있었고, 초현대적인 디자인의 심상치 않은 의상들이 벽의 못에 걸려 있었다. 분장실 안의 공기는 후텁지근하면서도 쌓여 있는 꽃에서 나는 향기와 세련되기 그지없는 갖가지 향수 냄새로 감미로웠다. 의상 담당자인 잔은 잠시도 입을 다물지 않고 역겨운 찬사를 늘어놓으며 나디나의 시중을 들었다.

노크 소리에 수다를 멈추고 잔은 문으로 다가갔다. 그리고 명함한 장을 들고 돌아왔다.

"만나실 건가요?"

"어디 좀 봐."

무용수는 손을 나른하게 뻗었다가 '세르기우스 파울로비치 백작'이라는 이름을 본 순간 갑자기 눈가에 흥미로운 표정이 떠올랐다.

"만나야겠어. 진, 엷은 노란색 화장복을 빨리 가져와. 백작이 들어오면 자기는 가도 돼."

"그러죠, 마담."

진은 흰 담비 털이 달린 노란 옥수수 색깔의 화사한 시폰 화장복을 가져다주었다. 나디나는 스르르 화장복을 걸치고 혼자 미소를 지으며 앉더니 길고 흰 손으로 천천히 화장대의 거울을 톡톡 두드렸다.

백작은 자신에게 부여된 특권을 결코 놓치지 않았다. 키는 어중간하고 호리호리한 그의 얼굴은 창백하고 몹시 지쳐 보였다. 두드러진 곳이 없는 이목구비에다 그의 독특한 버릇을 눈여겨보지 않는다면 다시 만났을 때 쉽게 알아보기 어려운 평범한 사람이었다. 그는 지나치게 공손한 태도로 무용수의 손 위로 고개를 숙여 인사했다.

"마담, 이렇게 만나게 되다니 정말 반갑소."

문을 닫고 나가면서 잔이 들은 말은 이것뿐이었다. 손님과 단둘이 남게 되자 나디나의 미소에 미묘한 변화가 스쳤다.

"우리가 동포이긴 하지만 러시아어로 이야기하진 않겠죠."

그녀의 말에 백작이 맞장구를 쳤다.

"우리 둘 다 러시아어는 한마디도 모르니 아무래도 그렇겠지요."

두 사람은 자연스럽게 영어로 말문을 텄다. 백작의 독특한 버릇이 무심결에 불쑥 튀어나온 지금으로서는 영어가 그의 모국어라는 것을 의심할 사람은 아무도 없었다. 사실 그는 일찍이 런던에서 변화무쌍한 뮤직홀의 연예인으로 삶을 시작했던 것이다.

"오늘 밤은 대성공이오. 축하하오."

"늘 똑같아요. 그런데 마음은 심란하군요. 내 위치가 이젠 예전 같지 않아요. 전쟁 통에 쏠렸던 의심이 쉽게 가라앉질 않네요. 난 계속 감시당하고 몰래 조사받는 처지예요."

여자가 편치 않다는 듯 말했다.

"그렇다고 스파이 활동 죄로 고발당하진 않았잖소?"

"그거야 우리 대장이 워낙 용의주도하니까요."

"'대령'의 수명이 길긴 길지. 그 대령이 은퇴한다니, 놀랍지 않소? 은퇴라! 의사처럼, 푸주한처럼, 아니 배관공처럼······."

백작이 미소를 지으며 말했다.

"아니면 다른 사업가들처럼 말이죠."

나디나가 그의 말을 받아 계속해서 말했다.

"그건 놀랄 일이 아니에요. '대령'은 늘 그랬어요. 아주 훌륭한 사업가죠. 다른 사람이 장화 공장을 운영하듯 그 사람은 범죄 조직을 운영하죠. 지금까지 자기 손에 피 한 방울 묻히지 않고 일련의 엄청난 성공을 계획하고 지휘했어요. 소위 모든 분파의 그의 '동업자들'을 다 끌어안으면서 말이에요. 보석 강도, 위조, 전시엔 무척 짭짤한 스파이 활동, 사보타주, 용의주도한 암살 등 그 사람이 관여하지 않은 일이 거의 없을 정도라고요. 특히 현명한 점은 언제 손을 떼야 하는지를 아주 잘 알고 있다는 거죠. 게임이 위험하게 흘러간다? 우아하게 은퇴하는 거죠. 어마어마한 재산과 함께 말이에요."

"흠! 우리 모두에겐 오히려 황당하군. 예전에도 그랬듯이 아직 결말이 나지 않았소."

백작이 어정쩡하게 대답했다.

"하지만 우린 돈을 받고 있잖아요. 그것도 아주 관대한 액수를!"

나디나의 말에 숨어 있는 조롱하는 듯한 어조 탓에 백작은 놀랍다는 표정으로 그녀를 쳐다보았다. 그녀의 묘한 미소가 그의 호기심을 자극했다. 하지만 그는 정중하게 말을 이었다.

"그래, '대령'은 언제나 훌륭한 경리 부장이었지. 나는 그가 성공할 수 있었던 이유가 그런 면모 덕분이라고 생각하오. 또 적절한 희생양을 제공하는 변함없는 방식 덕분이기도 하고. 훌륭한 두뇌야, 정말 훌륭한 두뇌지! 거기에 이 격언을 신봉하는 사람이고. '어떤 일을 안전하게 처리하고 싶으면 절대 손수 하지 말 것!' 그런 탓에 우리 모두가 철저히 연루되어 있고 그의 수중에 있는 것 아니겠소. 우리 중 그 누구도 그가 유죄란 증거를 갖고 있지 않소."

백작은 반박을 기다리기라도 하듯 잠시 말을 멈추었지만, 나디나는 아까처럼 혼자 미소를 지으며 잠자코 듣고만 있었다.

"우리 중 그 누구에게도 없지……."

그는 잠시 생각에 잠겼다.

"그 늙은 '대령'은 미신을 믿소. 몇 년 전 그는 점쟁이들을 찾아다녔소. 한 점쟁이는 그가 성공할 팔자라고 했지만, 어떤 여자로 인해 망한다고 단언했다오."

마침내 백작은 나디나의 흥미를 끌어내는 데 성공했다. 그녀는 진지하게 그를 올려다보았다.

"이상하네, 정말 이상해. 어떤 여자 때문이라고요?"

나디나의 말에 그는 싱긋 웃으며 어깨를 으쓱했다.

"물론 은퇴하면 결혼을 하겠지. 사교계의 어떤 젊은 미인과 결혼을 할 거요. 그가 벌어들인 시간보다 더 빨리 그 많은 돈을 탕진할 젊은 미인과 말이오."

나디나는 설레설레 고개를 가로저었다.

"아니, 아니에요. 그런 식으로 망하진 않아요. 저기 말이죠, 사실은 나 내일 런던으로 가요."

"하지만 계약은 여기서 한 게 아니오?"

"하룻밤만 다녀올 거예요. 게다가 가명으로 가요. 왕족처럼요. 내가 프랑스를 떠나는 건 아무도 모를 거예요. 그런데 내가 런던에 가는 이유가 뭐라고 생각해요?"

"지금 같은 시기에 놀러 가는 건 아닐 테고. 1월은 안개가 지긋지긋한 달이니까! 돈 때문이겠지, 안 그렇소?"

"맞았어요."

그녀는 자리에서 일어나 백작 앞에 섰다. 자신감에 가득 찬 오만하고 우아한 모습이 고스란히 드러났다.

"우리 중 대장의 유죄 증거를 갖고 있는 사람이 아무도 없다고 했던가요? 잘못 알았어요. 내가 가지고 있거든요. 여자인 내겐 요령이 있었고, 그래요, 용기도 있었죠. 하긴 그를 배신하려면 용기가 필요해요. 드비어스 사의 다이아몬드, 기억하죠?"

"물론 기억하지. 전쟁이 터지기 직전에 킴벌리(남아프리카 공화국 중부의 도시로 다이아몬드 산지 — 옮긴이)에서 생긴 일이지. 난 그 사건과 아무 관련이 없소. 자세한 내막은 들어 본 적도 없고. 그 사건은 몇 가지 이유로 쉬쉬해 버렸는데, 안 그렇소? 물론 아주 큰 건수였지."

"가격이 10만 파운드에 달하는 다이아몬드였죠. 우리 둘이 그 일 담당이었고. 물론 '대령'의 지휘하에 말이에요. 내가 기회를 잡은 건 바로 그때였어요. 당신도 알다시피 그 일은 당시 우연히 킴벌리에 있던 두 젊은 광산업자가 남미에서 가져온 다이아몬드 샘플을 드비어스 사의 다이아몬드와 바꿔치기 하는 일이었죠. 혐의는 그 두 청년이 몽땅 뒤집어쓰게 되어 있었고요."

"정말 교묘하군."

백작이 맞장구를 치며 끼어들었다.

"'대령'은 항상 빈틈이 없어요. 그러니까 난 맡은 일을 하면서 그가 미처 예상하지 못한 어떤 일을 같이했지요. 남미산(産) 다이아몬드 원석 몇 개를 슬쩍한 거예요. 그중 한두 개는 모양이 독특해서 드비어스에서 나온 게 아니라는 걸 아주 쉽게 증명할 수 있죠. 그 다이아몬드가 내 손에 있으니, 이제 존경하는 두목을 좌지우지할 수 있게 되겠죠. 일단 그 두 청년의 혐의가 풀리면 그 사람이 의심을 받게 되어 있어요. 최근 몇 년 동안은 조용히 입을 다물고 그저 이런 무기를 가지고 있다는 사실에 만족하고 있었지만, 지금은 사정이 달라졌어요. 이젠 내 몫을 원해요. 그리고 그건 만만한 액수가 아니에요. 기절초풍할 만한 가격을 부를지도 모르죠."

"대단하군. 물론 그 다이아몬드는 어딜 가든 가지고 다니겠지?"

백작은 이렇게 말하면서 어수선한 분장실을 천천히 둘러보았다.

그 모습을 보고 나디나가 조용히 웃으며 말했다.

"그렇게 머리 쓸 것 없어요. 내가 바본 줄 알아요? 다이아몬드는 아무도 찾을 수 없는 아주 안전한 곳에 있어요."

"난 당신이 어리석다고 생각해 본 적이 한 번도 없지만, 다소 무모하다고 말하고 싶은데? '대령'은 공갈 협박을 상냥하게 받아 주는 그런 사람이 아니지, 당신도 알다시피."

"난 그가 두렵지 않아요. 무서워했던 사람이라면 딱 한 사람 있었는데 죽고 말았지요."

그녀가 깔깔대며 웃자 백작은 궁금하다는 표정으로 쳐다보더니 가볍게 응수했다.

"그렇다면 그자가 다시 살아오지 않기를 바랍시다."

"그게 무슨 소리죠?"

무용수가 날카롭게 외치자 백작은 약간 놀란 것 같았다.

"다시 살아난다면 당신이 곤란해질 수도 있다는 뜻이지 다른 의미는 없소. 쓸데없는 농담이오."

백작이 이렇게 둘러대자 그녀는 안도의 한숨을 내쉬었다.

"아니, 그는 죽었어요. 전쟁에 나가 죽었어요. 한때 날 사랑했던 사람이죠."

"남아프리카에서?"

백작이 무심하게 물었다.

"예, 남아프리카에서요."

"거긴 당신의 고향이잖소."

나디나가 고개를 끄덕이자 백작은 자리에서 일어나며 모자를 집어 들었다.

"흠, 당신은 지금 하는 사업이 최선이라고 생각하겠지만, 내가 당신이라면 각성한 애인보다 '대령'을 훨씬 더 무서워할 거요. 그는 자칫 과소평가하기 쉬운 사람이지."

그러자 그녀는 조롱하듯 깔깔거리며 웃었다.

"내가 몇 년을 겪었는데 그 사람을 모르겠어요."

"혹시 모르는 건 아닌가 해서! 안다니 정말 의외로군요."

그가 나직하게 속삭이듯 말했다.

"아, 내가 바본 줄 알아요? 게다가 혼자 하는 일도 아니고요. 내일 남아프리카 우편선이 사우샘프턴(영국 남부 해안의 항구 도시 — 옮긴이)에 들어오는데, 그 배엔 특별히 내 부탁을 받고 아프리카에서 온 사람이 타고 있어요. 내 지시를 수행한 사람이죠. 그러니 '대령'이 처리해야 할 사람은 하나가 아니라 둘인 셈이네요."

"그게 현명한 짓이라고 생각하오?"

"필요한 일이에요."

"그 사내를 신뢰하오?"

야릇한 미소가 무용수의 얼굴에 피어올랐다.

"전적으로 신뢰해요. 무능하긴 하지만 완전히 믿을 수 있는 사람이에요."

그녀는 말을 멈추었다가 무심한 어조로 덧붙였다.

"사실은 내 남편이거든요."

1장

내가 이 얘기를 쓰는 것을 놓고 상류층(대표적으로 내스비 경)에서
하류층(대표적으로 지난번 영국에 있을 때 보았으나 지금은 죽은 하녀
에밀리. "어머, 아가씨, 이걸 가지고 정말 예쁜 책을 쓰시겠네요, 그림처럼
말이에요.")에 이르기까지 모든 사람이 좌우에서 나를 공격했다.

솔직히 나는 이 일의 적임자다. 처음부터 이 일에 연루되어 내내
사건의 한복판에 있었으며, 사건의 결말을 끝까지 당당하게 지켜보
았다. 또 아주 다행스럽게도 내가 아는 정보로 채울 수 없는 공백은
유스터스 페들러 경의 일기로 충분히 메울 수 있었다. 유스터스 페
들러 경은 자신의 일기를 사용해 줄 것을 나에게 정중히 부탁했다.

그래서 여기까지 온 것이다. 앤 베딩펠드가 자신의 모험을 털어
놓기 시작한 것이다.

나는 언제나 모험을 갈망해 왔다. 아시다시피 내 인생은 따분하

고 단조로웠다. 우리 아버지 베딩펠드 교수는 원시인에 관한 한 영국에서 가장 훌륭한 살아 있는 권위자 중 한 사람이었다. 아버지는 정말 천재였다. 그것은 모두가 인정하는 바다. 아버지의 마음은 온통 구석기 시대에 가 있었으며, 생활의 불편함이란 당신의 몸이 현대 세계를 살아가고 있다는 점뿐이었다. 아버지는 현대인을 좋아하지 않았다. 심지어 신석기인조차 단순히 소치는 목동이라고 경멸했다. 그리고 무스티에 문화기(유럽의 중기 구석기 시대 ― 옮긴이)까지 거슬러 올라가야 비로소 열의를 띠기 시작했다.

불행히도 현대인과 완전히 단절한 채 살 수 있는 사람은 아무도 없다. 사람은 누구나 푸주한과 빵 굽는 사람과 우유 배달부와 청과물 상인과 어떤 거래를 해야 한다. 그러므로 아버지는 과거에 파묻혀 사셨고, 어머니는 내가 어렸을 때 이미 돌아가셨으므로 생활의 실제적인 면을 떠맡는 일은 내 몫이 되었다. 솔직히 나는 구석기인이 죽도록 싫다. 오리냐크 문화기이거나, 무스티에 문화기이거나, 아브빌 문화기이거나, 아무튼 다 싫다. 아버지의 저서인 『네안데르탈인(1856년 독일의 네안데르탈에서 발굴된 구석기 시대의 유럽 원인 ― 옮긴이)과 그 선조들』의 대부분은 내가 타자를 치고 교정을 봤지만, 나는 네안데르탈인이라면 넌더리가 났고 늘 생각하는 거지만 이미 태곳적에 그들이 멸종되었다는 것이 얼마나 다행스러운 일인지 모른다.

아버지가 그 주제에 관한 내 기분을 짐작하고 계신지 잘 모르겠다. 아마도 아닐 것이다. 어떤 일에도 아버지는 관심이 없을 것이다. 다른 사람들의 의견은 일체 아버지의 관심 밖이다. 나는 그것이 야말로 아버지의 위대함을 드러내는 증표라고 생각한다. 마찬가지로 아버지는 일상생활의 필수품에 초연한 채 살았다. 훌륭한 형태로 내놓는 음식을 먹기는 해도 막상 그 값을 지불하는 문제에 부딪히면 약간 짜증을 내셨던 것 같다. 우리 집은 돈이란 게 있어 본 적이 거의 없다. 아버지의 명성은 현찰로 회수되는 그런 성질의 것이 아니었다. 비록 모든 중요한 협회의 일원이었고 이름 밑에 저술가나 학자라는 직함이 줄줄이 붙어 있었지만, 일반 대중은 아버지의 존재를 거의 알지 못했다. 아버지의 두툼한 학술서적은 인간의 모든 지식에 지식을 더한 것이었지만 일반 대중의 관심을 끌지 못했다. 그런데 언젠가 딱 한 번 대중의 주목을 받은 적이 있었다. 어느 학회에서 아버지는 침팬지 새끼에 관한 주제로 논문을 발표한 적이 있었다. 인류의 젊은 층은 유인원과 같은 특징을 보여 주는 반면에 어린 침팬지는 성숙한 침팬지보다 인간에 더 가까운 모습을 보여 주고 있으며, 이는 우리 조상들이 현재의 우리보다 유인원에 더 가까운 반면에 침팬지의 조상은 현재의 침팬지보다 더 고등한 동물이었음을, 다시 말해 침팬지가 퇴화된 동물임을 보여 주고 있는 것 같다는 내용이었다. 진취적인 신문인《데일리 버짓》은 뭔가 짜릿한 기사에 굶주려 있던 만큼 기다렸다는 듯 이것을 대서특필했다.

우리 인간은 원숭이의 자손이 아니다. 하지만 원숭이는 과연 우리 인간의 자손인가? 저명한 한 교수는 침팬지가 퇴화한 인간이라고 주장한다.

이 기사가 나간 직후에 한 기자가 아버지를 만나러 왔다. 그리고 그 이론에 관한 대중적인 기사를 연속물로 써 보라고 열심히 권유했다. 나는 아버지가 그렇게 화를 내시는 모습을 거의 본 적이 없다. 그 당시 우리 집에는 나만이 아는 은밀한 슬픔이었지만 특히나 돈이 아쉬웠는데, 아버지는 그 기자를 거의 내쫓다시피 했다. 사실 한순간 나는 그 젊은 기자를 쫓아가서 우리 아버지 마음이 바뀌어서 기사를 써 보내기로 했다는 말을 해 볼까 하는 생각까지 했다. 그거야 내가 직접 쓰면 그만이고, 어차피 아버지는 《데일리 버짓》의 독자가 아니기 때문에 이 거래를 끝까지 모를 수도 있었다. 그렇지만 너무 위험한 일이었으므로 일단 마음을 접고 외출용 모자를 쓰고 울적한 마음으로 마을에 내려갔다. 화가 날 법도 한 식료품점 주인을 만나기 위해서였다.

《데일리 버짓》 기자는 우리 집을 찾아온 유일한 청년이었다. 나는 우리 집 어린 하녀인 에밀리가 부러웠던 때가 있었다. 에밀리는 어떤 덩치 큰 선원과 눈이 맞아 말도 없이 집을 나가곤 했고 그 선원과 약혼까지 했다. 그러고도 짬짬이 청과물상 청년, 또 약사의 조수를 따라 집을 나갔다. 에밀리의 표현을 빌자면 '감을 유지하기 위해서'랬다. 나는 '감을 유지할' 상대가 아무도 없다는 것을 생각하니 서글펐다. 아버지의 친구들은 모두가 나이 든 교수로 대개 긴 턱수염을 기르고 있었다. 한번은 피터슨이란 교수가 살갑게 날 껴안고 내 허리가 '매끄럽고 가늘다'면서 키스하려고 했던 적이 있다. 그 말만으로도 그에게선 구식 냄새가 풀풀 풍겼다. 내가 어렸을 때부터 자존심이 강한 여성의 허리는 '매끄럽고 가늘지' 않았다.

나는 모험이니 사랑이니 로맨스니 하는 것들을 동경했다. 그런데 아무래도 단조롭고 편한 생활을 할 팔자인 모양이다. 마을에는 공립 도서관이 있었는데 그곳엔 너덜너덜해진 소설책이 잔뜩 있었다. 나는 모험과 구애를 간접적으로 즐겼으며 근엄하고 과묵한 로디지아인 남자와 '적들을 한방에 날려 넘어뜨리는' 강한 남자의 꿈을 꾸며 잠자리에 들었다. 우리 마을에는 단 한 방이든 여러 방이든 간에 아무튼 적을 '넘어뜨릴 것' 같은 사람이 단 한 사람도 없었다.

영화관도 있었다. 거기선 주간 연속 영화인 「패멀라의 위기」를 상영했다. 패멀라는 멋진 젊은 여자였는데, 그녀를 제압할 수 있는 건 아무것도 없었다. 그녀는 비행기에서 추락하고 잠수함을 타고 모험을 하며 마천루를 기어오르고 눈 하나 깜짝하지 않고 암흑가로 몰래 숨어들어 갔다. 사실 똑똑하지 않아 매번 암흑가의 거물 범죄자에게 붙잡히곤 했다. 하지만 그 범죄자는 간단히 패멀라의 머리를 때려죽이는 것이 싫었던 모양이다. 그래서 언제나 가스실에서 죽게 하거나 무언가 새롭고 특이한 방법으로 죽게 했다. 그다음 주의 속편에서는 남자 주인공이 나타나 늘 패멀라를 구해 주었다. 나는 어지럽고 혼란한 머리로 극장을 나오곤 했는데, 그러고 나서 집에 오면 밀린 가스 요금을 내지 않으면 당장 가스를 끊겠다고 협박하는 가스 회사의 편지가 나를 기다리고 있었다.

그리고 매 순간 더 아슬아슬한 뜻밖의 사건이 터졌다. 예상치도 않게 말이다.

이 세상에는 북로디지아 브로큰힐 광산에서 고대의 두개골이 발견되었다는 소식을 한 번도 들어 본 적이 없는 사람이 얼마든지 있을 것이다. 어느 날 아침 아래층으로 내려갔더니, 아버지가 발작을 일으킬 정도로 흥분한 상태로 자초지종을 들려주셨다.

"앤, 무슨 말인지 알지? 자바 두개골과 닮긴 했지만 외견상만 그래. 오직 외견상으로만. 아니, 지금 나온 건 내가 늘 주장했던 거야. 네안데르탈인의 조상이야. 지브롤터 두개골이 지금까지 발견된 네안데르탈인 두개골 중에서 가장 원시적이라는 건 너도 인정하지? 왜 그렇지? 그 인종의 발상지가 아프리카에 있기 때문이야. 그들이 유럽으로 건너온 거라고……."

"훈제 청어에 마멀레이드를 바르시면 어떻게 해요, 아빠."

얼이 빠져 있는 아버지의 손을 가로막으며 내가 황급히 말했다.

"그래서요?"

"그들이 유럽으로 건너온 거야……."

여기서 아버지는 훈제 청어를 한꺼번에 삼키다가 가시에 숨이 막혀 컥컥거렸다.

식사를 마치고 나서 아버지는 자리에서 일어나며 선언했다.

"당장 시작해야 돼. 지체할 시간이 없어. 발굴 지점에 한시바삐 가야 한다고. 분명 그 주변에 발굴해야 할 게 무진장 많을 거야. 거기서 발굴되는 도구들이 전형적인 무스티에 문화기의 것인지 아닌지도 알아봐야지. 아무래도 원시 시대 황소의 잔해가 있을 것 같은데, 털이 많고 거친 무소는 아닐 게다. 그래, 벌써 소대가 출발하겠구나. 우리가 먼저 가야 해. 앤, 오늘 쿡스에 편지 보낼 거니?"

"돈은요, 아버지?"

내 생각을 넌지시 비쳤다.

그러자 아버지는 나무라는 눈초리로 나를 쳐다보았다.

"네 관점은 언제나 날 우울하게 하는구나. 우리는 추접해선 안 된다. 절대 안 되지, 학문을 한다는 명분으로 추접해서는 안 되지."

"쿡스도 추접한 것 같은데요, 아버지."

아버지는 순간 곤혹스러운 빛을 보였다.

"앤, 비상금으로 지불하면 되잖니."

"비상금이 한 푼도 없는걸요."

아버지는 있는 대로 화가 난 것 같았다.

"얘야, 나는 이런 저속한 돈 문제로 옥신각신할 시간이 없단다. 어제 은행 지점장에게서 들은 얘긴데 27파운드가 있다는구나."

"그건 당좌 대월금일걸요."

"어쨌든 있다지 않니! 출판사들에 편지를 보내."

나는 마지못해 시키는 대로 했다. 돈보다는 명예를 가져다주는 아버지의 책들이었다. 나는 로디지아로 간다는 생각에 기분이 무척 좋았다.

"근엄하고 과묵한 남자들이라."

황홀감에 빠져 혼자 이렇게 중얼거렸다. 그런데 아버지의 외견이 평소와 조금 다른 것 같았다.

"이상한 부츠를 신으셨네요, 아버지. 그 갈색 부츠 벗고 검정색으로 갈아 신으세요. 머플러도 잊지 마시고요. 날씨가 아주 쌀쌀해요."

몇 분 후 아버지는 내 말대로 제대로 부츠를 신고 머플러를 칭칭 동여맨 채 의기양양하게 걸어 나갔다.

그날 저녁 아버지는 늦게 돌아오셨고 실망스럽게도 머플러와 코트가 보이지 않았다.

"앤, 네 말이 옳았다. 머플러와 코트를 벗고 동굴에 들어갔단다. 거기 들어가면 온통 먼지를 뒤집어쓰니까."

나는 언젠가 아버지가 머리끝부터 발끝까지 홍적세 시기의 진흙을 덕지덕지 묻히고 돌아왔던 때를 떠올리며 흐뭇한 표정으로 고개를 끄덕였다.

우리가 리틀햄프슬리에 정착한 주된 이유는 오리냐크 문화기의 유산이 많이 매장되어 있는 햄프슬리 동굴과 가깝기 때문이었다. 우리 마을에는 아주 작은 박물관이 하나 있었는데, 박물관 큐레이터와 아버지는 지하를 파헤쳐 털이 많고 거친 무소와 동굴 곰(구석기 시대의 동물 — 옮긴이)의 가벼운 잔해들을 발굴하면서 대부분의 나날을 보냈다.

아버지는 저녁 내내 심하게 기침을 하셨고, 그다음 날 아침 나는 아버지에게 열이 있는 것을 보고 의사를 불렀다.

가엾은 아버지, 운이 아버지를 따라 준 적은 한 번도 없었다. 양측성 폐렴이었다. 나흘 뒤 아버지는 돌아가셨다.

2장

모든 사람이 내게 몹시 다정했다. 멍한 상태에서도 나는 그것에 대해 감사했다. 진정한 슬픔은 느껴지지 않았다. 아버지는 결코 날 사랑하지 않으셨다. 나는 그것을 아주 잘 알고 있었다. 아버지가 날 사랑하셨다면 나 역시 아버지를 사랑했을 텐데 말이다. 아니, 우리 사이엔 사랑이 존재하지 않았다. 하지만 우리는 떼려야 뗄 수 없는 사이였다. 나는 아버지를 돌보았고, 아버지의 박식함과 학문에 대한 불굴의 헌신을 남몰래 흠모하기도 했다. 사는 재미가 한창일 때 아버지가 돌아가셨다는 것이 마음 아프다. 순록 그림과 부싯돌과 함께 아버지를 동굴에 묻을 수 있었다면 난 더 행복했을 것이다. 부득이 여론의 힘에 밀려 오싹한 동네 교회 묘지에 (대리석판을 세운) 말쑥한 무덤을 세워야 했다. 교구 목사의 말은 무슨 이유인지 눈곱만큼도 위로가 되지 않았다.

늘 갈망했던 자유가 마침내 내 것이 되었다는 것을 깨닫기까지 어느 정도 시간이 걸렸다. 나는 고아였고, 말 그대로 무일푼이었지만 자유로웠다. 동시에 이 좋은 사람들이 더할 수 없이 친절하다는 것을 깨달았다. 교구 목사는 자신의 아내에게 지금 이야기 상대가 필요하다며 나를 설득하기 위해 애썼다. 우리 동네 조그마한 도서관에서는 갑자기 보조 사서를 구한다고 했다. 마지막으로 의사가 찾아와서 정확한 계산서를 보내지 않은 핑계를 이것저것 얼토당토않게 둘러대더니 한참 말을 더듬다가 갑자기 결혼해 달라고 청혼했다.

나는 얼마나 놀랐는지 모른다. 의사는 서른보다는 마흔에 더 가까운 통통하고 땅딸막한 사내였다. 「패멀라의 위기」에 나오는 남자 주인공과는 거리가 멀었고, 근엄하고 과묵한 로디지아인과는 더더욱 거리가 멀었다. 잠시 생각하다가 왜 나와 결혼하고 싶은지 그 이유를 물었다. 이 질문은 그를 몹시 당황하게 한 것 같았다. 그는 일반 개업의에겐 부인이 있어야 많은 도움이 된다고 중얼거렸다. 그 대답은 로맨틱한 것과 거리가 멀어 보였지만, 이상하게 내 안의 무언가가 그 청혼을 받아들여야 한다고 강력히 나를 몰아세웠다. 안정, 그것이 내가 받은 제안이었다. 안정 그리고 안락한 가정. 지금 청혼의 이유를 생각해 보면, 이 땅딸막한 사내를 내가 오해했던 것 같았다. 그는 정말로 나를 사랑했지만 소심함 때문에 청혼을 밀어붙이지 못했던 것이다. 어쨌든 로맨스를 향한 내 애정이 이때 반발했다.

"정말 친절하시군요. 하지만 그건 안 됩니다. 저는 미친 듯이 사랑하는 사람이 아니면 결혼할 수 없습니다."

"그럼 아가씨는 나를……?"

"절대, 아닙니다."

단호한 대답에 의사는 한숨을 쉬었다.

"그렇다면 뭘 할 생각이오?"

"모험을 하고 세상을 구경할 거예요."

나는 일말의 망설임도 없이 대답했다.

"앤 양, 당신은 아직도 어린애 같으시군. 잘 모르는 것 같은데……."

"현실적인 어려움을 얘기하려는 건가요? 아뇨, 저도 알아요, 선생님. 저는 감상적인 여학생이 아니라 철저하게 현실적인 왈가닥이랍니다. 저랑 결혼하면 알게 되실 테지만요."

"다시 한 번 생각해 주면 좋겠는데……."

"그럴 순 없어요."

의사가 다시 한숨을 쉬었다.

"한 가지 더 할 말이 있는데, 웨일스에 사시는 내 이모님 한 분이 시중들어 줄 젊은 숙녀분을 찾고 있소. 그 일이 혹시 아가씨에게 맞지 않겠소?"

"아니요, 저는 런던으로 갈 겁니다. 사람 사는 게 다 마찬가진데, 런던인들 다르겠어요? 정신을 똑바로 차려야겠죠. 아마 좋은 일이 생길 거예요! 다음엔 중국이나 팀북투(아프리카 서부 말리에 있는 도시 — 옮긴이)에서 제 소식을 들으실지도 모르겠네요."

그다음 손님은 아버지의 런던 변호사인 플레밍 씨였다. 나를 만나기 위해 특별히 런던에서 내려왔다. 인류학자이기도 한 그는 아버지의 저작을 숭배하는 열렬한 팬이었다. 수척한 얼굴에 머리는 희끗희끗했으며 훤칠하고 호리호리했다. 내가 거실로 들어서자 그는 재빨리 자리에서 일어나 내 양손을 덥석 잡고는 다정하게 손등을 톡톡 두드리면서 말했다.

"가엾은 것, 가엾은 것, 가엾은 것."

나는 자신도 모르게 양친 잃은 천애 고아 같은 태도를 취하고 있는 내 모습을 깨달았다. 플레밍 씨가 그렇게 하도록 내게 최면을 건 것이다. 그는 인자하고 온화하고 아버지 같았는데, 나를 험한 세상에서 정처 없이 떠도는 어린 소녀의 전형으로 여기고 있었다. 아무리 아니라고 설득해 봐야 쓸데없는 짓임을 진작 알아봤다. 어차피 시간이 지나면 밝혀질 테니 굳이 설득할 필요성을 느끼지 못했다.

"얘야, 몇 가지 분명하게 짚고 넘어갈 얘기가 있는데 지금 괜찮겠느냐?"

"그럼요."

"너도 알다시피 네 아버지는 아주 훌륭한 분이셨다. 후손들이 그분을 높이 평가할 거다. 한데 사업에는 통 문외한이었지."

플레밍 씨만큼은 아니지만 나도 그 점에 대해선 잘 알고 있었다. 하지만 마음을 자제하고 맞장구를 치지 않았다. 그가 계속했다.

"그런 문제를 네가 어찌 다 알겠니. 가급적 쉽게 설명하도록 하마."

플레밍 씨는 쓸데없이 장황하게 설명을 늘어놓았다. 결론은 내가 8717실링 4펜스를 가지고 앞으로의 생활을 꾸려 가야 한다는 것 같았다. 성이 차지 않는 액수인 듯했다. 나는 조마조마하며 그다음 말을 기다렸다. 그에게도 스코틀랜드에 사는 이모님이 계신데, 혹시 지금 젊고 총명한 숙녀를 구하고 있는 것은 아닌지 몹시 두려웠다. 그러나 그런 것 같진 않았다.

"문제는 앞으로야. 살아 있는 가까운 친척이 없는 걸로 아는데, 맞느냐?"

"저는 이 세상에서 혈혈단신이에요."

이렇게 말한 순간 내가 영화의 여주인공이 된 것 같았다.

"친구는 있느냐?"

"모두가 친절하게 대해 줬어요."

나는 고마운 마음을 담아 이렇게 말했다.

"이렇게 젊고 매력적인 아가씨에게 친절하지 않을 사람이 어디 있겠느냐? 그나저나 우리가 할 수 있는 게 뭔지 알아봐야겠다."

점잖게 말한 플레밍 씨가 잠시 망설이다가 입을 열었다.

"생각해 봤는데, 잠시 우리한테 와 있으면 어떻겠느냐?"

나는 그 말에 펄쩍 뛰어올랐다. 런던이라니! 무슨 일이 생길지 기대가 되는 곳이다.

"너무너무 친절하시군요. 정말 그래도 될까요? 제가 주변을 살펴보며 어떻게 살지 생각하는 동안만이라도. 저도 먹고살 길을 찾아야 하니까요, 안 그래요?"

"그래, 그래. 무슨 말인지 안다. 뭔가 적당한 것을 찾아보도록 하자."

나는 '뭔가 적당한 것'에 대한 플레밍 씨의 생각과 내 생각이 완전히 다르지만 지금은 그 생각을 밝힐 때가 아니라는 것을 본능적으로 직감했다.

"그럼 그렇게 하기로 결정된 거다. 아예 오늘 나와 함께 가지 않겠느냐?"

"어머, 감사합니다. 하지만 사모님께서……."

"그 사람도 널 아주 반가워할 거다."

과연 남편들은 자기네가 생각하는 것만큼 정말 아내에 대해 많이 알고 있을까? 만약 내게 남편이 있는데 나와 한마디 상의도 없이 고아를 데리고 들어온다면 그 남편이 얼마나 꼴 보기 싫을까.

"기차역에서 집에 전보를 보내도록 하자."

갑자기 걱정이 됐는지 플레밍 씨가 덧붙였다.

몇 가지 안 되는 내 물건을 싸는 데는 그리 오랜 시간이 걸리지 않았다. 나는 서글픈 표정으로 내 모자를 응시하다가 마침내 썼다. 원래 '메리' 모자라고 부르던 것인데 하녀가 외출할 때 쓰는 모자라는 뜻이었으나, 지금은 그렇지 않다. 검은 밀짚으로 만든 낭창낭창한 모자는 챙이 적당하게 꺼져 있었다. 예전에 나는 천재적인 영감으로 그 모자를 발로 한 번 걷어차고 두 번 쥐어박고 정수리 부분을 움푹 들어가게 한 다음에 입체파 예술가의 꿈처럼 생긴 물건을 모자에 붙였다. 재즈풍의 당근 장식이었다. 그랬더니 몰라보게 멋스러워졌다. 물론 당근은 벌써 떼어 버렸고 지금은 내 소행으로 엉망이 된 모자를 다시 원상 복귀하는 작업에 착수했다. '메리' 모자는 쭈글쭈글한 예전의 모습을 되찾았지만 오히려 더 초라해 보였다. 차라리 나도 가급적 고아라고 하는 일반적인 모습과 비슷하게 보이는 게 좋지 않을까. 플레밍 여사의 반응이 어떨지 약간 불안했지만, 내 외모가 충분히 애교적인 효과를 발휘할 수도 있겠다 싶었다.

불안해하기는 플레밍 씨도 마찬가지였다. 어느 조용한 켄싱턴 스퀘어에 있는 높직한 저택 계단을 오르면서 나는 그 사실을 깨달았다. 플레밍 부인은 그런대로 반갑게 날 맞아 주었다. 현모양처 타입의 뚱뚱하고 조용한 여자였다. 그녀는 흠 하나 없는 무명 커튼이 달려 있는 침실로 나를 안내했다. 그리고 내가 원하는 모든 것을 배려해 주고 싶어 했다. 15분 뒤에 차를 마시러 내려오라고 말한 다음에 부인은 조용히 방을 나갔다.

그녀가 1층 응접실로 들어서면서 목소리가 약간 높아지는 것이 들렸다.

"아니, 여보, 왜 하필이면……."

나머지는 무슨 말인지 듣지 못했지만, 신랄한 어조인 것만은 분명했다. 그리고 몇 분 뒤 또 다른 말소리가 내 방까지 들려왔다. 이번에는 훨씬 더 언짢은 목소리였다.

"저도 그렇게 생각해요! 정말 대단히 아름답더군요."

이거야말로 정말 고달픈 삶이다. 외모가 아름답지 못하면 남자들이 친절하지 않고, 외모가 아름다우면 여자들이 친절하지 않다.

나는 깊은 한숨을 내쉬며 머리를 매만지기 시작했다. 내 머릿결은 매력적이다. 짙은 갈색이 아니라 까만색, 그러니까 칠흑 같은 까만색으로 이마에서부터 귀까지 다시 자라고 있다. 나는 손으로 아무릎게나 머리를 말아서 위로 틀어 올렸다. 내 귀는 기능 면에서는 지극히 정상이지만, 요즘 드러내기에는 다소 촌스러워 보이는 모양이다. 피터슨 교수가 젊었던 시절에는 드러내고 다니는 일 자체가 말도 안 되었겠지만. 머리 손질을 마치자 내 꼴이 작은 보닛에 빨간 망토를 입고 땋은 머리를 늘어뜨린 채 걸어 나오는 영락없는 고아처럼 보였다.

아래층으로 내려갔을 때 플레밍 부인은 고스란히 드러난 내 귀를 몹시 다정한 눈길로 흘끗 쳐다보았다. 플레밍 씨는 당황한 것 같았다. 분명 '아니, 저 꼴이 뭐람?'이라고 생각하고 있는 게 뻔했다.

그때부터 그날 하루는 순조롭게 지나갔다. 이제는 할 일을 찾는 것이 우선이었다.

잠자리에 들기 전, 거울에 비친 내 얼굴을 진지하게 들여다보았다. 내가 정말 예쁘게 생겼나? 솔직히 예쁘다고 말할 수는 없다. 콧등의 선이 이마로부터 일직선도 아니고 장미꽃 봉오리 같은 입술도 아니고 대체 미인의 조건이라곤 단 하나도 없었다. 사실 어떤 큐레이터가 내 눈이 아주 어두운 숲에 갇힌 햇살 같다고 했다. 하지만 큐레이터들은 언제나 인용구를 너무 많이 알고 있기 때문에 시도 때도 없이 남발하는 경향이 있다. 나는 개인적으로 노란 반점이 있는 암녹색 눈동자보다 아일랜드풍의 파란 눈동자를 훨씬 더 갖고 싶다. 그렇지만 녹색은 모험가에게 어울리는 색이다.

나는 팔과 어깨의 맨살이 드러나면서 몸에 꽉 끼는 검정색 드레스를 휘감았다. 그리고 머리를 뒤로 빗어 넘겼다가 다시 귓가로 끌어내렸다. 얼굴에 분을 듬뿍 바르자 평소보다 살결이 더 희어 보였다. 그러곤 내 물건을 뒤져 립스틱을 꺼내 입술에 덕지덕지 바르고, 태운 코르크를 가지고 눈 밑에 아이라인을 그렸다. 마지막으로 벗은 어깨를 붉은 리본으로 우아하게 감싸고 머리에는 주홍색 깃털 하나를 찔러 넣었다. 그리고 입가에 담배를 꼬나물었다. 그 모습이 몹시 마음에 들었다.

"모험가 애나."

거울에 비친 내 모습에 고개를 끄덕이며 외쳤다.

"모험가 애나. 1편 「켄싱턴의 저택」."

여자란 참으로 엉뚱한 존재들이다.

3장

그 후 몇 주일 동안은 심심해 죽을 지경이었다. 플레밍 부인과 그녀의 친구들은 나에게서 눈곱만큼의 관심도 끌어내지 못했다. 그들은 자기 얘기, 자녀 얘기, 아이들에게 먹일 좋은 우유를 구하기 힘들다는 얘기, 우유가 신선하지 않을 때 우유 배달원에게 어떤 잔소리를 해야 하는지 따위의 얘기로 몇 시간 동안 수다를 떨었다. 그러고 나면 화제는 좋은 하녀를 구하는 어려움, 등기소 여자와 주고받은 얘기 등으로 옮겨 갔다. 신문을 읽지도 않고 세상 돌아가는 일에 관심도 없는 것 같았다. 여행하는 것도 싫어했는데 모든 것이 영국과는 너무나 다르기 때문이었다. 물론 리비에라 해안 지방(지중해 연안, 프랑스 니스에서 이탈리아 라스페치아까지의 경치 좋은 피한지 — 옮긴이)은 예외였다. 그곳에선 누구나 친구들을 사귀기 때문이었다.

나는 그들이 하는 얘기를 듣는 게 점점 힘들었다. 그 여자들은 대부분 부유했다. 아름다운 전 세계가 마음 내키는 대로 자유롭게 돌아다닐 수 있는 자신들의 세상임에도 불구하고, 일부러 지저분하고 따분한 런던에 머물면서 우유 배달원이나 하녀의 흉을 보고 있었다. 과거를 돌이켜 보니 내가 다소 옹졸한 인간이었다는 생각이 든다. 하지만 그 여자들은 생각이 없다. 자기들이 좋아하는 일에서조차 생각이 없다. 대부분은 엉성하고 흐리멍덩하게 가계를 꾸려 나가고 있으니 말이다.

내 일은 별로 진전이 없었다. 집과 가구는 모두 팔렸지만 손에 쥔 돈은 빚을 갚고 나면 남는 게 없었다. 일자리를 구하는 일에도 진전이 없었다. 그렇다고 내가 정말 일자리를 원했던 것도 아니다. 모험을 찾아 나서면 모험이 나를 만나 줄 거라는 굳은 확신이 있었다. 사람은 언제나 자신이 원하는 것을 갖게 된다는 것이 내 이론이다.

내 이론은 실제로 증명되었다.

때는 1월 초였다. 정확하게 1월 8일이었다. 말로는 비서이자 말벗을 구한다고 하면서도 실제로는 연봉 25파운드에 하루 12시간씩 일해 줄 튼튼한 파출부를 구하고 싶어 하는 듯 보이는 한 귀부인과의 면접을 망치고 돌아오던 중이었다. 서로 교묘하게 무례함을 감추고 있던 상황에서 벗어난 나는 에지웨어로(면접은 세인트존스 우드에 있는 한 저택에서 있었다.)를 따라 걸었다. 그리고 하이드 파크를 건너 세인트조지 병원 쪽으로 걸어갔다. 거기서 하이드 파크 코너 지하철역으로 들어가 글로스터로까지 표를 끊었다.

일단 플랫폼으로 내려가 맨 끝으로 걸어갔다. 워낙 호기심이 강한 나는 다운가 방향의 지하철역 뒤의 터널 두 개 사이에 정말 통로가 있는지, 선로전환기가 있는지 궁금했다. 그리고 내 생각이 맞았다는 사실을 확인하는 것이 어처구니없게도 즐거웠다. 플랫폼에는 사람들이 많지 않았는데 맨 끝에는 나와 한 남자뿐이었다.

그 남자를 지나치면서 나는 미덥지 않다는 듯 코를 킁킁거렸다. 내가 제일 싫어하는 냄새가 있다면, 그건 바로 좀약 냄새다. 이 남자의 우중충한 코트에서 좀약 냄새가 났다. 그런데 대부분의 남자들이 1월이 되기 전에 겨울 코트를 입기 시작하는 만큼 이때쯤이면 좀약 냄새가 가셨어야 했다. 이 남자는 내 뒤의 터널 언저리에 가까이 서 있었다. 생각에 골몰해 있는 듯이 보여 나는 마음 놓고 그를 관찰할 수 있었다. 왜소한 몸집에 까무잡잡한 살결과 파르스름한 눈동자, 그리고 시커먼 턱수염을 짧게 기르고 있었다.

"외국에서 막 돌아왔나 보군. 그래서 코트에서 그렇게 냄새가 나는 거야. 인도에서 왔나 보다. 턱수염을 기른 걸 보니 공무원은 아닌 것 같고 차 농장을 하는지도 모르지."

나는 넘겨짚으며 낮은 소리로 말했다.

그 순간 남자가 플랫폼을 따라 다시 가려는 듯 돌아섰다. 그의 눈은 나를 흘끗 쳐다보고 나서 내 뒤에 있는 무언가를 계속 쫓았다. 그때 남자의 안색이 변했다. 그 얼굴에 두려움, 아니 돌연한 공포에 일그러진 표정이 떠올랐다. 본능적으로 위험에서 몸을 피하듯 그는 플랫폼 맨 가장자리에 서 있다는 사실도 잊은 채 뒷걸음질을 쳤다. 그리고 아래로 곤두박질을 쳤다. 선로에서 환한 불빛이 들어오면서

탁탁 튀는 소리가 들려왔다. 나는 비명을 질렀다. 사람들이 뛰어왔다. 어디서 나타났는지 갑자기 역무원 두 명이 상황을 지휘했다.

나는 너무나도 끔찍한 상황에 넋을 잃고 원래 있던 자리에서 꼼짝도 할 수 없었다. 한편으론 갑작스러운 재앙에 간담이 서늘해졌고, 또 한편으론 냉정하고 뻔뻔스럽게도 어떤 방법으로 그 남자를 선로에서 들어 올려 다시 플랫폼에 올려놓는지 궁금했다.

"길 좀 비키세요. 난 의사예요."

큰 키에 갈색 턱수염을 기른 한 남자가 내 곁을 지나 움직이지 않는 시신을 들여다보았다.

의사가 시신을 검사하는 동안 나는 비현실적인 호기심에 사로잡혀 있었던 것 같다. 그 일은 현실이 아니었다. 아니 현실일 수가 없었다. 마침내 의사는 몸을 일으키곤 고개를 가로저었다.

"죽었소. 이미 늦었어요."

우리 주변으로 사람들이 점점 더 가까이 다가오자 화가 난 한 짐꾼이 목청을 높였다.

"자, 이제 그만 가시오. 둥그렇게 모여 있어 봐야 무슨 소용 있겠소."

갑자기 구역질이 올라왔다. 나는 무턱대고 돌아서서 엘리베이터를 향해 계단을 뛰어올라 갔다. 그 사건이 너무 끔찍하게 느껴졌다. 한시라도 빨리 바깥 공기를 쐬야 했다. 시신을 검사했던 의사가 바로 내 앞에 있었다. 엘리베이터는 막 올라가려던 참이었고, 다른 엘리베이터는 이미 내려와 있었다. 그가 갑자기 뛰기 시작했다. 그러면서 종이 한 장을 떨어뜨렸다.

나는 걸음을 멈춰 그 종이를 집어 들고 그를 따라갔다. 하지만 엘리베이터 문이 바로 내 코앞에서 철커덩 닫혔고, 나는 손에 종이를 든 채 서 있었다. 두 번째 엘리베이터가 1층에 도착했을 때 의사의 모습은 보이지 않았다. 나는 잃어버린 쪽지가 그에게 별로 중요하지 않은 것이길 바랐다. 그리고 그제야 그 종이를 들여다보았다. 그것은 숫자와 단어 몇 개를 연필로 아무렇게나 휘갈겨 쓴 평범한 편지지 반쪽이었다.

17·1 22 Kilmorden Castle

그냥 보기엔 전혀 중요해 보이지 않았다. 하지만 버리자니 여전히 망설여졌다. 그러면서 나도 모르게 잔뜩 미간을 찌푸렸다. 또 좀약 냄새가 풍겼던 것이다. 다음 순간 조심스럽게 종이를 코에 갖다 댔다. 맞다, 좀약 냄새가 코를 찔렀다. 그렇다면…….

나는 종이를 조심스럽게 접어 가방에 넣고 천천히 집을 향해 걸음을 옮겼다. 그리고 온갖 생각에 몰두했다.

지하철역에서 목격한 역겨운 일을 플레밍 부인에게 들려주었다. 그래서 기분이 엉망이라 내 방으로 올라가 눕겠다고 했다. 친절한 부인은 부득부득 차 한 잔을 권했다. 겨우 방으로 돌아온 나는 궁리했던 계획을 실행에 옮기기 시작했다. 의사가 시신을 검사하는 광경을 지켜보면서 비현실적인 묘한 느낌을 주었던 그것이 무엇인지 알고 싶었다. 우선 시체의 자세를 그대로 흉내 내어 바닥에 누워 보았다. 그리고 기억이 날 때까지 의사가 했던 모든 동작과 몸짓을 흉내 내기 시작했다. 마침내 내가 원하는 것을 알아냈을 때 나는 깜짝 놀라 자리에서 일어나 앉았다. 그리고 반대편 벽을 향해 눈살을 찌푸렸다.

한 남자가 지하철역에서 사망했으며, 자살인지 사고인지에 관한 의혹이 제기되었다는 짤막한 소식이 석간신문에 실렸다. 그 소식은 내 임무가 무엇인지 분명하게 말해 주는 것 같았다. 플레밍 씨는 내 얘기를 듣자 내 말에 전적으로 동의했다.

"당연히 검시에 소환되겠지. 사고가 난 걸 가까이서 본 사람이 앤 말고 아무도 없었어?"

"제 뒤에서 누군가 다가오고 있다는 느낌을 받긴 했지만 확실하진 않아요. 어쨌든 저보다 더 가까이 있었던 사람은 없었어요."

검시가 시작되었다. 플레밍 씨는 모든 준비를 하고 나를 손수 그 자리에 데리고 갔다. 그는 이것이 내게 괴로운 체험이 될까 봐 걱정하고 있는 것 같았다. 나는 애써 침착한 척해야만 했다.

사망자는 L. B. 카턴이란 사람으로 밝혀졌다. 그의 호주머니에서 나온 것이라곤 말로 근처 템스 강에 있는 어느 집에 대한 부동산 중개업자의 임검(臨檢) 허가증 한 장이 전부였다. 이것은 러셀 호텔의 L. B. 카턴이란 이름으로 되어 있었다. 그 호텔의 안내 직원은 남자가 죽기 전날 호텔에 도착했으며 그 이름으로 방 한 개를 예약했다고 확인해 주었다. 그는 남아프리카 킴벌리의 L. B. 카턴이란 이름으로 체크인을 했던 것이다. 킴벌리에서 출발한 배에서 막 내린 것이 분명했다.

나는 어쨌든 그 사건을 목격한 유일한 증인이었다.

"사고라고 생각하십니까?"

검시관이 내게 물었다.

"예, 그렇습니다. 그 남자는 무언가에 겁을 먹고 아무 생각 없이 무턱대고 뒷걸음질을 쳤어요."

"뭐에 놀랐을까요?"

"그건 저도 모르겠어요. 하지만 무언가가 있었어요. 그 남자가 갑자기 공포에 질린 표정을 지었으니까요."

생각 없는 한 배심원이 고양이에 놀라는 남자도 있다고 말했다. 그 사내가 물론 고양이를 보았을 수도 있다. 나는 그 배심원의 의견이 예리하단 생각은 들지 않았지만, 그래도 배심원단의 검열에는 통과한 것 같았다. 배심원단은 한시바삐 집으로 가고 싶어 했으며 자살이 아니라 사고라는 판결을 내릴 수 있다는 사실에 너무 즐거워했다.

"제일 먼저 시신을 검사한 의사가 나타나지 않았다는 것이 조금 이상하군요. 당시 그 의사의 이름과 주소를 받아 놨어야 하는 건데, 그렇게 하지 않았다는 게 참 의외입니다."

검시관의 말에 나는 혼자 미소를 지었다. 그 의사에 관해서는 내 나름대로 이론을 세워 두었던 것이다. 그 이론을 추적하는 과정에서 빠른 시일 내에 런던 경찰청을 찾아가기로 결심했다.

하지만 다음 날 아침 놀라운 일이 발생했다. 플레밍 씨 부부는

《데일리 버짓》을 구독하고 있었는데, 그것을 펼쳐 보니 나름대로 사건을 엮어 놓았다.

지하철 사고의 속편
─인적 드문 집에서 목 졸린 채 발견된 여인

나는 눈을 부릅뜨고 기사를 읽었다.

어제 말로의 밀하우스에서 세상이 깜짝 놀랄 만한 사건이 접수되었다. 하원 의원인 유스터스 페들러 경의 소유인 밀하우스는 가구 없이 세를 놓은 집이다. 이 집에 대한 임검 허가증은 하이드 파크 코너 지하철역에서 기차가 들어오고 있는 선로에 스스로 몸을 던져 자살한 것으로 잠정 확인된 남자의 호주머니에서 발견되었다. 그런데 어제 밀하우스의 2층 한 방에서 아름다운 젊은 여인이 목이 졸린 채 발견되었다. 이 여자는 신원 미상의 외국인으로 추정된다. 경찰은 한 가지 단서를 확보한 것으로 보고됐다. 밀하우스의 소유주 유스터스 페들러 경은 현재 리비에라에서 겨울 휴가를 보내고 있는 중이다.

4장

죽은 여자의 신원을 확인해 준 사람은 아무도 없었다. 검시 배심은 다음과 같은 사실들을 유추했다.

1월 8일 오후 1시 직후, 약간 외국식 억양이 있는 한 세련된 여자가 나이츠브리지 소재의 한 부동산 소개소인 '버틀러 앤드 파크' 사무실로 들어섰다. 그녀는 런던과 가까운 템스 강 근처의 집을 사거나 임대하고 싶다고 했다. 부동산 소개소는 밀하우스를 포함한 몇 채의 상세한 주택 정보를 제공했다. 여자는 자신이 데 카스티나 부인이며 주소는 리츠 호텔이라고 밝혔다. 그러나 확인해 본 결과, 리츠 호텔에 그런 이름으로 묵고 있는 손님이 없었다. 결국 호텔 측은 시신의 신원을 확인해 주지 못했다.

유스터스 페들러 경의 정원사 제임스 씨의 부인은 밀하우스의 관리 일을 맡아 보며 큰 도로로 향해 있는 작은 오두막에서 살고 있다. 그런 그녀가 증거를 제공해 주었다. 그날 오후 3시경에 한 귀부인이 집을 보러 왔다. 그 귀부인은 부동산 소개소의 임검 허가증을 내밀었고, 제임스 부인은 관례대로 저택 열쇠를 건네주었다. 저택은 오두막과 어느 정도 떨어져 있었으므로 제임스 부인은 대개 집을 보러 온 사람들과 동행하지 않는다. 그리고 몇 분 뒤에 한 젊은 남자가 도착했다. 제임스 부인은 그 남자가 키가 크고 딱 부러진 체격에 얼굴은 까무잡잡하고 눈은 밝은 회색이었다고 진술했다. 말끔히 면도를 하고 갈색 양복을 입은 그는 제임스 부인에게 자신은 집을 보러 온 여자의 친구이며, 전보를 보낼 일이 있어 잠깐 우체국에 들렀다 왔다고 설명했다. 제임스 부인은 그를 저택으로 안내했고, 그러고 나서 그 일을 잊어버리고 있었다고 했다.

5분 뒤 그 남자가 다시 나타나 열쇠를 돌려주면서 아무래도 집이 마음에 들지 않는다고 했다. 제임스 부인은 여자를 다시 보지 못했지만, 그저 먼저 갔으려니 생각했다. 다만 젊은 남자가 몹시 당황한 것처럼 보였다는 것을 기억하고 있었다.

"마치 귀신이라도 본 사람 같았어요. 그냥 안 좋은 일이 있었나 보다고 생각했죠."

다음 날, 또 다른 귀부인과 신사가 그 집을 보러 왔다가 2층 어느 방 바닥에 누워 있던 시신을 발견했다. 제임스 부인은 그 시신이 전날에 왔던 여자임을 확인했다. 부동산 소개소 역시 그 시신이 데 카스티나 부인이라고 확인해 주었다. 경찰의(警察醫)는 여성이 24시간 전에 사망했을 것으로 추정했다. 《데일리 버짓》은 지하철의 남자가 여성을 살해한 다음 자살했을 것이라는 성급한 결론을 내렸다. 그렇지만 지하철의 희생자는 2시에 사망했고 문제의 여성은 3시까지 살아 있었던 만큼, 논리적으로 내릴 수 있는 결론은 두 사건이 서로 관련이 없다는 것이었다. 죽은 남자의 호주머니에서 발견된 말로 저택의 임검 허가증은 단지 요즘 같은 시대에 흔히 일어날 수 있는 우연의 일치라는 결론이었다.

'불특정인 혹은 불특정 다수에 대한 계획된 살인'이라는 배심원 평결은 반려되었고, 경찰(그리고 《데일리 버짓》)은 '갈색 양복의 남자'를 찾아야 했다. 귀부인이 저택으로 들어간 시각에 저택에는 아무도 없었고, 의문의 젊은 남자 외에는 그다음 날 오후까지 아무도 들어간 적이 없었다고 제임스 부인이 확인해 주었다. 그러므로 그 젊은 남자가 불행한 데 카스티나 부인의 살해범이라는 것이 그나마 가장 논리적인 결론이었다. 데 카스티나 부인은 짧고 견고한 끈으로 목이 졸렸으며, 비명을 지를 겨를도 없이 의식을 잃은 것으로 보였다. 그녀가 들고 있던 까만 실크 핸드백에는 지폐가 가득 찬 지갑과 잔돈 몇 개, 이름이 새겨져 있지 않은 고운 레이스 손수건, 그리고 런던행 일등석 편도 기차표 한 장이 들어 있었다. 그 어느 것도 판단의 근거가 되기에 충분하지 않았다.

《데일리 버짓》이 밝힌 상세한 내용은 대충 이런 것들이었다. 그리고 '갈색 양복의 사나이를 찾아라'는 《데일리 버짓》이 매일같이 외쳤다. 매일 약 500명에 달하는 사람들이 남자를 찾았다는 편지를 보내왔고, 까무잡잡한 피부에 키가 큰 젊은 사람들은 재단사의 부추김에 넘어가 갈색 양복을 맞춘 것을 두고두고 후회해야 했다. 그리고 지하철 사고는 우연으로 간주되어 사람들의 머릿속에서 점차 잊혀져 갔다.

과연 우연의 일치였을까? 난 꼭 그렇게 생각하지 않았다. 지하철 사고는 나만의 미스터리로 남겨져 있었는데, 물론 편견일 수도 있지만 아무래도 두 참사 사이에 어떤 연관이 있을 거란 생각이 들었다. 두 사건 모두 얼굴이 햇볕에 그을은 남자(분명 외국에 살고 있는 영국인)가 있었고, 그 밖에 다른 것들도 있었다. 결국 내가 위풍당당하게 밀고 나갈 수 있었던 것은 바로 이런 정황들 때문이었다. 나는 런던 경찰청을 찾아가 밀하우스 사건 담당자를 만나게 해 달라고 요구했다.

무턱대고 분실물 센터로 찾아갔던 탓에 내 요구가 받아들여지기까지 약간의 시간이 걸렸지만, 결국 나는 작은 방으로 안내되어 메도스 경감에게 소개되었다.

메도스 경감은 붉은 머리에 키가 작고 내가 보기엔 짜증 나는 스타일이었다. 사복 차림의 한 형사도 몸을 사린 채 구석에 앉아 있었다.

"안녕하세요."

약간 긴장하며 먼저 인사했다.

"어서 오십시오. 앉으시지요. 제보를 해 주신다고요?"

경감의 말투는 그런 제보는 전혀 도움이 안 된다는 듯한 분위기였다. 나는 일순 기분을 망쳤다.

"지하철역에서 죽은 남자에 관해선 당연히 알고 계시겠죠? 호주머니에서 말로 저택의 임검 허가증이 나온 그 사람 말이에요."

"아하! 검시 배심에서 증거를 제시했던 바로 그 베딩펠드 양이군요. 그 사람 호주머니에서 허가증이 나오긴 했습니다. 누구나 가질 수 있는 흔하디흔한 허가증이죠. 다만 그걸 갖고 있다고 해서 다 죽는 건 아니지요."

경감의 빈정거림에도 나는 물러서지 않았다.

"그 사람의 호주머니에서 기차표가 나오지 않았다는 게 당연하다고 생각하시나요?"

"기차표는 워낙 잘 흘리는 물건이라서…… 저도 자주 잊어버립니다."

"돈도 하나도 없었고요."

"바지 주머니에서 잔돈이 좀 나왔습니다."

"하지만 지갑이 없었잖아요."

"지갑을 안 들고 다니는 사람들도 있습니다."

나는 다른 방향에서 시도해 보기로 했다.

"사고 직후에 사망을 확인해 준 의사가 나타나지 않았다는 게 이상하지 않으신가요?"

"바쁜 의사들은 신문을 잘 안 읽는 게 보통이죠. 그 의사도 아마 그 사고를 잊어버렸을 겁니다."

"경감님, 이상한 점을 절대 찾지 않기로 작정하신 모양이네요."

나는 상냥하지만 단호한 목소리로 말했다.

"가만 보니 말장난을 좋아하시는 것 같습니다, 베딩펠드 양. 하기야 젊은 아가씨들은 낭만적이니까요. 미스터리니 뭐, 그런 것에 아주 맹목적이죠. 하지만 전 바쁜 사람이라서……."

나는 눈치 빠르게 자리에서 일어섰다.

구석에 앉아 있던 남자가 패기 없는 목소리로 거들었다.

"이 아가씨가 간단하게 말해 주신다면 들어 봐도 괜찮지 않겠습니까, 경감님?"

경감은 이 제안을 흔쾌히 받아들였다.

"좋습니다, 기분 나쁘게 생각하지 마십시오, 베딩펠드 양. 어디 한 번 들어 볼까요? 지금까지 몇 가지 질문을 하셨고 또 힌트도 주셨습니다. 이제는 아가씨가 생각하고 계신 것을 단도직입적으로 말씀해 보시지요."

나는 망가진 자존심과 내 이론을 설명하고 싶은 참을 수 없는 욕구 사이에서 잠시 망설였다. 결국 망가진 자존심이 지고 말았다.

"검시 배심 결과 베딩펠드 양은 그 사건이 자살이 아닌 것 같다고 하셨죠?"

"예, 지금도 그렇게 생각합니다. 그 남자는 겁에 질려 있었어요. 누가 겁을 준 걸까요? 저는 아니었어요. 하지만 누군가 우리 쪽을 향해 플랫폼을 걸어오고 있었어요. 그 남자가 알아봤던 누군가가요."

"베딩펠드 양은 누구를 보셨나요?"

"아뇨, 저는 뒤를 돌아보지 않았어요. 그리고 시신이 선로에서 올려지자마자 한 남자가 앞으로 나서서 그 시신을 들여다봤어요. 자신이 의사라고 하면서요."

"거기까진 뭐 특별할 게 없군요."

경감은 냉담하게 대꾸했다.

"하지만 그 사람은 의사가 아니었어요."

"뭐라고요?"

"그 사람은 의사가 아니었어요."

나는 다시 한 번 말했다.

"그걸 어떻게 아십니까, 베딩펠드 양?"

"정확히 설명하긴 좀 어려워요. 저는 전쟁 때 병원에서 일한 적이 있었는데, 의사들이 시신을 처리하는 것을 많이 봤어요. 보통 기계처럼 무감각하게 처리하는데, 그 사람에겐 그런 면이 없었어요. 게다가 의사라면 시신의 오른쪽에 대고 심장 박동을 확인하진 않아요."

"그 사람이 그렇게 하던가요?"

"예, 그 당시에는 저도 특별히 이상하다고 생각하지 않았어요. 그냥 뭔가 좀 어색하다고만 느꼈을 뿐이죠. 그런데 집으로 돌아가서야 그 이유를 깨달았어요. 그 사람이 전체적으로 서툴게 보였던 이유를 알게 되었죠."

"흠."

경감이 긴 숨을 내쉬었다. 그는 천천히 종이와 펜을 집어 들었다.

"시신의 상체를 손으로 더듬는 동안 그 사람은 죽은 남자의 호주머니에서 자기가 원하는 걸 찾을 수 있는 충분한 시간이 있었을 거예요."

"별로 그럴듯하게 들리진 않지만, 어쨌거나 그 남자의 인상착의를 설명하실 수 있습니까?"

"키가 크고 어깨가 넓은 데다가 어두운 색 코트에 검은 부츠, 그리고 중산모자를 쓰고 있었어요. 시커멓고 뾰족한 턱수염을 기르고 금테 안경을 꼈어요."

"코트와 턱수염과 안경을 벗기면 그 친구를 알아볼 만한 게 별로 없군요. 마음만 먹는다면 외모를 바꾸는 것은 식은 죽 먹기죠. 즉 그 친구가 일류 소매치기라면 그렇게 할 거라는 말입니다."

경감은 투덜거리며 말했다.

내 의도는 그런 암시를 주려고 했던 것이 아니었다. 하지만 그 순간 나는 경감에게 걸었던 기대를 포기하고 말았다.

"그 남자에 대해 더 하실 말씀이 없으십니까?"

내가 그곳을 떠나기 위해 일어서자 경감이 물었다.

"있습니다. 머리통이 유난히 단두(短頭, 위에서 보았을 때 좌우로 넓은 머리형 — 옮긴이)였어요. 아마 그건 쉽게 바꾸지 못할 겁니다."

마지막 화살을 쏠 기회를 놓칠 순 없었다.

나는 메도스 경감의 펜이 머뭇거리는 것을 기분 좋은 표정으로 지켜보았다. 그는 단두(brachycephalic)의 철자를 모르고 있는 게 분명했다.

5장

분노로 인한 처음 흥분 상태에서는 다음 단계가 돌연 쉽게 덤벼 볼 만하다고 느껴졌다. 사실 런던 경찰청에 갔을 때 머릿속에 반쯤 짜 놓았던 계획이 있었다. 경찰청 면담이 만족스럽지 못할 경우(실제로 지극히 만족스럽지 못했다.) 실행에 옮기려던 계획이었다. 그러니까 실행에 옮길 용기가 있다면 말이다.

보통 사람들이란 주눅 들어 꺼리는 일도 분노에 휩싸이면 쉽게 덤비는 법이다. 나는 두 번 생각할 겨를도 없이 무조건 내스비 경의 집으로 쳐들어갔다.

내스비 경은《데일리 버짓》의 백만장자 소유주였다. 그가 소유한 신문은 서너 개가 되었지만《데일리 버짓》은 그의 특별한 소산이었다. 가가호호 영국 가정에 그가 알려진 것은《데일리 버짓》의 소유주로서였다. 유명 인사의 일과가 발표된 덕분에 나는 지금 어디서 그를 만날 수 있는지를 정확히 알고 있었다. 지금은 자택에서 비서에게 구두로 지시 사항을 불러 주고 있을 때였다.

젊은 여자가 느닷없이 찾아가 내스비 경을 만나겠다고 하면 쉽게 만나 주지 않을 것이다. 하지만 바로 그 점에 주목할 필요가 있다. 나는 플레밍 저택의 홀에 있는 명함 쟁반에서 영국에서 가장 유명한 스포츠 귀족인 롬슬리 후작의 명함을 보았다. 나는 그 명함을 꺼내 이름만 남기고 빵으로 깨끗하게 지운 다음에 연필로 다음과 같이 적었다.

'베딩펠드 양에게 잠깐 시간을 내주시기 바랍니다.'

모험가가 너무 양심적으로 굴면 아무 일도 할 수가 없다.

그 작전은 먹혀들어 갔다. 분을 바른 한 하인이 명함을 받아 들고 안으로 들어갔다. 이윽고 창백한 얼굴의 비서가 나타났다. 나는 그를 붙잡는 데 성공했다. 비서는 낭패한 표정으로 들어갔다가 다시 나타나 따라오라고 했다. 나는 그를 따라갔다. 널쩍한 방으로 들어서자 겁에 질린 듯한 표정의 속기사가 마치 영계에서 온 망령처럼 내 곁을 스쳐 사라졌다. 문이 닫혔고 나는 내스비 경과 얼굴을 마주하고 서 있었다.

덩치가 큰 사내였다. 큼지막한 머리에 큼지막한 얼굴, 긴 콧수염, 튀어나온 배를 지녔다. 나는 마음을 가라앉혔다. 여기 온 것은 내스비 경의 외모를 놓고 이러쿵저러쿵 따지기 위해서가 아니다. 그는 이미 내게 호령하고 있었다.

"무슨 일이오? 롬슬리가 뭘 어쩌자는 거요? 아가씨가 그 친구 비서인가? 대체 무슨 일이오?"

나는 최대한 냉정한 표정을 유지하며 말했다.

"먼저 말씀을 드리자면, 저는 롬슬리 경을 모릅니다. 그분도 저에 대해 모르시고요. 명함 쟁반에 명함을 놓고 기다리고 있던 사람들 중에서 롬슬리 경의 명함을 집어 거기다 제가 직접 적은 것입니다. 회장님을 만나려면 그렇게 할 수밖에 없었습니다."

일순간 나는 내스비 경이 발작을 일으킬지 아닐지, 그것을 놓고 동전 던지기를 하는 기분이었다. 마침내 그는 두어 번 침을 삼켰다.

"아가씨의 뻔뻔스러움이 감탄스럽군. 결국 날 만났으니 지금부터 정확히 2분간 할 말이 있으면 해 보시오."

"그 정도면 충분합니다. 물론 드릴 말씀이 있습니다. 밀하우스 미스터리에 관한 것입니다."

"'갈색 양복의 사나이'를 찾아냈다면 편집인에게 편지를 쓰시오."

그가 서둘러 내 말을 가로막고 나섰다.

"말을 중간에서 이렇게 끊으시면 2분보다 길어질 수도 있습니다."

나도 단호하게 대답하고 나서 계속 말을 이어 갔다.

"'갈색 양복의 사나이'를 찾아낸 것이 아닙니다. 하지만 찾을 수 있을 것 같습니다."

나는 지하철역에서 있었던 일과 그 사고에서 유추한 결론을 최대한 간략하게 설명했다. 말을 끝마치자마자 그가 불쑥 물었다.

"단두에 관한 것은 어떻게 알고 있소?"

나는 아버지 얘기를 했다.

"그 원숭이를 연구하는 분 말이오? 음, 젊은 사람답지 않게 사리 분별력은 있는 것 같군. 하지만 이건 다 뻔한 일이오. 파헤칠 게 뭐가 있다고 그러는 거요. 오래 끌어 봐야 우리에게 별 소용도 없고."

"그 점은 저도 잘 압니다."

"그래서 어쩌자는 거요?"

"이 문제를 수사할 수 있도록《데일리 버짓》에서 일할 기회를 주셨으면 합니다."

"그건 안 될 말이오. 그 문제에 관한 자체 전문가가 있지 않소."

"저는 저만의 특별한 지식이 있습니다."

"방금 내게 얘기한 그것 말이오?"

"아뇨, 그건 아닙니다, 회장님. 그게 전부가 아닙니다."

"아하, 그렇소? 아주 명석한 아가씨로군. 그럼 대체 뭐요?"

"자칭 의사라고 했던 그 사람이 엘리베이터를 타면서 종이 한 장을 흘렸습니다. 제가 그걸 주웠지요. 그 종이에선 좀약 냄새가 났습니다. 죽은 남자한테서도 좀약 냄새가 났거든요. 그 의사한테는 좀약 냄새가 나지 않았고요. 그래서 그 의사가 시신에서 종이를 꺼냈다는 것을 즉시 알아챘습니다. 그 종이에는 단어 두 개와 숫자 몇 개가 적혀 있습니다."

"어디 봅시다."

내스비 경이 무심코 손을 내밀자 나는 미소 지으며 그의 청을 거절했다.

"그럴 순 없습니다. 제가 발견한 것이니까요."

"역시 생각대로 명석한 아가씨군. 그 일에 매달릴 만큼 정확하기도 하고. 그런데 그것을 경찰에 넘겨주지 않은 것에 대해 양심의 가책은 없소?"

"안 그래도 그것 때문에 오늘 아침 경찰청에 갔습니다. 그런데 담당 형사는 사건 전체를 말로 사건과 전혀 관계 없는 것으로 간주하더군요. 그래서 이런 상황에서는 신문에서 수사를 계속하는 것이 이치에 맞다고 생각했습니다."

"속기사! 자, 아가씨, 내가 아가씰 위해 해 줄 수 있는 건 이것뿐이오. 소신대로 계속 수사를 하시오. 그랬다가 뭔가 단서가 잡히고 그것이 발표할 만한 것이면 뭐든 일단 우리한테 보내시오. 그럼 기회가 생길 거요.《데일리 버짓》에는 재능 있는 인재를 위한 공간이 언제든 열려 있소. 그러나 먼저 그 재능을 보여야 하오, 알겠소?"

나는 고맙다는 인사말과 함께 무례함을 사과했다.

"그 얘긴 그만하시오. 오히려 예쁜 아가씨의 뻔뻔스러움이 마음에 들었소. 그건 그렇고, 2분이라고 했는데 내가 끼어든 시간을 포함해서 벌써 3분을 썼군. 여자치곤 참 비범한 구석이 있어! 학문적인 훈련 덕분이겠지."

다시 밖으로 나온 나는 마치 한껏 달려온 사람처럼 거칠게 숨을 몰아쉬었다. 내스비 경이 새로운 지인으로 등극되는 순간이었다.

6장

나는 의기양양해져 집으로 돌아왔다. 기대했던 것 이상으로 내 계획은 성공을 거두었다. 내스비 경은 정말 친절하기 그지없었다. 이제 내게 남은 것은 오직 그가 말한 대로 '일을 잘하는 것'뿐이다. 일단 방문을 걸어 잠근 나는 금쪽같은 종이를 꺼내 자세히 들여다보았다. 이 종이에 미스터리의 단서가 들어 있었다.

그렇다면 이 숫자는 뭘 의미하는 걸까? 숫자는 총 다섯 개였고, 두 개의 숫자 뒤에는 점 한 개가 찍혀 있다.

"17과 122."

나는 입 속으로 중얼거렸다.

그 숫자가 무언가를 의미하는 것 같지는 않았다.

이번에는 그 숫자를 모두 더해 보았다. 가공의 세계에서는 그런 일이 종종 일어나며 의외로 놀라운 추론을 이끌어 낼 때도 있다.

"1 더하기 7은 8이고, 거기에 1을 더하면 9, 또 2를 더하면 11, 또 2를 더하면 13."

13! 불길한 숫자였다. 모든 사건에서 손을 떼라고 나한테 경고하는 것일까? 그럴 수도 있다. 그러나 경고가 아니라면 딱히 쓸 데가 없는 숫자 같았다. 과연 어떤 음모자가 실제 생활에서 13이란 숫자를 그렇게 쓸까. 만약 13을 의미했다면 그냥 13이라고 썼을 것이다.

더구나 1과 2는 사이가 떨어져 있었다. 그래서 나는 171에서 22를 빼 보았다. 결과는 159였다. 다시 빼 보았더니 149가 나왔다. 더하기 빼기는 물론 좋은 연습이지만, 미스터리를 해결하는 데는 조금도 도움이 되지 않았다. 나는 산수만 해 보고, 곱셈이나 나눗셈은 해 보지 않았다. 그러곤 단어로 넘어갔다.

킬모든 캐슬. 무언가 분명한 것이 있었다. 어떤 장소라는 사실이다. 그렇다면 어느 귀족 가문의 발상지일까(사라진 상속인? 후계자라고 주장하는 사람?) 아니면 회화적인 몰락일까.(땅속에 묻힌 보물?)

그랬다. 나는 아무래도 땅속에 묻힌 보물 쪽에 마음이 끌렸다. 숫자는 언제나 땅에 묻힌 보물과 어울린다. 오른쪽으로 한 발자국 가고 왼쪽으로 일곱 발자국 가서 한 발자국 폭만큼 땅을 파고 스물두 발자국 아래로 내려간다. 그런 종류의 생각이었다. 시간이 지나면 모두 풀릴 것이다. 문제는 가급적 빨리 킬모든 캐슬로 가야 한다는 것이다.

나는 전략적인 출격을 단행하며 방에서 나왔다. 그리고 참고 서적을 가지고 다시 돌아왔다. 『세계인명사전』,『휘터커 연감』,『지명 사전』,『스코틀랜드 조상 본거지의 역사』,『그 밖의 영국 제도(諸島)』 등의 책이었다.

시간이 흘렀다. 꼼꼼하게 뒤져 보았지만 점점 짜증만 났다. 마침내 나는 '탁' 소리가 나도록 마지막 책을 덮었다. 킬모든 캐슬이란 곳은 어디에도 없었다.

예기치 않은 난관에 부딪히고 말았다. 분명 그런 곳이 있을 것이다. 아니면 없는 이름을 만들어 쪽지에 적었단 말인가? 그건 말도 안 된다.

또 다른 생각이 스쳤다. 혹시 캐슬(castle(城)) 기피증 때문에 교외에서 그럴듯한 이름을 만들어 붙인 것은 아닐까. 만약 그렇다면 찾는다는 건 하늘의 별따기일 것이다. 나는 비관적인 생각에 사로잡혀 쪼그리고 앉았다.(정말 중요한 어떤 일을 할 때는 늘 이런 자세로 바닥에 앉는다.) 그리고 어디서부터 시작해야 할지 곰곰 생각했다.

내가 모색할 수 있는 다른 길이 있을까? 한참을 진지하게 생각하던 나는 기쁨에 젖어 벌떡 일어났다. 그렇고말고! '범죄 현장'을 다시 한 번 가 봐야 한다. 최고의 탐정들은 늘 그 일을 하지 않는가. 아무리 많은 시간이 지나도 탐정들은 늘 경찰이 간과한 무언가를 찾아내지 않는가. 내가 갈 길이 분명해졌다. 말로에 가야 한다.

하지만 어떻게 그 집에 들어간단 말인가? 나는 몇 가지 모험적인 방식을 제쳐 놓고 단순하기 그지없는 방식을 채택했다. 그 집은 세를 놓았다. 추측건대 아직 나가지 않았을 것이다. 그러니까 내가 장차 임차인이 되는 것이다.

나는 소개할 집이 상대적으로 적은 동네 부동산 중개업자들을 공략하기로 했다.

하지만 여기서 중요한 점을 빠뜨리고 결론을 내렸다. 쾌활한 직원 한 사람이 대여섯 채의 매력적인 부동산 명세서를 내밀었다. 나는 그 저택들이 싫은 이유를 찾느라 진땀을 흘려야 했다. 마지막에는 허탕을 치지 않을까 은근히 걱정이 되었다.

애처로운 표정으로 직원의 눈을 들여다보며 물었다.

"정말로 더 없으신가요? 바로 강에 붙어 있는 집 말이에요. 정원이 아주 넓고 작은 오두막이 딸린."

신문에서 읽은 밀하우스의 특징을 나열했다.

"예, 물론 유스터스 페들러 경의 저택이 있긴 합니다만. 아시다시피, 밀하우스라고."

직원이 머뭇거리며 대답했다.

"아, 예……. 어디에 있는지 몰랐는데……."

나는 말을 더듬었다.(더듬거린다는 것은 실제로 중요한 대목으로 들어가고 있다는 증거였다.)

"그 집 있잖습니까! 살인 사건이 일어났던 집 말입니다. 마음에 들지 않으실 텐데요……."

"아, 괜찮을 것 같은데요."

나는 반가운 표정으로 말했다. 내 선의가 충분히 드러난 것 같았다.

"어쩌면 좀 싸게 얻을 수도 있겠네요. 상황이 상황인 만큼……."

대가라면 그 점을 놓치지 않을 것이라고 생각했다.

"물론 가능하지요. 집이 잘 나갈 거라고 공연히 버티는 일은 없을 겁니다. 하인이든 누구든 말입니다. 아무튼 집을 보시고 나서 마음에 드시면 한번 제안을 해 보시는 게 좋을 듯합니다. 임검 허가증을 써 드릴까요?"

"그래 주시면 좋죠."

15분 뒤 나는 밀하우스의 오두막에 도착했다. 내 노크 소리에 문이 열리고 키 큰 중년의 여인이 그야말로 펄쩍 뛰어 나왔다.

"집에는 아무도 못 들어가요, 못 들어간다니까요. 정말이지 당신네 기자들이라면 지긋지긋해요. 유스터스 경께서 지시를……."

그때 나는 허가증을 내밀며 쌀쌀맞게 말했다.

"세를 놓는다고 알고 있는데요. 벌써 나갔다면야 할 수 없지만요……."

"아, 정말 죄송합니다, 아가씨. 신문사 사람들에게 하도 시달려서 그만 실례를 범했군요. 잠시도 사람을 가만 놔두질 않으니 말이에요. 그리고 집은 아직 안 나갔어요. 지금 같아선 쉽게 나갈 것 같지도 않네요."

"하수구가 막혔나요?"

나는 근심스럽다는 듯이 물었다.

"아이, 참, 아가씨도. 하수구는 말짱하답니다! 그런데 그 외국 여자가 여기서 죽었단 얘기, 못 들으셨어요?"

"신문에서 그런 얘기를 읽은 것 같네요."

나는 무심하게 대답했다.

내 무심함이 사람 좋은 관리인 여자의 호기심을 자극했다. 만약 내가 일말의 관심이라도 보였다면 그녀는 조개처럼 마음을 굳게 닫고 말았을 것이다. 실제로도 화가 나서 새치름해져 있었다.

"아가씨도 당연히 보셨을 거예요. 모든 신문에 다 났으니까요. 《데일리 버짓》은 아직도 범인을 찾고 있어요. 경찰은 전혀 손도 못 대고 있다고 하더군요. 범인을 잡았으면 좋겠어요……. 겉은 멀쩡한 청년이던데 흠잡을 데도 없고. 어딘지 군인 같은 분위기가 풍겼어요……. 글쎄요, 굳이 말하자면 전쟁에서 부상을 당했다고 할까, 그런 사람들이 약간 괴짜같이 굴잖아요, 왜. 우리 언니 아들도 그랬거든요. 어쩌면 여자가 그 남자에게 함부로 대했는지도 모르죠. 외국인들은 순 악질이에요. 겉모습은 아주 예뻐 보였는데 말이죠. 지금 아가씨가 서 있는 바로 거기 서 있었어요."

"검은 머리였나요, 금발이었나요?"

나는 대담하게 묻고 한마디 덧붙였다.

"신문에 난 사진으로는 구분이 안 되던걸요."

"검은 머리였어요. 얼굴은 아주 하얬고요. 너무 하얘서 자연스럽지 않을 정도였어요. 입술은 또 얼마나 빨갛던지 꼭 쥐 잡아먹은 것처럼 보였어요. 난 그런 거 싫어해요. 가끔 분을 조금 바르는 것은 괜찮지만."

우린 어느덧 오래된 친구처럼 허물없이 얘기를 나누고 있었다. 나는 또 다른 질문을 던졌다.

"그 여자는 불안해하거나 괴로워하는 기색이 없던가요?"

"전혀요. 오히려 혼자 소리 없이 웃고 있었어요. 뭔가 즐거운 일이 있는 사람처럼요. 그래서 그날 오후에 그 사람들이 뛰어나오면서 경찰을 부르라고 소리를 지르며 살인 사건이 일어났다고 했을 때, 나는 완전히 뒤통수를 얻어맞은 것 같았다니까요. 그러리라고는 꿈에도 생각 못 했으니까요. 지금도 날이 어두워지면 그 집엔 발도 못 들여놔요. 영영 못 들어갈 것 같아요. 유스터스 경께서 통사정을 하지 않으셨다면 오두막에서도 안 살았을 거예요."

"유스터스 경은 칸에 계신 걸로 아는데요?"

"그랬죠. 그런데 그 소식을 듣고 영국으로 돌아오셨어요. 그리고 유스터스 경의 비서인 파젯 씨가 물론 말로만 사정을 한 거지만, 아무튼 애걸하다시피 하면서 돈을 두 배로 주겠다고 하더군요. 우리 남편 존 말마따나 요즘은 돈이 최고니까요."

내 생각에 그녀의 남편이 그런 말을 했을 것 같지 않았다.

제임스 부인이 갑자기 화제를 돌렸다.

"그 청년은 기분이 안 좋아 보였어요. 눈이 빛나던데, 특히 반짝거렸어요. 흥분한 것 같기도 하고. 그래도 뭔가 잘못되리라고는 상상도 못 했지요. 수상쩍은 모습으로 다시 나왔을 때도 전혀 눈치를 못 챘어요."

"그 남자가 집 안에서 얼마나 있었나요?"

"금방 나왔어요. 한 5분쯤."

"키가 얼마나 되던가요? 180센티미터 정도?"

"그 정도 되는 것 같았어요."

"면도를 말끔히 했죠, 그렇죠?"

"아, 예, 송송 난 콧수염 하나 없던걸요."

"턱이 반질거리던가요?"

갑작스러운 충동에 못 이겨 이렇게 물었다.

이 질문에 제임스 부인은 놀란 표정으로 나를 빤히 쳐다보았다.

"어머, 그것까지. 맞아요! 그런데 어떻게 알았어요?"

"참, 신기하게도 살인자들은 대부분 턱이 반질거리더라고요."

나는 무턱대고 이렇게 둘러댔다.

그런데 제임스 부인은 그 말을 아무 생각 없이 사실로 받아들였다.

"어머나, 그렇군요. 그런 소리는 처음 들어 보네."

"그 남자 머리가 어떻게 생겼는지 혹시 기억나세요?"

"평범하던걸요. 참, 열쇠를 가져와야겠군."

나는 열쇠를 받아 들고 밀하우스로 향했다. 지금까지의 추론은 훌륭한 것 같았다. 제임스 부인이 묘사한 청년과 내가 본 지하철 '의사'의 차이점은 어디까지나 비본질적인 차이라는 것을 내내 깨닫고 있었다. 코트, 턱수염, 금테 안경 따위 말이다. 그 '의사'는 겉으로는 중년처럼 보였지만, 상대적으로 젊은 사람의 자세로 허리를 굽히고 시신을 들여다보았다. 그 자세에서 젊은 관절을 가지고 있음을 말해 주는 유연함을 느낄 수 있었다.

사고의 희생자(나는 그를 '좀약 사내'라고 불렀다.)와 진짜 이름이 무엇인지 모르지만 데 카스티나 부인이라는 외국인 여성은 밀하우스에서 만나기로 약속했을 것이다. 이것이 내가 쪼개 맞춘 그림이다. 사람들 눈에 띄는 것을 걱정했거나, 아니면 다른 이유 때문에 그들 두 사람은 같은 집을 현장 답사한다는 영리한 방법을 선택했다. 그곳에서 그들의 만남은 순전히 우연처럼 보였을 것이다.

좀약 사내는 갑자기 '의사'의 얼굴을 보았고, 그에게 그 만남은 전혀 뜻밖이었으며 심상치 않은 일이었다. 이것은 내가 굳게 확신하고 있는 또 다른 사실이다. 그다음에는 어떤 일이 일어났을까? '의사'는 변장한 수염을 떼고 말로까지 여자를 따라갔다. 하지만 그가 서둘러 수염을 뗐다면 수염을 붙였던 고무풀의 흔적이 여전히 그의 턱에 남아 있을 수도 있다. 그래서 제임스 부인에게 그것을 물었던 것이다.

생각에 골몰하는 동안 어느덧 나는 밀하우스의 야트막한 옛날 식 문에 도착했다. 열쇠로 문을 열고 안으로 들어갔다. 홀은 낮고 어두웠으며 사용하지 않아 곰팡이 냄새가 났다. 나도 어쩔 수 없이 등골이 오싹했다. 며칠 전 혼자 미소를 지으며 이곳에 왔던 그 여자는 이 집 안에 들어서면서 으스스한 예감을 느끼지 않았는지 궁금했다. 순간 입에서 미소가 사라졌을까? 형언할 수 없는 공포가 가슴을 내리누르진 않았을까? 아니면 머지않아 자신을 덮칠 운명을 의식하지 못한 채 여전히 미소를 지으며 2층으로 올라갔을까? 내 심장이 약간 빠르게 뛰고 있었다. 이 집은 정말 비어 있는 걸까? 나를 위한 운명이 기다리고 있는 것은 아닐까? 흔히 쓰는 '분위기'란 말의 의미가 처음으로 가슴에 와닿았다. 그 집에는 잔혹한 분위기, 위협적인 분위기, 사악한 분위기가 감돌고 있었다.

7장

가슴 한곳을 짓누르는 느낌을 떨쳐 내듯 나는 서둘러 2층으로 올라갔다. 참변이 있었던 방을 찾는 일은 그리 어렵지 않았다. 시신이 발견된 날에는 폭우가 내렸다. 그래서 진흙투성이의 큼지막한 부츠들이 카펫이 깔리지 않은 바닥 곳곳을 짓밟아 놓았다. 나는 그 전날에도 살인범이 발자국을 남겼을지 궁금했다. 설사 그렇다 해도 경찰이 말을 삼가고 있을 가능성이 높지만, 내 짐작으로는 그럴 가능성이 없을 것 같다. 그날 날씨는 화창하고 건조했다.

방에는 관심을 끌 만한 것이 아무것도 없었다. 정사각형에 가까운 방에는 커다란 퇴창이 두 개 있었다. 평범한 흰 벽과 맨 바닥, 그리고 카펫이 깔려 있던 자리의 가장자리에는 동그랗게 때가 끼어 있었다. 나는 찬찬히 방을 훑어보았지만 핀 하나 떨어져 있지 않다. 명석한 젊은 탐정은 방치된 단서 하나도 찾아내지 못한 것 같다.

나는 연필과 공책을 가지고 있었다. 적을 것은 별로 없어 보였지만, 아무것도 찾지 못한 실망감을 만회하기 위해 방 안을 간단히 스케치했다. 다시 가방에 집어넣으려다가 연필을 놓쳤고, 손가락을 빠져나간 연필은 방바닥으로 굴러 떨어졌다.

밀하우스는 정말 낡았으며, 바닥은 온통 울퉁불퉁했다. 연필은 가속도가 붙어 계속 굴러가다가 마침내 창문 아래에서 멈추었다. 창문이 나 있는 벽의 움푹 들어간 곳에는 창턱 아래 넓게 붙인 긴 의자가 있었고, 그 의자 밑에는 수납장이 있었다. 연필은 그 수납장 문에 부딪히더니 멈춰 섰다. 수납장은 문이 닫혀 있었다. 만약 열려 있었다면 연필은 그 안으로 굴러 들어갔을 것이다. 문을 열어 보았더니 내 연필은 즉시 안으로 굴러 들어가서 맨 구석에 얌전히 몸을 숨겼다. 주변이 어두컴컴한 데다가 수납장의 독특한 구조로 인해 연필이 보이지 않았다. 연필을 꺼내려면 손을 집어넣어 더듬거리며 찾아야 했다. 수납장은 아무것도 없이 텅 비어 있었지만, 원래 빈틈없는 성격인 나는 방의 맞은편 창문 아래에 있는 수납장도 열어 보았다.

얼핏 보면 그 수납장 역시 텅 빈 것처럼 보였지만, 나는 끈기 있게 안을 뒤적거렸다. 그리고 딱딱한 종이 원통에 손이 닿는 느낌으로 내 끈기에 대한 보상을 받았다. 그 원통은 마치 홈통처럼, 아니면 움푹 팬 홈처럼 수납장 맨 구석에 놓여 있었다. 그 안에 손을 집어넣는 순간 그것이 무엇인지 즉시 알아차렸다. 코닥 필름통이었다. 대발견을 한 것이다.

물론 이 필름은 유스터스 페들러 경의 옛날 필름일 수도 있다. 이 곳까지 굴러 들어왔다가 수납장을 비웠을 때 눈에 띄지 않은 필름 말이다. 하지만 나는 그렇게 생각하지 않았다. 빨간 종이는 새것처럼 보였다. 만약 그 필름이 살인 사건이 있었던 날 이후 이틀이나 사흘 동안 그곳에 있었다면 그 정도의 먼지만 끼어 있는 게 당연했다. 오랜 시간 있었다면 먼지를 잔뜩 뒤집어쓰고 있었을 것이다.

누가 떨어뜨렸을까? 여자일까 남자일까? 나는 그녀의 핸드백 내용물이 그대로 들어 있었다는 기사 내용을 기억해 냈다. 엎치락뒤치락 실랑이를 벌이는 과정에서 핸드백이 억지로 열리고 필름이 떨어졌다면 틀림없이 동전도 몇 개쯤 흩어지지 않았을까? 그래, 그렇다면 필름을 떨어뜨린 사람은 여자가 아니었다.

나는 의혹의 눈길로 코를 킁킁거렸다. 혹시 좀약 냄새가 강박 관념이 된 건 아닐까? 분명히 필름에서도 좀약 냄새가 났다. 나는 필름을 코밑에 가져다 댔다. 필름에선 늘 그렇듯이 필름 특유의 냄새가 났지만, 그것 말고도 내가 너무나 싫어하는 냄새를 분명하게 맡을 수 있었다. 중심의 나무토막의 거친 부분에 옷감에서 풀린 아주 작은 실이 걸려 있었고, 그 끄트머리엔 좀약 냄새가 강하게 배어 있었다. 한때 이 필름은 지하철역에서 죽은 남자의 코트 주머니에 들어 있었던 것이다. 여기다 이 필름을 떨어뜨린 사람은 그 남자일까? 아마 그렇지 않을 것이다. 그의 동태는 모두 밝혀지지 않았던가.

그래, 분명 다른 남자가 있을 것이다. 그 '의사'다. 그가 쪽지를 꺼내면서 필름도 같이 가져간 것이다. 여자와 몸싸움을 벌이면서 여기서 그 필름을 떨어뜨린 사람은 바로 그 의사였다.

나는 단서를 손에 넣은 것이다! 우선 이 필름을 현상하고 나서 다음 단계에 착수하리라.

나는 의기양양하게 저택을 나와 제임스 부인에게 열쇠를 돌려주었다. 그리고 급하게 기차역으로 갔다. 시내로 돌아오는 길에 쪽지를 꺼내 다시 한 번 들여다보았다. 그러자 불현듯 숫자들이 새로운 의미로 다가왔다. 혹시 날짜가 아닐까? 17122. 1922년 1월 17일. 날짜가 틀림없다. 바보같이 왜 진작 그 생각을 하지 못했을까. 하지만 우선은 킬모든 캐슬이 어디쯤 있는지부터 알아봐야 한다. 오늘은 14일이다. 사흘이 지났다. 대체 그곳은 어디 있단 말인가? 속수무책이었다.

오늘은 너무 늦어 필름을 맡길 수가 없다. 저녁 식사 시간에 늦지 않으려면 서둘러 켄싱턴의 집으로 돌아가야 했다. 내가 내린 결론이 어느 정도 정확한지 확인할 수 있는 쉬운 방법이 떠올랐다. 죽은 사내의 소지품 중에 카메라가 있었는지 플레밍 씨에게 물어보면 된다. 그는 이 사건에 관심이 있고 자세한 모든 정보를 갖고 알고 있었다.

뜻밖에도 소지품 중에 카메라가 없었다는 대답이 돌아왔다. 난관에 봉착했다. 사건의 실마리를 찾을지도 모른다는 기대감 속에 카턴의 모든 소유물을 신중하게 점검했다고 한다. 플레밍 씨는 어떤 종류의 카메라도 없었다고 확신에 찬 어조로 말했다.

이것은 내 이론의 후퇴였다. 카메라가 없었다면 필름은 왜 가지고 있었던 걸까?

다음 날 아침 일찍부터 서둘러 내 소중한 필름을 맡기러 갔다. 어찌나 법석을 부렸는지 나는 리젠트 가까지 달려가서 큰 코닥 필름 가게를 찾아갔다. 거기서 필름을 건네주고 인화해 줄 것을 부탁했다. 상점의 남자는 한 무더기의 필름을 한데 모아 노란 주석 원통에 넣었다. 그랬다가 내 필름을 끄집어냈다.

그는 나를 빤히 쳐다보더니 씩 웃으며 말했다.

"필름을 잘못 가져오신 것 같네요."

"어머, 아닌데요. 그럴 리가 없어요."

"필름을 잘못 주셨어요. 이건 새 필름입니다."

나는 민망한 마음에 쩔쩔매며 밖으로 나왔다. 멍청이가 할 수 있는 일이 무엇인지 다시 깨달았다는 것이 그나마 다행이었다. 하지만 이 모든 걸 눈치챈 사람은 아무도 없다.

그러고 나서 어느 큰 해운회사 사무소를 지나가다가 갑자기 걸음을 멈추었다. 쇼윈도에 해운회사 배의 아름다운 모형 한 대가 진열되어 있었는데, 그 모형에는 '케닐워스 캐슬'이란 이름이 붙어 있었다. 엉뚱한 생각이 뇌리를 스치고 지나갔다. 그 사무소 문을 밀고 안으로 들어갔다. 그리고 카운터로 걸어가 기어들어 가는 목소리로 더듬더듬(이번에는 진짜 더듬거렸다!) 말했다.

"킬모든 캐슬은요?"

"사우샘프턴에서 17일에 출발해요. 케이프타운에 가시게요? 일등석 드릴까요, 이등석 드릴까요?"

"얼마인가요?"

"일등석은 87파운드입니다."

나는 그의 말을 가로막았다. 우연의 일치라고 하기엔 너무 많은 것이 일치했다. 그것은 정확히 내가 물려받은 유산의 액수가 아닌가. 나는 가지고 있던 모든 계란을 한 바구니에 집어넣었다.

"일등석 주세요."

이제 본격적인 모험이 시작되었다.

8장

마음의 평화를 얻지 못한다는 것은 참으로 드문 일이다. 나는 조용한 생활을 좋아하는 사람이다. 내 클럽을 좋아하고, 브리지 게임을 좋아하고, 맛있는 요리와 잘 익은 포도주를 좋아한다. 여름에는 영국을 좋아하고, 겨울에는 리비에라를 좋아한다. 선정적인 사건에 끼어들 마음은 조금도 없다. 가끔 따뜻한 벽난로 앞에 앉아 신문에 난 그런 사건들을 읽는 것은 그다지 싫지 않다. 하지만 그것도 어디까지나 마음이 내켜야 한다. 더할 수 없이 편안하게 사는 것이 내 삶의 목표이다. 그것 때문에 많은 생각에 몰두했고, 많은 돈을 투자했다. 하지만 늘 성공했다고 말할 수는 없다. 사실 나한테 직접 일이 안 생겼다고 해도 내 주변에 생겼을 것이다. 이런 생각을 갖고 있음에도 불구하고 종종 귀찮은 일에 휘말릴 때가 있다. 그렇게 휘말리는 것이 얼마나 싫은지 모른다.

이 모든 일은 오늘 아침 가이 파젯이 전보 한 통을 들고 장례식장의 벙어리 표정을 한 채 커튼을 길게 늘어뜨린 내 침실에 들어왔을 때 시작되었다.

가이 파젯은 내 비서로 뭐든 열심이고 성실하고 최선을 다하는 부지런한 친구이다. 모든 면에서 훌륭하지만 그처럼 나를 성가시게 구는 사람은 아마 없을 것이다. 나는 아주 오랫동안 머리를 짜내 그를 내쫓을 방법을 모색했다. 하지만 비서를 해고한다는 것은 그리 만만한 일이 아니다. 비서는 노는 것보다 일하는 것을 더 좋아하고 아침에 일찍 일어나기를 즐겨 하는 데다 결점이란 것을 아예 찾아볼 수 없기 때문이다. 이 친구에게 웃기는 게 있다면 바로 얼굴이다. 얼굴이 꼭 14세기 독살범처럼 생겼다. 보르자 가문을 위해 허드렛일을 했던 그런 사내처럼 말이다.

파젯이 내게 일을 시키지 않아도 나는 별로 상관하지 않는다. 일이란 자고로 가볍고 경쾌하게 해야 하는 것이라고 생각하기 때문이다. 사실은 가지고 노는 것이다. 가이 파젯이 어떤 것을 가지고 논 적이 있는지 궁금하다. 그 친구는 모든 것을 너무 심각하게 받아들인다. 그래서 그 친구와 같이 지내는 시간이 그토록 힘든 것이다.

지난주에 나는 그를 피렌체로 보내 버린다는 아주 훌륭한 생각을 했다. 그는 툭하면 피렌체 얘기를 했고 얼마나 그곳에 가고 싶어 했는지 모른다.

"이것 봐, 자네 내일 당장 떠나게. 모든 비용은 내가 댈 테니."

나는 자유롭고 싶다고 외치듯 그렇게 말했다.

1월은 피렌체에 가기에 적당한 시기는 아니지만, 파젯에겐 마찬가지일 것이다. 그가 손에 가이드북을 들고 고지식하게 미술관을 구경하면서 여기저기 돌아다니는 모습을 상상할 수 있었다. 일주일간의 자유를 얻는 대가가 내겐 너무 저렴했다.

그 일주일은 정말로 신나는 시간이었다. 나는 평소 하고 싶던 일을 전부 했고, 하기 싫은 일은 아무것도 하지 않았다. 하지만 오늘 아침 터무니없이 이른 시각인 9시에 눈을 뜨고 깜박거리다가 나와 불빛 사이에 파젯이 서 있는 것을 보았다. 그 순간 나는 자유가 끝났음을 깨달았다.

"벌써 장례식을 치른 건가, 아니면 나중에 치를 셈인가?"

파젯은 원래 무미건조한 농담을 반가워하지 않는다. 그는 그저 나를 빤히 쳐다볼 뿐이다.

"다 아시지 않습니까, 의원님?"

나는 심술이 나서 물었다.

"뭘 안다는 거지? 자네 얼굴 표정을 보니 오늘 아침 가까운 친지 장례식을 치르는 것 같기에 한 소리야."

파젯은 내 말을 최대한 못 들은 척했다.

"이걸 모르실 리가 없잖습니까."

그는 다시 전보를 톡톡 두드리며 말했다.

"일찍 깨우는 걸 싫어하시는 줄 압니다만, 벌써 9시입니다."

파젯은 지금이 한낮이라도 되는 양 9시를 강조했다.

"상황이 상황인지라⋯⋯."

그는 다시 한 번 전보를 톡톡 두드렸다.

"그게 뭔데?"

"말로 경찰이 보낸 전보입니다. 어떤 여자가 의원님 저택에서 살해되었다는군요."

그 말에 잠이 번쩍 깼다.

"그게 무슨 뚱딴지같은 소리야? 왜 하필 내 집에서? 누가 그 여자를 죽였는데?"

나는 외마디 소리를 질렀다.

"그런 말은 없습니다. 아무래도 당장 영국으로 돌아가셔야 할 것 같습니다, 의원님."

"자네는 그런 결정을 내릴 필요가 없어. 무슨 이유로 우리가 가야 한다는 거지?"

"경찰이……."

"날더러 경찰을 만나 뭘 어쩌라고?"

"그 집은 의원님 댁입니다."

"그러니까 내 실수가 아니라 재수가 없다는 거야."

가이 파젯은 음울한 표정으로 고개를 절레절레 흔들었다.

"선거구에 아주 불리한 영향을 미칠 겁니다."

그는 이제 애원하듯 말했다.

나는 그것이 왜 불리한 영향을 미치는지 이해할 수가 없다. 그렇지만 그런 일에서 파젯의 직감은 늘 정확했다. 그런 문제라면 하원 의원이라도 속수무책일 것이다. 홀연히 나타난 젊은 여자가 텅 빈

하원 의원의 집에서 살해됐다지 않은가. 하지만 어떤 문제를 놓고 바라보는 고매한 영국 시민들의 의견은 정말 각양각색이다.

"게다가 그 여자가 외국인이라서 설상가상입니다."

파젯이 우울하게 덧붙였다.

나는 다시 파젯의 말이 옳다고 생각했다. 자기 집에서 어떤 여자가 죽은 것도 남세스러운 일인데, 그 여자가 외국인이라면 더더욱 남세스러울 수밖에 없다. 또 다른 생각이 뇌리를 스쳤다.

"야단났네! 캐롤라인이 많이 놀랐을까 봐 걱정이군."

캐롤라인은 나를 위해 요리를 하는 여자다. 말이 나왔으니 말인데, 그녀는 내 정원사의 아내다. 아내로서는 어떤지 모르겠지만, 요리사로서는 최고다. 반면에 제임스는 훌륭한 정원사가 못 된다. 하지만 그는 내 덕분에 무위도식하고 있으며 캐롤라인이 단지 요리를 잘한다는 이유로 오두막에 얹혀살고 있다.

"아무래도 그 일로 인해 캐롤라인이 더 있으려 하지 않을 것 같습니다."

"자넨 언제나 생기발랄한 친구라니까."

아무래도 영국으로 돌아가야 할 것 같다. 파젯은 분명 그렇게 만들 것이다. 게다가 캐롤라인을 다독거려야 한다.

사흘 뒤.

겨울에 영국을 벗어날 수 있는 사람이 이곳에 있어야만 하다니 정말 어처구니없는 일이다. 얼마나 지긋지긋한 날씨인가. 이 모든 골칫거리가 참으로 성가시다. 부동산 업자는 그 일이 온통 세상에 알려졌으니 밀하우스를 세놓기가 힘들겠다고 말했다. 월급을 두 배로 올려 주는 조건으로 캐롤라인을 겨우 진정시켰다. 칸에서 전보를 치는 것만으로 얼마든지 그녀를 진정시킬 수 있었을 것이다. 사실 처음부터 내가 말했듯이, 우리가 와 봐야 아무 소용이 없다. 나는 내일 돌아갈 것이다.

하루 뒤.

놀랍기 짝이 없는 몇 가지 일이 터졌다. 먼저 오거스터스 밀레이를 만났다. 그는 현 정부가 만든 늙은 고집쟁이의 가장 완벽한 본보기이다. 클럽에서 한쪽 구석으로 조용히 나를 잡아끄는 그의 태도에는 외교적인 은밀함이 배어 있다. 그는 남아프리카와 그곳의 경제 상황에 관해 말을 많이 했다. 또 점점 불거지는 랜드 사의 동맹 파업 소문에 관해서도 한참 동안 떠들었다. 그 동맹 파업을 유도하는 은밀한 이유에 대해서도 말이다. 나는 최대한 인내심을 가지고 들었다. 마침내 그가 목소리를 낮추며 소곤거렸다. 스머츠 장군의 손에 들어가야 할 어떤 문서가 완성되었다고 말했다.

"자네 말이 백번 옳아."

나는 하품을 참으며 말했다.

"그렇지만 그 서류들을 어떻게 장군에게 넘기지? 우리 입장이 미묘해서 말이야. 아주 미묘해."

"입장이 뭐가 문제라는 거야?"

나는 쾌활하게 묻고 나서 해결책까지 제시했다.

"2페니짜리 우표를 한 장 붙여서 가까운 우체통에 넣어 버리면 되잖아."

그는 내 제안에 적잖이 놀라는 것 같았다.

"오, 페들러! 그냥 우체통에 넣으라고!"

정부가 왜 칙서 송달리를 써서 자신들의 기밀문서에 그런 이목을 집중시키는 건지 내겐 그것이 늘 미스터리였다.

"우체통이 싫다면 자네가 데리고 있는 젊은 친구들 중에 하나를 보내지 그래. 여행한다고 좋아할 텐데."

"그건 불가능해. 다 이유가 있다네. 이유가 있어."

노망든 노인네처럼 머리를 절레절레 흔들며 밀레이가 중얼거렸다.

"음, 흥미진진하긴 한데 난 가 봐야겠어."

나는 자리에서 일어서며 말했다.

"잠깐만, 잠깐만 기다려. 나한테만 살짝 얘기해 주게. 자네 곧 남 아프리카에 간다면서, 그게 사실인가? 자네는 로디지아에 아주 관심이 많잖아. 그건 나도 알지. 로디지아가 영국 연방에 가입하는 문제는 자네가 큰 관심을 갖고 있는 일 아닌가."

"글쎄, 한 달 정도 있다가 나가려고 했는데."

"더 앞당길 순 없겠나? 가령 이번 달, 아니면 이번 주에?"

"못 할 것도 없지만, 딱히 가고 싶은 건지 잘 모르겠단 말이야."

나는 흥미롭게 그를 훑어보며 말했다.

"정부에 아주 큰 공헌을 하게 될 텐데. 아주 큰 공헌 말이야. 절대 헛수고가 아닐 거야."

"그러니까 날더러 우체부가 되라는 건가?"

"바로 그거야. 자네 입장은 비공식적이고, 여행 동기는 순수하니까 만사 잘된 일 아닌가."

"글쎄, 그래도 상관은 없지만 빠른 시일 내에 또 출국한다는 게 마음에 걸리는군."

"남아프리카 날씨가 얼마나 좋은데 그러나. 화창하기 그지없다니까."

"이 친구야, 날씨라면 내가 일가견이 있지. 전쟁 전에 잠깐 거기 있었잖아."

"정말 고맙네, 페들러. 심부름꾼 편에 짐을 보내겠네. 스머츠 장군 손에 직접 전달되도록 해 주게, 알겠나? 킬모든 캐슬 호가 토요일에 출항한다는군. 아주 좋은 배지."

나는 그와 잠깐 동행했다가 폴몰에서 헤어졌다. 그는 정겹게 악수를 청했고, 다시 한 번 고맙다고 말했다. 나는 정부의 기이한 샛길 정책을 골똘히 생각하며 집까지 걸어왔다.

집사인 자비스가 이름은 밝히지 않은 어떤 신사가 사적인 용무로 날 만나고 싶어 한다고 알려 온 것은 그다음 날 저녁이었다. 나는 늘 보험 강매에 대한 염려에 사로잡혀 있던 터라 만나지 않겠다고 했다. 정말 필요할 때 가이 파젯은 골치가 아프고 속이 메스껍다고 말할 때가 많다. 성실하고 근면한 이 비위 약한 젊은 친구는 걸핏하면 골치가 아프고 속이 메스껍다.

자비스가 다시 돌아와 보고했다.

"밀레이 씨가 보내서 왔다고 합니다."

그 말은 사태의 양상을 바꿔 놓았다. 잠시 후 나는 서재에서 손님과 마주 앉아 있었다. 그는 얼굴이 잔뜩 그을은 건장한 청년이었다. 얼굴에는 눈가에서 턱까지 비스듬하게 흉터가 나 있어 약간 무모해 보이기도 했는데 원래 잘생겼을 용모를 꼴사납게 만들고 있었다.

"그래, 무슨 일이오?"

"밀레이 씨가 보내서 왔습니다. 남아프리카로 가실 때 제가 비서로 의원님을 수행하려고 합니다."

"나는 이미 비서가 있다오, 젊은이. 그러니 다른 비서는 필요 없소."

"필요하실 겁니다. 그 비서는 지금 어디 있습니까?"

"두통에 구역질이 나서 지금 아래층에 있소."

"그냥 두통에 구역질입니까?"

"물론이오. 그런 일은 그 친구가 할 거요."

그러자 청년은 살짝 미소를 지었다.

"골치 아프고 메스꺼운 일일 수도 있고 아닐 수도 있습니다. 시간이 지나면 밝혀지겠지요. 하지만 이 말씀은 드릴 수 있습니다. 의원님의 비서를 제거하려는 시도가 있다 해도 밀레이 씨는 눈 하나 깜짝하지 않으실 겁니다. 아, 그렇다고 걱정하실 필요는 없습니다."

순간 내 얼굴에 놀란 표정이 스쳤던 모양이다.

"위협을 하자는 것이 아닙니다. 의원님의 비서를 제거하고 의원님과 함께 가는 것이 더 쉽겠지요. 어쨌든 밀레이 씨는 제가 의원님을 수행하길 바라고 계십니다. 뱃삯은 당연히 저희가 알아서 할 테니 의원님께서는 제2의 비서가 생겼다고 생각하시고, 여권을 내는 데 필요한 수속만 밟으시면 됩니다."

청년은 단호한 성격 같았다. 우리는 서로 마주 보았는데 그가 나를 내려다보았다.

"알겠소."

나는 힘없이 대꾸했다.

"제가 수행한다는 사실을 아무한테도 알리지 마십시오."

"알겠소."

결국 이 청년을 데리고 가는 것이 더 나을지도 모르는 일이지만, 나는 깊은 수렁으로 빠져들고 있었는 예감을 떨쳐 버릴 수가 없었다.

청년이 떠나려고 몸을 돌리는 순간 그의 발걸음을 붙잡았다.

"새 비서의 이름을 알아 놓는 것이 좋지 않겠소."

나는 빈정대며 이렇게 말했다.

그러자 청년은 잠시 생각에 잠겼다.

"해리 레이번이 적당한 이름 같군요."

이름을 밝히는 방식치곤 묘했다.

"알겠소."

세 번째로 같은 말을 되풀이했다.

9장

(앤의 서술 요약문)

　뱃멀미를 한다는 것은 여자 주인공에겐 가장 품위 없는 일이다. 책에서는 배가 흔들릴수록 여자 주인공은 그것을 더 좋아한다. 나머지 사람들이 뱃멀미를 해도 그녀는 혼자 갑판에 나와 비틀거리고 돌아다니면서 폭풍우와 맞서고 진정으로 폭풍우를 즐긴다. 밝히긴 좀 그렇지만 처음에 킬모든 호가 흔들렸을 때 나는 얼굴이 하얗게 질려 허둥지둥 아래 선실로 내려갔다. 인정 많은 어느 여자 승무원이 나를 맞아 주었다. 그녀는 버터를 바르지 않은 토스트와 진저에 일을 권해 주었다.

　나는 사흘 동안 신음하며 선실에 있었다. 탐색이고 뭐고 다 잊어버렸다. 미스터리를 해결하는 일에 더 이상 흥미를 느낄 수 없었다. 이제 나는 해운회사 사무소에서 그토록 기쁨에 넘쳐 사우스켄싱턴 스퀘어로 뛰어들어 갔던 그 앤과는 완전히 다른 사람이 되어 있었다.

허겁지겁 응접실로 들어갔던 때를 떠올리며 나는 미소를 지었다. 플레밍 부인은 응접실에 혼자 있었다. 내가 들어가자 그녀는 고개를 돌렸다.

"앤인가요? 당신과 할 얘기가 있어요."

"그래요?"

내가 조바심을 억누르며 물었다.

"에머리 양이 떠나겠대요."

에머리 양은 이 집의 가정교사였다.

"아직 일자리를 구하지 못했으니, 앤만 괜찮다면 우리와 같이 살지 않겠어요?"

나는 감동했다. 플레밍 부인이 날 좋아하지 않는다는 것은 처음부터 눈치채고 있었다. 그런데 부인은 순전히 크리스마스의 자비심으로 이런 제안을 했다. 나는 혼자 그녀를 흉본 것에 대해 양심의 가책을 느꼈다. 자리에서 일어난 나는 충동적으로 그녀에게 다가가 목을 얼싸안았다.

"상냥하기도 하셔라, 어쩌면, 어쩌면, 어쩌면 이렇게 상냥하세요. 그리고 정말 감사해요. 그런데 이번 토요일에 전 남아프리카로 떠나요."

나의 갑작스러운 애정 공세는 이 얌전한 귀부인을 당황하게 했다. 갑작스러운 애정 표현에 익숙지 않았던 것이다. 게다가 내 대답은 그녀를 더더욱 당황하게 했다.

"남아프리카요? 어머나, 앤. 그런 일은 아주 신중하게 결정해야 해요."

신중한 결정이야말로 내가 가장 하고 싶지 않은 일이었다. 나는 벌써 뱃삯을 지불했으며, 도착하는 대로 하녀 일을 시작하겠다고 했다. 당장 생각나는 것은 그것뿐이었다. 또한 남아프리카에는 하녀 에 대한 수요가 아주 많다는 말도 했다. 거기서도 몸조심하겠다고 플레밍 부인을 안심시켰고, 결국에는 그녀의 손에서 벗어나는 것에 안도의 숨을 내쉴 수 있었다. 부인은 더 이상 캐묻지 않고 내 의견 을 받아들였다. 그리고 떠나는 순간 내 손에 봉투 하나를 쥐여 주었 다. 봉투 안에는 빳빳한 5파운드짜리 지폐 다섯 장과 메모지가 들어 있었다.

"기분 나쁘게 생각하지 말고 성의로 받아 줘요."

착하고 상냥한 그녀와 같은 집에서 계속 살 수 없게 되었지만, 그 녀의 진가를 깨닫게 되었다.

이렇게 해서 나는 25파운드를 주머니에 넣고 세상과 맞서야 하는 모험을 떠나게 된 것이다.

4일째 되던 날 한 여자 승무원이 날 설득해 갑판으로 올라가게 했 다. 나는 선실에서 빨리 죽어야 한다는 막연한 생각으로 단호히 침 대에서 벗어나려 하지 않았다. 그녀는 마데이라(아프리카 서북 해상 의 제도와 그 주도 — 옮긴이)가 보인다는 말로 나를 유혹했다. 내 마 음속에서 희망이 일렁였다. 이제 배에서 내려 뭍에 오르면 그곳에 서 하녀로 일할 수도 있을 것이다. 마른 땅에 오를 수만 있다면 뭐 든 하겠다는 마음이 들었다.

새끼 고양이처럼 허약해질 대로 허약해진 나는 코트와 무릎 덮개로 몸을 감싼 채 위로 끌려 올라가서 갑판 의자에 앉았다. 눈을 감고 누운 채로 삶을 저주하고 있는데 동그스름하고 앳된 얼굴의 금발 청년인 사무장이 다가와 내 곁에 앉았다.

　"안녕하세요! 기분이 바닥이죠?"

　"예."

　그를 원망하며 이렇게 대답했다.

　"하루나 이틀만 지나면 괜찮아질 겁니다. 만(灣)에 있을 때는 날씨가 고약했지만, 앞으로는 날씨가 점점 좋아질 겁니다. 내일 갑판에서 고리 던지기 시합을 할 때 모시고 가겠습니다."

　나는 아무런 대꾸도 하지 않았다.

　"계속 죽을 맛일 것 같죠? 하지만 더 심한 사람들도 많이 봤습니다. 그래도 이틀만 지나면 아가씨도 배에 완전히 적응하게 될 겁니다."

　사무장더러 거짓말쟁이라고 대놓고 시비를 걸 기분이 아니었다. 다만 흘긋 쳐다보는 것으로 그런 내 기분을 전달했다. 사무장은 잠시 더 기분 좋게 떠들다가 다행히 자리를 떴다. 그 후로 운동을 하는 활기찬 부부들, 펄쩍펄쩍 뛰는 아이들, 깔깔대고 웃는 젊은이들이 지나갔다. 몇몇 사람들은 핏기 없는 얼굴로 나처럼 갑판 의자에 누워 있었다.

　공기는 상쾌하고 신선했으며 지나치게 쌀쌀하지도 않았다. 햇살이 화창하게 비추고 있었다. 어느새 기분이 약간 좋아지는 것 같았다. 나는 사람들을 관찰하기 시작했다. 특히 한 여자가 내 시선을 끌었다. 30대 중반에 키는 보통이고, 동그스름한 얼굴에는 보조개가 있었다. 금발 머리에 눈은 파랬다. 옷은 지극히 평범했지만, 그럼에도 불구하고 뭔가 형용하기 어려운 '마름질' 분위기가 느껴졌다. 그것은 파리의 분위기였다. 게다가 쾌활하면서도 냉정한 분위기로 볼 때 배 주인이라도 되는 것 같았다.

갑판의 남자 승무원들은 여자의 지시에 따라 이리저리 뛰어다녔다. 그녀는 특별한 갑판 의자를 가지고 있었으며 쿠션도 셀 수 없이 많았다. 또 갑판 의자의 위치를 마음대로 세 번이나 옮겼다. 구석구석 매력적이고 세련되지 않은 데가 없었다. 자신이 원하는 것을 잘 알고, 원하는 것을 가질 수 있다고 생각하며, 또 무례하지 않게 그것을 갖는 이 세상에서 몇 안 되는 아주 드문 사람들 중 한 명이었다. 나는 뱃멀미가 나아지면 그녀와 얘기해 보고 싶었다.

배가 마데이라에 도착한 것은 정오 무렵이었다. 나는 아직 제대로 움직일 수 없었지만, 배에 올라와 갑판에 물건을 펼치는 신기한 차림의 상인들을 재미있게 구경했다. 꽃도 있었다. 촉촉하게 젖은 향긋한 제비꽃 더미에 코를 파묻자 한결 기분이 나아지는 것 같았다. 항해가 끝날 때까지 견딜 수 있을지도 모른다는 생각이 들었다. 여승무원이 닭고기 수프가 맛있다고 말했을 때 힘없이 거절했다. 그런데 막상 닭고기 수프가 나오자 아주 맛있게 먹었다.

내가 봤던 그 매력적인 여인은 육지로 내려갔다. 그녀는 검은 머리에 얼굴이 구릿빛인 군인 같은 인상의 키 큰 사내의 호위를 받으며 돌아왔다. 그날 아침 그 사내가 성큼성큼 갑판을 오르락내리락

하는 것을 본 적이 있다. 그를 본 순간 과묵하고 힘센 로디지아 남자라고 생각했다. 양쪽 관자놀이에 희끗희끗 새치가 난 40대 중년 남성이었는데 누가 봐도 배에서 최고 미남이었다.

여승무원이 무릎 덮개를 하나 더 가져다주었을 때 그 매력적인 여인이 누군지 아느냐고 물었다.

"유명한 사교계의 귀부인이세요. 클래런스 블레어 부인이라고, 아마 신문에서 보셨을걸요."

나는 새로운 호기심으로 여인을 바라보며 고개를 끄덕였다. 블레어 부인은 당시 가장 세련된 여자들 가운데 한 사람으로 잘 알려져 있었다. 나는 그녀가 항상 주목의 대상임을 놀란 눈으로 지켜보았다. 몇몇 사람은 선상 특유의 가벼운 분위기를 이용해 그녀와 사귀려고 애를 썼다. 나는 블레어 부인이 예의를 갖추어 그들을 푸대접하는 것을 보고 감탄하지 않을 수 없었다. 그녀는 힘세고 말없는 그 사내를 자신의 특별 기사로 지명한 것 같았다. 그리고 그는 자신에게 주어진 특권을 충분히 인식하고 있는 것 같았다.

다음 날 아침 블레어 부인은 상냥한 친구와 함께 갑판을 서너 번 둘러보고 나서 놀랍게도 내 의자 옆에 멈추어 섰다.

"오늘 아침엔 조금 나아졌나요?"

나는 고맙다는 인사를 건네고 나서 겨우 사람으로 돌아온 느낌이라고 덧붙였다.

"어젠 정말 말이 아니던데. 레이스 대령과 나는 바다에서 장례식을 치르는 줄 알고 흥분했는데, 실망이네요."

그 말에 나는 깔깔대며 웃었다.

"공기를 쐬니 한결 나은 것 같네요."

"신선한 공기만큼 좋은 건 없지요."

옆에 서 있던 레이스 대령이 미소 지으며 거들었다.

"그런 숨 막히는 선실에 갇혀 있으면 살아남을 사람이 아무도 없을걸요."

그렇게 말한 블레어 부인은 내 옆자리에 털썩 주저앉으며 레이스 대령에게 고개를 까딱하며 물러가라는 시늉을 했다.

"바깥쪽 선실에 있죠?"

나는 고개를 가로저었다.

"어머나! 방을 바꾸지 그래요. 선실이 얼마나 많은데. 마데이라에서 사람들이 많이 내려 배가 텅 비었어요. 사무장에게 얘기하세요. 그 친구 아주 멋쟁이 청년이에요. 나도 멋진 선실로 바꿔 줬어요. 원래 있던 방은 마음에 들지 않았거든요. 점심시간에 내려가면 얘기해 봐요."

순간 나는 진저리를 쳤다.

"움직일 수가 없어요."

"그럼 안 돼요. 지금 나랑 같이 걸어 봐요."

블레어 부인은 격려하듯 보조개를 지으며 웃어 보였다. 처음에는 다리에 힘이 없는 것 같았으나, 부인과 함께 씩씩하게 오르락내리락하자 기분이 좋아지고 몸도 한결 나아졌다.

한두 번 돌고 나자 레이스 대령이 다시 우리에게 왔다.

"반대편으로 가면 테네리페 섬의 테이데 봉이 보일 거요."

"정말요? 사진 찍을 수 있을까요, 어떨 것 같아요?"

"사진이 나올 것 같진 않지만, 그렇다고 안 찍을 것도 아니잖소?"

블레어 부인은 이 말에 깔깔대고 웃었다.

"고약하군요. 내가 찍은 사진들 중에서 잘 나온 것도 있다고요."

"3퍼센트 정도일걸요."

우리 모두 맞은편 갑판으로 몰려갔다. 하얀 순백의 눈이 희미하게 빛나는 그곳엔 연한 장밋빛 안개에 싸인 반짝이는 봉우리가 우뚝 서 있었다. 나는 환희의 감탄사를 터뜨렸다. 블레어 부인은 카메라를 가지러 뛰어갔다.

그녀는 레이스 대령의 냉소적인 대꾸에 아랑곳하지 않고 찰칵찰칵 사진을 찍어 댔다.

"이런, 필름이 다 됐네. 아니, 내내 벌브 노출 상태로 되어 있었잖아."

그녀의 말투가 분통스러운 어조로 바뀌었다.

"새 장난감을 손에 든 아이를 보는 건 늘 즐거운 일이야."

대령이 혼잣말로 중얼거렸다.

"당신은 정말 징글맞아요. 하지만 필름 한 통이 더 있다고요."

그녀는 스웨터 주머니에서 의기양양하게 필름을 꺼내 보였다. 그런데 갑작스럽게 배가 흔들리면서 그녀는 균형을 잃었고 넘어지지 않으려고 갑판의 난간을 붙잡는 바람에 필름을 뱃전 너머로 떨어뜨리고 말았다.

"어머나!"

블레어 부인이 망연자실하여 소리쳤다. 그녀는 뱃전 너머로 몸을 구부렸다.

"물속으로 빠졌을까요?"

"아뇨. 운이 좋다면 갑판 아래 있던 어느 재수 없는 승무원 머리에 떨어졌을 수도 있을 거요."

우리 뒤쪽으로 몇 발자국 떨어진 곳에서 언제 나타났는지 한 어린 소년이 귀청이 떠나갈 듯 큰 소리로 나팔을 불었다.

"점심시간이에요."

블레어 부인이 황홀하다는 듯 외쳤다.

"아침 먹은 뒤로 아무것도 못 먹었어요. 쇠고기 수프만 두 잔 마셨는데. 점심이에요, 베딩펠드 양."

"그렇군요. 저도 약간 배가 고픈걸요."

나는 떨리는 목소리로 말했다.

"아주 잘됐네요. 보니까 사무장이 식탁에 앉던데, 선실 얘기 좀 해 봐요."

나는 식당으로 내려가 조심스럽게 음식을 먹기 시작했다. 그러다가 결국 어마어마한 양의 음식을 다 먹어 치웠다. 사무장은 내가 회복한 것을 축하해 주었다. 그는 오늘 모든 사람들이 선실을 바꾸고 있다고 말했다. 그러곤 지금 당장 내 물건을 바깥쪽 선실로 옮겨 주겠다고 약속했다.

우리 식탁에는 겨우 네 사람뿐이었다. 나, 나이가 지긋한 귀부인

둘, 걸핏하면 '우리 불쌍한 흑인 형제들'을 입에 달고 다니는 선교사 한 사람이었다.

나는 다른 식탁들을 둘러보았다. 블레어 부인은 선장의 식탁에 앉아 있었다. 그녀 곁에는 레이스 대령이 자리를 잡았다. 선장 옆에는 머리가 희끗한 기품 있는 한 남자가 앉아 있었다. 갑판에서 이미 많은 사람들을 보았지만, 전에 본 적이 없는 남자가 눈에 띄었다. 그가 모습을 보였다면 내 눈을 피할 수 없었을 것이다. 큰 키에 까무잡잡했고 얼굴이 너무 기분 나쁘게 생겨 깜짝 놀랄 정도였다. 나는 약간의 호기심을 가지고 그가 누구인지 사무장에게 물었다.

"저 사람 말입니까? 아, 유스터스 페들러 경의 비서랍니다. 저 가없은 친구는 뱃멀미를 아주 심하게 했는데, 전에는 갑판에 나오지도 않았죠. 유스터스 경은 비서를 둘이나 데리고 왔는데 두 사람 모두 바다에 적응을 못 하고 있는 것 같군요. 또 다른 친구는 아직 나타나지 않았고, 지금 저 친구 이름은 파젯입니다."

그러니까 밀하우스의 주인인 유스터스 페들러 경이 이 배에 타고 있었던 것이다. 어쩌면 그저 우연의 일치일 수도 있다. 그럼에도 불구하고…….

"저분이 바로 유스터스 경입니다. 선장 옆에 앉은 잘난 체하는 늙은이."

나의 정보 제공자가 덧붙였다.

그 비서의 얼굴을 뜯어볼수록 영 마음에 들지 않았다. 핏기 없는 얼굴에 나른한 눈동자, 그리고 이상하게 납작한 머리도 마음에 들지 않았다. 그 모든 것이 혐오감과 의심스러운 분위기를 자아냈다.

식당을 나서면서 나는 갑판으로 올라가는 비서의 뒤를 바짝 쫓아갔다. 그는 유스터스 경과 이야기를 나누고 있었고, 나는 한두 마디를 엿들었다.

"지금 당장 선실을 알아보겠습니다. 지금 계시는 곳에서 일을 한다는 것은 불가능합니다. 짐도 많고요."

"여보게, 선실은 첫째 잠을 자는 곳이고, 둘째 옷을 입는 곳이야. 자네에게 사지를 허우적거리면서 하루 종일 타닥타닥 그 지긋지긋한 타자기를 치게 할 생각이 전혀 없다는 말일세."

"그래서 드리는 말씀입니다. 일할 곳이 필요하기에……."

여기서 나는 그들과 헤어져 밑으로 내려갔다. 내 짐을 옮기고 있는지 알아보기 위해서였다. 승무원은 짐을 옮기느라 분주했다.

"아주 훌륭한 선실이에요. D갑판의 13호예요."

"어머나, 싫어요! 13호라니요."

13은 내가 미신을 믿는 번호였다. 물론 훌륭한 선실인 것은 분명했다. 방 안을 꼼꼼히 살펴보며 잠깐 갈등했지만 어리석은 미신이 나를 사로잡았다. 나는 거의 애원하듯 승무원에게 호소했다.

"우현 쪽에 17호가 있긴 한데. 오늘 아침에 그 방이 비어 있었는데, 다른 분에게 이미 배정이 되었거든요. 그 신사분의 짐은 아직 옮기지 않았어요. 남자분들은 여자분들에 비해 미신을 믿지 않으니까, 제가 말씀드려 볼게요."

나는 그 제안을 기꺼이 받아들였고 승무원은 사무장에게 허락을 받으러 갔다. 잠시 후 그는 웃으며 돌아왔다.

"잘됐습니다. 우리가 가면 됩니다."

그는 먼저 17호로 향했다. 17호는 13호만큼 넓지 않았지만 나는 그 방이 마음에 들었다.

"아가씨 짐을 가져오겠습니다."

하지만 바로 그 순간 기분 나쁜 얼굴의 (아까 내가 별명을 붙였던) 그 남자가 출입구에 나타났다.

"실례합니다. 이 선실은 유스터스 페들러 경이 쓰실 예정입니다."

"알고 있습니다, 선생님. 대신 13호를 마련해 드리겠습니다."

승무원이 친절하게 설명했다.

"아니, 제가 쓰기로 한 방은 17호입니다."

"아니, 13호가 더 좋은 선실입니다, 선생님. 더 넓기도 하고요."

"저는 특별히 17호를 선택했습니다. 사무장도 그러라고 했고요."

나는 두 사람 사이에 끼어들어 차갑게 내뱉었다.

"죄송합니다. 17호는 제가 배정받은 방이에요."

"그럴 순 없습니다."

그러자 승무원이 쓸데없는 참견을 했다.

"다른 선실도 이곳과 똑같습니다. 오히려 더 좋습니다."

"제가 17호가 좋다고 했잖습니까."

이때 새로운 목소리가 들려왔다.

"무슨 일이오? 승무원, 내 짐을 여기로 옮기시오. 여긴 내 선실이오."

점심때 내 옆에 앉았던 사내였다. 에드워드 치체스터 목사였다.

"죄송합니다. 여긴 제 선실이에요."

"여긴 유스터스 페들러 경에게 배당된 방입니다."

내 말에 이어 파젯 씨도 지지 않겠다는 듯 말했다.

우리는 하나같이 흥분하고 있었다.

"언쟁을 하게 돼서 미안합니다만……."

치체스터 목사는 유순한 미소를 지으며 말했지만 그 미소는 고집을 굽히지 않겠다는 의지를 감추지 못했다. 나는 유순해 보이는 사내들은 언제나 고집이 세지 하고 생각했다.

목사가 차츰 출입구 쪽으로 들어섰다.

그러자 승무원이 정중하게 말했다.

"목사님 방은 선창 쪽 28호입니다. 아주 훌륭한 선실입니다."

"미안하지만 다시 말씀드려야겠군요. 17호는 내가 쓰기로 약속받은 방이오."

우리는 막다른 골목으로 치닫지 않을 수 없었다. 우리 모두 한 발자국도 물러설 태세가 아니었다. 여하튼 엄밀히 따지자면 나는 그 시합에서 물러나 28호 선실을 받아들이겠다고 하고 사태를 수습할 수도 있었다. 어차피 13호만 아니라면 다른 선실을 놓고 왈가왈부할 필요가 없었다. 하지만 피가 거꾸로 솟아올랐다. 제일 먼저 포기할 생각이 추호도 들지 않았다. 게다가 치체스터도 마음에 들지 않았다. 그는 식사할 때마다 철커덕거리는 틀니를 하고 있었다. 많은 사람이 대수롭지 않은 일로 얼마나 따돌림을 당하는지 생각해 보라.

우리 모두는 똑같은 말을 하고 또 했다. 승무원은 다른 선실이 더 좋은 선실이라고 몇 번이고 강조했다. 하지만 그의 말을 귀담아듣는 사람은 아무도 없었다.

파젯이 흥분하기 시작했다. 치체스터는 침착함을 잃지 않았다. 나역시 애써 평정을 유지했다. 여전히 그 누구도 한 발자국도 양보하려고 하지 않았다.

그때 승무원이 눈을 깜박거리고 작게 귓속말을 하며 내게 신호를보냈다. 나는 조심스럽게 무대에서 빠져나왔다. 그리고 운 좋게도그 자리를 피하자마자 사무장을 만났다.

"어휴, 참, 사무장님이 저에게 17호를 써도 좋다고 하셨다면서요?그런데 다른 분들이 양보를 안 하시네요. 치체스터 씨와 파젯 씨가요. 제게 그 방을 쓰게 해 주실 거죠?"

나는 여자에게 친절하기로는 선원만 한 사람이 없다는 말을 늘 입에 달고 살았다. 나의 귀여운 사무장은 내 가려운 데를 시원하게 긁어 주러 온 것이다. 그는 싸움이 벌어진 현장으로 가 언쟁 중인 사람들에게 17호실은 어디까지나 내 선실이며, 두 사람은 각각 13호와28호를 쓰든가 아니면 원래 있던 곳에 머물든가 둘 중 하나를 선택하라고 공표했다.

나는 너무 멋지다는 눈길로 사무장을 쳐다보았다. 그리고 새 영지에 둥지를 틀었다. 싸움 덕분에 오히려 전화위복이 된 셈이다. 바다는 조용했고, 날씨는 나날이 따뜻해져 갔다. 뱃멀미는 이제 과거지사가 되었다.

나는 갑판으로 올라가 고리 던지기 비법을 터득했다. 다양한 스포츠에도 가입했다. 차와 간식은 갑판으로 배달되었으며, 나는 게걸스럽게 먹었다. 티타임 후에는 쾌활한 몇몇 청년과 함께 원반 던지기를 했다. 그들은 내게 싹싹하게 굴었다. 나는 삶이 더할 나위 없이 즐겁고 유쾌하다는 생각이 들었다.

만찬을 위한 몸치장을 알리는 나팔 소리가 들리자 나는 서둘러 새 선실로 돌아왔다. 여승무원이 곤혹스러운 얼굴로 나를 기다리고 있었다.

"아가씨 선실에서 아주 지독한 냄새가 나요. 도대체 무슨 냄새인지 모르겠어요. 여기서 주무실 수 있을지 모르겠네요. C갑판에 갑판 선실이 하나 있는데 그리로 옮기시는 게 좋겠어요. 하룻밤만이라도요."

냄새는 정말 지독했다. 구역질이 날 정도였다. 나는 여승무원에게 옷을 갈아입으면서 방 옮기는 문제를 생각해 보겠다고 했다. 그리고 서둘러 화장실로 들어가 불쾌한 표정으로 코를 킁킁거리며 냄새를 맡았다.

무슨 냄새일까? 죽은 쥐는 아니다. 그보다 더 심한 악취다. 그리고 그것과는 아주 다른 냄새다. 아, 알았다! 전에 맡아 봤던 어떤 냄새다. 어떤 냄새일까 생각하다 마침내 알아냈다. 아위 추출물(미나릿과 식물 아위의 수액을 굳힌 것으로 유황 냄새 같은 악취가 나며 향신료와 약재로 쓰였다 — 옮긴이)이었다. 나는 전쟁 중에 잠깐 어느 병원의 조제실에서 일한 적이 있는데 그때 욕지기 나는 다양한 약을 알게 되었다.

아위, 그거였다. 하지만 어떻게……

나는 이유를 깨닫고 소파에 몸을 묻었다. 누군가 내 선실에 아위 추출물을 한 꼬집 뿌린 것이다. 무슨 이유일까? 방을 비우게 하려는 의도일까? 그들은 어째서 날 내쫓지 못해 안달하는 걸까? 오늘 오후에 있었던 일을 각기 다른 관점에서 곰곰 생각해 보았다. 몇 명이나 그토록 17호실을 차지하지 못해 안달인 이유가 뭘까? 나머지 두 선실이 더 좋은 방인데, 어째서 그 두 사내는 17호실을 고집한 걸까?

17. 얼마나 고집스러운 숫자인가. 사우샘프턴에서 내가 배를 탔던 날도 17일이었다. 그것도 17이었다. 나는 숨이 막혀 꼼짝도 할 수가 없었다. 그러곤 허둥지둥 여행 가방을 열고 돌돌 말은 스타킹 속에 숨겨 둔 소중한 종이쪽지를 꺼냈다.

17 1 22. 나는 이 숫자를 날짜라고, '킬모든 캐슬' 호의 출항일이라고 해석했다. 혹시 내가 착각한 것일까. 거기까지 생각이 미쳤을 때 누군가가 날짜를 적었다면 굳이 달에 연도를 적을 필요가 있었을까 하는 생각이 퍼뜩 들었다. 혹시 17이 선실 17호를 의미하는 것은 아닐까? 그렇다면 1은 뭘까? 시간을 의미하는 1시다. 그리고 22는 날짜일 것이다. 나는 자그마한 내 책력을 들여다보았다.

내일이 22일이었다!

10장

　나는 흥분으로 미칠 지경이었다. 마침내 확실한 실마리를 잡았다는 확신이 들었다. 한 가지는 분명했다. 선실을 옮겨서는 안 된다는 것이었다. 아위가 틀림없다. 다시 한 번 내가 추측한 사실들을 점검했다.

　내일은 22일이었고, 오전 1시 혹은 오후 1시에 어떤 일이 일어날 것이다. 나는 오전 쪽으로 마음이 쏠렸다. 지금 시각은 7시였다. 여섯 시간만 있으면 알게 되리라.

　저녁을 어떻게 보냈는지 기억이 전혀 없다. 나는 일찌감치 내 선실로 돌아왔다. 여승무원에게는 코감기에 걸려 냄새를 맡을 수 없다고 말해 두었다. 그녀는 여전히 걱정하는 듯했으나 나는 확고했다.

　저녁 시간은 지루하기 짝이 없었다. 나는 제시간에 침대로 갔지만, 응급 상황을 고려하여 두꺼운 플란넬 화장복으로 몸을 감싸고

슬리퍼까지 신고 있었다. 그렇게 무장하고 나니 어떤 일이 벌어져도 용수철처럼 튀어 올라 적극적인 대처를 할 수 있을 것 같았다.

나는 무슨 일이 일어나길 기다리고 있는 걸까? 모르겠다. 막연한 공상들, 그나마 대부분은 터무니없는 공상들이 머릿속을 휘젓고 다녔다. 하지만 한 가지 분명한 것은 1시에 어떤 일이 일어날 거라는 사실이었다.

나는 가만히 승객들이 잠자리에 드는 소리를 듣고 있었다. 말소리, 웃으며 작별 인사를 하는 소리들이 토막토막 천장이 없는 고물보 사이로 들려왔다. 그러곤 다시 적막이 흘렀다. 불빛도 대부분 꺼졌다. 바깥 복도에는 아직 불이 켜져 있어 내 방에도 어느 정도 불빛이 있었다. 시종(항해 시 1점에서 8점까지 30분마다 1점을 더하여 치는 당직의 종 — 옮긴이)이 여덟 번 울리는 소리가 들렸다. 그다음 시간은 내 평생 가장 길게 느껴질 것 같았다. 나는 행여 시간을 지나칠까 봐 내 시계를 보았다.

내 추측이 틀려 1시에 아무 일도 일어나지 않는다면 나는 웃음거리가 될 것이다. 별것도 아닌 일로 내 전 재산을 탕진할 수도 있는 것이다. 아프도록 심장이 뛰었다. 시종 소리가 두 번 머리 위로 지나갔다. 드디어 1시다! 그런데 아무 일도 없었다. 잠깐…… 저게 뭐지? 가볍고 빠르게 후닥닥 복도를 달리는 발소리가 들렸다.

다음 순간 갑작스레 내 선실 문이 벌컥 열리고 한 남자가 거의 쓰러지다시피 안으로 들어왔다.

"날 좀 구해 주시오. 쫓기고 있소."

사내가 쉰 목소리로 말했다.

따지고 설명할 때가 아니었다. 밖에서 발자국 소리가 들렸다. 나는 순식간에 행동을 개시했다. 어느덧 자리에서 벌떡 일어나 선실 한복판에서 낯선 사내와 마주 보며 서 있었다.

선실에는 180센티미터가 넘는 사내를 숨길 곳이 그리 많지 않다. 나는 한 손으로 트렁크를 끄집어냈다. 그는 트렁크 뒤 침대 밑으로 미끄러져 들어갔다. 나는 뚜껑을 들어 올렸다. 그와 동시에 다른 손으로 세면기를 끌어내렸다. 능숙한 손놀림으로 머리를 말아 꼴사납게 정수리에 틀어 올렸다. 모양새의 관점에서 보면 비예술적이고, 다른 관점에서 보면 지극히 예술적이었다. 볼썽사납게 머리를 틀어 올리고, 보아하니 얼굴을 씻으려는 듯 트렁크에서 비누를 꺼내고 있던 여자가 도망자를 숨겨 주었다는 의심을 받기는 어려울 것이다.

문을 두드리는 소리가 들리더니 들어오라는 대답도 기다리지 않고 문이 열렸다.

나는 과연 누구와 맞닥뜨릴 것이라고 생각했을까. 잘 모르겠다. 파젯 씨가 권총을 휘두르며 들어올 것이란 막연한 생각을 했던 것 같다. 아니면 모래주머니나 어떤 치명적인 무기를 들고 있는 선교사를 생각했을 수도 있다. 하지만 야간 여승무원일 거라곤 꿈에도 생각하지 못했다. 그것도 궁금한 표정을 지으며 온갖 예의범절을 다 차리면서 말이다.

"죄송합니다만, 소리를 지르신 것 같아서요."

"아니, 소리 안 질렀는데요."

"공연히 실례했습니다. 죄송합니다."

"아니, 괜찮아요. 잠이 안 와서 세수를 하면 좋을 것 같아서요."

내 말은 평소에 절대 세수를 안 하는 사람처럼 들렸다.

여승무원이 다시 말했다.

"다시 한 번 죄송합니다. 술 취한 신사분이 계셔서, 혹시 숙녀분들 방에 들어가서 놀라게 하지 않을까 걱정이 되어서요."

나는 깜짝 놀란 표정을 지었다.

"세상에 맙소사! 이쪽으로 오진 않겠죠?"

"아, 그렇진 않을 겁니다. 혹시 오면 종을 치세요. 그럼 안녕히 주무세요."

"안녕히 주무세요."

잠시 후 나는 문을 열고 복도를 살폈다. 돌아가는 여승무원 외에는 아무도 보이지 않았다. 술에 취했다고! 그래서 그랬던 거로군. 공연히 배우의 소질만 낭비한 셈이었다. 나는 트렁크를 약간 끌어당기고 나서 언짢은 목소리로 말했다.

"당장 나와요, 빨리요."

아무 대답이 없었다. 침대 밑을 들여다보니 불청객은 꼼짝 않고 누워 있었다. 잠이 든 것 같았다. 남자의 어깨를 잡아당겨 보았지만 꿈쩍도 하지 않았다.

'곤드레만드레군. 어쩐담?'

부아가 치밀어서 머릿속으로 그렇게 중얼거렸다.

그제야 무언가를 보고 나는 숨이 멎는 것 같았다. 바닥에 묻은 선홍색 얼룩을 보았던 것이다.

나는 온 힘을 다해 그 사내를 선실 한가운데로 끌어냈다. 얼굴이 시체처럼 창백한 것을 보니 틀림없이 기절한 것 같았다. 다음 순간 그가 쉽게 기절한 이유를 깨달았다. 왼쪽 어깨 밑에 칼에 찔린 아주 깊은 상처가 있었다. 나는 그의 코트를 벗기고 손을 쓰기 시작했다.

냉수를 끼얹자 사내는 정신을 차리고 일어나 앉았다.

"그냥 가만히 계세요."

이내 기력을 회복할 수 있는 젊은 남자였던 그는 약간 비틀거리며 일어섰다.

"고맙군. 이젠 신경 끄시오."

반항적일 뿐 아니라 거의 공격적이기까지 한 태도였다. 고맙다는 기색, 상식적인 감사의 표현은 눈곱만큼도 없었다.

"상처가 아주 깊어요. 붕대를 감아야겠어요."

"그럴 필요 따위 없소."

그는 마치 내가 구걸이라도 하는 양 내 얼굴에 대고 쏘아붙였다. 결코 차분한 성격이 못 되는 나는 은근히 부아가 치밀었다.

"도저히 봐줄 수 없는 태도로군요."

나도 쌀쌀맞게 말했다.

"더 이상 귀찮게 하지 않고 나가겠소."

남자는 문 쪽으로 돌아섰지만 이내 비틀거렸다. 나는 다짜고짜 그를 소파로 밀쳤다.

"바보같이 굴지 마세요. 온 배에 피칠을 하고 돌아다니려고요?"

나는 허물없는 어조로 말했다.

최선을 다해 상처에 붕대를 감는 동안 그가 잠자코 앉아 있는 것을 보니 그 역시 그런 느낌을 받은 것 같았다.

나는 감아 놓은 붕대를 가볍게 두드리며 말했다.

"저기요, 당장은 이렇게 붕대로 감아 두는 수밖에 없어요. 이제 기분이 좀 나아졌다면 무슨 일인지 사연이나 들어 볼까요?"

"미안하지만 아가씨의 궁금증은 풀어 줄 수 없소."

"왜 못 하는데요?"

나는 화를 내며 물었다.

그러자 그는 심술궂게 미소 지었다.

"동네방네 떠들고 싶으면 여자끼리 하시오. 아니면 조용히 입을 다물고 계시든가."

"내가 비밀을 지키지 못할 거라고 생각하는 거예요?"

"당연한 거 아니오."

그렇게 말하고 남자는 소파에서 일어섰다.

나는 앙칼지게 쏘아붙였다.

"어쨌든 오늘 저녁 일을 전부 떠들고 다닐 수도 있어요."

"당연히 그러시겠지."

그는 무심하게 맞받아쳤다.

"용감하시기도 해라!"

이번에는 화난 목소리로 크게 소리쳤다.

우리는 증오에 차 원수를 바라보듯 씩씩거리며 서로를 노려보았다. 나는 처음으로 그의 얼굴을 자세히 볼 수 있었다. 짧게 깎은 검은 머리에 야윈 턱, 가무잡잡한 얼굴에 흉터가 나 있었다. 뭐라 설명하기 어려운 경멸하는 표정으로 내 눈을 노려보고 있는데, 그 순간 나는 호기심에 찬 옅은 회색 눈동자를 보았다. 그에게는 어딘지 모르게 위험한 구석이 있었다.

"목숨을 구해 줬는데 고마워하지도 않다니요!"

이번에는 부드러움을 가장한 채 말했다.

그 방법은 적중했다. 그가 움찔하는 것이 보였다.

내가 목숨을 구해 주었다는 사실을 떠올리는 것이 그에겐 무엇보다 언짢다는 것을 직감적으로 깨달았다. 나는 전혀 개의치 않았다. 그의 기분을 상하게 만들고 싶었다. 누군가를 그토록 불쾌하게 해주고 싶었던 적은 일찍이 없었다.

"내 목숨을 구해 줬다는 게 참으로 원망스럽소. 죽어서 여기를 벗어났다면 한결 좋았을 텐데."

그는 격한 목소리로 말했다.

"빚진 사실을 인정하다니 다행이네요. 빚진 건 빚진 거니까요. 난 당신의 목숨을 구해 줬으니 당신한테 '고맙다.'라는 말을 제대로 들어야겠어요."

눈빛으로 사람을 죽일 수 있다면 남자는 그렇게 해서 날 죽이고 싶었을 것이다. 그는 거칠게 날 밀어젖혔다. 그리고 문에서 뒤를 돌아보며 어깨 너머로 내뱉었다.

"당신에게 고맙지 않소. 지금도 앞으로도 영원히 그럴 거요. 하지만 빚을 진 건 사실이오. 언젠가 갚겠소."

그는 주먹을 불끈 쥔 채 방을 나갔고, 내 심장은 쿵쾅쿵쾅 소리를 내며 뛰었다.

11장

그날 밤은 더 이상 소동이 없었다. 다음 날 아침 나는 늦게 일어나 침대에서 아침 식사를 했다. 갑판으로 나가자 블레어 부인이 큰 소리로 나를 불렀다.

"안녕하세요, 집시 아가씨. 여기 와서 내 옆에 앉아요. 잠을 잘 못 잔 것 같은데."

"저를 왜 그렇게 부르세요?"

그녀가 가리키는 자리에 앉으며 물었다.

"거슬려요? 왠지 어울려서요. 처음부터 내 마음대로 불렀잖아요. 아가씨에겐 집시 같은 분위기가 있어서 다른 사람들과 아주 다른 느낌을 줘요. 생각해 봤는데 아가씨와 레이스 대령, 이 배에서 아무리 얘기해도 지겹지 않은 사람은 두 사람뿐이에요."

"재미있네요. 저도 똑같은 생각을 했는데…… 다만 부인의 경우

에는 더욱 이해가 가요. 부인은…… 부인은 더없이 세련된 작품이
시니까요."

"형편없는 평가는 아니네요."

블레어 부인이 고개를 끄덕이며 말했다.

"본인 얘기를 좀 해 봐요, 집시 아가씨. 남아프리카에는 왜 가는
거죠?"

나는 아버지의 평생 연구에 관해 짧게 설명해 주었다.

"그럼 찰스 베딩펠드의 딸이에요? 난 그저 시골 아가씨려니 생각
했지 뭐예요! 그럼 해골을 더 발굴하려고 브로큰힐에 가는 거예요?"

"그렇기도 하고, 또 다른 볼일도 있고요."

나는 신중하게 말을 골랐다.

"정말 알쏭달쏭한 말괄량이 아가씨야. 그런데 오늘 아침엔 무척
피곤해 보여요. 잠을 못 잤어요? 난 배에선 잠을 자지 않으면 못 배
겨요. 잠꾸러기는 열 시간을 잔다고 하던데, 난 스무 시간도 잘 수
있어요."

그녀는 졸린 고양이처럼 하품을 했다.

"한밤중에 어떤 실없는 승무원이 어제 내가 떨어뜨린 필름을 돌
려준다고 날 깨웠지 뭐예요. 게다가 완전 드라마였어요. 환풍기에
팔을 집어넣고 내 방 한복판에 그 필름을 떨어뜨렸다니까요. 한순
간 난 그게 폭탄인 줄 알았어요!"

"저기 부인의 대령님이 오시네요."

나는 키가 훤칠한 레이스 대령이 갑판 위에 나타나자 이렇게 말

했다.

"저 사람은 내 대령이 아니에요. 사실은 아가씨를 아주 흠모한답니다, 집시 아가씨. 그러니 도망가지 마요."

"뭔가로 머리를 좀 묶어야겠어요. 그게 모자보다 더 편하거든요."

나는 재빨리 그 자리를 빠져나왔다. 이런저런 이유로 레이스 대령이 불편했다. 좀처럼 부끄럼을 타지 않는데 레이스 대령이라면 꼼짝을 못 한다.

선실로 내려가 헝클어진 머리를 묶을 수 있는 뭔가를 찾기 시작했다. 나는 정리정돈을 잘하는 타입이라 항상 내 물건을 나름대로 정리해 두는 것을 좋아한다. 그리고 일단 정리하면 여간해선 흐트러뜨리지 않는다. 나는 서랍을 열자마자 누군가 내 물건을 흐트러놓았다는 것을 눈치챘다. 모든 것이 뒤죽박죽 뒤집히고 흩어져 있었다. 다른 서랍들과 벽에 매달린 작은 벽장들도 열어 보았다. 상황은 마찬가지였다. 마치 누군가 서둘러 무언가를 찾았으나 별 소득을 얻지 못한 것 같았다.

나는 심각한 표정으로 침대 가장자리에 걸터앉았다. 누가 내 선실을 뒤졌고, 그들이 찾는 것은 무엇일까? 아무렇게나 휘갈겨 쓴 숫자와 글자가 적힌 쪽지였을까? 나는 불만스럽다는 듯이 고개를 가로저었다. 이제 그것은 분명 지난 이야기다. 그게 아니라면 무엇일까?

생각을 정리하고 싶었다. 지난밤의 사건들은 비록 짜릿하긴 했어도 진상을 설명할 만한 것은 아무것도 없었다. 내 선실로 그렇게 느닷없이 밀고들어 온 그 청년은 누구일까? 갑판이나 식당이나 아무튼 배에서는 본 적이 없는 사람이었다. 배의 승무원일까 아니면 승객일까? 누가 그를 찔렀을까? 왜 찔렀을까? 무슨 이유로 17호 선실이 그토록 두드러진 것일까? 이 모든 것이 미스터리였지만, 이 '킬모든 캐슬'에서 뭔가 아주 특별한 일이 일어나고 있다는 것만큼은 분명했다.

나를 감시할 만한 사람들을 손가락으로 꼽아 보았다.

간밤의 손님은 제쳐 놓고 오늘이 가기 전에 배에서 그를 찾아내리라 다짐하면서 다음 인물들을 주목할 만한 사람으로 선정했다.

(1) 유스터스 페들러 경: 밀하우스의 주인이며, 그가 킬모든 캐슬을 타고 있다는 것은 무언가 우연의 일치처럼 보인다.

(2) 파젯 씨: 기분 나쁜 표정의 비서로 17호실을 굳이 쓰려고 했던 요주의 인물이므로 주의해야 한다. 유스터스 경과 칸까지 동행했는지 여부를 확인할 것.

(3) 에드워드 치체스터 목사: 안 좋은 인상을 갖게 된 이유는 17호실을 고집했다는 것 때문이다. 그것은 유별난 성격 때문인지도 모른다. 고집은 병이 될 수 있다.

그러나 치체스터 씨와 대화를 나눠 보는 것도 나쁠 건 없다고 판단했다. 나는 손수건으로 허둥지둥 머리를 동여매고 다시 갑판으로 올라갔다. 운이 따라 주었다. 내 사냥감이 난간에 기대어 쇠고기 수프를 마시고 있었다. 그에게 다가갔다.

"이제 저에 대한 감정은 풀리셨나요?"

나는 최대한 상냥하게 미소를 지으며 말했다.

치체스터 씨는 쌀쌀맞게 대답했다.

"원한을 품는 건 기독교 신자의 도리가 아니지요. 그렇지만 사무장은 그 선실을 내게 주겠다고 철석같이 약속했소."

"사무장이란 원래 바쁜 사람 아닌가요?"

나는 애매하게 둘러대며 다시 한 번 덧붙였다.

"그래서 깜박깜박 할 때가 많지요."

치체스터 씨는 아무 대꾸도 하지 않았다.

"남아프리카는 처음 가시는 건가요?"

나는 스스럼없이 말문을 트며 물었다.

"남아프리카는 그렇지요. 하지만 지난 2년 동안 동아프리카 내륙의 식인 부족들 틈에서 일했소."

"어머나 끔찍해라! 목사님은 구사일생으로 살아나셨나요?"

"살아나다니요?"

"제 말은, 잡아먹히지 않았다는 거예요."

"신성한 주제를 경망스럽게 취급해서는 안 됩니다, 베딩펠드 양."

"식인 풍습이 신성한 주제라는 걸 미처 몰랐네요."

기분이 상한 나는 이렇게 쏘아붙였다.

말하는 동안 또 다른 생각이 떠올랐다. 만약 치체스터 씨가 정말로 지난 2년 동안 아프리카 내륙에 있었다면 어떻게 얼굴이 그을지 않았을까? 그의 피부는 갓난아이처럼 연분홍빛이었다. 어딘가 수상한 구석이 있지 않을까? 그러나 그의 태도와 목소리는 너무나도 확고했다. 어쩌면 지나치게 확고한지도 몰랐다. 혹시 무대에서만 성직자가 아닐까?

리틀햄프슬리에서 만났던 부목사들이 떠올랐다. 그중에는 내 마음에 들었던 사람도 있고 그렇지 않은 사람도 있었지만, 그 누구도 치체스터 씨 같은 사람은 없었다. 그들은 인간적이었으나, 치체스터 씨는 실제 이상으로 미화된 느낌이었다.

유스터스 페들러 경이 우리를 지나쳐 갑판을 내려갈 때에도 나는 이야기에 열을 올리고 있었다. 유스터스 경은 우리를 막 지나가려다가 갑자기 허리를 굽히더니 종이 한 장을 집어 치체스터 씨에게 건네주며 말했다.

"뭘 흘리셨군요."

그러고 나서 유스터스 경은 그냥 지나쳐 갔다. 아마도 치체스터 씨의 동요를 눈치채지 못한 것 같았다. 나는 그것을 놓치지 않았다. 무엇을 흘렸는지 몰라도 흘린 것을 다시 받아 들면서 그는 몹시 당황했다. 거의 새파랗게 질린 채 쪽지를 함부로 꼬깃꼬깃 구겨 넣었다. 이 모습에 내 의혹은 갑자기 증폭되었다.

나와 시선이 마주치자 그는 허둥지둥 둘러댔다.

"아…… 내가 쓰고 있던 설교요."

그는 비굴한 미소를 지으며 말했다.

"그러세요?"

나는 공손하게 맞장구를 쳤다.

그는 곧바로 혼잣말처럼 실례를 구하고 자리를 떴다. 정말 애석하다. 그 종이를 유스터스 경이 아니라 내가 주웠다면 얼마나 좋았을까! 한 가지는 분명했다. 치체스터 씨는 내 용의자 명단에서 제외될 수 없다는 것이다. 나는 그를 요주의 인물 세 사람 가운데 한 사람으로 지목했다.

점심 식사를 마치고 커피를 마시기 위해 휴게실로 올라가다가 유스터스 경과 파젯 씨가 블레어 부인과 레이스 대령과 함께 앉아 있는 것을 보았다. 블레어 부인이 미소를 지으며 나를 반겼으므로 그들 자리로 가서 함께 앉았다. 그들의 화제는 이탈리아였다.

"그건 잘못된 거예요. 아쿠아 칼다(Aqua calda)는 당연히 찬 물이지 더운 물이 아니라고요."

블레어 부인이 우겼다.

"부인이 라틴어 학자는 아니시잖습니까."

유스터스 경이 미소를 지으며 말했다.

"물론 남자들이 라틴어를 더 잘하긴 하죠. 하지만 옛날 교회의 비명을 번역하라고 해 보세요. 절대 못 할 거예요! 우물우물거리다가 그냥 넘어간다니까요."

블레어 부인도 지지 않고 맞섰다.

"맞아요, 저도 늘 그럽니다."

레이스 대령이 찬성한다는 듯 말했다.

"하지만 전 이탈리아 사람들이 참 좋아요. 너무나 친절하거든요. 그래서 황당할 때도 있지만요. 길을 물어보기라도 하면 먼저 오른

쪽으로 갔다가 왼쪽으로 가라든가, 아니면 어떻게든 한 방향을 가리키는 것이 아니라 온갖 방향을 다 가리키거든요. 물론 선의로 그러는 것이지만요. 그래서 어리둥절해하면 친절하게 팔짱을 끼고 물어본 장소까지 같이 가 준다니까요."

"자네도 피렌체에서 그런 일을 겪었나, 파젯?"

유스터스 경이 비서에게 미소를 지으며 물었다.

어떤 이유에서인지 그 질문에 파젯 씨는 몹시 당황하는 것 같았다. 그는 얼굴을 붉히며 말을 더듬거렸다.

"아, 정말 그랬습니다, 예, 그렇고말고요."

그는 말을 얼버무리며 실례를 구하고는 서둘러 자리에서 일어나 총총 사라졌다.

"아무래도 가이 파젯이 피렌체에서 무슨 일을 저지른 모양이야."

유스터스 경은 사라지는 비서의 뒷모습을 바라보며 다시 농담을 했다.

"피렌체나 이탈리아 얘기만 나오면 황급히 화제를 바꾸거나 자리를 뜨니, 참 이상도 하지."

그러자 블레어 부인이 자신 있게 말했다.

"거기서 누군가를 죽인 건 아닐까요? 의원님의 기분을 상하게 하고 싶은 마음은 없습니다만, 저 사람 얼굴이 아무래도 사람을 죽인 것 같은 표정이라서요."

"그러게, 르네상스 시대 이탈리아 예술 같지요. 이따금 그것이 나를 놀라게 한다오. 특히 저 친구가 정말 법 없이도 살 사람이라고 느껴질 때는 더더욱."

"유스터스 경 곁에 오래 있었습니까?"

레이스 대령이 정중히 물었다.

"8년이오."

유스터스 경이 깊은 한숨을 내쉬며 말했다.

"없어서는 안 될 사람이네요."

블레어 부인이 한마디 참견했다.

"오, 그렇다마다! 정말 없어서는 안 될 친구지!"

마치 파젯 씨의 소중함이 남 모르는 큰 슬픔이나 되는 것처럼 유스터스 경의 말은 더욱 의기소침하게 들렸다. 그러다가 약간 소리를 높여 활발하게 덧붙였다.

"그렇지만 그 친구 얼굴을 보면 신뢰가 갑니다. 자존심이 강한 살인자는 그런 얼굴을 하고 있지 않지요. 크리픈(그 당시 영국의 유명한 연쇄 살인범 — 옮긴이)만 해도 아주 싹싹하고 호감 가는 친구죠."

"그 남자는 어떤 정기선(定期船)에서 붙잡혔다죠?"

블레어 부인은 혼잣말처럼 중얼거렸다.

그때 뒤에서 달가닥거리는 소리가 들려 얼른 뒤를 돌아보았다. 치체스터 씨가 커피 잔을 떨어뜨린 소리였다.

우리의 파티는 이것으로 끝이 났다. 블레어 부인은 잠을 자러 내려갔고, 나는 갑판으로 나갔다. 레이스 대령이 뒤따라왔다.

"참 만나기가 어렵군요, 베딩펠드 양. 간밤에 댄스파티에서 얼마나 찾았는지 모릅니다."

"일찍 잠자리에 들었어요."

"오늘 밤도 도망가실 겁니까? 아니면 저와 춤을 추시겠습니까?"

"대령님과 춤을 추는 것도 좋지만, 블레어 부인께서……."

나는 수줍게 얼버무렸다.

"우리 친구 블레어 부인은 춤을 그다지 좋아하지 않으신답니다."

"그럼 대령님은요?"

"저는 베딩펠드 양과 춤을 추고 싶습니다."

"어머나!"

나는 약간 신경질적으로 내뱉었다.

사실 레이스 대령이 약간 무섭게 느껴졌더랬다. 그럼에도 불구하고 나는 이 관계를 즐기고 있다. 고루한 늙은 교수들과 화석이 된 해골 얘기를 하는 것보다 백번 낫지 않은가. 레이스 대령은 정말 나의 이상형인 근엄하고 과묵한 로디지아인이었다. 그와 결혼할 수도 있을 것 같았다. 청혼을 받은 것은 아니지만, 진심이다. 그러려면 준비가 되어 있어야 한다. 모든 여성은 만나는 모든 남자를 일단 자기 자신이나 아니면 친구의 남편감으로 생각해 보는 경향이 있다.

나는 그날 저녁 레이스 대령과 서너 차례 춤을 추었다. 그는 춤을 잘 추었다. 춤이 끝나자 잠자러 갈 생각이었는데, 그가 갑판을 산책하자고 했다. 우리는 세 바퀴를 돌고 나서야 마침내 갑판 의자에 앉았다. 사람이라곤 아무도 없었다. 우리는 한동안 산만한 잡담을 주고받았다.

"베딩펠드 양, 언젠가 아버님을 한번 뵌 적이 있소. 아주 훌륭하신

분이라는 인상을 받았소. 그 분야에서 말입니다. 그건 나에게도 특별한 매력을 갖고 있는 주제랍니다. 소박하긴 하지만 나도 그 계통에서 일을 조금 해 보았지요. 그러니까 프랑스의 도르도뉴 지방에 갔을 때……."

우리의 대화는 기술적인 것이 되었다. 레이스 대령의 자랑은 근거 없는 허풍이 아니었다. 그는 많은 것을 알고 있었다. 그렇긴 하지만 한두 가지 미심쩍은 실수를 저질렀다. 나는 그저 말실수일 거라고 넘어갔지만, 그는 내가 한 말을 재빨리 따라잡아 자신의 실수를 덮었다. 무스티에 문화기가 오리냐크 문화기 다음에 이어진다고 했지만, 그 주제를 잘 아는 사람에겐 어처구니없는 실수였다.

선실로 돌아왔을 때 12시였다. 나는 앞뒤가 맞지 않는 모순을 놓고 여전히 이것저것 생각하고 있었다. 오늘을 위해 레이스 대령이 그 모든 주제를 공부했단 말인가? 사실은 고고학에 문외한이 아닐까? 나는 그 대답이 마음에 들지 않아 고개를 가로저었다.

막 잠이 들려는 순간 갑자기 다른 생각이 뇌리를 스치는 바람에 자리에서 벌떡 일어나 앉았다. 혹시 그가 나를 유도 신문하고 있었던 건 아닐까? 그 사소한 실수는 오히려 내가 그 주제를 제대로 알고 있는지 확인하기 위한 단순한 테스트가 아니었을까? 그러니까 그는 내가 진짜 앤 베딩펠드가 아닐지도 모른다고 의심했던 것이다.

왜 그랬을까?

12장

(유스터스 페들러 경의 일기 발췌문)

선상 생활을 위해 밝혀야 할 것이 있다. 선상 생활은 늘 그렇듯 평화롭다. 나는 머리가 희끗희끗한 덕분에 다행히도 대롱대롱 매달린 사과를 따먹거나, 감자와 달걀을 들고 갑판을 오르락내리락 뛰어다니는 점잖지 못한 게임에서 빠질 수 있었다. 특히 곤혹스러운 스포츠인 '브라더 빌'과 '볼스터 바'에서도 제외될 수 있었다. 사람들이 이렇게 고생스러운 과정에서 즐거움을 발견한다는 것이 내겐 늘 수수께끼였다. 하지만 이 세상에는 바보가 아주 많다. 사람은 누구나 자신의 존재로 인해 신을 찬양하면서도 자신의 길을 피해 간다.

다행히 나는 훌륭한 선원이다. 파젯, 이 가엾은 친구는 그렇지가 않다. 그는 솔렌트(영국 본토와 와이트 섬 사이의 해협 — 옮긴이)를 벗어나자마자 새파랗게 질리기 시작했다. 소위 또 다른 비서라고 하는 친구도 뱃멀미를 하는 것 같다. 하여튼 그 친구는 아직까지 코빼기도 보이지 않는다. 어쩌면 뱃멀미가 아니라 고도의 외교술인지도 모르겠다. 그 친구가 내 걱정을 하지 않는다는 것이 그나마 반가운 일이다.

배에 타고 있는 사람들을 보니 대체로 초라하다. 단 브리지 게임을 하는 두 사람과 세련된 외모의 클래런스 블레어 부인만 제외하고 말이다. 그녀는 런던에서 만난 적이 있다. 내가 아는 여자들 중에 유머 감각이 뛰어나기로는 단연 으뜸이다. 나는 그녀와 이야기하는 것이 즐거우며, 그녀 곁에 찰싹 붙어 있는 훤칠하고 무뚝뚝한 놈만 아니라면 즐길 수 있는 한 맘껏 즐겼을 것이다. 레이스 대령이 정말 그녀를 즐겁게 해 준다고는 생각할 수 없다. 생긴 것은 나름대로 잘 생겼지만 괸 물처럼 밋밋하다. 여류 소설가와 젊은 아가씨들이 열광하는 힘세고 말 없는 그런 부류이다.

가이 파젯은 마데이라를 떠난 이후로 갑판에서 고군분투하며 다 죽어 가는 목소리로 횡설수설 일 얘기를 하기 시작했다. 대체 배를 타고 항해하면서 일을 하고 싶은 사람이 어디 있을까? 물론 여름에 회고록을 내겠다고 출판사와 약속한 것은 사실이지만, 그래서 어쨌다는 건가? 솔직히 누가 회고록을 읽을까? 시골에 사는 늙은 귀부인들이나 읽을지 모르겠다. 그러니 내 회고록이 몇 권이나 팔리겠는가? 나는 평생 소위 유명하다는 사람들을 제법 많이 만났다. 파젯의 도움을 받아 가며 그들에 관한 재미없는 비화를 날조했다. 그리고 사실 파젯은 일에 대해 너무 솔직하다. 그는 내가 만날 수도 있었지만 사실은 만나지 않았던 사람들에 대해 내가 날조하는 것을 그냥 두지 않을 것이다.

나는 그에게 호의를 가지려고 노력했다.

"자네 꼴이 아직까지 말이 아니군. 자네한테 필요한 건 갑판 의자에 앉아 아침 햇살을 쬐는 거야. 그게 중요해. 일은 나중에 해도 돼."

지금 그는 선실 문제로 전전긍긍하고 있었다.

"의원님의 선실에는 일할 공간이 없습니다. 트렁크로 꽉 찼으니까요."

그의 어조로 미루어 본다면 트렁크가 까만 딱정벌레쯤 되는 것 같다. 특히 선실에 있어서는 안 되는 물건 같다는 생각이 든다.

나는 그에게 상황 파악을 제대로 못 하는 모양인데, 여행할 때도 여느 때처럼 옷을 갈아입는 거라고 설명했다. 그는 내 농담에 예의 그 희미한 미소를 지어 보이곤 다시 손에 들고 있던 일로 화제를 돌렸다.

"좁아터진 제 숙소에선 제대로 일을 할 수가 없습니다."

나는 파젯의 '좁아터진 숙소'를 잘 안다. 보통 그는 배에서 가장 좋은 선실을 쓰는 편이다.

"미안하네만 이번에는 선장이 자넬 위해 발 벗고 나서질 않는군. 자네 짐을 내 선실에 갖다 놓을 텐가?"

나는 빈정대듯 말했다.

파젯 같은 사람에게 빈정거리는 것은 위험한 일이다. 그 순간 그의 표정이 환해졌다.

"타자기와 문구류가 든 트렁크를 치울 수만 있다면……."

문구류가 든 트렁크는 무게가 족히 몇 톤은 나간다. 그 가방은 짐꾼들에겐 영원한 골칫덩이이며, 파젯 인생의 최대 목표는 그 가방을 내게 떠넘기는 것이다. 그것은 우리 사이에 영원히 풀리지 않는 싸움이다. 그는 그 가방을 특별한 내 개인 재산으로 간주하는 것 같다. 하지만 나는 그 가방을 관리하는 것이야말로 비서의 가장 유용한 일로 간주하고 있다.

"여분의 선실을 하나 더 얻어야지."

나는 황급히 이렇게 말했다.

그 일은 아주 간단해 보였지만, 파젯은 미스터리 만들기를 아주 좋아하는 사람이다. 다음 날 그는 르네상스 시대 음모자 같은 음침한 얼굴을 하고 나를 찾아왔다.

"의원님께서 선실 17호실을 얻어 사무실로 쓰신다고 하셨지 않습니까?"

"그래서 그게 어쨌다는 건가? 문구용 트렁크가 출입구에 끼이기라도 했나?"

"출입구 넓이는 다 똑같습니다. 그런데 의원님, 그 선실과 관련해서 아주 기이한 뭔가가 있습니다."

파젯은 진지하게 이야기했다.

「이층 침대」(작가 프랜시스 매리언 크로퍼드의 단편 공포 소설 — 옮긴이)를 읽은 기억이 뇌리를 스치고 지나갔다.

"귀신이 나온다면 거기서 자지 않으면 문제될 게 없지 않은가? 귀신이 타자기에게 영향을 주지는 않을 테고."

파젯은 귀신이 아니라고 했으며, 어쨌든 17호실을 확보하지 못했다고 했다. 그리고 이야기에 살을 더하고 빼 가면서 장황하게 설명했다. 보아하니 파젯과 치체스터 씨와 베딩펠드라는 아가씨가 그 선실을 놓고 하마터면 주먹질까지 오갈 기세였던 모양이다. 말할 나위 없이 싸움은 그 아가씨의 승리로 끝났고, 파젯은 그 일로 속이 쓰린 모양이다.

"13호실과 28호실 둘 다 더 좋은 선실입니다. 한데 그 사람들은 거들떠보지도 않았습니다."

파젯은 또다시 그 얘기를 꺼냈다.

"그래. 그 얘기는 이제 그만하지, 파젯!"

나는 하품을 참으며 말했다.

그러자 그는 원망스러운 표정으로 날 쳐다보았다.

"17호실을 얻겠다고 하지 않으셨습니까!"

파젯에게는 '뜨거운 솥뚜껑 위에 앉아 있는 아이' 같은 구석이 있다.

"이것 보게나, 내가 17호실 얘길 꺼낸 건 그 방이 비어 있다는 걸 우연히 알았기 때문이야. 그렇다고 자네더러 그 방에 목숨을 걸라고 하진 않았단 말일세. 13호나 28호나 우리에겐 다 거기서 거기였을 거야."

파젯은 자존심이 상한 것 같았다.

"그렇긴 해도 그게 전부는 아닙니다. 베딩펠드 양이 그 방을 차지했는데, 오늘 아침에 치체스터가 남의 눈을 피해 그 방에서 나오는 걸 봤습니다."

나는 엄한 표정으로 그를 쳐다보았다.

"불쾌하기 짝이 없는 선교사라고 하는 치체스터와 매력적인 아가씨인 앤 베딩펠드 양에 관해 아무리 추잡한 중상모략을 하더라도 나는 한마디도 믿지 않네."

나는 냉정하게 그의 말을 잘랐다.

"앤 베딩펠드 양은 아주 교양 있는 아가씨야. 특히 다리가 근사하지. 그 다리는 이 배에서 단연 최고야."

파젯은 내가 앤 베딩펠드 양의 다리 얘기를 하는 것을 못마땅해했다. 그는 다리에 신경을 쓰는 그런 사내가 아니다. 설사 신경을 쓴다 해도 죽을 때까지 그 말을 입에 담지 않을 위인이다. 게다가 그런 것을 감상하는 것을 천박하게 여긴다. 나는 파젯을 약 올리는 것이 재미있어 심술궂게 물고 늘어졌다.

"이제 그 아가씨와 안면이 있으니, 자네가 내일 밤 우리 식탁에서 같이 저녁이나 하자고 부탁할 수도 있겠군. 내일은 가장 무도회가 있으니 말이야. 그나저나 자네는 이발소에 가서 가장 무도회 의상이나 고르지 그래?"

"정말 가장 무도회 의상을 입으시게요?"

파젯이 혼비백산한 목소리로 물었다.

그런 의상은 파젯이 생각하는 내 품위와 어울린다고 할 수 없었다. 그는 황당하고 곤혹스러워 보였다. 솔직히 무도회 의상을 입을 생각은 없었지만, 파젯의 쩔쩔매는 모습이 어찌나 재미있던지 도저히 그냥 넘어갈 수가 없었다.

"그게 무슨 소리야? 당연히 무도회 의상을 입어야지. 자네도 마찬 가지고."

내 말에 파젯은 손사래를 쳤다.

"그러니 어서 이발소로 내려가 옷이나 고르라니까."

"사이즈가 남아 있을 것 같지 않은데요."

파젯은 내 체격을 눈대중으로 어림잡으며 중얼거렸다.

일부러 그러는 건 아니지만 때때로 그는 사람을 몹시 기분 나쁘 게 한다.

"그리고 식당에 6인용 테이블 하나를 예약하게. 선장, 다리가 멋 진 아가씨, 블레어 부인……."

그때 파젯이 말 중간에 끼어들었다.

"레이스 대령은 안 부르고 블레어 부인만 부르시게요? 대령이 벌 써 부인과 식사하자고 했을 텐데요."

파젯은 언제나 모든 것을 꿰뚫고 있다. 그런 그에게 짜증이 났다.

"레이스가 누군가?"

나는 화가 나서 퉁명스럽게 물었다.

아까도 말했지만, 파젯은 늘 모든 것을 꿰뚫고 있다. 아니 나는 지 금까지 그렇게 생각해 왔다. 그는 다시 알쏭달쏭한 표정을 지으며 말했다.

"사람들 말로는 첩보원이라고 합니다, 의원님. 거물이라고도 하고 요. 물론 제가 확실히 아는 것은 아닙니다만."

"정부 쪽 사람 같지는 않은가? 여기 이 배에 기밀문서를 수송하러 탔는데, 혼자 있겠다 하니 다른 승객들은 그를 그저 조용한 아웃사이더 취급하는 거지."

파젯은 훨씬 더 아리송한 표정을 짓더니 한 걸음 앞으로 다가와 목소리를 낮췄다.

"제게 물으시면 모든 일이 수상합니다, 의원님. 떠나기 전에 제가 아팠던 일을 기억하신다면……."

"이것 보게, 그건 두통과 구역질이었어. 자넨 언제나 두통이 나고 구역질을 하잖아."

내가 말을 가로막자 파젯은 약간 주춤했다.

"평범한 두통과 구역질이 아니었습니다. 이번에는……."

"제발 그만 좀 하게, 파젯. 그 얘긴 더 이상 듣고 싶지 않네."

"알겠습니다, 의원님. 하지만 누군가 제게 일부러 독을 먹인 게 틀림없습니다!"

"저런! 자네는 레이번과 그런 얘길 나눈 모양이로군."

그는 그 사실은 부인하지 않았다.

"하여튼 의원님, 그 사람도 그렇게 생각하고 있습니다. 또 알 만한 자리에 있기도 하고요."

"그나저나 그놈은 어디 있는 거야? 배에 탄 이후로 코빼기도 안 보이다니."

"그 친구는 아프다고 선실에서 꼼짝도 하지 않습니다, 의원님."

파젯은 다시 목소리를 낮춰 말했다.

"하지만 핑계일 겁니다. 그래야 감시를 더 잘할 수 있으니까요."

"감시라고?"

"의원님의 안전을 말입니다. 혹시 의원님께서 어떤 공격을 당할 경우를 대비해서요."

"자네 정말 웃기는 친구로군, 파젯. 자네의 상상력이 문제야. 내가 자네라면 해골이나 사형 집행인 같은 의상을 입고 무도회에 참석하겠어. 자네의 음침한 외모와 잘 어울릴 테니."

그 말에 그는 한동안 입을 다물었다. 나는 갑판으로 나갔다. 베딩펠드 양은 선교사인 치체스터와 한창 이야기꽃을 피우고 있었다. 여자들은 언제나 성직자들 주변을 서성거리기 일쑤다.

나 같은 체격의 사내는 허리를 구부리는 것이 질색이긴 하지만, 예의상 목사의 발밑에서 펄럭대는 종이를 줍지 않을 수 없었다.

번거로운 행동을 한 것에 대해 고맙다는 말을 듣지 못했다. 사실 나는 그 종이에 쓰인 것이 너무 궁금해서 읽지 않을 수가 없었다. 단 두 문장이었다.

'단독으로 행동하지 마시오. 그랬다간 당신에게 불리할 수도 있소.'

목사에겐 퍽 좋은 충고다. 이 치체스터란 자는 대체 누구일까? 궁금하다. 우유처럼 순해 보이지만 외모만 가지곤 알 수가 없다. 파젯에게 물어봐야겠다. 그는 늘 모든 것을 꿰뚫고 있다.

나는 블레어 부인 옆 의자에 몸을 편안히 파묻으면서 레이스와 얼굴을 마주 보고 있는 부인을 방해했다. 그러곤 요즘 성직자들은 뭘 하겠다고 아프리카에 오는 건지 모르겠다고 말했다.

그러고 나서 나는 그녀에게 무도회가 열리는 날 밤에 만찬을 같이하자고 제안했다. 어쩌다 보니 레이스도 초대하게 되었다.

점심 식사 후에 베딩펠드 양이 와서 우리와 함께 커피를 마셨다. 그녀의 다리에 관해선 내 판단이 옳았다. 베딩펠드 양의 다리는 배에서 최고였다. 그녀에게도 저녁 식사를 같이하자고 할 참이다.

나는 파젯이 피렌체에서 무슨 못된 짓을 했는지 궁금해 견딜 수가 없다. 이탈리아 얘기가 나올 때마다 그는 혼비백산한다. 그가 얼마나 점잖은 친구인지 몰랐다면, 혹시 남부끄러운 정사라도 저지른 건 아닐까 의심했을 것이다.

의심스럽다! 아무리 점잖은 사내들이라도 그럴지……. 정말 그렇다면 난 환성이라도 지를 참이다.

은밀한 죄를 지은 파젯이라니! 훌륭해!

13장

그날 저녁은 이상했다.

이발소에 있던 옷 중 내게 맞는 건 테디 베어 의상뿐이었다. 영국에서 어느 겨울 저녁 곰 의상을 입고 젊고 아름다운 아가씨들과 어울린다면 몰라도, 적도 한가운데서는 이상적인 의상이라고 할 수 없다. 그렇긴 해도 나는 많은 흥겨움을 자아냈고, 최고 '참가상'을 받았다. 그날 저녁을 위해 빌린 의상엔 어울리지 않는 상 이름인데, 어쨌거나 억지로 나온 건지 자의로 참가한 건지 신경 쓰는 이가 아무도 없으니 별문제는 아니다.

블레어 부인은 분장하기를 거부했다. 보아하니 그 일에 관해선 파젯과 같은 입장인 것 같았다. 레이스 대령도 그녀의 의견에 따랐다. 앤 베딩펠드는 집시 분장을 했는데 기막히게 잘 어울렸다. 파젯은 두통이 있다며 나타나지도 않았다. 나는 그를 대신해 리브스라고 하는 작달막한 괴짜 친구를 불러냈다. 그는 남아프리카의 유명한 노동당원이다. 음흉한 친구이긴 하지만 내게 필요한 정보를 제공해 주는 만큼 그와 사이좋게 지내고 싶다. 또 랜드 사의 사업을 양쪽 입장에서 이해하고 싶다.

춤을 춘다는 것은 몸을 달아오르게 하는 일이다. 베딩펠드 양과는 두 번 춤을 추었는데, 그녀는 춤추는 것을 좋아하는 체했다. 블레어 부인과는 한 번 추었지만, 그녀는 일부러 좋아하는 체하지 않았다. 그리고 외모에 끌려 여러 매력적인 젊은 아가씨들과 춤을 추었다.

춤을 추고 나서 우리 모두는 식당으로 내려가 저녁 식사를 했다. 나는 샴페인을 주문해 두었는데, 승무원은 배에 있는 최고급 샴페인으로 1911년산 클리코를 추천했고 나는 그의 추천을 받아들였다. 아무래도 내가 레이스 대령의 말문을 터뜨린 것 같다. 평소 과묵한 것과는 달리 처음부터 아주 수다쟁이가 됐으니 말이다. 이는 한동안 나를 즐겁게 해 주었지만, 결국 내가 아닌 레이스 대령이 파티의 주인공이 되고 말았다. 그는 일기 쓰는 것을 놓고 장황하게 나를 놀려 댔다.

"그럼 의원님의 최근 기밀이 전부 누설되겠군요."

"오, 친애하는 대령. 난 대령이 생각하는 것처럼 그렇게 바보가 아니오. 기밀을 누설할 수도 있겠지만 문서로는 남기지 않소. 죽고 나면 내 유언 집행인은 아주 많은 사람들에 대한 내 의견을 알게 될 것이오. 그때 가서 그들이 나에 대해 이러쿵저러쿵 할지 그건 잘 모르겠소. 다른 사람들의 기행을 기록하는 데는 일기만 한 것이 없소."

"무의식적인 자기 표출이란 것도 있지 않나요."

"정신분석학자의 눈으로 보면 모든 것이 꼴불견이라오."

나는 설교 조로 대답했다.

"레이스 대령님은 매우 흥미로운 삶을 사셨을 것 같아요, 맞죠?"

베딩펠드 양이 반짝거리는 눈을 동그랗게 뜨며 물었다.

요즘 아가씨들은 다 그렇다. 오셀로는 데스데모나에게 이야기를 들려주면서 그녀의 마음을 사로잡았다. 아니, 혹시 데스데모나가 이야기를 잘 들어 주어서 그의 마음을 사로잡은 것은 아닐까?

어쨌든 그 아가씨는 레이스를 기분 좋게 해 주었다. 그는 사자 이야기를 꺼냈다. 사자를 많이 쏴 본 사내는 다른 남자들에 비해 말도 안 되게 유리한 입장에 서게 된다. 나 역시 사자 이야기를 할 때인 것 같았다. 훨씬 더 생생한 이야기로 말이다.

"그나저나, 대령의 말을 듣고 보니 전에 들었던 아주 재미있는 이야기가 생각나는군. 내 친구 하나가 동아프리카 어디론가 사냥을 갔는데, 어느 날 밤 텐트 밖으로 나가다가 낮게 으르렁대는 소리에 깜짝 놀랐다고 하오. 얼른 뒤를 돌아다보니 사자 한 마리가 낮게 웅크렸다가 튀어 오르는 것이 보였다더군. 그런데 총을 텐트에 두고 왔기 때문에 재빨리 몸을 피했더니 사자가 그 친구 머리 너머로 튀어 올랐소. 먹이를 놓친 사자는 화가 나서 으르렁거리며 다시 튀어 오를 준비를 하더랍니다. 그 친구가 다시 몸을 피하자 사자는 또다시 그 친구를 뛰어넘었고 이렇게 세 번을 반복하는 동안 그 친구는 텐트 입구에 바싹 다가가 쏜살같이 안으로 들어가 총을 움켜쥐었다고 하오. 그가 총을 들고 밖으로 나오자 사자는 사라지고 없었소. 그래서 몹시 당황했지. 살금살금 텐트 뒤로 가 봤더니 나무를 베어 놓은 개벌지에서 그 사자가 점프 연습을 하느라 정신이 없더랍니다."

이 이야기는 우레와 같은 박수를 받았고 나는 샴페인을 제법 많이 마셨다.

"또 언젠가 이 친구가 두 번째 재미있는 경험을 했다오. 시골을 여행하던 중 한낮이 되기 전 목적지에 도착하고 싶어 조바심을 내며 아직 컴컴한 새벽에 짐꾼들에게 노새를 수레에 매라고 했다더군요. 노새들이 워낙 말을 안 들어 곤혹을 치르다가 결국 수레에 매고 출발을 했답니다. 그런데 노새들이 바람처럼 달리더랍니다. 마침내 날이 환해지자 그 이유를 알게 됐지. 짐꾼들이 어둠 속에서 수레에다 맨 것은 노새가 아니라 사자였소."

이 이야기 역시 환호를 받아 테이블 주변에 흥겨움이 넘쳤다. 하지만 노동당원인 내 친구 리브스로부터 최대의 찬사가 나오지 않았다. 내내 창백하고 심각한 얼굴을 하고 있던 그가 정말 걱정스럽다는 듯 물었다.

"맙소사! 그럼 누가 마구를 벗겼답니까?"

"난 로디지아에 가야겠어요. 레이스 대령의 얘기를 듣고 나니 꼭 가야 할 것 같군요. 닷새나 기차를 타야 하니, 정말 지겨운 여행이겠지만요."

블레어 부인이 흥분한 목소리로 말했다.

"내 전용차를 타고 가시는 게 어떻소."

나는 최대한 정중하게 말했다.

"어머, 친절하기도 하셔라! 정말이세요?"

"물론이오!"

나는 나무라듯 대꾸하고 나서 샴페인 한 잔을 더 마셨다.

"일주일이 더 지나야 남아프리카에 도착하겠네요."

블레어 부인이 한숨을 쉬며 말했다.

"오, 남아프리카!"

나는 감상적으로 읊조리고 나서 최근 콜로니얼 대학에서 했던 연설을 인용했다.

"남아프리카가 이 세상에 보여 주는 것은 뭘까? 정말로 뭐 같소? 과일과 농장, 양모와 윗가지, 소떼와 가죽, 금광과 다이아몬드……."

나는 급히 서두르고 있었다. 숨을 돌리기라도 하면 그 틈에 리브스가 끼어들어 동물들은 가시 돋친 철사나 그 비슷한 것에 걸리기 때문에 가죽이 쓸모없다고 까발릴 것이기 때문이다. 그러다가 나머지 모든 일도 트집을 잡아 결국 랜드 사건으로 광부들이 고충을 겪고 있다는 말로 끝을 맺을 것이다. 나는 지금 자본주의자로 매도당할 기분이 아니었다. 하지만 트집을 잡힌 것은 엉뚱하게도 다이아몬드라는 마법의 단어 때문이었다.

"다이아몬드!"

블레어 부인이 황홀한 목소리로 말했다.

"다이아몬드!"

베딩펠드 양도 숨을 몰아쉬며 말했다.

두 사람은 레이스 대령을 쳐다보며 입을 모았다.

"혹시 킴벌리에 가 본 적이 있어요?"

나도 킴벌리에 가 본 적이 있지만 말을 꺼낼 타이밍을 놓치고 말았다. 레이스만 질문 공세를 받았다. 광산이 어떻게 생겼는지, 원주민들을 수용소에 가둔다는 게 사실인지 등등.

레이스는 그녀들의 질문에 대답하면서 풍부한 지식을 과시했다. 또 원주민들과 수색대의 주거 방식과 드비어스 사가 취하는 다양한 예방 조치에 관해서도 친절히 설명해 주었다.

"그럼 실제로 다이아몬드를 훔치는 것은 불가능하겠네요?"

블레어 부인은 몹시 실망한 표정으로 물었다. 마치 그 목적을 위해 여행을 하고 있는 것처럼 말이다.

"불가능한 것은 아무것도 없습니다, 블레어 부인. 도둑질을 할 수도 있습니다. 예전에 말씀드린 대로 아프리카 흑인이 몸에 상처를 내고 그 속에 다이아몬드를 숨긴 적이 있었지요."

"예, 하지만 크기가 큰 경우는요?"

"최근에 한 번 있었지요. 전쟁이 터지기 직전이었죠. 의원님도 기억하고 계실 겁니다. 그 당시 남아프리카에 계셨죠?"

나는 고개를 끄덕였다.

"말해 주세요. 어서요!"

베딩펠드 양이 조르자 레이스는 미소를 지었다.

"알았소. 다들 로렌스 이어즐리 경에 대해 들어 보셨을 겁니다. 남아프리카 광산 거물이죠. 그의 광산은 금광이었지만, 그는 아들을 통해 그 일을 하게 되었습니다. 전쟁이 터지기 직전에 영국령 기아나(가이아나의 옛 호칭 — 옮긴이) 정글의 암석층에 새로운 다이아몬드 층이 숨겨져 있다는 소문이 퍼진 적이 있었는데, 아마 다들 들어 보셨을 겁니다. 두 젊은 탐험가가 그쪽 남미에서 다이아몬드 원석을 대량 수집하여 돌아왔다는 보도가 있었지요. 원석 중에는 크기가 아주 큰 것도 있었답니다. 크기가 작은 것들은 에세퀴보 강과 마자루니 강 근처에서 발견되었는데 존 이어즐리와 그의 친구 루카스, 이 두 청년은 위의 두 강이 만나는 수원(水源)에서 거대한 탄소 층을 발견했다고 합니다. 그 다이아몬드는 분홍, 파랑, 노랑, 초록, 검정, 그리고 순백에 이르기까지 총천연색이었대요. 이어즐리와 루카스는 자신들의 보석에 대해 정밀 검사를 받겠다고 킴벌리로 왔지요. 바로 그때 세상을 깜짝 놀라게 한 절도 사건이 드비어스 사에서 발생했다는 소식이 전해졌어요. 보통 보석을 영국으로 보낼 때는 소포로 포장을 합니다. 큰 금고에 넣고 열쇠 두 개로 잠근 다음, 열쇠는 두 사람이 각각 보관하되 열쇠의 배합은 제3의 인물이 알고 있지요. 보석은 잉글랜드 은행에 넘겨지고 은행은 이것을 받아 영국으로 발송합니다. 꾸러미 하나당 가격은 대충 10만 파운드고요.

위의 경우 잉글랜드 은행이 타격을 입은 것은 꾸러미 봉함에 문제가 생겼기 때문이죠. 꾸러미는 열려 있고 보석 대신 설탕 덩어리가 들어 있었답니다!

정확히 어떻게 해서 존 이어즐리가 의심을 받게 되었는지 그건 잘 모르겠소. 다만 그 친구가 케임브리지에서 방탕한 생활을 했고 아버지가 여러 번 빚을 갚아 주었던 걸로 기억하오. 어쨌든 남미 다이아몬드 광산에 대한 이 이야기는 조작된 것이라는 소문이 퍼졌어요. 존 이어즐리는 구속됐고, 그의 소지품에서 드비어스 사의 다이아몬드가 발견되었지요.

하지만 이 사건은 법정으로 가지 않았소. 로렌스 이어즐리 경이 사라진 다이아몬드 가격에 해당하는 돈을 지불했고, 드비어스 사는 고소하지 않았기 때문이오. 절도가 정확히 어떻게 이루어졌는지도 끝까지 알려지지 않았소. 하지만 아들이 도둑이었다는 사실에 노인은 큰 충격을 받았고, 결국 그 일이 있은 직후 심장 발작을 일으켰지요. 한편 존은 운이 좋았소. 그 친구는 군에 입대해서 전쟁에 나갔고 용감하게 싸우다가 전사했으니 결국 불명예를 씻은 셈이지요. 로렌스 경은 세 번째 발작을 일으켜 한 달 전에 죽었소. 그런데 유언을 남기지 않아서 그의 막대한 재산이 최근친에게 넘어갔는데, 로렌스 경이 알지도 못하는 사람이라더군요."

여기서 대령은 잠시 숨을 돌렸다. 그러자 감탄사와 질문이 터져 나왔다. 무언가가 베딩펠드 양의 관심을 사로잡았는지 그녀는 의자에서 몸을 뒤치락거렸다. 그녀가 가볍게 숨을 헐떡거리자 나 역시 돌아보았다.

새 비서인 레이번이 출입구에 앉아 있었다. 햇볕에 그을은 그의 얼굴은 귀신이라도 본 사람처럼 창백했다. 보아하니 레이스의 이야기에 깊은 감동을 받은 모양이다.

우리 모두가 뚫어지게 쳐다보고 있는 것을 의식한 그는 벌떡 일어나서 가 버렸다.

"저 사람이 누군지 아세요?"

앤 베딩펠드가 느닷없이 물었다.

"나의 또 다른 비서요. 레이번이라고. 지금까지 뱃멀미로 기분이 별로 좋지 않았소."

그녀는 접시 옆에 놓인 빵을 만지작거렸다.

"비서로 일한 지 오래 됐나요?"

"아니 별로."

나는 조심스럽게 대답했다.

하지만 여자에겐 조심해 봐야 소용이 없다. 뒤로 물러설수록 여자는 앞으로 나와 밀어 대는 법이다. 베딩펠드 양도 예외는 아니었다.

"얼마나요?"

그녀는 퉁명스럽게 물었다.

"글쎄, 그러니까 배를 타기 직전에 고용했소. 친한 친구가 추천을 해서요."

그녀는 더 이상 아무 말도 하지 않았지만 말없이 생각에 잠겼다. 이번에는 내가 흥미를 보일 차례라고 느끼며 레이스 대령을 돌아보았다.

"로렌스 경의 최근친이 누구요? 대령은 그 사람이 누군지 알고 있소?"

"알지요."

그는 의미심장한 미소를 지으며 뜸을 들이더니 대답했다.

"바로 나요!"

14장

이제 누군가를 믿고 털어놓아야 할 때가 됐다고 생각한 것은 가장 무도회가 있던 날 밤이었다. 그때까지 나는 잘해 냈으며 오히려 상황을 즐기고 있었다. 그런데 갑자기 모든 것이 바뀌었다. 내 자신의 판단을 의심하게 되었으며 처음으로 외로움과 고독에 휩싸인 듯한 느낌에 사로잡혔다.

나는 여전히 집시 의상을 입은 채 침대 가장자리에 걸터앉아 상황을 따져 보고 있었다. 먼저 레이스 대령을 떠올렸다. 그는 날 좋아하는 것 같았다. 확실히 내게 친절했다. 그리고 그는 바보가 아니다. 계속해서 생각하고 또 하다가 그만 머리를 흔들고 말았다. 그는 당당한 성격의 소유자였다. 모든 일을 분명 내 손에서 빼앗아 갈 것이다. 그런데 이것은 나의 미스터리 사건이다. 또 다른 이유가 있었다. 스스로 인정할 수 없지만 레이스 대령을 신뢰하는 것이 현명하지 않다고 느껴지는 이유가 있었다.

그다음으로 블레어 부인을 생각했다. 그녀 역시 내게 친절했다. 특별한 뜻이 있어 친절하게 대해 준 것은 아니라고 생각한다. 그저 일시적인 기분일 것이다. 게다가 내겐 블레어 부인의 흥미를 끌 만한 능력이 있다. 그녀는 살면서 평범한 감동은 대충 다 느껴 본 여자였다. 나는 그녀에게 특별한 감동을 줄 작정이다! 그리고 난 그녀가 마음에 들었다. 여유로운 태도와 별로 감상적이지 않은 성격과 어떤 형태의 애정에도 얽매이지 않는 면이 마음에 든다.

이제 마음을 정했다. 지금 당장 그녀에게 조언을 구하기로 결심했다. 아직 잠자리에 들지 않았을 것이다.

그제야 그녀의 선실이 몇 호인지 모르고 있다는 사실이 떠올랐다. 내 친구인 야간 여승무원은 알고 있을 것이다. 나는 벨을 눌렀다. 조금 후 한 남자가 대답했다. 나는 내가 원하는 정보를 물었다. 블레어 부인의 선실은 71호실이었다. 그는 벨 신호에 늦게 대답한 것에 대해 먼저 사과하면서 모든 선실을 다 신경 써야 하기 때문이라고 변명했다.

"그럼 여승무원은 어디 갔나요?"

"10시면 모두 교대 근무입니다."

"아뇨……, 야간 여승무원 말이에요."

"야간에는 여승무원이 없습니다."

"하지만…… 하지만 지난번에 한 분이 왔었는데…… 1시쯤에…….."

"뭔가 착각하신 모양입니다. 10시 이후에는 당직 여승무원이 없습니다."

그의 대답에 나는 이 짧막한 정보를 곱씹어 보기 시작했다. 그렇다면 22일 밤 내 선실에 왔던 그 여자는 누굴까? 얼굴도 모르는 내 적수, 그녀의 간교함과 대담함을 상기하면서 내 얼굴은 점차 심각해졌다. 한참 후에야 정신을 추스르며 선실을 나와 블레어 부인에게 조언을 구하러 갔다. 나는 선실 문을 노크했다.

"누구세요?"

안에서 부인의 목소리가 들렸다.

"저예요……. 앤 베딩펠드."

"어머, 들어와요, 집시 아가씨."

나는 안으로 들어갔다. 옷가지들이 여기저기 흩어져 있었고, 블레어 부인은 아름답기 그지없는 기모노 가운을 걸치고 있었다. 주황색과 황금색과 검정색이 어우러진 가운은 보기만 해도 황홀했다.

"블레어 부인, 제가 살아온 얘기를 해 드리고 싶어서 왔어요. 시간이 너무 늦어 실례가 되지 않는다면요."

"아니, 전혀 아니에요. 난 잠자리에 드는 게 늘 싫은 사람이에요."

블레어 부인은 얼굴 가득 주름이 잡히도록 쾌활한 미소를 지으며 말했다.

"앤의 인생 얘기를 듣다니 정말 재미있을 것 같군요. 당신은 정말 특별한 사람이니까요, 집시 아가씨. 새벽 1시에 자기 인생 얘기를 하자고 불쑥 찾아올 생각을 누가 하겠어요. 특히 지난 몇 주일 동안 내 호기심을 박절하게 모른 척했으면서 말이에요. 난 그런 박대를 받아 본 적이 별로 없답니다. 그래도 즐겁고 색다른 경험이었어요. 소파에 앉아 속을 털어놔 봐요."

나는 사건의 전모를 털어놓았다. 시시콜콜한 것까지 하나도 빼놓고 않고 모조리 이야기해 주었다. 내 말이 끝나자 깊은 한숨을 내쉬었지만, 부인은 내가 듣고자 했던 얘기는 한마디도 하지 않았다. 대신에 나를 쳐다보며 한두 번 깔깔대고 웃다가 이렇게 말했다.

"앤, 이거 알아요? 자기는 정말 평범하지 않은 사람인 거? 혹시 불안감을 느껴 본 적이 있어요?"

"불안감이오?"

나는 순간 어리둥절해 되물었다.

"예, 불안감, 불안, 불안감! 돈 한 푼 없이 혼자 여행을 떠나다니. 돈도 없이 낯선 나라에서 혼자 뭘 하려고요?"

"그 상황이 닥치기 전까진 별로 걱정할 일이 아니에요. 전 아직 돈이 충분해요. 플레밍 부인이 준 25파운드도 아직 그대로 있고 어제 게임에서 제가 다 이겼잖아요. 그래서 15파운드가 더 생겼고요. 돈이 아주 많은걸요. 지금 40파운드나 있어요."

"정말 많기도 하네요, 많기도 해."

블레어 부인은 어이없다는 듯 중얼거렸다.

"난 그럴 수 없어요, 앤. 나도 나름대로 배짱이 있어요. 그렇지만 주머니에 몇 파운드 달랑 넣고 용감하게 출발할 수는 없어요. 게다가 무엇을 해야 하는지, 어디로 가야 하는지도 모른 채로 말이에요."

"그렇지만 재미있잖아요. 굉장한 모험을 할 수 있으니까."

나는 목소리를 한껏 높여 말했다.

그녀는 나를 쳐다보며 한두 번 고개를 끄덕이더니 미소 지었다.

"행운아 앤! 자기처럼 생각하는 사람은 이 세상에 그리 많지 않을 거예요."

"그러니까 부인은 이 모든 걸 어떻게 생각하세요?"

"지금까지 들어 봤던 얘기들 중에 가장 짜릿한 것 같네! 자, 이제부턴 날 블레어 부인이라고 부르지 말아요. 수잰이 훨씬 더 좋아요, 괜찮죠?"

"괜찮고말고요, 수잰."

"예쁘기도 해라. 이제 일 얘기를 합시다. 유스터스 경의 파젯 말고 다른 비서가 칼에 찔려 앤의 선실로 숨어들어 왔던 그 남자라고?"

나는 고개만 끄덕였다.

"그렇다면 두 가지가 연결되면서 유스터스 경과 그 일을 서로 관련지어 생각할 수 있겠네. 여자는 그 사람 집에서 살해되었고, 새벽 1시에 칼에 찔린 사람도 그의 비서인 거지. 나는 개인적으로 유스터스 경을 의심하진 않지만, 모든 것이 일치하네. 그가 이 사실을 모르고 있다는 것도 왠지 관련이 있을 것 같아."

그녀는 생각에 잠긴 채 덧붙였다.

"그리고 승무원 일도 이상한데. 그 여잔 어떻게 생겼지?"

"눈여겨보지 않았어요. 너무 흥분되고 긴장된 상태였고 승무원은 클라이맥스가 지난 뒤에 나타났기 때문에…… 그렇지만 그 여자의 얼굴이 어딘지 낯익다고 생각했어요. 그 여자를 배에서 봤다면 당연히 낯이 익겠죠."

"얼굴이 낯이 익었다고? 혹시 남자는 아니었고?"

"여자치고는 키가 아주 컸어요."

"흠…… 유스터스 경은 아닌 것 같고, 파젯 씨도 아니고…… 잠깐만!"

그녀는 종이 한 장을 집어 들고 열심히 그림을 그리기 시작했다. 그리고 완성된 그림을 유심히 들여다보며 고개를 갸우뚱했다.

"에드워드 치체스터 목사님과 꼭 닮았는걸."

그녀는 그 종이를 내게 넘겨주며 물었다.

"이게 그 승무원이죠?"

"어머, 맞아요, 수잰, 정말 머리가 잘 돌아가시네요!"

나는 깜짝 놀라 소리쳤다.

그녀는 손사래를 치며 겸손해했다.

"나는 치체스터란 인물이 늘 의심스러웠어. 지난번에 우리가 크리폰 얘기를 하고 있을 때, 그 사람이 커피 잔을 떨어뜨리면서 얼굴이 새파랗게 질리는 거 봤어?"

"게다가 17호 선실을 차지하려고 했어요!"

"그래, 지금까지 다 맞아떨어졌어. 한데 이 모든 게 다 뭘 뜻하는 걸까? 새벽 1시에 17호실에서 도대체 무슨 일이 일어난다는 걸까? 그 비서가 칼에 찔리는 일은 아닐 테고. 특별한 장소에서 특별한 날, 특별한 시간이라고 하는 타이밍에는 요점이 없어. 아니, 분명히 어떤 약속일 거야. 그리고 그 약속을 지키기 위해 가던 도중 칼에 찔

린 거고. 하지만 누구와 약속을 했을까? 분명 앤은 아니고 치체스터
일 거야. 아니면 파젯일지도 몰라."

"그럴 것 같지는 않아요. 그들은 언제든 서로 볼 수 있잖아요."
나는 이의를 제기했다.

우리 두 사람은 잠깐 침묵에 빠졌다. 이윽고 수잰이 방향을 바꾸
어 말했다.

"그 선실에 뭔가 감춰 둔 게 있는 건 아닐까?"

"그게 더 일리가 있어요. 다음 날 아침 내 물건이 뒤죽박죽이 된
걸 보면요. 하지만 감춰 둔 게 아무것도 없던데, 그건 확실해요."

"그 청년이 전날 밤에 서랍에다 뭔가를 쑤셔넣지 않았을까요?"
나는 고개를 가로저었다.

"그럼 제가 봤을 거예요."

"혹시 그들이 찾고 있는 게 당신의 그 소중한 쪽지가 아닐까?"

"그럴지도 몰라요. 하지만 일리가 없어 보여요. 그건 그냥 시간과
날짜거든요. 더구나 이미 지난 날짜고."

수잰은 고개를 끄덕였다.

"그건 그래. 그래, 그 종이는 아닐 거야. 그나저나 그거 가지고 있
어요? 한번 보고 싶은데."

나는 그 종이를 증거물 A로 분류하여 가지고 갔다. 그것을 건네
받은 그녀는 미간을 찌푸린 채 종이를 유심히 들여다보았다.

"17 뒤에 점이 한 개 있네. 그런데 어째서 1 뒤에는 점이 없지?"

"자간이 있잖아요."

내 의견을 말했다.

"맞다, 자간이 있어. 하지만⋯⋯."

그녀는 갑자기 자리에서 일어나 쪽지를 불빛에 비추며 자세히 들여다보았다. 그 행동에는 흥분을 억누르는 듯한 기세가 역력했다.

"앤, 이건 점이 아냐! 종이에 흠이 하나 있어! 종이에 난 흠, 보여? 그러니까 앤이 이걸 못 본 거라고. 자간을 따라가⋯⋯ 자간!"

나도 자리에서 일어나 그녀 곁에 섰다. 그리고 숫자를 읽어 보았다.

"1 71 22."

"보이지. 숫자는 똑같지만, 완전히 똑같진 않아. 이건 여전히 1시이고, 22일⋯⋯ 그리고 이건 선실 71호실이야! 바로 내 선실이야, 앤!"

우리는 새로운 발견에 너무 기쁜 나머지 미스터리를 완전히 해결했다는 생각에 흥분으로 넋을 빼앗긴 채 서로를 마주 보며 서 있었다. 이윽고 내가 먼저 현실로 돌아왔다.

"하지만 수잰, 22일 1시에 여기선 아무 일도 없었잖아요?"

그녀 역시 정신이 드는 모양이었다.

"그래, 아무 일도 없었지."

또 다른 생각이 나의 뇌리를 스쳤다.

"이건 수잰의 선실이 아니었죠, 그렇죠? 그러니까 수잰이 원래 예약했던 방이 아니죠?"

"응, 사무장이 이 방으로 바꿔 준 거야."

"출항하기 전에 누가 이 방을 예약했는지 궁금하네요. 모습을 나타내지 않은 누군가 말이에요. 우리가 찾아낼 수 있을 거예요."

"찾을 필요 없어, 집시 아가씨. 내가 알아! 사무장이 얘기해 줬거든. 이 선실은 그레이 부인이라는 이름으로 예약이 되어 있었어……. 그레이는 그 유명한 마담 나디나의 예명인 것 같아. 자기도 알겠지만 유명한 러시아 무용수야. 런던에는 한 번도 온 적이 없지만 파리 사람들은 그 여자에게 열광했지. 전쟁 내내 엄청난 성공을 거뒀어. 운은 나쁜 것 같은데 아주 매력적인 여자야. 사무장이 진심으로 유감스럽다고 하더군. 선실까지 내줬는데 그 여자가 배를 타지 않아서 말이야. 레이스 대령도 그 여자 얘기를 많이 했어. 파리에 아주 이상한 소문이 떠돌고 있나 봐. 스파이로 의심을 받고 있지만 증거가 없대. 아무래도 레이스 대령은 그 일 때문에 파리에 있었던 모양이야. 아주 흥미로운 얘기를 해 주더군. 정규 조직을 갖춘 갱단이 있다나 봐. 독일 출신은 아니래. 그 갱단의 두목을 항상 '대령'이라고 부르는데, 영국인으로 알려져 있지만 신원 확인을 위한 단서는 하나도 없대. 하지만 아주 큰 국제적인 조직을 움직이고 있는 건 분명해. 절도, 스파이, 폭행, 이 모든 일을 맡고 있으니까. 그리고 대개 무고한 희생양을 내세워 대신 형벌을 받게 하고 말이야. 틀림없이 그자는 악마처럼 영리할 거야. 그 여자는 그의 대리인 중 한 사람이라는 소문이 있지만 증거가 없대. 그래, 앤, 우리의 추측이 맞을 거야. 나디나는 이 사건과 연관이 있어. 22일의 약속은 그 여자와 이 선실에서 만나자는 약속이었어. 그럼 그 여자는 어디 있는 거지? 왜 배를 타지 않았을까?"

한 가지 사실이 섬광처럼 머리를 스치고 지나갔다.

"그 여자는 배를 탈 생각이었어요."

"그런데 왜 안 탄 걸까?"

"죽었기 때문이지요. 수잰, 나디나는 말로에서 살해된 그 여자예요!"

내 마음은 어느덧 텅 빈 집의 텅 빈 방으로 돌아가 있었다. 형용하기 어려운 위협적이고 불안한 느낌에 다시 사로잡혔다. 연필을 떨어뜨린 일과 필름을 발견했던 일이 떠올랐다. 그나저나 필름 얘기를 하니까 생각나는 것이 있었다. 필름 얘기를 어디서 들었지? 그리고 어째서 그것을 블레어 부인과 연관 짓는 것일까?

나는 돌연 수잰 쪽으로 얼굴을 돌렸고, 흥분한 나머지 하마터면 그녀를 붙잡고 흔들 뻔했다.

"수잰의 필름 말이에요! 환풍기를 통해 받은 필름! 그날이 22일이었죠?"

"내가 잃어버린 필름 말이야?"

"그게 같은 필름이란 걸 어떻게 알겠어요? 어째서 한밤중에 그런 방법으로 수잰에게 필름을 돌려주었을까요? 엉뚱하기 짝이 없잖아요. 아냐, 그게 메시지예요. 노란 필름통에서 필름은 이미 꺼내졌고, 대신에 다른 것을 안에 넣었을 거예요. 그 필름 아직도 가지고 계세요?"

"썼을지도 모르는데. 아냐, 여기 있어! 이제 생각해 보니 침대 옆 선반에 내팽개쳤어."

그녀가 필름을 내게 내밀었다.

열대지방용으로 포장된 평범한 원통형 틴케이스였다. 덜덜 떨리는 손으로 받아 드는 와중에 가슴이 두방망이질을 했다. 그것은 원래 필름 무게보다 훨씬 더 무거웠다.

나는 떨리는 손으로 필름통을 밀폐하는 접착 테이프를 벗겨 냈다. 뚜껑을 벗기자 뿌연 유리처럼 생긴 돌멩이들이 침대 위로 와르르 쏟아졌다.

"돌멩이네."

나는 몹시 실망하며 말했다.

"돌멩이라고?"

수잰이 큰 소리로 외쳤다.

그녀의 카랑카랑한 목소리가 나를 흥분시켰다.

"돌멩이? 아냐, 앤, 돌멩이가 아냐! 다이아몬드야!"

15장

다이아몬드!

나는 얼이 빠진 채 눈을 동그랗게 뜨고 침대 위에 있는 유리 같은 돌멩이들을 응시했다. 그중에 하나를 집었으나 무게로 봐선 깨진 병조각 같았다.

"확실해요, 수잰?"

"아이, 그럼, 확실하지. 내가 다이아몬드 원석을 얼마나 많이 봤는데 모르겠어. 원석도 정말 아름다워, 앤. 개중에는 아주 독특한 것들도 있어. 이 원석엔 분명 사연이 있을 거야."

"오늘 밤에 우리가 들었던 이야기요. 그러니까…… 레이스 대령의 이야기요, 절대 우연의 일치가 아니에요. 일부러 그 얘기를 한 거예요."

"반응을 보려고 말이지?"

나는 고개를 끄덕였다.

"유스터스 경의 반응?"

"예."

하지만 내가 말했듯이 일말의 의심이 엄습했다. 과연 시험의 표적이 된 사람이 유스터스 경일까, 아니면 나를 위해 일부러 그 얘기를 한 걸까? 찬찬히 유도 신문을 당했던 그 전날 밤에 내가 받았던 인상이 또다시 떠올랐다. 아무튼 레이스 대령은 여러 가지 이유로 미심쩍은 인물이었다. 그는 대체 어디서 온 것일까? 이 사건과는 무슨 관련이 있는 걸까?

"레이스 대령은 누구예요?"

"오히려 그것이 궁금하군. 레이스 대령은 큰 사냥감을 쫓는 사냥꾼으로 아주 유명한 사람이야. 오늘 밤에 앤도 들었지만, 로렌스 이어즐리 경의 먼 친척이야. 사실 나도 이번 여행에서 그 사람을 처음 본 거야. 아프리카를 뻔질나게 드나드는 사람이거든. 첩보 일을 한다는 소문도 있어. 그 말이 사실인지 아닌지는 모르지만 아무튼 불가사의한 인물이야."

"로렌스 이어즐리 경의 상속인으로 아주 큰돈을 받은 것 같은데요?"

"이것 봐, 앤, 그 사람은 추파를 던지고 있는 게 분명해. 짐작하겠지만 자기한테 아주 근사한 상대가 될 거야."

"배에서 수잔과 그 사람을 놓고 한판 벌일 수는 없죠."

나는 깔깔대고 웃으며 말했다.

"참, 유부녀들이란!"

수잰이 흡족한 표정으로 중얼거렸다.

"매력이 넘치는 게 탈이지. 게다가 내가 클래런스에게 일편단심 이란 건 세상이 다 알아. 내 남편 말이야. 헌신적인 아내와 사랑하는 게 제일 안전하고 즐거운 일이지."

"수잰 같은 여자와 결혼했다는 게 클래런스에겐 아주 멋진 일이 겠군요."

"그 생활로 인해 난 지쳐 가고 있어! 그 사람은 걸핏하면 외무부 로 도망가거든. 거기서 안경을 쓰고 큼지막한 안락의자에서 잠을 자곤 하지. 그 사람에게 전보를 쳐서 레이스에 관해 알려 달라고 할 수도 있어. 나는 전보 치는 게 아주 신나거든. 그래야 클래런스를 귀 찮게 할 테니까. 그 사람은 항상 편지를 쓰라고 하지. 그렇더라도 모 든 걸 말해 주진 않을 거야. 아주 신중한 사람이거든. 그래서 그렇게 오랫동안 줄기차게 견디는 거라고, 워낙 신중하니까. 우리는 중매 일이나 계속하자고. 내가 보기에 레이스 대령은 앤한테 몹시 끌리 고 있어. 그러니 심술궂은 눈길이라도 한두 번 주도록 해. 그러면 되 는 거야. 배에서는 누구나 다 그래. 그것 외에 다른 할 일이 아무것 도 없거든."

"난 결혼하고 싶지 않아요."

"정말? 아니 왜? 난 결혼한 걸 아주 잘했다고 생각하는데. 비록 상 대가 클래런스일지라도."

나는 그녀의 경솔함을 경멸했다.

"제가 알고 싶은 것은 레이스 대령이 이 일과 무슨 관련이 있느냐

하는 거예요. 분명 관련이 있을 거예요."

나는 단호히 말했다.

"다이아몬드 얘길 한 게 우연이 아니란 말이지?"

"예, 맞아요. 그는 우리를 면밀히 감시하고 있었어요. 다시 찾은 다이아몬드는 전부가 아니라 일부라고 했던 거, 기억나시죠? 이것이 그 사라졌던 다이아몬드일지도 몰라요…… 아니면……."

"아니면 뭐?"

나는 곧장 대답하지 않았다.

"또 다른 청년이 어찌 되었는지 알고 싶어요. 이어즐리 말고…… 그 청년 이름이 뭐였더라……. 그래, 루카스!"

"어쨌든 조금씩 윤곽이 드러나고 있어. 모든 사람들이 찾는 것이 바로 이 다이아몬드야. '갈색 양복의 사나이'가 나디나를 죽인 것은 이 다이아몬드를 손에 넣기 위해서일 거야."

"그는 그 여자를 죽이지 않았어요."

나는 새된 목소리로 말했다.

"당연히 그 사람이 죽인 거야. 아니면 누가 그런 짓을 하겠어?"

"그 사람은 그 여자가 들어가고 3분 뒤에 그 집에 들어갔다가 백지장처럼 하얗게 질려 나왔어요."

"그 여자 시체를 봤기 때문이구나."

"하지만 그 외엔 아무도 들어간 사람이 없었어요."

"그럼 살인자는 이미 집 안에 있었거나, 아니면 다른 방법으로 들어간 거로군. 하긴 오두막을 꼭 거칠 필요는 없지. 벽을 타고 넘어들어 갈 수도 있으니까."

수잰은 빈틈없는 표정으로 날 뚫어져라 쳐다보았다.

"'갈색 양복의 사나이'라, 과연 누굴까? 아무튼 그자는 지하철역에서 마주친 '의사'와 동일 인물일 거야. 분장한 것을 지우고 말로까지 그 여자를 따라갈 정도의 시간은 충분히 있었을 거야. 여자와 카턴은 거기서 만나기로 했고, 두 사람 모두 같은 집을 볼 수 있는 허가증을 가지고 있었어. 만약 그 두 사람이 자신들의 만남을 우연처럼 보이도록 용의주도하게 경계했다면 틀림없이 미행을 당할지도 모른다고 의심했을 거야. 그런데 카턴은 자신의 미행자가 '갈색 양복의 사나이'라는 것을 모르고 있었어. 카턴이 그 사내를 알아봤을 때 너무 놀란 나머지 혼비백산해서 선로로 뒷걸음질을 친 거야. 그모든 것이 아주 분명해, 그렇지 않아, 앤?"

나는 대답하지 않았다.

"그래, 바로 그렇게 된 거야. 그 사내는 죽은 카턴에게서 쪽지를 꺼내 서둘러 가다가 그것을 떨어뜨린 거지. 그러곤 곧바로 말로까지 여자를 따라갔어. 그 여자를 죽인 다음, 아니 앤의 추측대로라면 여자가 죽은 것을 발견한 다음 그곳을 나오면서 뭘 했을까? 어디로 갔을까?"

나는 여전히 대답하지 않았다.

수잰은 생각에 잠긴 표정으로 말했다.

"내가 궁금한 것은 혹시 그가 유스터스 페들러 경을 부추겨 그의 비서가 되어 배에 타지 않았을까 하는 점이야. 그것만이 대소동에서 교묘히 빠져나와 영국을 안전하게 벗어날 수 있는 유일한 길이었을 테니까. 그런데 어떻게 유스터스 경을 매수했을까? 뭔가 유스터스 경의 약점을 잡았겠지."

"아니면 파젯의 약점을 잡았거나."

이제야 내 생각을 말했다.

"앤은 파젯을 좋아하지 않는 것 같군. 유스터스 경의 말로는 아주 유능하고 성실한 사람이라던데. 우리가 알고 있는 부정적인 면에도 불구하고 그는 정말 유능하고 성실한 사람인지도 몰라. 아무튼 계속 추측하자면 레이번은 '갈색 양복의 사나이'야. 그는 자기가 흘린 종이를 이미 읽었던 거야. 그런데 앤처럼 숫자를 잘못 해석하고 22일 새벽 1시에 17호실로 가려고 했던 거야. 그전에 이미 파젯을 통해 그 선실을 미리 차지하려고 했을 거야. 그곳으로 가던 도중에 누군가 그를 칼로 찌른 거고……."

"누굴까요?"

나는 궁금한 나머지 수잰의 이야기에 끼어들었다.

"치체스터. 그래, 이제 앞뒤가 딱 맞아떨어지네. '갈색 양복의 사나이'를 찾았다고 내스비 경에게 빨리 전보를 쳐. 자기 출세한 거야, 앤!"

"놓친 게 몇 가지 있어요."

"뭔데? 참, 레이번에게 흉터가 있었지. 하지만 흉터는 쉽게 감출 수가 있어. 그래도 키와 체격이 정확히 일치하잖아. 앤이 머리를 뭐라고 불렀더라? 런던 경찰청에서 형사들을 박살 낸 그 단어 말이야?"

나는 조마조마했다. 수잰은 교양 있고 박식한 여자이지만, 고고학의 전문용어에 정통하지 않기를 간절히 바랐다.

"장두(長頭)요."

나는 가볍게 대답했다. 하지만 수잰은 뭔가 미심쩍은 표정이었다.

"그거였나?"

"예, 두상이 긴 거 아시잖아요. 머리 폭이 위아래 길이의 75퍼센트에 못 미치는 거요."

나는 단숨에 그 단어에 대해 설명했다.

말이 잠깐 끊겼다. 수잰이 갑자기 말을 꺼냈을 때 나는 편하게 숨을 쉬려던 참이었다.

"그 반대는 뭐지?"

"그게 무슨 소리예요…… 그 반대라뇨?"

"그러니까 정반대가 있을 것 아냐. 자기가 말하는 그 머리의 폭이 길이 75퍼센트가 넘는 머리 말이야."

"단두(短頭)요."

나는 마지못해 중얼거렸다.

"그래, 그거. 난 자기가 말한 게 그건 줄 알았는데."

"제가요? 잘못 말한 거죠. 원래는 단두였어요."

나는 최대한 확신에 찬 목소리로 말했다.

수잰은 탐색하듯 나를 빤히 쳐다보다가 깔깔대고 웃었다.

"거짓말을 잘도 하시는군, 집시 아가씨. 모든 걸 이실직고해야 시간과 노력을 줄일 수 있다고."

"더 이상 말씀드릴 게 없어요."

나는 마지못해 이렇게 말했다.

"없다고?"

그러자 의심스러운 눈빛으로 수잰이 점잖게 물었다.

"아무래도 말씀드려야겠군요."

이렇게 단서를 달고 천천히 말을 꺼냈다.

"그렇다고 부끄럽진 않아요. 우연히 내게 일어난 일인데 부끄러워해야 할 이유가 있나요. 그가 바로 그랬어요. 아주 가증스러웠어요. 무례하고 배은망덕하고. 하지만 이해가 가요. 쇠사슬에 묶인, 아니면 몹시 학대를 받은 개와 같은 느낌이 들었어요. 그런 개는 누구나 물어뜯지요. 그래서 그 사람이 냉혹하고 심술궂은 거예요. 왜 신경이 쓰이는지 잘 모르겠지만 자꾸 신경이 쓰여요. 정말 신경이 쓰여요. 그를 만난 것만으로도 내 인생은 완전 뒤죽박죽이 되고 말았어요. 그를 사랑해요. 같이 있고 싶어요. 그를 만날 때까지 맨발로 온 아프리카를 걸어 다닐 거예요. 그리고 그가 날 좋아하도록 만들겠어요. 그를 위해 죽을 수도 있어요. 그를 위해 일을 하고 노예가 되고 도둑질을 하고 심지어 구걸을 하고 돈을 꾸어 올 수도 있어요! 그거예요……. 이게 다예요!"

수잰은 한참 동안 나를 빤히 쳐다보았다.

"정말 영국인답지 않군, 집시 아가씨!"

이윽고 그녀가 입을 열었다.

"앤에겐 감상적인 구석이라곤 눈곱만큼도 없어. 난 이렇게 현실적이면서도 열정적인 사람을 본 적이 없어. 난 누군가를 그렇게 사랑할 수 없을 것 같아. 나로서는 참 다행한 일이지……. 그런데도 앤이 부러워. 좋아할 수 있다는 것은 특별한 거야. 대부분의 사람은 그럴 수가 없지. 하지만 앤과 결혼하지 않은 것이 그 작달막한 의사에겐 참으로 다행스러운 일일 거야. 그 사람은 집 안에 고성능 폭약을 묻어 두고 즐기는 부류는 아닌 것 같거든. 그럼 내스비 경에게 전보 치는 일은 물 건너간 거야?"

나는 고개를 끄덕였다.

"그럼 앤은 그 사람이 무고하다고 생각해?"

"무고한 사람들도 교수형을 당할 수 있다고 생각해요."

"흠! 그래. 그렇지만 앤, 현실을 직시해야 해. 자기가 말한 모든 것에도 불구하고 그 사내가 여자를 죽였을지도 몰라."

"아니에요. 그 사람은 죽이지 않았어요."

나는 강하게 부정했다.

"그건 감상이야."

"아뇨, 감상이 아니에요. 물론 그가 죽였을 가능성도 있어요. 죽일 마음으로 거기까지 그 여자를 따라갔을지도 모르죠. 하지만 까만 전깃줄 따위는 가지고 있지 않았고 그걸로 여자를 목 졸라 죽이지도 않았을 거예요. 만약 죽였다면 맨손으로 죽였겠지요."

수잰은 가볍게 몸을 떨었다. 순간 그녀의 눈동자가 가늘어졌다.

"흠! 어째서 앤이 그 청년을 그렇게 매력적으로 느꼈는지 이제야 알 것 같군!"

16장

다음 날 아침 나는 레이스 대령과 맞닥뜨릴 기회를 얻었다. 청소가 막 끝나 우리는 함께 갑판을 오르락내리락하며 산책을 했다.

"오늘 아침 기분은 어떻습니까? 육지와 마차 여행을 그리워하고 있나요?"

나는 고개를 가로저었다.

"지금은 바다가 너무 근사해서 언제까지나 바다에 머물고 싶은 기분이에요."

"열광이 대단하군요."

"오늘 아침 바다가 아름답지 않나요?"

우리는 나란히 난간에 몸을 기댔다. 수면은 거울같이 잔잔했다. 바다는 마치 기름을 발라 놓은 것처럼 반짝거렸다. 그 위로 입체파 화가의 그림처럼 파랑, 연초록, 에메랄드 그린, 보라, 짙은 주황색이

군데군데 드넓게 펼쳐져 있었다. 이따금 날아다니는 물고기들로 인해 은빛이 번쩍거렸다. 대기는 습하고 더워 거의 후텁지근할 정도였다. 하지만 향긋한 산들바람이 상쾌하게 얼굴에 와 닿았다.

"간밤에 해 주신 얘기는 정말 재미있었어요."

침묵을 깨며 먼저 말을 건넸다.

"무슨 얘기요?"

"다이아몬드 얘기 말이에요."

"여자들은 언제나 다이아몬드에 관심이 많은 것 같소."

"당연하죠. 그나저나 그 나머지 청년은 어떻게 되었나요? 청년이 두 명 있었다고 하셨잖아요."

"루카스요? 물론 두 사람 중에 하나만 고소할 수는 없었겠죠. 그래서 그 친구도 무사했지요."

"그래서 결국 어떻게 됐나요? 누군가 그를 아는 사람이 있을까요?"

레이스 대령은 바다만 정면으로 바라보았다. 가면을 쓴 것처럼 아무 표정도 없었지만, 나는 그가 내 질문을 못마땅하게 여긴다는 것을 알았다. 그럼에도 불구하고 그는 친절하게 대답해 주었다.

"전쟁에 나가 용감하게 임무를 수행했지요. 부상을 당해 실종당했다고 하던데, 아마 죽었을 겁니다."

그것이 바로 내가 알고 싶었던 거였다. 나는 더 이상 묻지 않았다. 하지만 레이스 대령이 얼마나 많이 알고 있는지가 그 어느 때보다 궁금했다. 이 모든 것에서 그가 맡고 있는 역할은 정말 수수께끼였다.

나는 한 가지 일을 더 했다. 수잰의 선실에 필름통을 던진 승무원을 만나 물어보는 일이었다. 돈을 약간 주자 그는 이내 말을 꺼냈다.

"그 귀부인은 무서워하지 않으셨어요. 그냥 재미로 생각하는 것 같았어요. 내기나 뭐 그 비슷한 거 있잖아요."

나는 승무원에게서 조금씩 정보를 빼냈다. 케이프타운에서 영국까지 항해 도중 승객 한 명이 그에게 필름 한 통을 주면서 1월 22일 새벽 1시, 71호실 침대에 떨어뜨려 달라고 했다. 한 숙녀가 그 선실에 묵을 것이며, 그 일은 내기 때문이라고 했다. 나는 그 승무원이 돈을 받고 그 일을 해 주었을 것으로 추측했다. 귀부인의 이름은 언급되지 않았다. 물론 블레어 부인이 배에 오르자마자 사무장을 만나 곧바로 71호실로 옮겼던 만큼, 승무원은 블레어 부인이 문제의 귀부인이 아니라는 생각은 추호도 하지 않았던 것이다. 이 일을 추진했던 승객의 이름은 카턴이었고, 그의 인상착의는 지하철역에서 죽은 그 사내의 인상착의와 정확히 일치했다.

그러니까 이 모든 사건에서 한 가지 미스터리는 분명히 밝혀진 셈이고, 다이아몬드는 말할 것도 없이 전체 상황을 풀 열쇠였다.

킬모든 호에서 지낸 지난 며칠은 눈 깜짝할 사이에 지나간 것 같았다. 케이프타운과 가까워질수록 나는 앞으로의 계획을 신중하게 짜야 했다. 감시하고 싶은 사람이 한둘이 아니었다. 치체스터 씨, 유스터스 경과 그의 비서, 그리고 레이스 대령! 이제 어떻게 해야 한단 말인가? 가장 의심스러운 사람은 당연히 치체스터였다. 사실 유스터스 경과 파젯 씨는 마지못해 의심스러운 인물에서 제외시키려던 참이었으나, 우연한 대화를 통해 마음속에 새로운 의혹이 생겼다.

나는 파젯 씨가 피렌체라는 말만 나오면 불가해한 감정을 보인다는 것을 잊고 있었다. 간밤에 우리 모두는 갑판에 앉아 있었고, 유스터스 경은 그의 비서에게 더없이 천진난만한 질문을 했다. 나는 그 질문이 정확히 뭐였는지 잊어버렸다. 이탈리아에서 기차 연착과 관련된 어떤 일인 것 같았는데, 파젯 씨는 전과 마찬가지로 불안함을 감추지 못했다. 나는 이를 놓치지 않았다. 유스터스 경이 블레어 부인에게 춤을 신청했을 때, 나는 재빨리 파젯 씨 옆으로 자리를 이동했다. 그 일의 진상을 파악해 보기로 작정한 것이다.

"난 언제나 이탈리아에 가고 싶었어요. 특히 피렌체에 가 보고 싶었어요. 거기서 재미없으셨어요?"

"사실은 재미있었습니다, 베딩펠드 양. 죄송합니다만 유스터스 경의 편지가 있어서……."

나는 그의 코트 자락을 붙잡고 늘어졌다.

"어머, 도망가시면 안 돼요."

그러고 나서 중년의 과부처럼 방정맞은 목소리로 외쳤다.

"유스터스 경께서도 파젯 씨가 혼자 있는 저의 이야기 상대가 되어 주길 바라실 거예요. 파젯 씨는 피렌체 얘기라면 입에 담기도 싫으신 모양인데, 아무래도 떳떳지 못한 비밀이 있으신가 봐요!"

나는 여전히 그의 팔을 놓지 않고 있었는데, 갑자기 움찔하는 것을 느낄 수 있었다.

"절대 아닙니다, 베딩펠드 양, 절대 아니에요. 베딩펠드 양에게 피렌체 얘길 하는 것이 너무 반가워서 말씀을 못 드렸을 뿐인데, 정말로 전보가 와 있어서요……."

"뻔한 평계를 대시는군요. 그럼 유스터스 경에게 이를 거예
요……."

더 이상의 소득은 없었다. 그는 또다시 펄쩍 뛰었다. 신경이 예민
한 상태에 있는 것 같았다.

"알고 싶으신 게 뭔가요?"

체념한 듯한 고통스러운 그의 말투에 나는 속으로 미소를 지었다.

"오, 전부요! 그림, 올리브 나무……."

나는 순간 당황하며 말을 멈추었다.

"이탈리아어도 할 줄 아세요?"

"아뇨, 전혀 모릅니다. 하지만 호텔의 짐꾼이랑 또…… 가이드와
는 물론 하긴 합니다만."

"바로 그거예요. 파젯 씨가 좋아하는 그림은 어떤 그림인가요?"

나는 서둘러 다른 질문을 했다.

"에…… 마돈나…… 에…… 라파엘, 뭐 그 정도입니다."

나는 감상적으로 중얼거렸다.

"오, 옛 피렌체여! 너무나도 아름다운 아르노 강둑, 아름다운 강,
그리고 두오모 대성당, 대성당 기억나세요?"

"물론이죠, 물론이죠."

"아름다운 강이 하나 더 있는데, 맞죠? 아르노 강보다 훨씬 더 아
름다운 강 말이에요?"

나는 운에 맡긴 채 그를 떠보았다.

"두말하면 잔소리죠."

계략에 성공하자 용기백배한 나는 계속 내달렸다. 의심의 여지가 없었다. 파젯 씨 스스로가 고백한 셈이다. 이 남자는 피렌체에 가 본 적이 없다.

피렌체가 아니라면 대체 어디에 있었던 걸까? 영국일까? 그렇다면 밀하우스 미스터리가 발생했을 당시 영국에 있었을까. 나는 대담하게 밀어붙이기로 작정했다.

"이상해요, 자꾸만 파젯 씨를 어디선가 본 것 같다는 생각이 들어요. 아무래도 착각이겠죠. 그 당시 피렌체에 계셨다니까요. 그런데……."

나는 그의 표정을 하나도 놓치지 않고 살펴보았다. 눈가에 겁에 질린 듯한 표정이 떠올랐다. 초조한 나머지 그는 마른 입술을 혀로 적셨다.

"어디서…… 에…… 어디서……."

그 순간 나는 급소를 찔렀다.

"어디서 본 것 같으냐고요? 말로에서요. 말로 아시죠? 물론 말도 안 되는 소리죠. 그런데 유스터스 경이 그곳에 집을 가지고 계시잖아요."

내 사냥감은 중얼중얼 앞뒤가 맞지 않는 평계를 대곤 이내 의자에서 일어나 황급히 자리를 떴다.

그날 밤 나는 흥분으로 눈을 반짝거리며 수잰의 선실로 쳐들어갔다.

이야기를 마친 나는 그녀를 채근했다.

"살인 사건이 있던 그 시각, 영국에 있었다잖아요, 말로에. 지금도 '갈색 양복의 사나이'가 범인이라고 생각하세요?"

"한 가지는 분명해."

예기치 않게 눈을 반짝거리며 수잰이 말했다.

"그게 뭔데요?"

"그 '갈색 양복의 사나이'는 초라한 파젯 씨보다 더 잘생겼다는 거. 앤, 걱정하지 마. 그냥 농담하는 거니까. 여기 앉아 봐. 농담은 농담이고, 사실은 앤이 정말 중요한 걸 찾아낸 것 같아. 지금까지 우린 파젯이 알리바이를 가지고 있다고 생각했잖아. 그런데 그게 아니었어."

"바로 그거예요. 그를 감시해야 해요."

"나머지 사람들도 마찬가지야."

그러더니 그녀는 뭔가 망설이듯 힘들게 말을 꺼냈다.

"저기, 내가 앤에게 하고 싶었던 얘기가 바로 그건데 말이야. 그 거…… 자금 문제 말이야. 아니, 그냥 버티지 말라니까. 앤이 자존심 강하고 생활력 강한 거 잘 알고 있어. 하지만 상식적으로 생각해야지. 우린 파트너야. 내가 돈을 준다면 앤이 마음에 든다거나, 고독한 아가씨라서가 아냐. 내가 원하는 건 스릴이야. 그리고 그걸 위해서라면 기꺼이 돈을 쓸 준비가 되어 있어. 우리는 비용에 상관없이 함께 이 일을 할 거야. 그러니 아무 소리도 하지 말고 나와 함께 마운트 넬슨 호텔에 머물자고. 돈은 내가 낼 테니까. 이젠 출정에 앞서

치밀하게 계획이나 세우자고."

우리는 그 문제를 놓고 한참 실랑이를 벌였다. 결국 양보했지만 마음이 썩 내키지 않았다. 나는 내 식대로 일을 처리하고 싶었다.

"그럼 결정된 거야."

이윽고 수잰은 자리에서 일어나 크게 하품을 하고 기지개를 켜면서 말했다.

"한참 설득하고 났더니 완전히 기진맥진이야. 이젠 우리의 용의자들 얘기를 해 볼까. 치체스터 씨는 더반으로 가는 중이고, 유스터스 경은 케이프타운의 마운트 넬슨 호텔로 갔다가 로디지아로 올라갈 텐데, 그 사람은 기차에 전용차가 있어. 전날 밤에 샴페인을 넉 잔 마시고 나서 나한테 그 전용차로 오라고 했지. 원래 그럴 마음이 없었지만 막상 내가 그러겠다고 하면 꽁무니를 빼진 못할 거야."

"좋아요, 수잰 당신은 유스터스 경과 파젯 씨를 감시하세요. 난 치체스터를 감시할 테니까요. 그럼 레이스 대령은 어떻게 하죠?"

수잰이 수상한 표정으로 나를 쳐다보았다.

"앤, 혹시……."

"아니, 그렇지 않아요. 난 모든 사람을 다 의심하고 있어요. 지금으로선 신중에 신중을 기하고 싶은 마음이에요."

"레이스 대령도 로디지아로 가는 중이야. 유스터스 경이 그 사람도 초대하면 좋을 텐데……."

그리고 수잰은 깊은 생각에 잠겼다.

"그 일을 맡으세요. 당신은 뭐든 할 수 있잖아요."

"난 아부가 좋더라."

그녀는 흡족한 듯 말했다.

수잰이 최대한 그녀의 재능을 발휘해야 한다는 데 의견을 같이하고 나서 우리는 헤어졌다.

나는 너무 흥분한 나머지 곧장 잠자리에 들 수가 없었다. 그날 밤은 배에서 보내는 마지막 밤이었다. 내일 아침 일찍 우리는 테이블베이에 도착할 것이다.

나는 갑판으로 나갔다. 산들바람은 서늘하고 상쾌했다. 배는 거친 파도에 약간 출렁거렸다. 갑판은 어둡고도 황량했는데 자정이 지나 있었다.

난간에 몸을 기댄 채 인광을 발하는 물거품을 바라보았다. 앞에는 아프리카가 있고, 배는 아프리카를 향해 시커먼 물을 헤치며 달리고 있다. 경이로운 세상에 혼자 있는 듯한 기분이 들었다. 묘한 평화에 휩싸인 채 그곳에 서서 시간도 잊어버린 채 몽상에 잠겨 있었다.

그러다가 문득 위험에 대한 낯익은 직감이 느껴졌다. 아무 소리도 들리지 않았지만 나는 본능적으로 고개를 휙 돌렸다. 그림자 같은 어떤 물체가 내 뒤에서 소리 없이 다가오고 있었다. 내가 돌아서자 그 물체가 튀어 올랐다. 한 손이 내 목을 움켜잡고 눌렀다. 혹시라도 소리 지를 것에 대비해서였다. 나는 필사적으로 대항했지만 역부족이었다. 목이 졸린 나는 거의 숨이 막혔지만, 가장 여성적인 방식으로 할퀴고 물어뜯었다. 그 사내는 소리를 지르지 못하게 하느라 자유롭지 못한 위치에 있었다. 만약 그가 불시에 날 습격하는

데 성공했다면 내 몸을 번쩍 들어 물속으로 던지는 일은 식은 죽 먹기처럼 쉬웠을 것이다. 나머지는 상어들이 알아서 처리할 테니까.

몸부림을 치려 했으나 점점 기운이 빠지는 것을 느꼈다. 습격자도 마찬가지였다. 그는 전력을 다하고 있었다. 그러자 또 다른 그림자가 소리 없이 날렵하게 다가왔다. 그림자가 나를 공격하는 사내에게 주먹을 날리자, 그는 갑판으로 고꾸라지며 나동그라졌다. 몸이 자유로워진 나는 난간으로 쓰러지고 말았다. 구역질이 나면서 온몸이 떨렸다.

나를 구해 준 사람이 재빨리 돌아보았다.

"다쳤군!"

그 어조에서 격노한 기색이 묻어났다. 그것은 나를 다치게 한 사람에 대한 위협이었다. 말을 꺼내기도 전에 나는 그가 누구인지 알아보았다. 얼굴에 흉터가 난 바로 그 사람이었다.

하지만 그의 관심이 내게 쏠려 있던 한순간이 쓰러진 적에게는 도망칠 수 있는 충분한 시간이 되었다. 습격자는 번개처럼 날렵하게 일어나 줄행랑을 치며 갑판을 내려갔다. 레이번은 욕을 내뱉으며 쏜살같이 그 뒤를 쫓아갔다.

제외되는 걸 참지 못하는 성격인 나는 재빨리 추격에 가담했다. 우리는 갑판을 돌아 우현으로 갔다. 그곳 식당 문 옆에 그 사내가 몸을 웅크린 채 쓰러져 있었다. 레이번은 상체를 구부리고 그를 들여다보고 있었다.

"또 때렸어요?"

나는 숨을 헐떡이며 소리쳤다.

"그럴 필요가 없었소. 이미 문 옆에 쓰러져 있더군. 아니면 문을 열지 못해 쓰러진 체하고 있는지도 모르지. 곧 알게 될 거요, 누군지."

나는 가슴을 두근거리며 좀 더 가까이 다가갔다. 그러곤 이내 나를 습격한 사람이 치체스터보다 덩치가 크다는 것을 깨달았다. 어쨌든 치체스터는 위기 상황에선 칼을 쓸지 몰라도 맨손으론 맥을 못 추는 흐느적흐느적한 위인이었다.

레이번이 성냥을 그었고, 두 사람은 탄성을 질렀다. 그 사내는 가이 파젯이었다.

레이번은 소스라치게 놀라는 것 같았다.

"파젯, 맙소사, 파젯."

그가 이름만 중얼거렸다.

그 순간 나는 약간의 우월감을 느꼈다.

"놀라신 것 같군요."

"놀랐소. 꿈에도 생각지 못했는데."

그는 무겁게 말했다. 그리고 갑자기 나를 향해 돌아섰다.

"당신은? 당신은 아니오? 저 친구가 습격했을 때 알아봤던 거요?"

"아니에요, 그땐 몰랐어요. 하지만 별로 놀랍지 않네요."

그는 미심쩍은 표정으로 나를 응시했다.

"당신은 어디서 왔소? 그리고 얼마나 알고 있는 거요?"

나는 여유롭게 미소 지었다.

"알 만큼은 알지요, 루카스 씨!"

그가 내 팔을 움켜잡았다. 그 손이 무의식적으로 힘을 주는 바람에 나는 움찔했다.

그가 거칠게 물었다.

"그 이름 어디서 들었소?"

"그게 당신 이름 아닌가요? 아니면 '갈색 양복의 사나이'로 불리는 게 더 좋으신가요?"

나는 나긋나긋하게 물었다.

그는 내 말에 동요했는지 내 팔을 놓고 한두 걸음 뒤로 물러섰다.

"당신은 여자요, 마녀요?"

그는 이렇게 말하며 한숨을 쉬었다.

"난 친구예요. 언젠가 당신을 돕겠다고 한 적이 있었죠. 지금도 마찬가지예요. 내 제안을 받아들이실래요?"

나는 그를 향해 한 발짝 다가갔다.

그러나 그의 거친 대답에 멈칫하고 말았다.

"아니. 난 당신과는 거래하지 않아. 아니, 어떤 여자하고도 안 해. 당신이나 잘해 보시지."

전에 그랬던 것처럼 나는 화가 치밀어 오르기 시작했다.

"당신이 내 손바닥 안에 있다는 사실을 잘 모르시는 것 같은데, 선장에게 내가 한마디만 하면……."

"마음대로 하시지."

그는 이렇게 빈정대며 한마디 덧붙였다.

"서서히 상황 파악이 되면 당신이 내 영향권 안에 있다는 걸 알게 될걸? 이렇게 당신 목을 조를 수도 있어."

그는 말한 것을 곧바로 실행에 옮겼다. 나는 그의 두 손이 내 목을 움켜잡고 누르는 것을 느꼈다.

"이렇게…… 그리고 당신의 목숨을 앗아 갈 수도 있지. 그런 다음 여기 의식을 잃은 우리의 친구처럼 당신의 시체를 상어에게 던질 수도 있단 말이야. 아직도 할 말이 있나?"

나는 아무 말도 하지 않았다. 그 대신 깔깔대고 웃었다. 하지만 위험이 실재하고 있음을 느낄 수 있었다. 바로 그때 그는 나를 증오했다. 하지만 분명한 것은 내가 위험을 사랑하며, 그의 손이 내 목을 누르는 느낌을 사랑한다는 사실이었다. 그리고 그 순간을 내 평생 그 어느 순간과도 바꾸지 않을 거라는 사실을 알고 있었다.

그는 짧게 웃으며 나를 풀어 주더니 물었다.

"당신 이름이 뭐요?"

"앤 베딩펠드."

"당신은 무서운 게 없소, 앤 베딩펠드?"

"아뇨, 있어요. 까다롭고 비꼬기 좋아하는 여자, 젊은 남자, 바퀴벌레, 잘난 체하는 상점 점원."

나는 감정에 휩쓸리지 않고 냉정하게 대답했다.

그는 조금 전처럼 짧게 웃더니 정신을 잃고 누워 있는 파젯을 일으켜 세웠다.

"이놈을 어떻게 할까? 배 밖으로 던질까?"

무심한 물음에 나 역시 차분하게 대답했다.

"원한다면 그렇게 해요."

"일편단심 잔인한 당신의 본능에 감탄할 따름이오, 베딩펠드 양! 하지만 이 친구는 느긋하게 깨어나도록 놔둡시다. 심하게 다친 것 같진 않으니."

"제2의 살인 사건을 겁내는 모양이죠."

나는 싹싹하게 말했다.

"제2의 살인 사건?"

그는 정말로 당황한 것 같았다.

"말로의 여자 말이에요."

나는 그에게 기억을 상기시키며 반응을 살폈다.

그의 얼굴에 험악한 표정이 떠올랐다. 마치 내 존재를 잊어버린 것 같았다.

"그 여자를 죽일 수도 있었는데. 내가 그 여자를 정말 죽일 작정이었다고 느껴질 때가 가끔 있지……."

갑자기 죽은 여인에 대한 증오심이 나를 엄습했다. 그 순간 그 여자가 눈앞에 있었다면 내가 죽였을지도 모른다. 그가 한때 그녀를 사랑했기 때문에, 사랑했다고 느끼고 있기 때문에!

나는 감정을 추스르며 보통 때의 목소리로 말했다.

"이제 할 말은 다 한 것 같군요, 잘 자란 인사만 빼고."

"잘 자고 잘 가시오, 베딩펠드 양."

"안녕, 또 만나요, 루카스 씨."

그 이름에 그는 또다시 주춤거리더니 가까이 다가왔다.

"그 말을 왜 하는 거요, 또 만나자는 말."

"우리가 다시 만날 것 같은 예감이 들어서요."

"피할 수만 있다면 피하고 싶군."

그의 강조하는 듯한 말투에도 불쾌한 생각이 들지 않았다. 오히려 그 반대로 은밀한 만족감에 기분이 좋아졌다. 나는 바보가 아니다.

"그렇더라도 우린 다시 만날 거예요."

나는 진지하게 말했다.

"어째서?"

그러나 내 감정을 설명할 수 없어 고개만 가로저었다.

"난 절대 다시 보고 싶지 않소."

그는 갑자기 격렬하게 내뱉었다.

정말 무례한 말이었지만, 나는 조용히 웃으며 어둠 속으로 사라지기로 했다.

그가 내 뒤를 쫓아오는 소리가 들렸다. 그리고 잠시 후 아무 소리도 들리지 않았다. 그다음 순간 갑판 아래로 한마디 말이 들렸는데 "마녀!"라고 했던 것 같다.

17장

(유스터스 페들러 경의 일기 발췌문)

케이프타운의 마운트 넬슨 호텔.

킬모든 호에서 내리니 더없이 안심이 된다. 배에 있었던 시간 내내 음모의 망에 에워싸여 있음을 깨달았다. 지난밤 가이 파젯은 만취한 채 싸움에 휩쓸려 일을 최악의 사태로 끌고 갔다. 그 일을 해명하고 빠져나가려면 다른 방도가 없었을 것이다. 그래서 결국 이 지경에 이르렀다. 멀쩡한 사내가 이마에 달걀만 한 혹을 달고 눈은 시퍼렇게 멍이 들어 나타났다면 그것을 보고 달리 어떤 생각을 하겠는가?

물론 파젯은 처음부터 끝까지 불가사의한 일이라고 발뺌하러 들 것이다. 그의 말에 의하면 시퍼렇게 멍이 든 눈은 내 이해관계를 위해 헌신한 행동의 결과였다. 그의 말은 애매하고 산만하기 이를 데 없었는데 그것을 이해하기까지는 오랜 시간이 걸렸다.

정리를 해 보자면 파젯은 거동이 수상쩍은 한 사내를 발견했던 모양이다. 이것은 어디까지나 파젯의 말이다. 그의 표현은 대부분 독일 스파이 소설에서 인용한 것들이다. 그는 수상쩍게 행동하는 한 사내가 뭘 의미하는지 스스로도 모르고 있다.

"의원님, 그 사내는 남의 눈을 피해 살금살금 도망치고 있었습니다. 그것도 한밤중에 말입니다."

"그럼 자네는 그곳에서 뭘 하고 있었나? 어째서 착한 크리스천처럼 침대에 누워 잠을 자지 않았느냔 말이야?"

나는 짜증스럽게 물었다.

"의원님의 전보를 쓰고 일기를 타이핑하고 있었습니다."

늘 옳고 또 옳은 것에 대한 순교자가 되려면 파젯을 신뢰하라!

"그래서?"

"잠자리에 들기 전에 한번 살펴봐야 할 것 같아서요. 그 사내는 의원님 선실 복도를 내려오고 있었습니다. 경계하는 표정으로 보아 뭔가 심상치 않다고 직감했습니다. 그 사내는 식당 계단을 살금살금 올라가더군요. 그래서 따라갔던 겁니다."

"여보게, 파젯, 그놈이 어째서 굳이 미행을 당하면서까지 갑판으로 올라갔다고 생각하나? 심지어 갑판에서 잠을 자는 사람들도 많지 않은가. 갑판에서 잠을 잔다는 게 사실 불편하기 짝이 없는 일 아닌가. 선원들이 새벽 5시에 자네를 포함해서 갑판을 쓸어 내렸지."

그 생각에 나는 진저리를 쳤다.

"아무튼 자네는 불면증에 시달리는 어떤 위인 때문에 온통 신경을 빼앗긴 것뿐일세. 그놈이 자네한테 한방 먹인 것 아닌가."

하지만 파젯은 느긋해 보였다.

"제 말을 끝까지 들어 보세요, 의원님. 그 친구는 분명 의원님 선실 주변을 어슬렁거렸습니다. 특별히 볼일이 있는 것도 아니면서 말입니다. 그쪽에는 선실이 두 개뿐이고, 승객은 의원님과 레이스 대령이 전부입니다."

나는 천천히 시가에 불을 붙이며 말했다.

"레이스 대령은 자네 도움 없이도 혼자 잘 해낼 수 있어, 파젯."

그리고 한마디 덧붙였다.

"나도 그렇고."

파젯은 비밀 얘기를 털어놓을 때마다 늘 그렇듯 바싹 다가와 숨을 몰아쉬었다.

"의원님, 아무래도 레이번 같습니다. 지금 생각해 보니 확실합니다."

"레이번?"

"예, 의원님."

나는 고개를 가로저었다.

"레이번은 한밤중에 나를 깨울 만큼 분별 없는 친구가 아냐."

"그렇고말고요. 제가 볼 때 레이번이 만나러 간 사람은 레이스 대령이 분명합니다. 명령 수행을 위한 비밀회의를 하려고요!"

"파젯, 지금 날 놀리는 건가?"

나는 약간 뒷걸음질을 치며 다시 말했다.

"숨이나 제대로 쉬게. 엉뚱한 생각을 하고 있군. 한밤중에 그들이 왜 비밀회의를 하겠나? 서로 할 말이 있으면 지극히 가볍고 자연스러운 가운데 쇠고기 수프를 마시면서 얼마든지 할 수 있을 텐데 말이야."

내 말에 파젯은 눈 하나 깜짝하지 않는 것 같았다.

"간밤에 무슨 일이 있긴 있었습니다, 의원님. 아니면 레이번이 왜 그렇게 인정사정없이 절 덮쳤겠습니까?"

"그게 레이번인 게 확실한가?"

파젯은 그 점에 대해 전적으로 확신하고 있는 것 같았다. 애매하지 않은 부분이 있다면 바로 그 부분이었다.

"이 모든 일에 이상한 뭔가가 있습니다. 그나저나 레이번은 어디 있습니까?"

하선한 이후로 그 친구를 한 번도 못 본 것이 사실이다. 그는 우리와 함께 호텔로 오지 않았다. 혹시 그가 파젯을 겁내고 있는 게 아닌가 하는 생각이 들었다.

상황은 몹시 복잡했다. 한 비서는 허공으로 사라졌고, 남은 비서는 남우세스럽게도 프로 권투 선수 같은 꼴이 되었다. 이런 상태라면 도저히 데리고 다닐 수가 없다. 케이프타운의 웃음거리가 될 것이다. 그날 늦게 나는 밀레이의 연애편지를 전해 주기 위한 약속이 있었지만, 파젯을 데리고 가지 않을 생각이다. 망할 놈의 파젯, 그 어슬렁거리는 꼴이라니!

정말이지 울화통이 터진다. 불쾌하기 짝이 없는 사람들과 불쾌하기 짝이 없는 아침을 먹었다. 맛없는 생선 한 토막을 30분이나 걸려 내온 발목 굵은 네덜란드계 웨이트리스에게도 화가 났다. 새벽 5시에 일어나 항구에 도착해 눈을 깜박거리는 의사를 만나 속수무책으로 서 있어야 하는 어릿광대 같은 짓이 정말 싫었다.

그 후.

매우 심각한 일이 하나 생겼다. 나는 봉인을 한 밀레이의 편지를 들고 스머츠 장군과의 약속 장소로 나갔다. 일부러 그런 것 같지는 않은데, 아무튼 편지 안에는 하얀 빈 종이가 들어 있었다.

아무래도 몹시 난처한 상황에 내몰린 것 같다. 그 늙은 잔소리꾼 밀레이 때문에 어째서 내가 생각지도 못한 일로 곤란해져야 하는지 참 난감했다.

파젯은 욥의 위안자, 즉 달갑잖은 친절을 베푸는 자다. 그는 음침한 만족감을 드러내어 날 화나게 한다. 또 내가 정신없는 틈을 타서 문구용 트렁크를 슬쩍 내게 떠넘겼다. 조심하지 않으면 다음번엔 본인의 장례식을 치러야 할 것이다.

그렇지만 결국 나는 그의 말을 듣지 않을 수 없었다.

"의원님, 혹시 의원님과 밀레이 씨가 길에서 대화한 내용을 레이번이 한두 마디 엿들은 건 아닐까요? 생각해 보십시오, 의원님은 밀레이 씨로부터 추천서를 받으신 적이 없습니다. 그냥 레이번의 말만 믿고 그 친구를 받아들이신 것 아닙니까."

"그럼 자네는 레이번이 사기꾼이란 말인가?"

나는 마음을 가다듬으며 천천히 물었다.

파젯은 그렇게 생각하고 있었다. 멍든 눈 때문에 그의 관점이 얼마나 큰 영향을 받았는지 모른다. 그는 레이번에게 불리한 일을 제법 그럴듯하게 지어냈다. 그리고 레이번의 출현은 그에게 불리하게 작용했다. 나는 이 문제에 끼어들지 않기로 했다. 웃음거리가 된 사람은 동네방네 그 사실을 떠들고 다니지 않는 법이다.

하지만 최근의 불운에도 꿈쩍하지 않고 힘이 넘치는 파젯은 씩씩하기 짝이 없다. 물론 그는 자기 뜻대로 했다. 한바탕 법석을 떨며 경찰서에 가고, 셀 수도 없이 많은 전보를 보내고, 영국 관리와 네덜란드 관리들을 한바탕 데리고 와서 내 돈으로 위스키와 소다를 마시기도 했다.

우리는 그날 저녁 밀레이의 답장을 받았다. 그는 나의 최근 비서에 대해 아는 바가 전혀 없다고 했다. 그나마 다행한 일이었다.

"어쨌든 자네가 독을 먹었다는 건 말도 안 돼. 평소 자네가 앓던 두통과 구역질이었단 말일세."

나는 파젯이 움찔하고 놀라는 걸 보았다. 이번이 나의 유일한 승리였다.

그 후.

파젯은 득의의 경지에 올랐다. 그의 머리는 정말이지 빛나는 아이디어로 번득였다. 이제 머지않아 레이번이 그 유명한 '갈색 양복의 사나이'라고 생각할 것이다. 그의 말이 맞을지도 모른다. 지금까지 대개 그랬으니까. 하지만 이 모든 것이 불쾌할 뿐이다. 가급적 빨리 로디지아에 도착하는 편이 낫겠다 싶었다. 파젯에게는 이미 혼자 가겠다고 말해 두었다.

"알다시피 자네는 여기 있어야 해. 언제든 레이번의 신원을 확인해 줘야 할 테니까. 게다가 나는 영국 하원 의원의 품위를 지켜야 하지 않겠나. 상스러운 패싸움에 휘말린 비서를 데리고 다닐 수야 없지."

이 말에 파젯은 주춤했다. 워낙 점잖은 친구인지라 요즘 자신의 외모가 고통이요 고민거리이다.

"의원님, 편지는 어떻게 하실 겁니까? 연설문 초고는요?"

"알아서 하겠네."

나는 신이 나서 대답했다.

"의원님의 전용차는 내일 수요일 아침 11시 기차에 연결됩니다. 모든 조치를 취해 놓았습니다. 블레어 부인은 하녀를 데리고 가십니까?"

"블레어 부인?"

나는 깜짝 놀라 숨이 막힐 지경이었다.

"의원님께서 전용차에 초대하셨다고 하던데요."

그랬다, 이제야 생각이 난다. 가장 무도회가 있던 날 밤에 그 말을 했다. 심지어 와 달라고 조르기까지 하지 않았던가. 하지만 그녀가 정말로 그 초대에 응할 줄은 몰랐다. 그녀가 온다니 반갑긴 하지만 로디지아를 오가는 길에서까지 블레어 부인의 사교계 사람들을 끌어들이고 싶은지는 잘 모르겠다. 여자들은 그런 관심을 받고 싶어 하는데, 가끔은 귀찮을 지경이다.

"다른 사람도 오라고 했나?"

나는 신경질적으로 물었다. 누구나 기분이 좋은 순간에는 그런 짓을 한다.

"블레어 부인 말씀으론 의원님이 레이스 대령도 초대했다고 하셨습니다."

나는 신음을 토했다.

"레이스한테도 그랬다면 술이 많이 취했던 모양이군. 정말 많이 취했나 보군. 내 말대로 하게나, 파젯. 자네는 멍든 눈을 교훈 삼아 다시는 흥청망청 취하는 일이 없도록 하게."

"의원님도 아시다시피 저는 술을 마시지 않습니다."

"혼자 하기 어려우면 맹세라도 하는 게 현명한 처사야. 또 다른 사람을 초대한 건 아니지?"

"제가 알기로는 없습니다, 의원님."

나는 안도의 한숨을 내쉬었다.

"베딩펠드 양도 해골을 발굴하러 로디지아에 가고 싶다고 하지 않았나. 그 아가씨를 임시 비서로 채용할 마음도 있는데, 타자도 칠 줄 안다고 했거든. 직접 그렇게 말했어."

놀랍게도 파젯은 그 의견을 강력하게 반대하고 나섰다. 그는 앤 베딩펠드를 좋아하지 않는다. 눈에 멍이 든 날 밤 이후로 그 아가씨 얘기를 꺼낼 때마다 걷잡을 수 없는 감정을 드러냈다. 요즘 파젯은 미스터리투성이다.

파젯을 약오르게 하기 위해서라도 그 아가씨에게 부탁할 생각이다. 앞서도 말했듯이 그 아가씨의 다리는 정말 근사하다.

18장

(앤의 서술 요약문)

내가 살아 있는 한 테이블 산의 첫 인상을 잊지 못할 것이다. 새벽같이 일어나 갑판으로 나갔다. 그러곤 오른쪽 단정(短艇) 갑판(구명보트를 설치한 갑판 — 옮긴이)으로 올라가 가증스럽긴 했지만, 혼자란 이유로 어떤 일을 감행하기로 결심했다. 배는 막 테이블 베이에 들어서고 있었다. 테이블 산 위로는 뭉게구름이 떠 있었고, 오른쪽 아래 산자락에는 아침 햇살에 물든 매혹적인 황금빛 마을이 아늑하게 잠들어 있었다.

그 광경에 나는 숨이 멎는 듯했고 특별히 아름다운 것을 맞닥뜨릴 때 간혹 엄습하곤 했던 강렬하면서도 묘한 고통을 느꼈다. 이런 감정을 표현하는 데 서툴지만, 리틀햄프슬리를 떠난 이후 비록 짧은 순간이긴 하지만 내가 찾고 있던 것을 만났다는 느낌이 강하게 들었다. 뭔가 새로운 것, 지금까지 꿈에도 생각지 못했던 어떤 것,

로맨스에 대한 내 아픈 갈망을 채워 주는 어떤 것을.

킬모든 호는 쥐 죽은 듯 조용한, 아니 내겐 그렇게 느껴질 정도로 소리 없이 점점 가까이 다가갔다. 아직도 꿈만 같았다. 하지만 모든 몽상가들이 그렇듯이 내 꿈을 그냥 내버려 둘 순 없었다. 우리 불쌍한 인간들은 너무 불안한 나머지 그 무엇도 놓치려 하지 않는다.

"여기가 남아프리카다."

나는 계속해서 중얼거렸다.

"남아프리카, 남아프리카. 넌 지금 세상을 보고 있는 거야. 여기가 세상이야. 넌 세상을 보고 있어. 세상을 생각해, 앤 베딩펠드, 이 바보야. 넌 지금 세상을 보고 있는 거야."

나 혼자 단정 갑판에 있는 줄 알았는데 또 다른 그림자가 난간에 기대어 있다는 것을 발견했다. 빠르게 도시로 가까이 다가가는 동안 그 그림자 역시 나처럼 생각에 골몰해 있었다. 고개를 돌리고 있어도 나는 그게 누군지 알아챘다. 평화로운 아침 햇살 아래 있으니 간밤의 일은 현실이 아니라 신파극처럼 여겨졌다. 그는 나를 어떻게 생각했을까? 내가 한 말을 생각하니 얼굴이 화끈거렸다. 정말 그런 말을 하려고 했던 걸까? 아니면 말이 헛나간 걸까?

나는 의연하게 고개를 돌리고 테이블 산을 뚫어져라 쳐다보았다. 만약 레이번이 혼자 있기 위해 여기로 나왔다면 적어도 내 존재를 알려 그를 방해하지 말아야 한다.

하지만 놀랍게도 내 뒤에서 가벼운 발걸음 소리가 나더니 평소와 다름없는 쾌활한 그의 목소리가 들렸다.

"베딩펠드 양."

"예?"

나는 뒤를 돌아보았다.

"사과드릴 게 있소. 어젯밤엔 내가 완전히 촌뜨기처럼 굴었소."

"새……색다른 밤이었어요."

나는 황급히 둘러댔다.

아주 명쾌한 대답은 아니었지만 그것이 내가 생각해 낼 수 있는 유일한 답이었다.

"용서해 주겠소?"

대답 대신 손을 내밀자 그가 내 손을 잡았다.

"드릴 말씀이 있소."

그의 목소리가 아주 진지해졌다.

"베딩펠드 양, 잘 모르시겠지만 당신은 아주 위험한 일에 연루되어 있소."

"충분히 짐작하고 있어요."

"아뇨, 당신이 생각하는 그 정도가 아니오. 경고하는데 이 일에서 완전히 손을 떼요. 당신과 전혀 관계가 없는 일이니. 호기심 때문에 다른 사람들의 일에 함부로 끼어들면 안 돼요. 제발 화는 내지 마시오. 지금 내 얘기를 하고 있는 것이 아니오. 당신이 어떤 일에 직면하게 될지 상상도 못 할 거요. 이들은 못 할 게 없는 사람들이오. 무자비한 인간들이란 말이오. 당신은 이미 위험에 처해 있소. 어젯밤 일을 생각해 봐요. 그들은 당신이 뭔가를 알고 있다고 생각할 거요.

당신의 유일한 기회는 그들이 오해하고 있다고 생각하게 만드는 겁니다. 하지만 위험에 대해 늘 조심해야 합니다. 여길 봐요, 언제든 그들의 수하에 떨어지게 되면 머리를 쓰려고 하지 말고 그냥 모든 진실을 말하시오. 그것만이 당신이 살 길이오."

"레이번 씨, 당신 말을 들으니 소름이 끼치네요. 그런데 왜 굳이 경고를 하시는 거죠?"

나는 어느 정도 진실하게 말했다.

그는 잠깐 동안 침묵을 지키더니 이윽고 낮은 목소리로 말했다.

"이것은 내가 당신을 위해서 할 수 있는 마지막 일이오. 일단 상륙하면 난 무사할 거요. 하지만 육지로 가지는 않을 거요."

"뭐라고요?"

나는 소리치듯 말했다.

"알다시피 내가 '갈색 양복의 사나이'라는 걸 아는 사람은 이 배에서 당신뿐이오."

"그럼 내가 말을 했다고 생각하는……."

흥분한 어조로 말하자 그는 미소로 나를 안심시켰다.

"베딩펠드 양, 난 당신을 의심하지 않소. 만약 그런 말을 했다면 그건 거짓말이오. 아니, 이 모든 것을 알고 있는 사람이 배에 한 사람 더 있소. 그자가 말을 한다면 내 천명도 다하겠지. 그렇지만 그자가 말을 하지 않을 거란 모험적인 가능성을 가지고 있소."

"어째서죠?"

"왜냐하면 그자는 혼자 승부하는 것을 좋아하기 때문이오. 그리고 경찰이 날 잡으면 그에게 나는 더 이상 쓸모없는 존재가 될 것이오. 난 자유의 몸이 되겠지. 이제 한 시간만 있으면 알게 될 거요."

냉소적으로 웃고 있지만 나는 그의 얼굴이 굳어지는 것을 보았다. 만약 운명과 도박을 하고 있다면 그는 훌륭한 도박꾼이다. 돈을 잃고도 미소를 지을 수 있을 테니까.

"어쨌든 우리가 다시 만날 일은 없을 거요."

"그래요, 하지만 그럴 리는 없겠죠."

그의 가벼운 말투에 대항하듯 나는 천천히 대답했다.

"그럼…… 안녕히 가시오."

"안녕히 가세요."

그는 내 손을 굳게 잡았다. 일순간 면밀하고 기민한 그의 눈이 내 눈에 아로새겨지는 것 같았다. 다음 순간 그는 휙 돌아서 사라졌다. 갑판에 울리는 그의 발걸음 소리를 들었다. 그 소리는 메아리가 되어 울리고 또 울렸다. 나는 언제까지나 그 소리를 들을 수 있을 것만 같았다. 발걸음…… 내 삶에서 걸어 나가는 발걸음.

솔직히 말하자면 그다음 두 시간은 아무것도 눈에 들어오지 않았다. 관리들이 요구하는 터무니없는 절차를 거친 후 부두에 발을 내디딘 다음에야 비로소 자유롭게 숨을 쉴 수 있었다. 체포는 이루어지지 않았고 나는 그제야 그날이 천국의 날임을, 또 배가 몹시 고프다는 것을 깨달았다. 그리고 수잰과 동행했다. 어쨌든 그날 밤은 그녀와 그 호텔에 머물 것이다. 배는 다음 날 아침에 엘리자베스 항구와 더반으로 떠날 것이다. 우리는 택시를 잡아타고 마운트 넬슨 호텔로 향했다.

모든 것이 훌륭했다. 태양도, 공기도, 꽃들도! 1월의 리틀햄프슬리 풍경이 떠올랐다. 무릎까지 빠지는 진흙탕과 금방이라도 떨어질 것 같은 빗줄기를 떠올리자 즐거워 견딜 수가 없었다. 수잰은 이 정도로 열광하진 않았다. 워낙 여행을 많이 한 탓이다. 게다가 아침 식사를 하기 전엔 결코 흥분하는 타입이 아니었다. 거대한 메꽃 무리를 보고 열광적인 비명을 지르자 그녀는 나를 윽박질렀다.

그나저나 이 이야기는 남아프리카 이야기가 아니라는 것을 지금 이 자리에서 분명히 해 두고 싶다. 하지만 남태평양의 남양 제도에 가면 당장에 해삼(bêche-de-mer) 얘기를 하게 된다. 나는 해삼이 뭔지 모른다. 한 번도 본 적이 없고 앞으로도 볼 일이 없을 것 같다. 한두 번 짐작해 본 적은 있지만 그때마다 내 짐작이 빗나갔다. 또 남아프리카에서는 툇마루 모양의 베란다(stoep) 얘기를 하게 된다. 나는 그것이 뭔지 안다. 집 둘레에 빙 둘러 있는 툇마루로 사람이 앉을 수 있게 되어 있다. 다른 여러 나라에서는 이것을 흔히 베란다나 회랑퇴라고 한다. 또 파파야(pawpaw)도 있다. 파파야에 대해선 책에서 종종 읽은 적이 있다. 그래서 아침 식사용으로 파파야 한 개가 내 앞에 툭 던져졌을 때 무엇인지 금세 알 수 있었다. 처음에는 썩은 멜론인 줄 알았다. 네덜란드계 웨이트리스가 설명을 해 주었고, 레몬 주스와 설탕을 넣어 다시 먹어 보라고 권했다. 나는 파파야를 다시 만난 것이 몹시 즐거웠다. 이상하게 파파야를 보면 늘 훌라춤(hula-hula)과 막연한 연관을 짓게 된다. 정확한지 모르겠지만 훌라는 하와이 여자들이 춤을 출 때 입는 짚으로 만든 치마의 일종으로 알고 있다. 아니, 그게 아니었다. 그것은 라발라바(lava-lava, 폴리네시아 사람이 착용하는 사라사로 만든 허리 두르개 — 옮긴이)이다.

어쨌든 이 모든 것들은 영국 다음으로 사람을 기분 좋게 해 주는 것들이다. 아침 식사로 베이컨을 먹고 점퍼 차림으로 장부를 정리하러 나갈 수만 있다면 우리의 싸늘한 영국 생활도 행복해질 거란 생각을 떨쳐 버릴 수가 없다.

수잰은 아침 식사를 마치자 약간 맥이 빠진 듯 보였다. 수잰이 특별한 얼굴 화장 크림을 찾는 동안 나는 테이블 베이가 정면으로 보이는 전망이 아름다운 창을 내다보았다. 크림을 찾아 얼굴에 바르기 시작하면서 비로소 그녀는 내 말에 귀를 기울였다.

"유스터스 경은 만나 봤어요? 우리가 들어올 때 식당에서 씩씩하게 나오고 있던데요. 생선인지 뭔지가 맛없었는지 급사장에게 그 얘길 하고 있었어요. 또 복숭아가 얼마나 단단한지 보여 주려고 그걸 바닥에 던졌는데, 그게 생각했던 것만큼 딱딱하지 않아서 그냥 납작하게 뭉개졌지 뭐예요."

이 말에 수잰이 미소를 지었다.

"유스터스 경은 나보다도 일찍 일어나는 걸 더 싫어해. 그런데 파젯 씨 봤어? 복도에서 뛰어오다가 마주쳤는데 눈이 시퍼렇게 멍이 들었더군. 도대체 무슨 일이 있었던 걸까?"

"날 배 밖으로 밀어내려고 했어요."

나는 태연하게 대답했다.

그건 누가 봐도 내가 이긴 게임이었다. 수잰은 얼굴에 크림을 바르다 말고 자세히 들려 달라고 재촉했다. 나는 그녀에게 그날 있었던 일을 모두 들려주었다.

"점점 더 수수께끼로군. 나는 유스터스 경에 붙어 편하게 거저먹고 앤은 에드워드 치체스터 목사와 재미있게 지낼 줄 알았는데 지금 보니까 아닌 것 같네. 혹시 파젯이 깜깜한 밤에 날 기차 밖으로 밀어내면 어쩌지? 그러지 않도록 기도나 해야겠어."

"수잰은 아직 의심받지 않는 것 같아요. 하지만 최악의 사태가 발생하면 클래런스에게 편지를 보낼게요."

"그 말을 들으니 생각나는데 전보 용지 좀 줘 봐. 자, 이제 뭐라고 쓸까? '가장 스릴 넘치는 미스터리에 연루됨. 미안하지만 수잰에게 즉시 1000파운드 송금 요망.'"

나는 전보 용지를 그녀에게 주면서 정관사와 부정관사를 빼고 굳이 예의를 지키지 않아도 된다면 '미안하지만'도 빼도 된다고 지적했다. 그렇지만 수잰은 돈 문제는 전혀 개의치 않는 것 같았다. 그녀는 경제적인 표현에 대한 내 제안에 아랑곳하지 않고 오히려 '엄청나게 즐거운 시간을 보내고 있음.'이라는 한 문장을 덧붙였다.

수잰은 친구들과 점심 약속이 있었다. 그녀들은 11시경에 호텔로 수잰을 데리러 왔다. 이제 내 마음대로 돌아다닐 수 있게 되었다. 먼저 호텔 정원으로 내려갔다. 그리고 전차 선로를 건너 대로가 나올 때까지 나무 그늘이 시원한 길을 따라 내려갔다. 나는 풍경을 구경하고 햇살과 꽃과 과일을 파는 흑인들을 즐기면서 천천히 거닐었다. 그러다가 둘이 먹다 하나 죽어도 모를 만큼 맛있는 아이스크림 소다 파는 곳을 발견했다. 마침내 나는 싸구려 복숭아 아이스크림 한 통을 산 다음 호텔로 발길을 돌렸다.

놀랍고도 반가운 짧은 편지 한 통이 나를 기다리고 있었다. 박물관 큐레이터에게서 온 편지였다. 그는 내가 킬모든 호를 타고 도착한 것을 신문에서 읽었던 것이다. 나는 고 베딩펠드 교수의 딸로 소개되었다. 그는 우리 아버지를 만난 적이 있는데 아버지를 몹시 동경하고 있었다. 뮤젠버그에 있는 자신의 별장에서 오늘 오후 나와 함께 차를 마시면 아내가 몹시 좋아할 거라고 했다. 그리고 그곳까지의 약도를 소상히 그려 놓았다.

가엾은 아버지를 아직도 기억해 준다는 것은 고마운 일이었다. 나는 케이프타운을 떠나기 전에 박물관까지 개인적으로 경호를 받아야 했지만 그냥 위험을 감수하기로 했다. 대부분의 사람에게는 즐거운 일일지 모르지만 매일 밤낮으로 누군가의 호위를 받는 사람에겐 숨 막히는 일이다.

나는 가장 좋은 모자(수잰이 쓰다 버린 것 중 하나)를 쓰고 가장 덜 구겨진 흰색 리넨 옷을 입은 다음 점심을 먹고 출발했다. 뮤젠버그까지 급행열차를 타자 30분 만에 도착했다. 아주 근사한 여행이었다. 기차는 테이블 산 기슭을 구불구불 천천히 달렸다. 달리는 중간중간 정말 아름다운 꽃을 발견했다.

지리에 관한 지식이 부족한 나는 케이프타운이 반도라는 것을 처음으로 실감했다. 그래서 기차에서 내려 다시 바다를 접하게 되자 오히려 놀라지 않을 수 없었다. 눈앞에는 황홀할 만큼 아름다운 해수욕장이 펼쳐져 있었다. 사람들은 휘어진 짧은 판자를 이용해 파도를 타고 있었다. 차를 마시기에는 너무 이른 시각이었다. 나는 해수욕 천막 쪽으로 걸어갔다. 사람들이 서프보드를 타겠느냐고 묻기에 그러겠다고 대답했다.

파도타기는 식은 죽 먹기처럼 보이지만, 사실 쉽지가 않다. 나는 입을 다물었다. 화가 치밀어서 서프보드를 힘껏 내동댕이쳤다. 그럼에도 불구하고 원래의 자리로 돌아가 다시 시도해 보기로 했다. 이번에는 해내고야 말리라. 보드를 타고 제법 잘 나간 것은 순전히 우연이었는데 결국 행복에 겨워 어쩔 줄 몰라 하며 돌아왔다. 서핑은 바로 이런 것이다. 마구 욕을 퍼붓거나 아니면 기분이 너무 좋아 황홀해진다.

메지라는 이름의 빌라는 아주 어렵게 찾아갔다. 빌라는 다른 오두막이나 빌라들과 동떨어져 산허리에 자리 잡고 있었다. 내가 벨을 누르자 미소를 머금은 한 아프리카 소년이 문을 열어 주었다.

"라피니 씨 계신가요?"

소년은 나를 데리고 복도를 지나더니 갑자기 문을 열었다. 나는 안으로 들어서려다가 잠시 주춤했다. 갑자기 불안한 생각이 들었다. 문지방을 넘는 순간 뒤에서 문이 휙 닫혔다.

한 남자가 책상 의자에서 일어나 손을 내밀며 앞으로 다가왔다.

"여기까지 오시다니 참으로 반갑습니다, 베딩펠드 양."

훤칠한 키에 불타는 듯한 주홍색 턱수염을 기른 그는 네덜란드인 같았다. 어느 모로 보나 박물관 큐레이터 같지 않았다. 그 순간 나는 자신이 어리석은 짓을 저질렀음을 알았다.

그러나 이미 적의 수중에 들어와 있었다.

19장

「패멀라의 위기」 제3편을 생각나게 하는 사태였다. 6펜스짜리 싸구려 좌석에 앉아 2펜스짜리 초콜릿 바를 먹으며 이런 일이 일어나길 얼마나 자주 동경했던가! 그랬다, 그 일은 일종의 복수처럼 일어났다. 그런데 내가 상상했던 것만큼 그리 놀랍지 않았다. 그 모든 것이 화면에 아주 친절하게 나와 있고, 4회 분이 어떻게 전개될지 쉽게 짐작할 수 있다. 하지만 실제 상황에서는 모험가 앤이 몇 회 분의 이야기에서 갑자기 사라지지 않는다는 보장이 없다.

그랬다. 나는 위험한 곳에 와 있었다. 그날 아침 레이번이 했던 모든 말이 불쾌할 정도로 또렷하게 떠올랐다. 그는 사실대로 말하라고 했다. 언제나 사실을 말할 수 있지만 과연 사실을 말하는 게 내게 도움이 될까? 그나저나 내 말을 믿어 줄까? 좀약 냄새 풍기는 그 쪽지 하나 때문에 이런 미친 짓을 시작했다고 하면 과연 믿어 줄까?

그것은 정말 믿을 수 없는 이야기처럼 들린다. 정신이 말짱했던 그 순간 나는 바보 같은 내 행동을 저주했으며, 리틀햄프슬리의 평화로운 권태가 몹시 그리웠다.

이런 모든 생각이 순식간에 떠올랐다. 나는 본능적으로 뒷걸음질을 치며 문손잡이를 더듬어 찾았다. 포획자는 이를 드러내며 싱긋 웃을 뿐이었다.

"드디어 여길 오셨군, 오셨어."

그의 익살맞은 말투에 나는 대담한 표정을 지으려고 무진 애를 썼다.

"케이프타운 박물관 큐레이터의 초대로 여길 왔는데요. 제가 혹시 실수를 했다면……."

"실수? 아, 아주 큰 실수지!"

그는 거칠게 웃었다.

"무슨 권리로 못 가게 붙드는 거죠? 경찰에 알리겠어요……."

"하하하, 귀여운 장난감 강아지 같으니."

나는 일단 의자에 앉았다. 그리고 차갑게 한마디 내뱉었다.

"보아하니 당신은 위험한 정신병자 같군요."

"그렇소?"

"내 친구들은 내가 어딜 갔는지 아주 잘 알고 있다는 말씀을 드리고 싶군요. 그래서 오늘 저녁에 돌아가지 않는다면 날 찾으러 올 거예요. 아시겠어요?"

"그럼 그 친구들은 당신이 어디 있는지도 알고 있겠군. 그렇소?

그런데 누가 알고 있으려나?"

그 말에 움찔해진 나는 재빨리 가능성을 점쳐 보았다. 유스터스 경 얘기를 해야 할까? 저명인사이므로 그 이름에는 무게가 실릴 것이다. 하지만 그들이 혹시 파젯과 손이 닿아 있다면 내가 거짓말을 하고 있다는 사실을 알게 될 것이다. 그렇다면 유스터스 경을 놓고 위험을 감수하지 않는 편이 더 나을 것이다.

"예를 들자면 블레어 부인이 있어요. 지금 호텔에 같이 머물고 있거든요."

나는 대수롭지 않다는 듯 말했다.

"그건 아니라고 보는데."

그는 주홍색 머리를 약간 흔들면서 대답했다.

"당신은 오늘 아침 11시 이후로 블레어 부인을 만나지 못했어. 그리고 우리 편지를 받았지. 점심때 이리로 와 달라는 쪽지 말이야."

내 일거수일투족을 얼마나 정확히 꿰뚫고 있는지를 보여 주는 말이었다. 하지만 나 역시 싸움 한번 해 보지 않고 그냥 물러설 마음은 추호도 없었다.

"몹시 용의주도하시군요. 그 유용한 발명품에 대해 들어 보셨나요, 전화라고 하는? 내가 점심을 먹고 나서 방에서 쉬고 있을 때 블레어 부인이 전화를 했더군요. 그래서 오늘 오후에 어딜 가는지 얘기해 줬지요."

기분 좋게도 그의 얼굴에 곤혹스러운 그림자가 스쳤다. 분명 그는 수잰이 내게 전화했을 가능성을 간과했던 것이다. 그녀가 정말 전화를 했다면 얼마나 좋았을까!

"그걸로 충분하군."

그는 일어서며 거칠게 말했다.

"날 어쩔 셈인가요?"

여전히 침착하게 보이려고 애쓰며 물었다.

"친구들이 오더라도 손을 쓸 수 없는 곳으로 모셔야지."

순간 온몸에 소름이 돋았지만 그다음 말이 나를 안심시켜 주었다.

"내일 몇 가지 질문을 받게 될 것이오. 그 질문에 대답하는 걸 보고 나서 어떻게 할지 결정하겠소. 아가씨, 우린 집요하고 사소한 웃음거리 소문을 내는 방법을 여러 가지 갖고 있소."

그렇다고 마음이 놓이진 않았지만 적어도 일종의 유예인 것만큼은 확실했다. 내일까지 말이다. 이 남자는 분명 어떤 상사의 명령을 충실히 수행하는 부하일 것이다. 그 상사는 파젯일지도 모른다.

그가 부르자 두 명의 아프리카인이 나타났다. 나는 2층으로 옮겨졌다. 완강한 저항에도 불구하고 나는 입이 가린 채 손과 발이 묶였다. 내가 끌려간 방은 지붕 아래 다락방 같은 곳이었다. 먼지가 풀썩거리고 사람이 있던 흔적을 거의 찾아볼 수 없었다. 네덜란드인은 짐짓 예의를 갖추듯 고개를 숙인 뒤 문을 닫고 방을 나갔다.

나는 완전히 속수무책이었다. 몸을 돌리고 비틀어 보았지만 밧줄은 꿈쩍도 하지 않았다. 재갈 때문에 소리를 지를 수도 없었다. 만에 하나 누군가 집 안으로 들어온다 해도 그들의 관심을 끌기 위해 아무것도 할 수 없을 것이다. 아래층에서 문이 닫히는 소리가 들렸다.

네덜란드인이 외출하는 모양이었다.

아무것도 할 수 없다는 것은 정말 견딜 수 없는 일이다. 묶은 것을 다시 한 번 잡아당겨 보았으나 매듭은 단단하기 그지없었다. 나는 마침내 단념하고 기절을 했거나 아니면 잠이 들었던 모양이다. 잠에서 깨어나자 온몸이 쑤시고 아팠다. 날은 완전히 어두워졌고 달은 중천에 떠 있었다. 먼지 낀 채광창으로 달빛이 새어들어 오는 것으로 미루어 보아 밤이 깊은 것 같았다. 재갈 때문에 숨이 막힐 지경이었으며 몸이 마비되는 것 같은 통증에 견딜 수가 없었다.

방구석에 있는 깨진 유리조각이 눈에 띈 것은 바로 그 순간이었다. 달빛이 그 유리조각을 비스듬히 비추고 있어 그 반짝거림이 내 주의를 끈 것이다. 그것을 내려다보는 동안 한 가지 생각이 뇌리를 스쳤다.

지금 팔과 다리는 쓸 수 없었지만 구를 수는 있다. 나는 천천히 그리고 꼴사납게 움직였다. 결코 쉽지 않았다. 몸이 쑤시고 아픈 것은 차치하고 팔로 얼굴을 보호할 수가 없었기 때문에 특정 방향을 유지하는 것이 지극히 어려웠다.

가고 싶은 방향만 제외하고 모든 방향으로 몸이 굴렀다. 그러다가 결국 목표물에 다가갈 수 있었다. 그 유리조각은 묶인 내 손에 거의 닿을 만한 위치에 있었다.

그다음도 결코 쉽지는 않았다. 그런 자세로 지렁이처럼 꿈틀대며 유리가 있는 곳까지 간 다음 겨우 벽에 몸을 기대고 묶인 곳을 유리에 대고 아래위로 문질러 대기까지 한참의 시간이 걸렸다. 비통하게 긴 과정이었고, 나는 거의 절망에 이르렀다. 하지만 결국엔 내 손목을 묶고 있던 밧줄을 톱질하는 데 성공했다. 나머지는 시간문제였다. 일단 있는 힘을 다해 손목을 문질러 밧줄을 끊고 손이 자유로워지자 입의 재갈을 풀 수 있었다. 나는 한두 차례 깊은 숨을 들이마셨다.

순식간에 마지막 매듭을 풀었다. 비록 일어나 서기까지는 어느 정도 시간이 걸렸지만 마침내 앞뒤로 팔을 흔들며 일어섰다. 무엇보다 먹을 것을 구하고 싶었다.

기운이 완전히 회복되기까지 15분 정도 기다렸다. 그런 다음 발꿈치를 들고 소리 없이 문으로 다가갔다. 예상대로 문은 빗장만 걸려 있었다. 나는 빗장을 벗기고 조심스럽게 밖을 엿보았다.

모든 것이 적막에 싸여 있었다. 달빛이 창문으로 들어와 카펫도 없는 먼지 낀 층계에 있는 나를 비추었다. 나는 조심스럽게 계단을 내려갔다. 여전히 아무 소리도 들리지 않았지만 층계참에 서 있는데 웅얼대는 소리가 희미하게 들려왔다. 깜짝 놀라 멈추어 서서 한동안 꼼짝도 하지 않았다. 벽시계는 자정이 막 넘었음을 알려 주었다.

아래층으로 내려갔을 경우 내게 닥쳐올 위험이 느껴졌지만 워낙 조심하고 있는 터였다. 나는 지극히 조심스럽게 탐색할 준비를 마쳤다. 그러곤 마지막 계단을 소리 없이 내려가 네모진 홀에 멈추어 섰다. 나는 주변을 둘러보다가 이내 숨을 멈추었다. 한 아프리카 소년이 현관문 옆에 앉아 있었다. 그 소년은 나를 보진 않았지만 숨소리를 통해 잠들었다는 것을 알 수 있었다.

다시 돌아가야 하는지 아니면 계속 가야 하는지 결정을 내려야 했다. 처음 도착했을 때 들어갔던 방에서 목소리가 새어 나왔다. 그 중 하나는 네덜란드인의 목소리였고 다른 목소리는 그 순간 분간할 수가 없었다. 나는 아프리카 소년이 깨어나는 걸 감수해야만 했다. 소리 없이 홀을 가로질러 서재 문 앞에 무릎을 꿇고 앉았다. 한동안 은 방금 전보다 더 안 들렸다. 목소리는 커졌지만 그들이 하는 소리 를 알아들을 수가 없었다.

나는 귀로 듣는 대신 열쇠 구멍을 들여다보았다. 짐작했던 대로 한 사람은 덩치 큰 네덜란드인이었다. 다른 사내는 내 시야에서 벗 어나 앉아 있었다.

그가 마실 것을 가져오기 위해 갑자기 벌떡 일어났다. 검은 옷을 입은 단정한 그의 등이 내 시야에 들어왔다. 돌아서기 직전에야 나 는 그가 누구인지 알아보았다.

치체스터 씨였다!

그제야 말소리가 들리기 시작했다.

"어쨌든 위험하긴 합니다. 그 여자의 친구들이 찾아 나서지 않을 까요?"

말하는 쪽은 덩치 큰 사내였다. 치체스터는 불쑥 성직자 같은 목소 리를 냈는데 내가 그를 바로 알아보지 못한 것은 당연한 일이었다.

"다 엄포야. 그 여자가 어디 있는지는 아무도 몰라."

"그 여자는 아주 단호하게 얘기하던데요."

"내가 이미 다 알아봤어. 걱정할 게 전혀 없다니까. 어쨌든 이건

'대령'의 명령이야. 그 명령에 불복하고 싶진 않겠지, 안 그래?"

네덜란드인이 네덜란드 말로 갑자기 소리를 질렀다. 아마도 정색을 하며 부인하는 것 같았다.

"그런데 어째서 머리를 때려 기절시키지 않은 겁니까? 그게 간단할 텐데. 배도 다 준비되어 있습니다. 바다에 던지기만 하면 됩니다."

네덜란드인의 투덜거림에 치체스터는 심사숙고한 목소리로 대답했다.

"그래, 그래야겠어. 그 여잔 너무 많이 알고 있어. 틀림없어. 하지만 '대령'은 단독으로 행동하는 걸 좋아하는 사람이야. 다른 사람 그 누구도 대신 해선 안 돼."

치체스터의 말 속에서 무언가가 그의 심기를 거스르는 어떤 기억을 일깨운 것 같았다.

"대령은 이 여자한테서 어떤 정보를 얻고 싶어 해."

치체스터는 '정보'란 단어를 말하기 전에 잠깐 말을 멈추었고, 네덜란드인은 얼른 그의 말을 따라잡았다.

"정보요?"

"그 비슷한 거."

"다이아몬드."

나는 순간 낮게 중얼거렸다.

"지금 당장 그 목록을 갖고 와."

한참 동안 그들의 대화를 전혀 알아들을 수가 없었다. 대량의 채소를 취급하는 것 같았다. 날짜도 언급되었고, 가격과 내가 모르는 여러 장소의 이름도 언급되었다. 그들이 목록을 확인하고 계산하기까지 30분 정도의 시간이 걸렸다.

"좋아, 이걸 가져다가 '대령'에게 보여 줘야겠어."

치체스터는 이렇게 말하고 의자를 뒤로 미는 것 같았다.

"언제 떠나십니까?"

"내일 아침 10시."

"가시기 전에 여자를 만나 보시겠습니까?"

"아냐. '대령'이 오기 전까지 그 누구도 여자를 만나지 말라는 엄한 명령이 떨어졌어. 여자는 잘 있나?"

"저녁을 먹으러 들어오면서 들여다봤는데 잠들어 있는 것 같았습니다. 음식은 어떻게 할까요?"

"조금 굶는다고 죽지 않아. '대령'은 내일 여기 오실 거야. 배가 고프면 묻는 말에 대답을 더 잘하겠지. 10시까진 아무도 가까이 가지 않는 게 좋아. 단단히 묶어 놨겠지?"

그러자 네덜란드인이 껄껄 웃으며 대답했다.

"두말하면 잔소리죠!"

두 사람은 소리 내어 웃었다. 나 역시 소리 없이 웃었다. 소리가 나면서 두 사람이 방 밖으로 나오려는 조짐이 보이자 서둘러 그 자리를 피했다. 타이밍은 완벽했다. 계단 꼭대기까지 올라왔을 때 방문이 열리고 동시에 아프리카 소년이 기지개를 켜며 움직이는 소리가 들렸다. 현관문으로 가는 길을 통해 도망친다는 것은 생각할 수 없는 일이었다. 나는 조심스럽게 다락방으로 올라가 다시 밧줄을 묶고 바닥에 누웠다. 혹시 그들이 나를 보기 위해 이곳으로 올라올지 몰랐기 때문이다.

하지만 그들은 올라오지 않았다. 한 시간쯤 뒤에 다시 계단을 내려갔지만 문 앞에 있던 아프리카 소년은 잠에서 깨어 콧노래를 흥얼대고 있었다. 나는 집 밖으로 벗어나고 싶어 조바심이 났지만 도무지 나갈 방법이 떠오르지 않았다.

다시 다락방으로 철수하지 않을 수 없었다. 아프리카 소년이 야간 보초를 서고 있는 게 분명했다. 나는 이른 새벽을 준비하는 소리를 들으며 참을성 있게 기다렸다. 계단을 통해 홀에서 아침 식사를 하는 남자들의 목소리가 들려왔다. 절망감이 밀려왔다. 대체 어떻게 해야 이 집 밖으로 나간단 말인가?

인내심을 가지자고 스스로를 타일렀다. 무모하게 움직였다간 모든 것이 끝장이다. 아침 식사를 마치자 치체스터가 떠나는 소리가 들렸다. 다행히도 네덜란드인이 그를 따라나섰다.

나는 숨을 멈춘 채 기다렸다. 아침 식사가 끝나고 집안일도 끝났다. 마침내 여러 가지 활동이 멈춘 것 같았다. 다시 다락방에서 숨죽이며 내려갔다. 홀은 텅 비어 있었다. 나는 번개처럼 홀을 가로질러 문의 빗장을 벗겼다. 그리고 햇살이 비치는 밖으로 나왔다. 미친 사람처럼 정신없이 차도를 뛰어내려 갔다.

일단 밖으로 나오자 다시 정상적인 걸음걸이로 돌아갔다. 사람들이 신기한 듯 나를 쳐다보았지만 전혀 개의치 않았다. 내 얼굴과 옷은 다락방을 뒹구느라 먼지로 더러워져 있을 것이다. 마침내 한 정비 공장이 나타났다. 나는 안으로 들어갔다.

"사고가 났어요. 지금 당장 케이프타운까지 타고 갈 자동차가 필요해요. 더반까지 가는 배를 타야 하거든요."

나는 오래 기다리지 않아도 되었다. 10분 뒤 나는 케이프타운을 향해 달리고 있었다. 치체스터가 배를 탈 것인지 알아봐야 했다. 나도 그 배를 타야 할지 판단이 서지 않았지만 결국엔 타기로 마음먹었다. 치체스터는 내가 뮤젠버그에 있는 빌라에서 그를 봤다는 것을 모를 것이다. 그는 틀림없이 나를 위해 또 다른 함정을 파겠지만 계속 경계하면 된다. 게다가 그는 내가 쫓던 남자였다. 불가사의한 '대령'을 대신해 다이아몬드를 찾고 있는 남자였다.

그러나 부두에 도착했을 때 킬모든 캐슬 호는 이미 바다를 향해 나아가고 있었다. 치체스터가 그 배에 타고 있는지 확인할 길이 없었다.

20장

나는 호텔로 차를 몰았다. 로비에는 내가 아는 사람이 아무도 없었다. 2층으로 뛰어올라 가서 수잰의 방문을 두드렸다. "들어오세요."라는 목소리가 들렸다. 나를 보자마자 그녀는 문자 그대로 내 품에 쓰러졌다.

"앤, 어디 갔었어? 얼마나 걱정했는지 몰라. 뭘 하고 있었던 거야?"

"모험을 좀 하느라고요. 「패멀라의 위기」 제3편."

자초지종을 들려주었더니 그녀는 깊은 한숨을 쉬며 구슬픈 어조로 말했다.

"왜 이런 일들이 항상 앤한테만 일어나지? 왜 나한테는 아무도 재갈을 물리고 손과 발을 묶지 않는 거지?"

"실제로 당하면 별로 좋지 않으실걸요. 솔직히 말해 저도 모험에 대한 열정이 약간 식었어요. 그런 모험은 맛만 봐도 효과 만점이에요."

수잰은 별로 공감하지 않는 것 같았다. 입에 재갈을 물고 손과 발이 묶인 상태로 한두 시간만 있으면 생각이 완전히 달라질 것이다. 그녀는 스릴은 좋아해도 불편한 것은 질색이었다.

"그럼 이제 우린 어떻게 하지?"

"정말 모르겠어요. 수잰은 당연히 로디지아에 가서 파젯을 감시해야죠……."

"그럼 앤은?"

그것이 문제였다. 치체스터는 킬모든 호에 탔을까 안 탔을까? 원래 계획대로 그는 더반으로 갈 것인가? 그가 뮤젠버그를 떠난 시각을 보면 이 두 가지 질문에 긍정적인 대답을 생각해 볼 수 있다. 그렇다면 나는 기차를 타고 더반으로 가면 된다. 그래야 배보다 먼저 더반에 도착할 것이다. 그러나 내가 도주한 소식이 치체스터에게 전달되고 내가 케이프타운을 떠나 더반으로 갔다는 소식이 전해진다면 그가 엘리자베스 항이나 이스트런던에서 하선하여 나를 간단히 따돌릴 수도 있다.

그것은 다소 복잡한 문제였다.

"어쨌든 더반까지 가는 기차를 알아봐야죠."

나는 서둘러 말했다.

"모닝 티를 마시기에 적당한 시간이야. 로비에서 마시자."

더반행 기차는 그날 저녁 8시 15분에 떠날 거라고 역 사무실 직원들이 알려 주었다. 나는 일단 결정을 미루고 수잰과 함께 뒤늦은 모닝 티를 마셨다.

"이제는 치체스터가 어떤 변장을 해도 알아볼 수 있을 것 같아?"

수잰의 질문에 나는 안타까운 표정으로 고개를 설레설레 흔들었다.

"여승무원으로 변장한 것도 못 알아본걸요. 수잰이 그린 그림을 보고서야 알아봤죠."

"그는 프로 배우야. 틀림없어."

수잰은 생각에 잠긴 채 계속 말했다.

"그의 메이크업은 완벽해. 이번에는 일꾼이나 뭐 그런 비슷한 모습으로 배에 탔을 거야. 앤은 절대 알아볼 수 없어."

"수잰은 정말 재미있어요."

그때 레이스 대령이 유리문을 열고 들어오던 우리와 합석했다.

"유스터스 경은 뭘 하실까? 오늘 내내 못 봤는데."

수잰의 물음에 대령의 얼굴에 묘한 표정이 떠올랐다.

"약간의 문제가 생겨 내내 바쁜 모양입니다."

"무슨 일인데요?"

"비밀을 누설할 순 없지요."

"뭐든 말해 주세요. 지어낸 얘기라도 상관없어요."

"글쎄, 우리와 함께 항해했던 그 유명한 '갈색 양복의 사나이'를 만난다면 무슨 말을 하실 거요?"

"뭐라고요?"

내 얼굴에서 핏기가 사라졌다가 다시 돌아오는 것을 느꼈다. 다행히도 레이스 대령은 날 쳐다보고 있지 않았다.

"사실이오. 모든 항구마다 그자를 감시하고 있었는데 그가 비서로 데리고 나가 달라고 페들러를 부추겼답니다!"

"파젯 씨가 아니고요?"

"아니, 파젯이 아니라 다른 친구였소. 이름은 레이번이라고 합디
다."

"그자를 체포했나요?"

이렇게 물으며 수잰은 날 안심시키려고 테이블 밑에서 내 손을
꽉 잡았다. 나는 숨을 멈춘 채 대답을 기다렸다.

"아무래도 허공으로 사라진 것 같소."

"유스터스 경은 그걸 어떻게 받아들였나요?"

"운명으로 받아들일 거요. 재수가 없는 걸로."

그 일에 관해 유스터스 경의 의견을 들을 수 있는 기회가 그날 늦
게 찾아왔다. 달콤한 오후의 낮잠을 자고 있던 우리는 짧은 편지를
들고 나타난 급사 때문에 잠에서 깨어났다. 유스터스 경이 보낸 그
편지에는 자신의 거실에서 함께 차를 마시면 좋겠다는 내용이 감동
적인 말로 적혀 있었다.

가엾은 유스터스 경은 정말 가련한 상황에 처해 있었다. 그는 수
잰의 (주특기인) 동정 어린 다독거림에 고무되어 우리에게 고민을
털어놓았다.

"첫째, 생면부지의 여자가 뻔뻔스럽게도 제 발로 기어들어 와서
내 집에서 죽었소. 이게 다 날 성가시게 하려는 목적이 아니고 뭐겠
소. 왜 하필 내 집이냔 말이오? 영국에 있는 하고많은 집 중에 왜 하
필 밀하우스냔 말이오? 내가 그 여자한테 무슨 잘못을 했다고 제 발

로 기어들어 거기서 죽었느냔 말이오?"

수잰은 또다시 동정 어린 말로 다독거렸고 유스터스 경은 더욱 감정이 상한 어조로 덧붙였다.

"게다가 그것도 부족해서 그 여자를 죽인 놈이 얼마나 뻔뻔한지, 가증스러울 만큼 뻔뻔해서 내 비서로 들어왔지 뭐요. 내 비서로! 비서라면 이제 넌더리가 납니다. 더 이상 비서를 쓰지 않을 작정이오. 비서라는 위인들이 숨어 다니는 살인자 아니면 술주정뱅이니 원. 파젯 눈이 시퍼렇게 멍든 거 보셨소? 당연히 보셨겠지. 어떻게 그런 비서를 데리고 다닐 수 있겠소? 게다가 얼굴은 누렇게 떴어요. 시퍼런 멍하고 누런 얼굴하고 정말 가관입니다. 비서라면 이제 정나미가 떨어집니다. 여비서라면 모를까. 눈동자가 초롱초롱한 예쁜 비서 말이오. 내 기분이 언짢을 땐 내 손을 잡아 주는 그런 비서. 앤 양은 어떻게 생각하시오? 내 비서가 되어 주겠소?"

"의원님의 손을 얼마나 자주 잡아 드려야 하나요?"

나는 깔깔대고 웃으며 물었다.

"하루 종일."

유스터스 경이 정중하게 대답했다.

"그런 비율로는 타이핑 속도가 나지 않을 텐데요."

"상관없소. 이 모든 것은 파젯의 생각이오. 그 친구는 날 죽도록 부려먹고 있는 중이오. 지금은 그 친구를 케이프타운에 두고 갈 날만 고대하고 있소."

"그 사람을 두고 가신다고요?"

"그렇소. 그 친구는 레이번 뒤를 쫓아다니는 걸 아주 좋아할 거요. 그게 파젯에게 딱 맞는 일이오. 권모술수에 아주 능하니까. 지금 나는 진지하게 제안하고 있는 겁니다. 한번 해보겠소? 블레어 부인은 유능한 샤프롱(젊은 여자가 사교장에 나갈 때 따라가서 보살펴 주는 사람으로 대개 나이 많은 부인 — 옮긴이)이 되어 줄 테고, 해골을 발굴할 수 있는 반나절 휴가도 주겠소."

"정말 감사합니다, 의원님. 하지만 오늘 밤에 더반으로 떠날 예정이라서요."

나는 조심스럽게 말을 꺼냈다.

"고집 부리지 말아요. 로디지아엔 사자가 엄청 많다는 걸 명심하시오. 앤 양도 사자를 좋아하게 될 거요. 아가씨들은 다 좋아하니까."

"그럼 그 사자들은 점프 연습을 하고 있겠네요? 정말 감사하지만 더반에 가야 해요."

유스터스 경은 깊은 한숨을 쉬며 나를 빤히 쳐다보았다. 그러곤 방문을 열고 파젯을 불렀다.

"낮잠 다 잤으면 약간의 일을 하면서 분위기를 바꿔 보지 그래."

가이 파젯이 현관에 모습을 드러냈다. 그는 나를 기점으로 우리 두 사람에게 고개 숙여 인사한 다음에 우울한 목소리로 대답했다.

"오후 내내 비망록을 타이핑하고 있었습니다, 의원님."

"그래, 그럼 타이핑은 그만하게. 통상위원단실이나 농업이사회, 아니면 광산회의소, 뭐 그런 곳에 가서 로디지아에 갈 비서를 구할 수 있는지 알아보게. 눈동자가 맑아야 하고 기꺼이 내 손을 잡아 주는 여자여야 하네."

"예, 의원님. 유능한 속기사를 알아보겠습니다."

파젯이 나가자 유스터스 경이 말했다.

"파젯은 심술궂은 놈이야. 장담하는데 분명히 얼굴이 넙데데한
여자를 골라 와서 날 화나게 할걸. 발도 예뻐야 하는데. 그 얘기를
깜박했군."

나는 흥분하여 수잰의 손을 움켜잡고 그녀의 방으로 끌고 가다시
피 했다.

"수잰, 이제 계획을 세워야 해요. 한시라도 빨리요. 파젯이 여기
남는다잖아요, 그 말 들었죠?"

"그래. 그 말은 내가 로디지아에 못 갈 수도 있다는 뜻이지……
그건 정말 말도 안 돼. 왜냐하면 난 로디지아에 가고 싶으니까. 속상
해 죽겠어!"

"기운을 내요. 다 잘될 거예요. 의심을 사지 않으면서 마지막 순
간에 손을 뗄 수 있는 방법이 생각나질 않네요. 게다가 파젯은 언제
유스터스 경의 소환을 당할지 몰라요. 그럼 유스터스 경한테 붙어
여행하는 것이 훨씬 더 어려워질 거예요."

"그건 별로 점잖지 못해. 아무래도 유스터스 경이 좋아 죽겠다는
연기를 해야겠어."

수잰은 보조개를 지어 보이며 말했다.

"그가 도착했을 때 수잰이 거기 있으면 아주 간단하고 자연스러
울 거예요. 게다가 나머지 두 사람을 계속 감시할 수도 있고요."

"어머, 앤, 대체 의심하는 사람이 레이스 대령이야, 유스터스 경이야?"

"난 모두를 의심해요. 탐정 소설을 보면 가장 아닐 것 같은 사람이 악당으로 나오잖아요. 유스터스 경처럼 쾌활하고 뚱뚱한 남자들이 범인인 경우가 아주 많죠."

"레이스 대령은 별로 뚱뚱하지 않잖아. 특별히 쾌활하지도 않고."

"가끔 홀쭉하고 무뚝뚝한 경우도 있어요. 두 사람 중 한 사람을 크게 의심한다고는 할 수 없지만 어쨌든 그 여자는 유스터스 경의 집에서 살해당했잖아요."

나는 조용히 반박했다.

"그래, 그래, 그걸 다시 논할 필요는 없지. 난 유스터스 경을 감시할게. 그리고 혹시 그가 더 뚱뚱해지고 더 쾌활해지면 즉시 자기한테 전보를 칠게. 'E경의 의심 증폭, 당장 올 것.' 이렇게 말이야."

"수잰, 당신은 이 모든 일들을 게임이라고 생각하는 것 같아요."

"나도 알아. 게임처럼 보이는 건 앤 탓이야. 앤의 모험심에 내가 물든 거라고. 도무지 사실 같지가 않다니까. 내가 위험한 범인들을 쫓으면서 아프리카를 종횡무진하고 있다니. 클래런스가 알면 아마 발작을 일으킬걸."

그녀는 뻔뻔스러운 표정으로 말했다.

"왜 전보로 미주알고주알 다 알리지 그러세요?"

나도 비아냥거리며 말했다.

전보를 보낼 때가 되면 수잰의 유머 감각은 전혀 도움이 되지 않는다. 그녀는 내 제안을 아주 진지하게 받아들였다.

"그래도 되겠다. 아주 긴 전보가 되겠네."

생각에 잠긴 그녀의 눈동자는 반짝거렸다.

"하지만 안 보내는 게 좋겠어. 남편들은 순전히 재미로 간섭하고 싶어 하거든."

나는 상황을 정리하며 말했다.

"그래요. 수잰은 지금부터 유스터스 경과 레이스 대령을 감시하세요……."

이때 수잰이 불쑥 끼어들었다.

"내가 왜 유스터스 경을 감시해야 하는지 잘 알아. 그의 풍채와 유머러스한 대화술 때문이지. 하지만 레이스 대령을 의심하는 것은 도가 조금 지나친 것 같단 생각이 들어. 정말이야. 왜냐하면 그가 첩보 활동을 하고 있기 때문이지. 어쩌면 레이스 대령을 믿고 그에게 모든 것을 털어놓는 게 최선일지도 몰라. 앤은 그렇게 생각 안 해?"

나는 이 부적절한 제안에 적극 반대했다. 그리고 거기서 부부 관계가 미치는 지독히 부정적인 영향을 깨달았다. 지극히 지적인 여성이 언쟁을 마무리하면서 "그런데 우리 남편 말이……."라고 하는 말을 얼마나 자주 들었던가. 그 남편이 멍청이 중의 멍청이라는 사실을 뻔히 알면서도 말이다. 수잰은 부실한 부부 관계 탓에 툭하면 이 남자 저 남자에게 기대고 싶어 했다.

그러나 레이스 대령에겐 절대 함구하기로 약속했고, 우리는 우리대로 계획 세우는 일을 계속하기로 했다.

"난 여기 남아 파젯을 감시해야 할 것 같아요. 감시하려면 그게 최선이에요. 일단 오늘 저녁에 더반으로 떠나는 체하면서 짐을 내리고 어쩌고저쩌고 하다가 실제론 시내의 작은 호텔로 가는 거죠. 외모를 약간 변장할 수 있을 거예요. 금발 가발에다 두툼한 흰색 레이스 베일을 쓰는 걸로요. 일단 내가 떠난 것이 알려지면 그가 정말 무슨 일을 하는지 더 잘 볼 수 있을 거예요."

수잰은 이 계획에 전적으로 동의했다. 우리는 사무실에 가서 기차 출발 시간을 묻고 내 짐을 꾸리면서 의기양양하게 일을 도모했다.

저녁은 식당에서 함께 먹었다. 레이스 대령은 나타나지 않았지만 유스터스 경과 파젯은 창가의 테이블에 앉아 있었다. 파젯은 식사 도중 테이블을 떠났는데 그것이 내 신경을 거슬리게 했다. 그에게 직접 작별 인사를 하는 것이 원래 내 시나리오였던 것이다. 그렇지만 유스터스 경이 대신 전해 줄 것이다. 식사를 마치고 그에게 다가갔다.

"안녕히 계세요, 의원님. 오늘 밤에 더반으로 떠나요."

유스터스 경은 깊은 한숨을 내쉬었다.

"알고 있소. 내가 따라간다면 싫어 하겠지?"

"그럴 리가요."

"예쁜 아가씨, 마음을 바꿔 로디지아에서 사자를 찾아볼 생각은 없는 거요?"

"없는데요."

그러자 유스터스 경이 푸념하듯 말했다.

"그 친구가 아주 잘생겼나 보군. 더반의 젊은 애송이들 때문에 나의 성숙한 매력이 빛을 못 보는군. 그건 그렇고 파젯이 곧 자동차를 가져올 텐데. 앤 양을 기차역까지 바래다줄 거요."

"어머, 아니에요. 블레어 부인과 같이 가려고 벌써 택시를 불렀는걸요."

나는 황급히 둘러댔다.

가이 파젯과 같이 가다니 이건 최악의 사태였다. 유스터스 경은 나를 주의 깊게 응시했다.

"앤 양이 파젯을 좋아한다고 생각하지 않소. 그럴 만도 하지. 주제 넘게 나서고 참견하기를 좋아하는 멍청이에다 순례자 같은 얼굴로 돌아다니고, 또 하는 일마다 사사건건 나를 성가시게 하고 화나게 하니, 원!"

"지금은 또 뭘 했는데요?"

나는 호기심에 물었다.

"비서를 구해 왔는데, 그런 여자는 생전 첨 봤어. 마흔 살에 코안경을 쓰고 부츠를 신었는데 기운이 넘쳐 내가 죽을 지경이오. 얼굴이 길쭉한 여자야."

"그 여자가 의원님의 손을 잡아 줄까요?"

"절대 안 잡아 줬으면 좋겠어. 제발 그런 일이 없기를. 그건 그렇고, 잘 가요, 맑은 눈동자의 아가씨. 내가 사자를 쏘게 되면 가죽은 앤 양에게 주겠소. 날 저버렸긴 했지만."

그는 내 손을 따뜻하게 잡아 주었고 그것으로 우리는 작별 인사를 나누었다. 수잰은 나를 바래다주기 위해 홀에서 기다리고 있었다.

"당장 출발해요."

서둘러 말한 다음 나는 보이에게 택시를 잡으라는 시늉을 했다.

그때 등 뒤에서 들려온 어떤 목소리 때문에 깜짝 놀랐다.

"실례합니다, 베딩펠드 양. 자동차를 가져왔습니다. 베딩펠드 양과 블레어 부인을 역까지 모셔다 드리겠습니다."

"어머, 감사합니다만 공연히 수고하실 것 없는데요."

나는 당황스러워 황급히 말했다.

"수고라니요, 절대 아닙니다. 짐꾼, 짐을 싣게."

속수무책이었다. 더 사양할 수도 있었지만 수잰은 내 옆구리를 가볍게 쿡 찌르며 만류했다.

"고마워요, 파젯 씨."

나는 쌀쌀맞게 말했다.

우리 세 사람은 자동차에 올라탔다. 시내를 향해 도로를 내려가는 동안 뭔가 할 말을 찾으려고 머리를 쥐어짰다. 결국 파젯이 먼저 침묵을 깼다.

"유스터스 경을 위해 아주 유능한 비서 한 사람을 구했습니다. 페티그루 양이라고."

"의원님은 그 비서를 못마땅해하시던데요."

내 지적에 파젯은 차가운 시선으로 나를 바라보았다.

"그 여자는 유능한 속기사예요."

그가 억누른 어조로 대답했다.

기차역 앞에 도착했다. 여기서 그는 우리를 두고 떠날 것이다. 나는 악수를 하기 위해 손을 내밀었으나 그가 가로막았다.

"제가 배웅을 하겠습니다. 지금 정확히 8시니까 앤 양이 타실 기차는 15분 후에 들어오겠군요."

그는 짐꾼에게 방향을 일러 주었다. 나는 어찌할 바를 모른 채 수잰의 시선을 피하고 있었다. 파젯은 의심하고 있었다. 그는 내가 확실히 기차를 타는지 확인하려고 단단히 작정한 모양이다. 그렇다면 이제 어떻게 해야 할까? 속수무책이었다. 이제 15분 후면 나는 기차역을 떠날 것이며 파젯은 내게 작별 인사로 손을 흔들 것이다. 그는 기민하게 나를 역습했다. 게다가 나에 대한 태도도 달라졌다. 어색한 친절로 가득 찬 그의 태도는 혐오스러웠으며 그것을 보는 나는 구역질이 났다. 그는 구변 좋은 위선자였다. 처음에는 나를 죽이려고 하더니 지금은 칭찬 일색이라니! 혹시 그날 밤 배에서 자신을 알아보지 못했다고 생각하는 건 아닐까? 아니다, 그것은 허식이었다. 조롱하는 표정으로 내게 묵인을 강요하는 일종의 허식이었다.

나는 하는 수 없이 그가 가리키는 대로 따라 움직였다. 개인용 객실에 내 짐을 올렸다. 2단 침대가 배정되었다. 8시 12분이었다. 이제 3분만 있으면 기차는 떠날 것이다.

하지만 파젯은 수잰을 계산에 넣지 않은 모양이다.

"지겹게 더운 여행이 될 거야, 앤."

수잰이 불쑥 말했다.

"특히 내일 카루 고원을 통과할 때는 더욱 그럴 거야. 오드콜로뉴나 라벤더수 좀 가져왔어?"

내 암시가 먹힌 것이다.

"어머나, 오드콜로뉴를 호텔 화장대 위에 놓고 왔네."

나는 실망스럽다는 듯이 소리쳤다.

명령을 내리는 데 익숙한 수잰의 습관이 효과를 발휘했다. 그녀
는 위압적으로 파젯을 돌아보았다.

"파젯 씨, 빨리. 시간이 없어요. 기차역 맞은편에 약국이 있던데,
앤에게는 오드콜로뉴가 필요해요."

그는 주저했지만 수잰의 위압적인 태도를 물리치진 못했다. 그녀
는 타고난 독재자였다. 그는 재빠르게 뛰어나갔다. 수잰은 그가 보
이지 않을 때까지 눈을 떼지 않았다.

"앤, 빨리 여기서 나가. 혹시 파젯이 정말 가지 않고 플랫폼 끝에
서 우릴 감시하고 있을지도 몰라. 짐은 걱정하지 말고. 내일 전보를
쳐, 알았지? 아이고, 기차가 정시에 떠나야 할 텐데!"

나는 반대편 플랫폼으로 나가는 문을 열고 뛰어내렸다. 지켜보는
사람은 아무도 없었다. 내가 떠난 자리에 수잰이 서 있는 것이 보일
뿐이었다. 그녀는 기차를 올려다보며 창문으로 나와 수다 떠는 시
늉을 하고 있었다. 호각 소리가 나고 기차는 미끄러지기 시작했다.
그때 맹렬하게 플랫폼으로 달려오는 발걸음 소리가 들렸다. 나는
때마침 눈에 띈 매점의 그늘 아래로 몸을 숨기고 지켜보았다.

수잰은 멀어져 가는 기차를 향해 손수건을 흔들다가 파젯을 향해
돌아섰다.

"너무 늦었어요, 파젯 씨. 앤은 갔어요. 그게 오드콜로뉴예요? 진 작 생각해 낼걸!"

두 사람은 나와 그다지 멀지 않은 곳을 지나쳐 역 밖으로 나갔다. 가이 파젯은 더워 쩔쩔매는 것 같았다. 약국까지 뛰어갔다 온 모양 이었다.

"택시를 잡아 드릴까요, 블레어 부인?"

수잰은 빈틈없이 자신의 역할을 수행했다.

"그래 주세요. 유스터스 경을 위해 할 일이 많은가요? 그나저나 앤 베딩펠드가 내일 우리랑 같이 갔으면 얼마나 좋았을까. 젊은 아 가씨가 혼자 더반으로 여행하는 건 정말 마음에 안 들어. 그런데 벌 써 출발을 했으니. 더반에 꿀단지라도 있는 모양이지……."

두 사람은 이제 더 이상 말소리가 들리지 않을 만큼 멀어 져 갔 다. 똑똑한 수잰이 나를 구한 것이다.

나 역시 잠깐 더 기다렸다가 기차역에서 나왔다. 나오는 길에 한 남자와 부딪쳤다. 얼굴에 비해 지나치게 코가 큰 불쾌한 인상을 가 진 남자였다.

21장

내 계획을 실행에 옮기는 데 더 이상 어려움은 없었다. 나는 어느 뒷골목에서 작은 호텔을 발견하고 그곳으로 들어갔다. 짐이 없어 보증금을 지불하고 나서 기분 좋게 잠자리에 들었다.

다음 날 아침 일찍 잠에서 깨어 시내로 나갔다. 간단한 옷가지를 사기 위해서였다. 내 계획은 로디지아행 11시 기차가 대부분의 일행을 태우고 출발하기 전까진 아무것도 하지 않는 것이었다. 파젯은 그들에게서 완전히 벗어나기 전까지는 그 어떤 사악한 활동도 하지 않을 것이다. 그러므로 나는 기차를 타고 시내를 벗어나 시골 산책을 즐겼다. 날씨는 비교적 쌀쌀했지만 긴 항해와 뮤젠버그에서 감금당한 이후로 두 다리를 쭉 펼 수 있다는 것이 즐거웠다.

살다 보면 많은 것이 사소한 것에 좌우된다. 구두끈이 풀려 다시 매기 위해 걸음을 멈추었다. 길은 막 모퉁이로 접어들었고 구두끈을 매기 위해 허리를 굽히는 순간 갑자기 나타난 한 남자가 나를 스치다시피 지나갔다. 그는 모자를 들어 올리며 작은 목소리로 사과의 말을 웅얼거렸다. 얼굴이 왠지 낯익다는 생각이 들었지만 그뿐이었다. 손목시계를 들여다보았다. 기차 시간이 가까워지고 있었다. 나는 케이프타운 방향으로 걸음을 옮겼다.

전차가 막 떠나려 하고 있어서 타기 위해 뛰었다. 내 뒤로 뛰어오는 다른 발걸음 소리가 들렸다. 내가 전차에 매달리자 달려오던 사람도 전차에 매달렸다. 바로 그 순간 그를 알아보았다. 구두끈이 풀어졌을 때 길에서 나를 지나쳤던 바로 그 남자였는데 얼굴이 낯익었던 이유도 순식간에 깨달았다. 전날 밤 기차역을 나오면서 부딪혔던, 왜소한 체격에 비해 지나치게 코가 컸던 그 남자였다.

우연의 일치라고 하기엔 너무 놀라웠다. 그 남자가 내 뒤를 쫓고 있다는 생각이 들었다. 당장 시험해 보기로 작정했다. 나는 벨을 누르고 다음 정거장에서 내렸다. 그 사내는 내리지 않았다. 어느 상점의 그늘 속에 몸을 숨기고 가만히 지켜보았더니 그는 다음 정거장에서 내려 내 쪽으로 걸어오고 있었다.

분명했다. 나는 미행을 당하고 있었다. 샴페인을 너무 빨리 터뜨린 거였다. 가이 파젯에 대한 승리는 또 다른 국면으로 접어들었다. 나는 다음 전차를 불러 세웠고, 예상대로 내 미행자 역시 그 전차에 올라탔다. 나는 몇 가지 아주 진지한 생각에 잠겼다.

틀림없이 내가 알고 있는 것보다 훨씬 큰 사건에 연루된 것이다. 말로 저택의 살인 사건은 단순히 개인이 저지른 단독 범행이 아니었다. 나는 지금 어떤 갱단과 맞서고 있다. 레이스 대령이 수잰에게 누설한 비밀과 뮤젠버그의 빌라에서 엿들은 내용을 바탕으로 복잡한 몇 가지 내용을 파악하기 시작했다. 이것은 추종자들에게 '대령'으로 알려져 있는 사람에 의해 꾸며진 조직적인 범죄였다! 배에서 들었던 몇몇 대화와 랜드 사의 파업, 그 파업의 동기가 떠올랐다. 어떤 비밀 조직이 선동을 조장하는 일을 하고 있다는 확신이 들었다. 그것은 '대령'의 작품이었고 그의 밀사들은 치밀한 계획에 따라 행동하고 있었다. 그는 내가 늘 들었던 대로 이 일에 직접 개입하지 않았으며 지시하고 조직하는 일만 하고 있었다. 그가 하는 일은 위험하지 않은 정신 노동이었다. 하지만 그가 현장의 완벽한 위치에서 일을 지휘하고 있다는 것은 분명한 사실이었다.

그렇다면 킬모든 호에 레이스 대령이 출현한 것은 무슨 의미일까? 그는 우두머리 범인을 뒤쫓고 있었다. 모든 것이 그 가정과 맞아떨어졌다. 그는 첩보부의 고위직에 있는 사람이며 업무는 '대령'을 체포하는 일이었다.

나는 혼자 고개를 끄덕거렸다. 모든 일이 명확해지기 시작했다. 이 일에서 내 역할은 무엇인가? 나는 어디까지 온 것일까? 그들이 찾는 것은 단지 다이아몬드뿐일까? 나는 고개를 가로저었다. 다이아몬드의 가치가 어마어마한 건 사실이지만 그것만으로 그들이 나를 따돌리기 위해 기울였던 필사적인 노력이 설명되지 않는다. 아니, 나라는 존재는 그 이상을 의미했다. 어찌 보면 나는 나 자신도 모르게 협박이요, 위험스러운 존재로 돌변해 있는 것은 아닐까! 내가 알고 있는, 아니 내가 알고 있다고 그들이 생각하는 어떤 지식으로 인해 어떤 대가를 치르더라도 나를 제거하지 못해 안달복달하고 있는 것이다. 그리고 그 지식은 어느 정도 다이아몬드와 관련이 있다. 나를 깨우쳐 줄 수 있는 유일한 사람이 있다. 그가 그럴 수만 있다면 얼마나 좋을까! '갈색 양복의 사나이' 해리 레이번이다. 그는 전체 스토리의 나머지 반을 알고 있다. 하지만 그는 어둠 속으로 사라졌으며, 추적을 피해 도망치는 쫓기는 신세였다. 아무리 따져 봐도 그와 결코 다시 만날 수 없을 것 같았다.

갑자기 현재의 일이 떠올랐다. 지금은 감상적으로 해리 레이번을 생각할 때가 아니었다. 그는 처음부터 나에 대한 더할 수 없는 반감을 드러내지 않았던가. 아니면 적어도 거기에 내가 다시 있었다. 꿈을 꾸면서! 진짜 문제는 이제 어떻게 할 것인가 하는 거였다. 지금 당장 어떻게 해야 할까.

감시자의 역할에 자부심을 느끼고 있던 내가 거꾸로 감시를 당하는 꼴이 되고 만 것이다. 게다가 벌벌 떨고 있다. 처음으로 초조해지기 시작했다. 나는 거대한 기계가 매끄럽게 돌아가는 것을 방해하는 잔모래 부스러기가 되고 말았다. 그리고 그 기계는 잔모래 부스러기로 인해 얼마든지 작동을 멈출 수 있다. 해리 레이번이 나를 구해 준 적이 있었고 내 스스로 목숨을 구한 적도 있다. 하지만 문득 승산이 없다고 느껴졌다. 적들은 사방에서 나를 에워싼 채 조여들고 있었다. 만약 외로운 싸움을 계속한다면 나는 결국 지고 말 것이다.

애써 다시 기운을 냈다. 그들도 당장은 나를 어쩌지 못할 것이다.

나는 문명화된 도시에 있지 않은가. 구역마다 경찰이 있는 도시에 말이다. 앞으론 절대 방심하지 않으리라. 뮤젠버그에서 했던 것처럼 다시 나를 함정에 빠뜨리진 못할 것이다.

여기까지 생각이 미쳤을 때 전차가 애덜리가(街)에 도착했다. 나는 전차에서 내렸다. 딱히 뭘 해야 할지 마음을 정하지 못한 채 거리의 왼쪽으로 천천히 걸었다. 미행자가 뒤에 있는지 굳이 돌아보지 않았다. 그가 따라오고 있다는 것을 알고 있었다. 나는 카트라이트 호텔로 들어가 커피 아이스크림 소다 두 잔을 주문했다. 마음을 가라앉히기 위해서였다. 남자라면 독한 술을 마셨겠지만 여자들은 아이스크림 소다를 마시며 마음을 달랜다. 나는 아주 맛있게 빨대를 빨았다. 시원한 액체가 기분 좋게 목으로 넘어갔다. 나는 첫 번째 잔을 비워 옆으로 밀어 놓았다.

나는 스탠드 바 앞의 높직한 스툴에 앉아 있었다. 곁눈으로 보니 미행자가 조심스럽게 안으로 들어와 문 옆의 작은 테이블에 앉는 것이 보였다. 두 번째 커피 아이스크림 소다를 마신 뒤 이번에는 메이플 아이스크림 소다를 주문했다. 나는 아이스크림 소다를 무한정 마실 수 있다.

갑자기 문 옆에 앉아 있던 남자가 일어나 밖으로 나갔다. 순간 깜짝 놀랐다. 만약 밖에서 기다릴 작정이라면 왜 처음부터 그러지 않았을까? 나는 스툴에서 미끄러져 내려와 조심스럽게 문으로 다가갔다. 그러곤 어두운 곳으로 얼른 몸을 숨겼다. 그 남자는 가이 파젯과 이야기를 나누고 있었다.

내가 진작 수상하게 여겼다면 얼마든지 해결할 수 있었을 것이다. 파젯은 시계를 꺼내 들여다보고 있었다. 두 사람은 간단하게 몇 마디 주고받았다. 파젯은 돌아서서 기차역을 향해 내려갔다. 무언가 지시를 내린 것이 분명했다. 어떤 지시였을까?

갑자기 섬뜩한 생각이 들었다. 나를 미행했던 남자는 길 한복판으로 건너가 한 경찰에게 말을 걸었다. 그는 카트라이트 호텔 쪽을 가리키며 한동안 무언가를 설명하고 있는 것 같았다. 즉시 그들의 음모를 깨달았다. 나는 소매치기 따위의 어떤 고발로 체포를 당할 터였다. 이런 사소한 문제로 시비를 거는 것이 갱단에겐 누워서 떡 먹기일 것이다. 내 무죄를 어떻게 증명한단 말인가? 그들은 모든 것을 속속들이 알고 있다. 아주 오래전 그들은 해리 레이번을 드비어스 사 절도죄로 고소했고, 레이번은 자신의 무죄를 증명하지 못했다. 무죄라는 것이 확실한데도 말이다. '대령'이 고안해 낸 그 '음모'에서 벗어날 수 있는 길이 있을까?

거의 기계적으로 흘긋 시계를 들여다보았고, 다음 순간 이번 일의 또 다른 양상이 머릿속에 떠올랐다. 가이 파젯이 자신의 시계를 들여다봤던 시점을 깨달은 것이다. 그때는 11시였고, 11시는 우편 열차가 나를 구하러 올 수 있는 막강한 친구들을 실은 채 로디지아를 향해 떠나는 시각이었다. 그것이 지금까지 내가 면책될 수 있었던 이유였다. 지난밤부터 오늘 아침 11시까지 나는 무사했지만, 이제는 그물이 내 위로 좁혀들고 있다.

나는 황급히 핸드백을 열고 음료수 값을 지불했다. 그 순간 심장이 멈추는 것 같았다. 가방 안에 지폐가 가득 찬 남자 지갑 하나가 들어 있었던 것이다. 전차에서 내릴 때 내 핸드백에 교묘히 집어넣은 게 틀림없다.

나는 당황했다. 허겁지겁 카트라이트 호텔을 나왔다. 왕코 땅딸보 사내와 경찰이 막 길을 건너고 있었다. 그들은 나를 보았고 왜소한 사내는 흥분해 경찰에게 나를 가리켰다. 나는 부리나케 경찰을 따돌리고 뛰기 시작했다. 경찰은 몸집이 둔한 것 같았다. 먼저 선수를 쳐야 했다. 하지만 그 순간조차도 나는 아무 생각이 없었다. 다만 죽을힘을 다해 애덜리가를 따라 뛰었다. 사람들이 쳐다보기 시작했다. 잠시 후면 누군가 나를 멈춰 세울 것만 같았다.

그 순간 한 가지 생각이 뇌리를 스치고 지나갔다.

"기차역이 어디죠?"

나는 숨을 멈추고 헐떡거리며 물었다.

"우측으로 내려가세요."

속도를 냈다. 기차를 타기 위해 달리는 것은 무방한 일이다. 나는 기차역 쪽으로 방향을 틀었지만, 내 뒤를 바싹 쫓는 발걸음 소리가 들렸다. 왕코 땅딸보는 달리기 선수였다. 아무래도 플랫폼에 도착하기 전에 따라잡힐 것 같았다. 시계를 올려다보았다. 10시 59분이었다. 내 계획이 성공한다면 기차를 따라잡을 수 있을 것이다.

나는 이미 애덜리가에 있는 중앙 출입구를 통해 기차역으로 들어와 있었다. 그러곤 다시 옆문으로 쏜살같이 빠져나갔다. 정면에는 우체국으로 통하는 옆문이 있었고, 정문으로 나가면 애덜리가였다.

예상대로 미행자는 나를 쫓아 들어오는 대신에 정문으로 나오는 나를 잡거나, 아니면 경찰이 나를 잡도록 하기 위해 애덜리가를 뛰어서 내려가고 있다.

나는 번개처럼 다시 길을 건너 기차역으로 돌아왔다. 마치 미친 여자처럼 뛰었다. 11시 정각이었다. 내가 플랫폼에 나타나자 긴 기차가 움직이기 시작했다. 한 짐꾼이 나를 가로막으려고 했지만 요리조리 그의 손을 피해 발판으로 뛰어올랐다. 그리고 두 계단을 뛰어올라 문을 열었다. 마침내 위험에서 벗어난 순간이다! 기차가 움직이고 있었다.

기차는 플랫폼 끝에서 혼자 서 있는 한 남자를 지나쳤다. 나는 그에게 손을 흔들었다.

"안녕히 계세요, 파젯 씨."

그렇게 당황하는 파젯의 모습을 본 적이 없었다. 그는 유령이라도 본 듯한 표정이었다.

잠시 후 나는 차장과 실랑이를 벌이고 있었다. 하지만 내 어조는 당당했다.

"난 유스터스 페들러 경의 비서예요. 그분의 전용차로 데려다 주세요."

나는 거들먹거리며 말했다.

수잰과 레이스 대령은 맨 뒤 칸의 전망대에 서 있었다. 두 사람은 나를 보자 감탄사를 쏟아 냈다.

"아니, 앤 양, 어디서 탔소? 더반에 간 줄 알았는데 정말 생각지도 못한 사람이 나타나셨군!"

레이스 대령이 소리쳤다.

수잰은 잠자코 있었지만 눈빛으로 수백 가지 질문을 던지고 있었다.

"제 상사에게 보고를 드려야겠어요, 어디 계시죠?"

나는 새침하게 말했다.

"가운데 객실 사무실에 있어요. 불쌍한 페티그루 양에게 엄청난 속도로 받아쓰기를 시키고 있지요."

"일에 대한 이런 열정은 새로운데요."

나는 안도의 숨을 내쉬며 말했다.

"흠! 하루 종일 방에서 타이핑할 수 있도록 충분한 양의 일을 시키는 게 목적일걸요."

레이스 대령의 말에 나는 깔깔대고 웃었다. 그러곤 다른 두 사람에 이어 유스터스 경을 찾아냈다. 그는 좁은 공간을 큰 걸음으로 성큼성큼 오락가락하고 있었으며, 불운한 비서에게 계속해서 말을 퍼붓고 있었다. 나는 처음으로 그녀를 보았다. 칙칙한 옷에 코안경을 걸치고 훤칠한 키에 딱 벌어진 체격의 유능해 보이는 여자였다. 그녀는 유스터스 경의 보조를 맞추느라 몹시 힘들어 보였다. 연필은 허공에서 휘날리고 있었고 그녀는 오만상을 찌푸리고 있었다.

나는 객실로 들어서며 가볍게 말을 건넸다.

"새로 시작하겠습니다, 의원님."

유스터스 경은 한창 복잡한 문장을 불러 주다 말고 나를 빤히 쳐다보았다. 페티그루 양은 유능해 보이긴 했지만 신경질적이었다. 마치 총이라도 맞은 것처럼 펄쩍 뛰었다.

"하느님 맙소사! 아니, 더반의 청년은 어쩌고?"

유스터스 경은 외마디 소리를 질렀다.

"의원님께 마음이 더 끌리던걸요."

나는 나긋한 목소리로 말했다.

"오, 저런, 당장 내 손부터 잡아 주오."

유스터스 경은 경망스럽게 과장된 어조로 말했다.

페티그루 양이 마른기침을 하자 유스터스 경은 황급히 손을 거둬들였다.

"아, 그래, 어디 보자, 근데 어디까지 했더라? 그래, 타일맨 루스, 그의 연설에서…… 무슨 일이오? 왜 안 받아 적는 건가?"

"아무래도 페티그루 양의 연필이 부러진 것 같군요."

레이스 대령이 말하며 그녀에게서 연필을 건네받아 깎아 주었다. 유스터스 경이 빤히 쳐다보자 나도 빤히 쳐다보았다. 레이스 대령의 말투에서 내가 도저히 이해할 수 없는 무언가가 분명히 느껴졌다.

22장

(유스터스 페들러 경의 일기 발췌문)

회고록을 쓰는 일은 포기하는 쪽으로 마음이 기울고 있다. 대신에 「내가 겪은 비서들」이란 제목으로 짧은 단편을 써야겠다. 비서에 관한 한 나는 운이 없다. 어느 때는 비서가 아예 없고 또 어느 때는 넘쳐 난다. 지금 이 순간은 한 패거리의 여자들을 거느리고 로디지아로 여행 중이다. 레이스는 멋진 미인 두 명과 도망을 가고 내겐 쓰레기만 떠넘긴다. 이것도 내 팔자인가. 그렇지만 이건 내 전용차이지 레이스의 전용차가 아니지 않은가.

게다가 앤 베딩펠드는 임시 비서를 구실로 로디지아까지 나를 따라가는 게 아닌가. 하지만 오늘 오후 내내 그녀는 핵스 강 계곡의 아름다움을 감탄하며 레이스와 함께 전망대에 나가 있었다. 주된 업무가 내 손을 잡아 주는 것이라고 분명히 강조했는데 그녀는 그 일조차 하지 않고 있다. 혹시 페티그루 양을 겁내고 있는지도 모르겠다. 그렇다면 나무랄 수 없지 않은가. 페티그루 양에겐 매력적인 구석이라곤 눈을 씻고 찾아봐도 없다. 발도 크고 여자라기보다 남자 쪽에 가까운 혐오스러운 여성이다.

앤 베딩펠드에겐 뭔가 아주 미스터리한 데가 있다. 그녀는 마지막 순간 기차에 올라탔다. 마치 온 세상을 향해 달리기 경주라도 하듯이 증기기관차처럼 헐떡거리면서 말이다. 그렇지만 파젯은 그 아가씨가 간밤에 더반으로 떠나는 것을 봤다고 하지 않던가! 아무튼 파젯이 또 술을 마시고 있었거나, 앤이 영체(靈體)를 가지고 있거나, 둘 중 하나이다.

게다가 앤은 아무 설명도 하지 않는다. 그 누구도 설명을 하지 않는다. 그래, 「내가 겪은 비서들」 제1편은 처벌을 피해 도망치는 어떤 살인자. 제2편은 이탈리아에서 추잡한 밀통을 벌인 어떤 은밀한 술주정뱅이. 제3편은 한 번에 두 곳을 오갈 수 있는 유용한 능력을 가진 어떤 아름다운 아가씨. 제4편은 페티그루 양. 그녀는 위험스러운 변장한 사기꾼임에 틀림없다. 아마도 파젯의 이탈리아 친구들 가운데 하나로 날 속이고 떠넘긴 사람일 것이다. 언젠가 세상이 파젯에 의해 추잡하게 기만당했음을 알게 되더라도 난 놀라지 않을 것이다. 전체적으로 따져 볼 때 레이번이 가장 좋은 친구인 것 같다. 그는 날 걱정시킨 적도 방해한 적도 없다. 가이 파젯은 문구용 트렁크를 여기 두지 못해 안달이었다. 그 트렁크에 걸려 넘어지지 않은 사람이 아무도 없을 정도다.

나는 환영을 받을 거란 기대감을 갖고 전망대로 나갔다. 두 여자는 넋을 놓고 레이스의 여행담을 듣고 있었다. 아무래도 이 전용차에 '유스터스 페들러 경과 그 일행'이라는 표지판을 떼고 '레이스 대령과 하렘'이란 표지판을 붙여야겠다.

그러면 블레어 부인은 우스꽝스러운 사진을 다시 찍어야 할 것이다. 매번 높이 올라갈 때, 특히 위험한 커브 길을 돌아갈 때마다 그녀는 기관차에 대고 스냅 사진을 찍어 댔다.

"당신도 알다시피 기차의 뒤에서 기차 앞부분을 찍으려면 커브 길이어야 해요. 거기다가 산을 배경으로 하면 엄청나게 위험해 보인다고요."

그녀가 흥분해서 외쳤다.

나는 그 사진이 기차 뒤에서 찍었다는 것을 알아볼 사람이 없을 거라고 지적해 주었다. 그녀는 애석한 표정으로 나를 쳐다보았다.

"사진 밑에다 이렇게 쓸래요. '기차에서 찍은 사진으로 기관차가 커브 길을 돌아가고 있음.'"

"기차를 찍은 스냅 사진이면 어느 것이나 쓸 수 있을 거요."

여자들이란 이렇게 단순한 것도 생각지 못한다.

"환할 때 여길 지나게 돼서 참 다행이에요. 어젯밤 더반에 갔다면 이걸 못 볼 뻔했지 뭐예요, 안 그래요?"

앤 베딩펠드가 소리쳤다.

"그랬겠죠. 내일 아침에 일어나면 카루에 있었을 뻔했군요. 덥고 먼지 많고 돌과 바위투성이인 사막."

레이스 대령이 싱긋 웃으며 맞장구를 쳤다.

경치는 그만이었다. 사방이 높은 산들이었고 우리는 구불구불 그 산들을 돌며 올라가고 있었다.

"이 기차는 로디지아로 가는 오늘의 특급 열차인가요?"

앤 베딩펠드의 물음에 레이스가 껄껄 웃으며 말했다.

"오늘이라? 앤 양, 로디지아행 기차는 일주일에 세 번밖에 없어요. 월요일, 수요일, 토요일. 다음 주 토요일이 되어야 폭포에 도착한다는 걸 이제야 알겠소?"

"그때쯤이면 서로를 아주 잘 알게 되겠군요. 의원님은 폭포에 얼마 동안 계실 건가요?"

블레어 부인이 심술궂게 물었지만 나는 신중하게 대답했다.

"상황을 봐야지요."

"무슨 상황 말이죠?"

"요하네스버그에서 일이 돌아가는 상황 말이오. 사실 아프리카는 이번이 세 번째이면서도 폭포는 처음 가 보는 거요. 원래 계획은 폭포에 이틀쯤 있다가 요하네스버그로 가서 랜드에 관한 상황을 보는 거였지. 아시다시피 영국에선 내가 남아프리카 정치의 권위자 행세를 하지 않소. 그렇지만 요하네스버그가 특히 일주일 기간으로 방문하기엔 아주 좋지 않은 곳이라고 합디다. 혁명이 한창인 곳을 여행하고 싶지는 않소."

그러자 레이스가 다소 오만한 자세로 미소를 지었다.

"몸을 사리는 게 좀 지나치신 것 같은데요, 의원님. 요하네스버그에 큰 위험은 없을 겁니다."

여자들은 당장 '어머나, 너무 용감하시다'라는 표정으로 그를 쳐다보았다. 난 약이 올랐다. 내가 레이스만큼 용감하지 않을 게 또 뭔가. 하지만 내겐 풍채가 없다. 길고 홀쭉하고 가무잡잡한 이 사내에겐 나름대로 풍채가 있는데 말이다.

"그럼 요하네스버그에 가겠군."

나는 쌀쌀맞게 말했다.

"그럴 가능성이 많지요. 모두 함께 가면 되지요."

"난 폭포에 머물게 될지 어떨지 잘 모르겠소."

나는 애매하게 대답했다. 내가 요하네스버그에 가든 말든 레이스가 조바심을 내는 이유가 뭘까? 그는 앤을 쳐다보고 있었다.

"앤 양은 어쩔 셈이오?"

"상황을 봐서요."

그녀는 나를 흉내 내며 새침하게 대답했다.

"앤 양은 내 비서인 줄 알았는데."

나는 반격을 가했다.

"아, 전 잘린 것 아니었나요? 페티그루 양이 오후 내내 의원님의 손을 잡고 있던걸요."

"다른 건 다 했어도 그건 절대 안 했소. 맹세하지."

나는 그녀를 다독이듯 말했다.

목요일 밤.

우리는 막 킴벌리를 떠났다. 여자들은 또다시 다이아몬드 절도 사건 이야기를 해 달라고 레이스를 졸랐다. 여자들은 다이아몬드에 관한 것이라면 왜 그리 사족을 못 쓰는 걸까?

마침내 앤 베딩펠드가 미스터리의 베일을 벗기 시작했다. 그녀는 신문 통신원인 것 같다. 오늘 아침 데아르(De Aar)에서 엄청나게 많은 전보를 보냈다. 블레어 부인의 객실에서 거의 밤새도록 재잘거리는 소리가 들려오는 것으로 미루어 보아 그녀는 자신의 특별 기사를 큰 소리로 읽고 있었던 게 분명했다.

그녀는 내내 '갈색 양복의 사나이'를 추적하고 있었던 모양이다. 보아하니 킬모든 호에서 그를 찾아내지 못한 것 같았다. 사실 그때는 그럴 기회가 없었다. 하지만 지금은 영국으로 전보를 보내느라 정신이 없다. 보나마나 '나는 어떻게 살인범과 함께 여행을 했는가', 그리고 지극히 허구적인 스토리인 '그가 내게 들려준 사연' 따위의 내용들일 것이다. 나는 이런 것들을 어떻게 쓰는지 잘 알고 있다. 회고록을 쓸 때 나도 그렇게 쓴다. 물론 파젯의 재량 내에서 말이다. 하긴 내스비의 유능한 직원들은 기사의 세부 내용을 각색하여 훨씬 더 재미있게 만들 것이고, 그 기사가 《데일리 버짓》에 실리면 레이번은 자기 자신임을 알아보지 못할 것이다.

어쨌든 앤은 영리하다. 그녀는 혼자 힘으로 내 집에서 살해된 여자의 신원을 밝히려고 했다. 죽은 여자는 나디나라고 하는 러시아 무용수였다. 나는 앤 베딩펠드에게 확실한 거냐고 물었다. 앤은 단지 추론일 뿐이라고 대답했다. 전적으로 셜록 홈즈식 태도였다. 하지만 짐작건대 그녀는 이것을 증명된 사실이라고 전보를 쳤을 것이다. 여자들은 이런 직관(앤 베딩펠드가 정확한 추론을 하고 있음은 의심의 여지가 없다.)을 가지고 있지만 그것을 추론이라고 부르는 건 터무니없다.

앤 베딩펠드가 어떻게 《데일리 버짓》 직원이 되었는지 알 수 없다. 하지만 그녀는 그런 일을 하는 젊은 여성이다. 그녀를 거부한다는 것은 불가능하다. 그녀는 감언과 유혹으로 무장한 채 단호한 결단을 교묘히 감추고 있다. 어떻게 내 전용차에 타게 되었는지 그것만 봐도 알 수 있지 않은가!

나는 그 이유를 어렴풋이 깨닫기 시작했다. 레이스는 레이번이 로디지아 쪽으로 간다는 것을 경찰이 의심할 거라고 했다. 레이번은 월요일에 출발한 기차에서 내렸을지도 모른다. 짐작건대 그들은 내내 전보를 쳤지만 그의 인상착의와 일치하는 경우는 단 한 건도 발견되지 않았다. 교활한 그 청년은 아프리카에 대해 잘 알고 있다. 아마도 아프리카 노파로 변장했을지도 모른다. 그런데도 단순한 경찰은 최신 유럽 스타일의 옷을 입은 얼굴에 흉터가 있는 잘생긴 청년만 계속 찾고 있을 것이다. 나는 결코 그 흉터를 곧이곧대로 믿은 적이 없다.

아무튼 앤 베딩펠드는 그를 추적하고 있다. 그녀는 자신과 《데일리 버짓》을 위해 그를 찾아내는 영광을 누리고 싶어 한다. 요즘 젊은 여자들은 피도 눈물도 없다. 그녀에게 이것이 여자답지 않은 행동이라는 언질을 주었다. 그러자 오히려 나를 비웃었다. 그녀는 자신이 레이번을 궁지에 몰아넣을 수만 있다면 출세할 거라고 단언했다. 내가 볼 때 레이스도 그것을 좋아하지 않는 것 같다. 어쩌면 레이번이 이 기차에 타고 있을지도 모르겠다. 만약 그렇다면 우리 모두 각자 침대에서 살해될 수도 있다. 블레어 부인에게 그 말을 했더니 그녀는 오히려 그런 생각을 반기는 눈치였다. 그리고 만약 내가 살해된다면 앤에게 특종 기사가 될 거라고 했다. 앤을 위한 특종 기사, 하긴 그 말이 맞다.

내일 우리는 베추아날란드(보츠와나의 옛 이름 — 옮긴이)를 통과할 것이다. 먼지를 뒤집어써야 할 것 같다. 또 역마다 아프리카 아이들이 나와 나무에 직접 조각해서 만든 기이한 동물 목각 인형들을 팔 것이다. 옥수수 사발과 광주리도 함께 말이다. 블레어 부인이 미친 듯이 사들이지 않을까 걱정스럽다. 이런 장난감에는 원시적인 매력이 있어 그녀에게 어필할 것이다.

금요일 저녁.

내가 걱정했던 대로다. 블레어 부인과 앤은 동물 목각 인형을 무려 49개나 샀다.

23장

로디지아까지의 여행은 몹시 즐거웠다.

매일 새롭고 흥미진진한 볼거리가 있다. 처음에는 헥스 강 계곡의 아름다운 풍경, 카루 고원의 황량한 웅장함, 그리고 마지막으로 베추아날란드의 곧게 뻗은 선로와 원주민들이 팔려고 가져온 홀딱 반할 만한 장난감들이 바로 그것이다. 수잰과 나는 혹시 그것도 역이라고 말한다면 역마다 기차를 놓칠 뻔했다. 내가 보기엔 기차가 시도 때도 없이 마음 내킬 때마다 서는 것 같았다. 한 무리의 원주민들이 옥수수 사발과 사탕수수와 털가죽 조끼와 예쁜 동물 목각 인형들을 가지고 텅 빈 벌판에 나타날 때마다 기차가 섰으니 말이다. 수잰은 당장 목각 인형 수집에 들어갔다. 나도 질세라 그녀를 따라나섰다. 대부분의 가격은 1티키, 즉 3펜스였고 모든 인형이 각기 다른 모양이었다. 기린도 있고 호랑이도 있고 뱀도 있고 구슬픈 표정의 영양도 있고 터무니없이 작은 전사도 있었다. 우리는 이것들을 사며 얼마나 즐거운 시간을 보냈는지 모른다.

유스터스 경이 우리를 말려 보려고 했지만 결국 소용없는 짓이었다. 지금 생각해 보니 당시 우리가 오아시스에 남겨지지 않은 것이 기적이다. 남아프리카 기차들은 다시 출발할 때 경적을 울리거나 법석을 떨지 않는다. 그냥 조용히 미끄러져 가기 때문에 흥정을 벌이다 말고 죽을힘을 다해 뛰어야 한다.

케이프타운에서 기차에 올라탄 나를 보고 수잰이 얼마나 놀랐을지 상상이 간다. 첫날 저녁에 수잰과 나는 현재 상황을 철저히 분석했다. 그리고 밤을 새우다시피 하면서 이야기를 나누었다.

분명한 것은 방어적인 전략과 공격적인 전략을 동시에 채택해야 한다는 사실이다. 유스터스 페들러 경과 그의 일행과 여행하는 한, 나는 안전할 것이다. 그와 레이스 대령이 막강한 보호자인 만큼 적들은 내 신경을 거스르지 못할 것이라고 판단했다. 게다가 유스터스 경 옆에 있는 한 나는 어쨌든 가이 파젯과 연결되어 있는 셈이다. 가이 파젯은 미스터리의 중심에 있다. 나는 수잰에게 파젯이 그 불가사의한 '대령'일 가능성이 없느냐고 물었다. 물론 비서라고 하는 지위가 어울리진 않았지만, 유스터스 경은 횡포적인 습관에도 불구하고 늘 비서에게 아주 큰 영향을 받고 있다는 느낌을 한두 번 받은 적이 있다. 유스터스 경은 태평한 타입이었고, 그러다 보니 기민한 비서라면 얼마든지 그를 마음대로 조종할 수 있을 것이다. 행여 남의 주목을 끌까 조바심을 내는 입장인 만큼 상대적으로 눈에 띄지 않는 자리는 그에게 아주 유용할 수도 있다.

그렇지만 수잰은 이런 가정들을 강력하게 부정하고 나섰다. 그녀는 가이 파젯을 수뇌라고 생각하지 않았다. 진짜 수뇌인 '대령'은 배후 어딘가에 숨어 있으며 우리가 도착한 시간에 이미 아프리카에 있었을지도 모른다는 것이다.

일리가 있는 의견이긴 하지만 나는 전적으로 수용하진 않았다. 매번 수상쩍은 순간마다 파젯은 천부적인 지휘 재능을 보여 주었다. 그의 성격을 보면 보스에게서 흔히 볼 수 있는 확신과 결단력이 부족한 것은 사실이다. 그렇더라도 레이스 대령의 말대로 이 수수께끼 같은 리더가 제공하는 것은 정신 노동일 뿐이고, 창의적인 재능은 약하고 소심한 체질에서 나올 때가 많기 때문이다.

내가 이런 관점을 피력하자 수잰이 태클을 걸었다.

"교수님 따님이 그런 말을 하네."

"맞는 말씀이에요. 반면 파젯은 말하자면 오스만 제국 대재상인지도 모르죠."

나는 생각에 잠겨 잠시 침묵했다가 덧붙였다.

"유스터스 경이 어떻게 해서 돈을 벌었는지 알았으면 좋겠어요."

"또 그 사람을 의심하는 거야?"

"수잰, 난 누구라도 의심하지 않을 수 없게 되어 버렸어요. 그 사람을 정말로 의심하는 건 아니에요. 하지만 어쨌든 그는 파젯의 고용주이고 밀하우스의 주인이니까요."

"그 사람이 어떤 방법으로 돈을 벌었다는 소리는 여러 번 들었지만 막상 본인은 그 얘기를 별로 하고 싶어 하지 않던걸. 하지만 그렇다고 범죄와 관련되었다고 말할 순 없지. 압정에 주석을 도금해 팔았을 수도 있고 발모제를 팔았을 수도 있잖아."

수잰이 진지한 표정으로 말했다.

나는 안타까운 표정으로 고개를 끄덕였다.

"혹시 우리가 헛다리 짚은 건 아니겠지? 그러니까 내 말은 자꾸 파젯을 공범이라고 생각하다 보니 우리가 너무 핵심에서 벗어난 게 아닐까 하는 생각이 들었어. 파젯은 정직한 사람이 아닐까?"

수잰이 반신반의하며 물었다.

잠깐 동안 그녀의 말을 생각해 보다가 고개를 절레절레 흔들었다.

"믿을 수 없어요."

"아무튼 파젯은 항상 이유가 있잖아."

"그……렇죠, 근데 그게 별로 설득력이 없어요. 가령 나를 킬모든 호에서 바닷물 속으로 던지려고 했던 날 밤 그는 갑판까지 레이번을 쫓아갔는데, 오히려 레이번이 자신을 때려눕혔다고 주장하고 있어요. 그런데 지금 생각해 보니 그건 사실이 아니에요."

"그렇긴 해."

수잰은 마지못해 맞장구를 치더니 계속해서 말했다.

"하지만 그건 유스터스 경한테 전해들은 말이잖아. 파젯한테 직접 들었다면 다를 수도 있어. 사람들이 말을 전달할 때는 조금씩 달라지는 거 알면서 그래."

나는 그 일을 다시 한 번 떠올려 보았다.

"아니요, 아무리 생각해도 파젯은 유죄예요. 날 배 밖으로 던지려고 했던 사실을 간과할 수는 없어요. 나머지도 모두 들어맞고요. 하지만 왜 자꾸 아니라고 하시는 거예요?"

"얼굴 때문에 그래."

"얼굴? 하지만……."

"그래, 앤이 무슨 말을 하려는지 나도 알아. 아주 불길한 얼굴이지, 바로 그거야. 그런 얼굴의 사내는 실제론 사악하지 않아. 그건 조물주의 훌륭한 위트인지도 몰라."

나는 수잰의 주장에 전적으로 수긍하지 않았다. 조물주에 관해서라면 나도 알 만큼 안다. 설사 수잰에게 유머 감각이 있다고 해도 그녀는 그것을 별로 드러내질 않을 것이다. 그녀는 자신만의 말로 조물주를 표현하는 그런 사람이다.

우리는 당장 계획을 논의했다. 분명한 것은 이제 내가 어떤 신분을 갖춰야 한다는 사실이었다. 언제까지나 설명을 피하고 있을 수만은 없었다. 내가 겪고 있는 모든 어려움에 대한 해결책은 내 손에 달려 있다. 비록 한동안 그 생각을 하지 못했지만 말이다. 《데일리 버짓》의 침묵이나 열변은 이제 더 이상 해리 레이번에게 영향을 주지 못한다. 그는 '갈색 양복의 사나이'로 찍혔지만 그건 내 잘못이 아니다. 오히려 나는 그에게 적대감을 보임으로써 그를 도울 수 있을 것이다.

'대령'과 그의 갱단은 자신들이 말로 살인 사건의 희생양으로 뽑은 주인공과 나 사이에 친근한 감정이 존재한다는 것을 의심하지 않을 것이다. 내가 알고 있기로 살해된 여자는 아직도 신원이 파악되지 않았다. 내스비 경에게 전보를 보내 그녀가 그토록 오랫동안 파리를 열광케 했던 그 유명한 러시아 무용수 '나디나'라고 넌지시 비쳐 봐야겠다. 그녀의 신원이 아직도 파악되지 않았다는 게 정말 놀랍다. 하지만 한참 후 이 사건에 대해 더 많은 것을 알게 되었을 때 그것이 너무 당연한 일임을 깨닫게 되었다.

나디나는 파리에서 무용수로 성공을 거두는 동안 단 한 번도 영국에 가지 않았다. 그녀는 런던 관객들에겐 전혀 알려지지 않았다. 신문에 난 말로 사건의 희생자 사진은 워낙 흐리고 분간할 수 없는 상태여서 아무도 그 사진을 알아보지 못했다. 게다가 나디나는 모두에게 비밀로 한 채 영국을 방문할 생각이었다. 살인 사건이 있었던 다음 날 그 무용수가 보낸 것으로 추정되는 편지 한 통이 그녀의 매니저에게 전달되었다. 그 편지에서 그녀는 개인적인 급한 볼일 때문에 러시아로 돌아갈 것이며 그녀가 계약을 위반한 일을 최대한 잘 마무리해 달라고 부탁했다.

물론 이 모든 것을 나중에야 알게 되었다. 나는 수잰의 열렬한 지지 하에 데아르에서 긴 전보를 보냈다. 내 전보는 절호의 순간에 도착했다.(물론 이것도 나중에 알게 되었지만.) 《데일리 버짓》은 창사 이래 최대 특종을 낚았다. '밀하우스 살인 사건의 희생자가 본지 특파원에 의해 밝혀지다.' '본지 특파원, 살인범과 함께 항해하다. 갈색 양복의 사나이, 그는 정말 어떤 사람인가.' 등등.

중요한 사실은 물론 남아프리카 신문사들에도 전보로 전달되었지만 내 기사를 읽은 것은 시간이 한참 지난 다음이었다. 나는 불라와요(아프리카 남부에 있는 짐바브웨 남서부의 도시 ― 옮긴이)에서 전보를 통해 일일이 지시를 받고 승인을 받았다. 나는《데일리 버짓》의 직원이었고 내스비 경은 내게 직접 축하 인사를 보냈다. 나는 살인범을 잡은 공로를 인정받았다. 그리고 나만이 해리 레이번은 살인범이 아니라는 것을 알고 있었다. 오직 나만이! 하지만 아직은 온 세상이 그가 범인이라고 생각하도록 내버려 두자.

24장

토요일 아침 일찍 우리는 불라와요에 도착했다. 나는 그곳을 보고 실망했다. 날씨는 너무 덥고 호텔은 전혀 마음에 들지 않았다. 유스터스 경은 내내 부루퉁해 있었다. 부루퉁하다는 것 말고 달리 표현할 길이 없다. 아무래도 그의 심기를 불편하게 한 것은 우리가 사들인 목각 인형인 것 같다. 특히 커다란 기린 말이다. 그것은 어마어마하게 목이 길고 눈이 부드러우며 꼬리가 작달막한 엄청나게 큰 기린이었다. 나름대로 특색 있고 매력적이었다. 그것이 누구의 것이냐는 논쟁이 이미 벌어지고 있다. 내 것이냐 수잰의 것이냐 말이다. 우리 둘 다 1티키씩 지불했다. 수잰은 연장자이며 기혼이라는 이유로 훨씬 유리했고 나는 그 기린의 아름다움을 내가 먼저 알아보았다는 것으로 권리를 주장했다.

그러는 동안 그 기린은 우리의 공간을 상당 부분 차지하고 있었다. 모양도 꼴사납고 깨지기 쉬워 다루기도 힘든 49개의 동물 목각 인형을 나르는 일은 쉽지 않은 문제였다. 두 명의 짐꾼이 한 다발 씩 인형을 날랐는데, 그중 한 짐꾼이 황홀하기 그지없는 타조들을 떨어뜨리는 바람에 그 목이 부러지고 말았다. 이에 놀란 수잰과 나 는 가급적 손수 날랐고 레이스 대령이 도와주었다. 나는 대형 기린 을 유스터스 경의 팔에 안겨 주었다. 똑 부러지는 페티그루 양조차 도 예외는 아니었다. 큰 하마 한 마리와 두 흑인 전사가 그녀의 몫 이 되었다. 페티그루 양이 나를 좋아하지 않는다는 느낌을 받았다. 아마도 나를 되바라진 말괄량이 아가씨쯤으로 생각하는 것 같았다. 어쨌든 그녀는 가급적 나를 피하려고 했다. 재미있는 것은 어디서 봤는지 생각나지 않지만 그녀의 얼굴이 왠지 낯익다는 사실이었다.

우리는 오전 내내 쉬다가 오후에 차를 타고 마토보로 갔다. 세실 로즈(남아프리카 공화국 케이프타운의 초대 총독 — 옮긴이)의 무덤을 보기 위해서였다. 말하자면 원래는 그럴 계획이었으나 마지막 순간 에 유스터스 경이 일정을 취소했다. 그는 우리가 케이프타운에 도 착한 날 아침처럼 그렇게 단단히 화가 나 있었다. 그때 그는 복숭아 를 바닥에 내던져 뭉개지 않았던가! 아침 일찍 일어나는 것이 그의 체질에는 맞지 않는 것 같았다. 그는 짐꾼들에게 욕을 했다. 아침 식 사 시간에 웨이터에게 욕을 하더니 호텔 전 직원에게 욕을 했다. 또 연필과 수첩을 들고 주변을 알짱거리는 페티그루 양에게도 욕을 하 고 싶어 했지만 그녀에게는 감히 욕을 하지 못했다. 그녀는 책에서 나 나올 법한 유능한 비서였다. 나는 적시에 우리의 기린을 구할 수 있었다. 유스터스 경이 아무래도 그 기린을 바닥에 내팽개치고 싶어 할 것 같았다.

유스터스 경이 돌아간 다음 탐험을 계속하려고 했을 때 페티그루 양은 혹시 그가 찾을지도 모르니 호텔에 그냥 남아 있겠다고 했다. 그러다가 마지막에는 수잰이 두통이 있다는 메시지를 보내왔다. 결국 레이스 대령과 나 단둘이서 차를 타고 나섰다.

그는 이상한 사람이다. 사람들 틈에 있을 때는 그런 점이 잘 드러나지 않는다. 하지만 단둘이 있으면 그의 성격이 아주 강하게 느껴진다. 평소보다 더 과묵해지는데 그 과묵함은 말보다 더 많은 말을 하는 것 같았다.

이렇게 해서 우리는 그날 누르께한 잡목이 우거진 숲을 헤치고 마토보까지 차를 몰았다. 우리 차만 제외하고 모든 것이 이상하게 침묵에 싸여 있었다. 우리 차는 오래된 구식 포드였다. 시트는 갈기갈기 찢어져 있었고 엔진에 관해선 비록 아는 바가 없지만 엔진 내부가 정상이 아니라는 것은 느낌으로 알 수 있었다.

시골 풍경은 지나가면서 계속 바뀌었다. 기이한 형태로 쌓여 있는 거대한 표석들이 나타났다. 나는 문득 원시 시대로 돌아간 느낌이었다. 한순간 네안데르탈인들이 아버지에게 그랬던 것처럼 실제 존재하는 것처럼 여겨졌다. 나는 레이스 대령을 돌아보았다.

"한때 거인들이 살았던 게 분명해요. 그 아이들은 오늘날의 아이들과 똑같았어요. 조약돌을 쌓았다가 무너뜨리면서 놀았거든요. 조약돌을 솜씨 좋게 잘 쌓을수록 더 즐거워했으니까요. 만약 이곳에 이름을 붙인다면 '거인 아이들의 나라'라고 할 거예요."

나는 극적인 목소리로 말했다.

"생각보다 과녁에 더 가까이 다가간 것 같군요. 단순하고 원시적이고 크고…… 이것이 아프리카죠."

레이스 대령이 진지하게 말했다.

나는 수긍한다는 듯 고개를 끄덕거렸다.

"아프리카를 아주 좋아하시죠?"

"그럼요. 그렇지만 아프리카에서 오래 산다는 것은…… 글쎄요, 뭐라고 할까, 사람을 잔인하게 만들죠. 삶과 죽음을 아주 가볍게 여기게 되니까요."

"그렇군요. 하지만 약한 것들에게는 잔인하지 않겠죠?"

나는 해리 레이번을 생각하며 말했다. 그 역시 그랬던 것이다.

"앤 양, '약한 것'이 무엇이냐에 대한 의견은 여러 가지요."

그의 목소리에 진지한 기색이 묻어나 깜짝 놀랐다. 옆에 앉아 있는 이 사람에 대해 내가 아는 것이 전혀 없다는 생각이 들었다.

"저는 아이들과 개를 말하는 거였어요."

"장담하지만 나는 아이들과 개한테 잔인했던 적이 한 번도 없소. 그런데 왜 여자는 '약한' 쪽으로 분류하지 않는 거요?"

나는 잠시 생각에 잠겼다.

"아뇨, 아닌 것 같은데요. 물론 약하긴 하죠. 그러니까 요즘에는 약한 것 같아요. 하지만 아버지는 초창기에는 남자와 여자가 똑같은 힘으로 이 세상을 함께 돌아다녔다고 말씀하셨어요. 사자나 호랑이처럼요……."

"그럼 기린은요?"

레이스 대령이 겸연쩍게 끼어들었다.

그 말에 나는 깔깔대고 웃었다. 모두가 기린을 두고 놀린다.

"기린도요. 기린들은 목초를 따라 이동하는 동물이잖아요. 집단에 정착하고 나서야 달라졌죠. 정착하면서 여자와 남자는 서로 다른 종류의 일을 했고 그러면서 여자가 약해진 거지요. 물론 표면에 드러나지 않는 면은 사람은 여전히 똑같아요. 누구나 똑같은 것을 느낀단 의미예요. 그래서 여자들이 남성의 육체적 강인함을 숭배하는 거죠. 여자들이 예전에 갖고 있었지만 잃어버린 것이니까요."

"거의 조상 숭배군요."

"그런 비슷한 거죠."

"그럼 앤 양은 그게 사실이라고 생각합니까? 여자들이 힘을 숭배한다는 것이?"

"사실이라고 생각해요. 솔직히 말하면 대령님은 정신적인 가치를 숭배하시지만 사랑에 빠지면 원시인으로 되돌아가요. 육체적인 것이 전부인 원시인으로요. 하지만 저는 그게 끝이 아니라고 생각해요. 만약 원시적인 조건에서 산다면 문제가 없겠지만 사실은 그렇지 않거든요. 그래서 결국엔 정신적인 것이 이기죠. 정복당한 것처럼 보이는 것들이 결국엔 이기잖아요, 안 그래요? 오직 한 가지 방법으로만 이기는 거예요. 너의 목숨을 버리면 다시 찾을 것이라고 말한 성경 말씀처럼요."

"결국 앤 양은 사랑에 빠지면 사랑을 버리겠군요. 그 뜻이오?"

레이스 대령이 진지하게 말했다.

"정확하게 그런 의미는 아니지만 원하신다면 그렇게 해석해도 괜찮아요."

"하지만 앤 양이 사랑을 버렸다고는 생각지 않소."

"예, 맞아요."

나는 솔직히 시인했다.

"아니면 사랑에 빠졌든가, 둘 중 하나인가?"

이 질문에는 대답하지 않았다.

자동차가 목적지에 멈추어 서는 바람에 대화는 여기서 끝이 났다. 우리는 자동차에서 내려 월드뷰 전망대까지 천천히 걷기 시작했다. 이번이 처음은 아니었지만 나는 레이스 대령과의 동행이 약간 거북했다. 그는 불가해한 까만 눈동자 뒤에 자신의 생각을 감추고 있었다. 나는 그가 두려웠다. 그는 내게 두려움을 안겨 주었다. 그와 함께 있으면 어디에 서야 할지 모르겠다.

우리는 침묵 속에 거대한 표석들의 보호를 받으며 로즈가 누워 있는 지점까지 올라갔다. 사람의 왕래가 없는 곳으로 거칠고 험한 아름다움의 찬가가 끊이지 않는 등골이 오싹할 만큼 무섭고 기이한 곳이었다.

우리는 한동안 말없이 그곳에 앉아 있었다. 그리고 길에서 약간 벗어나 다시 내려왔다. 이따금 기어올라야 하는 거친 길도 있었고 가파른 경사나 바위를 만나기도 했다.

그때마다 레이스 대령이 먼저 가서 나를 도와주었다.

"들어 올리는 게 낫겠군."

그는 불쑥 이렇게 말한 다음 재빠른 동작으로 나를 번쩍 들어 올렸다.

대령이 나를 땅에 내려놓는 순간 그의 강인함이 느껴졌다. 강철같이 단단한 근육을 가진 무쇠 같은 남자였다. 나는 또다시 두려움을 느꼈다. 그가 옆으로 비키지 않고 내 얼굴을 정면으로 바라보며 앞에 서 있었기 때문이다.

"앤 베딩펠드, 당신은 여기서 뭘 하는 거요?"

그는 느닷없이 이렇게 물었다.

"나는 세상을 구경하는 집시예요."

"그래요, 그건 사실이오. 신문 통신원이란 핑계일 뿐이지. 당신은 기자 스타일이 아니야. 지금도 당신 자신을 위해 나와 함께 있는 것이오. 삶을 잡아채면서 말이오. 하지만 그게 전부는 아닐 거요."

레이스 대령은 대체 무슨 말을 듣고 싶은 것일까? 너무도 두려웠다. 나는 그의 얼굴을 정면으로 바라봤다. 내 눈은 그의 눈처럼 비밀을 간직할 줄은 모르겠지만, 적진에 전쟁을 일으킬 수도 있을 만큼 강렬할 터였다.

"당신은 여기서 뭘 하고 계신 건가요, 레이스 대령님?"

이번에는 내가 차분하게 물었다.

한동안 그가 대답하지 않을 거라고 생각했다. 내 말에 분명 당황한 것 같았다. 마침내 그가 입을 열었다. 그의 말은 자신에게 잔인한 즐거움을 주는 것 같았다.

"야심을 쫓고 있소. 그야말로 야심을 쫓고 있소. 당신도 기억할 것이오, 베딩펠드 양. '그 죄로 천사들이 타락했다.'라는 거."

"사람들이 말하길 당신이 실제로 정부와 연관되어 있다고 하더군요. 첩보 기관에 소속되어 있다고. 그게 사실인가요?"

차분하지만 분명한 어조로 물었다.

나의 상상인가, 아니면 그가 대답하기 전에 잠깐 머뭇거린 것일까?

"베딩펠드 양, 확실히 말하지만 나는 개인적으로 여행을 즐기기위해 여기에 와 있는 거요."

나중에 그 대답을 생각해 보니 약간 애매모호하게 다가왔다. 어쩌면 그는 처음부터 그런 애매모호한 대답을 하려고 했는지도 모른다.

우리는 침묵 속에 자동차로 돌아갔다. 불라와요로 돌아가던 도중 우리는 차를 마시기 위해 길가의 어느 원시적인 건물 앞에 차를 세웠다. 주인은 정원을 파고 있었는데 방해를 받은 것이 기분 나쁜 것 같았다. 어쨌든 그는 고맙게도 있는 대로 내오겠다고 했다. 한참을 기다린 후에야 그는 퀴퀴한 케이크와 미적지근한 차와 우유를 가져왔다. 그러곤 다시 정원으로 사라졌다.

그가 사라지기가 무섭게 우리 주변으로 순식간에 고양이가 몰려들었다. 그중 대여섯 마리는 애처롭게 울기 시작했다. 나는 고양이들에게 케이크 몇 조각을 집어 주었다. 고양이들은 게걸스럽게 먹어 치웠다. 이번에는 받침 접시에 우유를 몽땅 부어 주었고 고양이들은 서로 먹겠다고 싸웠다.

"어머나, 고양이들이 굶어죽게 생겼어요. 불쌍해라. 우유랑 케이크를 더 갖다 달라고 하세요, 부탁이에요."

레이스 대령은 내 안타까운 외침에 조용히 자리에서 일어났다. 고양이들이 다시 야옹야옹 울어 대기 시작했다. 그는 우유가 담긴 커다란 병을 가지고 돌아왔으며 고양이들은 그 우유를 남김없이 핥아먹었다.

나는 단호한 표정으로 벌떡 일어섰다.

"이 고양이들을 호텔로 데려가야겠어요. 여기에 남겨 둘 순 없어요."

"앤 양, 바보 같은 소리 말아요. 동물 목각 인형 50개에다 고양이 여섯 마리까지 데려갈 수는 없소."

"목각 인형은 신경 쓰지 마세요. 이 고양이들은 살아 있잖아요. 얘들을 데려가야겠어요."

"그러지 말아요."

화난 표정으로 쳐다보았지만 그는 계속해서 말했다.

"날 잔인하다고 생각하겠지만 사람은 이런 것들을 놓고 감상에 빠져서는 삶을 헤쳐 나갈 수 없소. 튀는 건 좋지 않아요. 내가 이 고양이들을 절대 데려가지 못하게 할 거요. 여긴 미개한 나라이고 나는 당신보다 힘이 세요."

나는 자신이 지는 순간을 잘 안다. 눈물을 글썽인 채 자동차로 내려갈 수밖에 없었다.

"저 고양이들은 오늘만 먹을 게 없는 것일 수도 있소. 저 사람의 부인은 불라와요로 시장을 보러 갔소. 그러니 괜찮아질 거요. 어쨌든 이 세상에는 굶어죽는 고양이들이 천지요."

"그만…… 그만……."

참지 못하고 고함을 지르고 말았다.

"사는 게 그렇다는 걸 당신에게 가르쳐 주고 있는 것이오. 모질고 무정해지도록 가르쳐 주고 있는 중이라고, 나처럼. 그게 바로 강인함의 비결이오. 성공의 비결."

"모질어지기 전에 죽어 버릴 거예요."

화를 이기지 못하고 말했다.

자동차가 출발하자 나는 천천히 마음을 가라앉혔다. 그런데 놀랍게도 그가 내 손을 잡으며 다정하게 말했다.

"앤, 당신을 사랑하오. 나와 결혼해 주겠소?"

순간 나는 너무나도 당황했다.

"어머, 안 돼요. 그럴 순 없어요."

나는 말까지 더듬었다.

"어째서요?"

"난 그런 식으로 당신을 좋아하지 않아요. 당신을 결혼 상대로 생각해 본 적이 없어요."

"그렇군요. 그게 유일한 이유요?"

솔직해져야 한다. 나는 그에게 그 이유를 털어놓았다.

"아뇨, 그건 아니에요. 당신도 알다시피 저는, 저는…… 다른 사람을 좋아하고 있어요."

"그렇군요. 내가 처음 당신을…… 킬모든 호에서 만났을 때부터…… 그랬소?"

"아뇨, 그 이후에요……."

"그렇군요."

그는 세 번째로 "그렇군요." 하고 말했다. 하지만 이번에는 그 목소리에 의미심장한 울림이 있어 나는 그를 돌아볼 수밖에 없었다. 그의 얼굴은 그 어느 때보다 험상궂었다.

"그게…… 그게 무슨 뜻이에요?"

내가 움찔하며 중얼거리자 그는 불가해하고 위압적인 표정으로 나를 쳐다보았다.

"이제야…… 내가 뭘 해야 할지 알겠다는 뜻이오."

그의 말에 온몸에 소름이 돋았다. 그 말에는 내가 이해할 수 없는 단호함이 배어 있었고, 그것이 나를 두렵게 했다.

두 사람은 호텔로 돌아오기까지 아무 말도 하지 않았다. 나는 곧장 수잰에게 올라갔다. 그녀는 침대에 누워 책을 읽고 있었는데 두통이 있었던 기색은 전혀 없었다.

"완벽한 샤프롱께서는 여기서 쉬고 계셔. 일명 일류 샤프롱. 왜 그래, 뭐가 문제야, 앤?"

수잰의 말에 나는 펑펑 눈물을 흘렸다.

그녀에게 고양이 사건을 들려주었다. 레이스 대령의 얘기를 하는 것은 공정하지 않은 것 같았다. 하지만 수잰은 아주 예리했다. 그녀는 분명 그 이상을 꿰뚫어 보고 있었다.

"혹시 감기 든 거 아냐? 그런 일에 이렇게 열을 내면서 얘기하다니 어이가 없군. 그리고 계속 떨고 있잖아."

"아무것도 아니에요. 신경이…… 까닭 없이 몸이 오싹해요. 뭔가 무시무시한 일이 생길 것만 같아요."

그러자 수잰이 단호하게 말했다.

"쓸데없는 소리! 앤, 뭔가 흥미로운 얘길 하자. 그 다이아몬드 얘기, 어때?"

"그게 어째서요?"

"그게 안전하게 내 짐 속에 있는지 모르겠단 말이야. 예전에는 괜찮았는데 내 짐 속에 있다는 걸 아무도 눈치채지 못할 테니까. 하지만 지금은 우리가 친구라는 걸 모두가 알잖아. 자기와 나, 그러니 나도 의심받을 거 아냐."

"그게 필름통 속에 있다는 건 아무도 몰라요. 감추기엔 안성맞춤이에요. 그보다 더 좋은 곳이 없다니까요."

그녀는 마지못해 수긍했지만 폭포에 도착하면 그때 다시 얘기하자고 했다.

기차는 9시에 떠났다. 유스터스 경의 기분은 여전히 찌푸린 상태였고 페티그루 양은 완전히 기가 죽어 있었다. 레이스 대령은 여전했다. 돌아오는 길에 나누었던 대화가 마치 내가 꿈을 꾼 것처럼 느껴졌다.

그날 밤 나는 형용하기 어려운 무서운 꿈을 꾸며 힘겹게 잠을 잤다. 잠에서 깼을 때 두통이 심해 전망대로 나갔다. 상쾌하고 아름다운 밤이었다. 사방이 숲으로 우거진 언덕이었는데 물결처럼 흔들리고 있었다. 나는 그곳을 사랑했다. 그 어느 곳보다 그곳을 사랑했다. 그런 관목 숲 한복판에 작은 오두막을 짓고 언제까지나…… 언제까지나 살 수 있었으면 좋겠다고 생각했다.

시계가 2시 30분을 가리키기 직전에 레이스 대령이 '사무실'에서 나를 불렀다. 그리고 꽃다발처럼 생긴 하얀 안개가 관목 숲 위에 떠 있는 것을 가리켰다.

"폭포에서 올라오는 물안개요. 거의 다 왔소."

나는 밤새도록 이어졌던 흥분에 젖어 그 이상한 꿈에서 여전히 깨어나지 못하고 있었다. 내 안에 아주 강렬하게 들어온 것은 집에 돌아왔다는 느낌이었다. 집! 그렇지만 여긴 한 번도 와 본 적이 없는 곳이 아닌가. 아니면 내가 꿈을 꾸고 있는 것일까?

우리는 기차에서 호텔까지 걸었다. 호텔은 모기가 들어오지 못하도록 촘촘히 철망을 친 커다란 흰색 건물이었다. 주변에 도로도 없고 집도 없었다. 우리는 툇마루로 나갔고 나는 숨을 헐떡거렸다. 우리 앞으로 800미터쯤 떨어진 곳에 폭포가 있었다. 그토록 장엄하고 아름다운 폭포를 여지껏 본 적이 없었다. 앞으로도 없을 것이다.

"앤, 자기 홀렸나 봐. 자기가 이러는 거 처음 봐."

점심을 먹기 위해 자리에 앉으면서 수잰이 말했다.

그녀는 신기한 듯 나를 빤히 쳐다보았다.

"제가요? 폭포가 너무 좋아서 그래요."

나는 깔깔대며 웃었지만 그 웃음소리가 부자연스럽다고 느껴졌다.

"그게 전부가 아닌 것 같은데."

그녀가 살짝 눈살을 찌푸렸다. 뭔가 걱정하는 표정 중 하나였다.

그랬다, 난 행복했다. 하지만 그 이면에 무언가를 기다리고 있는 묘한 감정을 느낄 수 있었다. 곧 일어날 것 같은 무언가에 홀려 나는 흥분한 채 들떠 있었다.

차를 마시고 나서 우리는 한가로이 산책을 하고 트롤리도 탔다. 흑인들이 미소 지으며 좁은 선로를 따라 다리까지 우리를 밀어 주었다.

숨이 턱 막힐 만큼 경이로운 광경이었다. 거대한 계곡으로 떨어져 내리는 물줄기, 단 한 순간 우리 앞에서 사방으로 갈라지는 안개와 물보라의 장막, 이들은 큰 폭포를 이루어 떨어졌다가 불가해한 신비 속으로 다시 좁아진다. 그것은 내 마음속에 자리 잡은 폭포의 매력이었다. 형용하기 어려운 폭포의 매력이었다. 보러 간다고 생각하면서도 늘 생각만으로 그쳤던 것 말이다.

우리는 다리를 건너서 계곡 가장자리까지 양쪽에 하얀 돌로 표시해 놓은 길을 천천히 걸었다. 이윽고 우리는 넓은 개벌지에 도착했다. 그곳 왼쪽에 계곡으로 내려가는 길이 있었다.

레이스 대령이 설명을 해 주었다.

"협곡이군. 아래로 내려갈까요? 아니면 내일 갈까요? 시간이 좀 걸릴 겁니다. 다시 올라오려면 만만치 않을 것 같은데."

"내일 갑시다."

유스터스 경이 단호하게 말했다. 진작 느낀 거지만 그는 격렬한 운동이라면 질색이었다.

돌아가는 동안 우리는 으스대며 걸어가는 건장해 보이는 원주민을 지나쳤다. 그의 뒤에는 살림살이를 머리에 잔뜩 인 여인이 따라가고 있었다. 그 가재도구 중에는 프라이팬도 들어 있었다.

"막상 필요할 땐 카메라가 없단 말이야."

"기회는 얼마든지 있습니다, 블레어 부인. 그러니 너무 아쉬워하지 마십시오."

수잰의 투덜거림에 레이스 대령이 위로하듯 말했다.

우리는 다시 다리에 도착했다.

"레인보(rainbow) 숲으로 들어가 볼까요? 아니면 옷이 젖는 게 싫으신가요?"

수잰과 나는 레이스 대령을 따랐고 유스터스 경은 호텔로 돌아갔다. 나는 레인보 숲이 약간 실망스러웠다. 그다지 무지개와는 관련 있어 보이지도 않은 데다가 몸만 젖었던 것이다. 그렇긴 하지만 때때로 폭포 반대쪽이 희미하게 보였으며 폭포의 폭이 얼마나 넓은지 알 수 있었다. 오, 폭포여, 나는 너를 사랑하고 경배하고 언제나 이 마음 변치 않으리!

우리는 저녁 식사를 하기 전 옷을 갈아입기에 적당한 시간에 호텔로 돌아왔다. 유스터스 경은 레이스 대령에게 심한 반감을 품고 있는 것 같았다. 수잰과 나는 그를 달래 보았으나 별 소용이 없었다.

저녁 식사 후 유스터스 경은 페티그루 양을 이끌고 자신의 거실로 물러갔다. 수잰과 나는 한동안 레이스 대령과 잡담을 나누었다. 도중에 수잰은 입이 찢어질 듯 하품을 하면서 자러 가야겠다고 말했다. 나는 그와 단둘이 남겨지는 것이 싫어서 따라 일어나 내 방으로 갔다.

하지만 너무 흥분해 있어 잠을 이룰 수가 없었다. 심지어 옷조차 갈아입지 않았다. 나는 의자에 등을 기대고 앉아 꿈을 꾸기 시작했다. 그리고 내내 무언가가 점점 가까이 다가오는 것이 느껴졌다.

문을 두드리는 노크 소리에 깜짝 놀라 깨어났다. 의자에서 일어나 문으로 다가갔다. 흑인 소년이 편지를 전해 주었다. 처음 보는 글씨체인데, 내 이름이 적혀 있었다. 나는 그것을 받아 들고 다시 방으로 돌아왔다. 그리고 그것을 손에 든 채 그 자리에 서 있었다. 이윽고 편지를 펼쳐 보았다. 아주 짤막한 내용이었다.

당신을 만나야겠소. 호텔로는 갈 수 없으니 협곡의 개벌지로 나와 주겠소? 선실 17호실에 대한 추억을 생각해서 꼭 와 주시오. 당신이 해리 레이번이라고 알고 있는 사람으로부터.

숨이 막힐 만큼 가슴이 두방망이질을 했다. 그렇다면 그가 여기 있단 말인가! 그럴 줄 알았다. 내내 그럴 줄 알았다. 나는 그가 곁에 있다는 느낌을 받았다. 나도 모르는 사이에 그의 은신처 가까이 왔던 것이다.

나는 스카프를 머리에 두르고 살금살금 문으로 다가갔다. 신중에 신중을 기해야 했다. 그는 지금 쫓기고 있기 때문에 아무도 그를 봐선 안 된다. 나는 수잰의 방으로 살금살금 다가갔다. 그녀는 이미 잠들었는지 고른 숨소리가 들렸다.

유스터스 경도 자고 있을까? 그의 거실 문밖에서 멈추어 섰다. 그는 페티그루 양에게 지시 사항을 불러 주고 있었다. 반복되는 그의 단조로운 목소리가 들려왔다.

"그러므로 감히 제안하건대 유색인의 노동 문제를 다루는 데 있어서……."

페티그루 양은 그가 다시 말을 잇기까지 쓰던 일을 잠시 멈추었다. 화를 내며 툴툴거리는 그의 목소리가 들려왔다.

나는 다시 살금살금 걸었다. 레이스 대령의 방은 비어 있었다. 로비에도 그의 모습은 보이지 않았다. 그는 내가 가장 두려워하는 사람이 아닌가! 더 이상 시간을 허비할 수 없었다. 나는 재빨리 호텔을 빠져나와 다리로 가는 길목으로 접어들었다.

나는 다리를 건넌 다음 어둠 속에 서서 기다렸다. 만약 누군가 나를 따라왔다면 그 사람이 다리를 건너는 모습이 내가 서 있는 곳에서 보일 것이다. 하지만 시간이 지나도 오는 사람은 아무도 없었다. 미행을 당하지 않은 것을 확인하고 나는 개벌지로 가는 길로 들어섰다. 그리고 대여섯 걸음을 옮겨 놓았을 때 뒤에서 무언가 바스락대는 소리가 들렸다. 분명 호텔에서부터 날 따라온 사람은 아니다. 그곳에서 나를 기다리고 있던 사람이었다.

그리고 다음 순간 아무 이유도 없이 본능적으로 위험에 처한 사람은 다름 아닌 나 자신이라는 것을 깨달았다. 그날 밤 킬모든 호에서 느꼈던 것과 똑같은 느낌이 들었다. 내게 위험 신호를 보내 주고 있는 분명한 직감이었다.

나는 어깨 너머를 돌아보았다. 아무 소리도 들리지 않았다. 한두 걸음을 옮겨 보았다. 다시 바스락거리는 소리가 들렸다. 나는 계속 걸으면서 다시 뒤를 돌아다보았다. 한 남자의 형체가 어둠 속에서 다가왔다. 자신을 보았다는 것을 눈치챈 그가 앞으로 뛰어나왔다.

너무 어두워 그 누구도 알아볼 수가 없었다. 다만 원주민이 아니라 키가 큰 유럽인이라는 것만 알 수 있었다. 나는 황급히 뛰기 시작했다. 남자가 뒤에서 맹렬하게 달려오는 소리가 들렸다. 어디로 발을 내디뎌야 하는지 보여 주는 하얀 돌멩이에 눈을 고정시킨 채 더 빨리 뛰었다. 그날 밤은 달빛도 없었다.

갑자기 발밑으로 허공이 느껴졌다. 내 뒤로 그 남자의 큰 웃음소리가 들려왔다. 사악하고 불길한 웃음소리였다. 내가 곤두박질치며 쓰러지는 순간 그 웃음소리가 귓전에 울려 퍼졌다.

25장

　나는 천천히 고통스럽게 몸을 추슬렀다. 몸을 움직이려고 하자 머리가 깨질 듯이 아프고 왼쪽 팔이 쿡쿡 쑤셨다. 모든 것이 꿈을 꾸는 듯 아득했다. 불길한 환상들이 눈앞에 떠다녔다. 나 자신이 한없이 한없이 나락으로 떨어지는 느낌이었다. 해리 레이번의 얼굴이 안개 속에서 불쑥 내 앞으로 튀어나온 것 같았다. 그것이 현실처럼 느껴졌다. 그러나 그 얼굴은 나를 조롱하며 다시 사라졌다. 누군가 입술에 컵을 들이대 내가 물을 마셨다는 기억이 난다. 검은 얼굴이 이를 드러내고 싱긋 웃었다. 나는 그것이 악마의 얼굴일 거라 생각하고 비명을 질렀다. 그리고 다시 길고 곤혹스러운 꿈에 빠져들었고 나는 꿈속에서 해리 레이번을 막연하게 쫓아갔다. 그에게 경고하기 위해서였다. 경고하기 위해서. 하지만 무슨 경고를 한단 말인가? 나도 모르는 경고였다. 위험이 도사리고 있었다. 엄청난 위험이 말이다. 오직 나만이 그를 구할 수 있다. 그러곤 다시 고통 없는 어둠이 찾아왔고 나는 진짜 잠 속으로 빠져들었다.

이윽고 다시 잠에서 깨어났다. 긴 악몽이 끝났다. 나는 모든 것이 또렷하게 기억났다. 해리를 만나기 위해 허겁지겁 호텔에서 나왔던 일, 어둠 속의 남자, 그리고 곤두박질쳤던 마지막 순간까지…….

어떤 기적이 일어났는지 몰라도 나는 죽지 않았다. 온몸에 멍이 들고 쑤시고 기진맥진했지만 살아 있었다. 그런데 지금 어디에 있는 걸까? 힘겹게 머리를 들어 주변을 살펴보았다. 나는 사방 벽이 거친 나무로 된 좁은 방에 있었다. 벽에는 거대한 동물 가죽과 다양한 상아가 걸려 있었다. 나는 조잡한 긴 의자에 누워 있었는데, 역시 가죽을 덮고 있었고 왼팔에는 붕대가 감겨 있었으며 뻐근하고 불편했다. 처음에는 혼자 있다고 생각했으나 불빛과 나 사이에 한 남자의 형체가 보였다. 그는 창문 쪽을 바라보고 있었다. 그는 너무 조용해서 마치 조각상 같았다. 짧게 깎은 검은 머리가 왠지 낯익었지만 내 상상력이 지나친 거라고 생각했다. 갑자기 그가 돌아섰고 나는 숨이 멎는 것 같았다. 해리 레이번이었다. 진짜 해리 레이번.

그는 자리에서 일어나더니 내게 다가와 약간 어색하게 물었다.

"조금 살 만하오?"

나는 대답할 수가 없었다. 눈물이 쉴 새 없이 흘러내렸다. 아직 기운이 없었지만 두 손으로 그의 손을 잡았다. 그가 놀란 표정으로 나를 내려다보고 있는 지금 이대로 죽을 수만 있다면 얼마나 좋을까 하는 생각이 들었다.

"울지 말아요, 앤. 제발 울지 말아요. 이제 무사하오. 아무도 당신을 해치지 않을 거요."

그는 컵을 가져다가 내게 건네주었다.

"우유 좀 마셔 봐요."

나는 순순히 우유를 마셨다. 그는 어린아이를 다독거리듯 달래는 어조로 말했다.

"지금은 아무것도 묻지 말고 잠이나 자요. 그래야 기력을 회복할 수 있소. 불편하면 자리를 피해 주겠소."

"아니에요. 아니에요."

나는 그가 사라질까 봐 두려워 황급히 손을 잡았다.

"그럼 여기 있겠소."

그는 작은 스툴 하나를 가져다가 내 곁에 앉았다. 그리고 내 손을 잡고 쓰다듬으며 다독거렸고 나는 다시 잠에 빠져들었다.

저녁쯤 되었다고 생각했지만 다시 눈을 떴을 때는 해가 중천에 떠 있었다. 나는 오두막에 혼자 있었는데 몸을 추스르는 동안 한 원주민 노파가 황급히 달려왔다. 그 노파는 괴물처럼 흉측했지만 격려하려는 듯 나를 바라보며 싱긋 웃었다. 그러곤 세숫대야에 물을 담아 와서 내 얼굴과 손을 씻겨 주었다. 또 수프가 담긴 큰 사발을 가져왔다. 나는 그 수프를 한 방울도 남김없이 먹어 치웠다. 그녀에게 몇 가지 물어보았지만 이를 드러내고 연신 싱글벙글 고개를 끄덕이며 쉰 소리를 지껄여 대는 것으로 미루어 보아 영어를 할 줄 모르는 것 같았다.

해리 레이번이 들어오자 노파는 벌떡 일어나 뒤로 물러나더니, 그가 고개를 끄덕이며 물러가라는 시늉을 하자 밖으로 나갔다. 그는 나를 보며 싱긋 웃었다.

"오늘은 많이 나은 모양이군."

"예, 정말 그러네요. 그런데 아직도 얼떨떨해요. 여기가 어디죠?"

"여긴 폭포에서 6킬로미터쯤 떨어진 잠베지 강(남아프리카에서 인도양으로 흐르는 강 — 옮긴이)에 있는 작은 섬이오."

"내 친구들이 내가 여기 있다는 거 알아요?"

그는 고개를 가로저었다.

"연락을 해 줘야 해요."

"그래도 상관없지만, 나라면 몸이 완전히 회복될 때까지 기다리겠소."

"왜요?"

그는 즉시 대답하지 않았다. 궁금해서 다시 물었다.

"내가 여기 얼마나 있었나요?"

그의 대답에 나는 기절할 뻔했다.

"거의 한 달."

"예?"

나는 외마디 소리를 질렀다.

"수잰에게 연락해야 해요. 많이 걱정하고 있을 거예요."

"수잰이 누구요?"

"블레어 부인이에요. 호텔에 블레어 부인과 유스터스 경과 레이스 대령과 같이 있었어요. 당신도 알잖아요?"

그는 고개를 가로저었다.

"나는 아무것도 몰라요. 다만 나뭇가지에 걸린 당신을 발견했을 뿐이오. 의식을 잃고 팔이 비틀린 채로."

"어디에 있는 나무죠?"

"벼랑에 돌출해 있는 나무요. 당신 옷이 나뭇가지에 걸려 살아 있었던 거요. 아니면 산산조각이 났을 텐데."

나는 몸서리를 쳤다. 그때 한 가지 생각이 스쳤다.

"내가 거기 있는 걸 몰랐다고 하셨죠. 그럼 그 편지는 뭐예요?"

"무슨 편지?"

"당신이 내게 보낸 편지 말이에요. 개벌지에서 만나자고 했잖아요."

그는 나를 빤히 쳐다보았다.

"편지를 보낸 적이 없소."

나는 머리끝이 곤두서는 것을 느꼈다. 다행히 그는 아무 눈치도 못 챈 것 같았다.

"그럼 어떻게 기적적으로 그 자리에 나타날 수 있었죠?"

나는 애써 태연을 가장하며 다시 물었다.

"그리고 이런 곳에서 대체 뭘 하고 있는 건가요?"

"난 여기서 살고 있소."

그는 간결하게 대답했다.

"이 섬에서요?"

"그렇소. 전쟁이 끝나고 여기로 왔소. 가끔 내 배에서 호텔 파티를 열기도 하지. 하지만 여기 살면 돈이 거의 들지 않소. 게다가 대부분 내가 하고 싶은 대로 하고."

"여기서 혼자 산다고요?"

"난 사람들을 별로 그리워하지 않소."

그는 차갑게 내뱉었다.

"나 때문에 부담을 드려 죄송해요. 드릴 말씀이 없네요."

마음이 상한 나는 매섭게 쏘아붙였다.

그 순간 놀랍게도 그의 눈동자가 번득였다.

"천만의 말씀. 나는 석탄 자루처럼 당신을 어깨에 둘러메고 내 배로 데리고 왔소. 석기 시대 원시인처럼."

"하지만 이유는 다르네요."

이번에는 그가 얼굴을 붉혔다. 아주 벌겋게 달아올랐다. 그 얼굴은 햇볕에 짙게 그을어 있었다.

"하지만 왜 그 시간에 그곳을 배회하고 있었는지 그 얘긴 안 하시네요?"

그의 당혹감을 수습하기 위해 내가 서둘러 물었다.

"잠을 이룰 수가 없었소. 왠지 무슨 일이 일어날 것 같은 불안감에 휩싸여 있었지. 결국 배를 타고 나가 물가에 배를 대고 폭포를 향해 터벅터벅 걸었소. 계곡이 시작되는 곳에 막 도착했을 때 비명이 들리더군."

"그런데 왜 호텔에 도움을 요청하지 않고 여기까지 나를 데리고 온 건가요?"

내 물음에 그는 다시 얼굴을 붉혔다.

"나 혼자서 멋대로 그런 결정을 내려 당신은 용납할 수 없겠지만, 지금 이 순간조차도 당신은 자신이 어떤 위험에 처해 있는지 잘 모르는 것 같소. 내가 당신 친구들한테 연락을 했어야 한다고 생각하는 거요? 당신을 죽음으로 몰아넣은 그 알량한 친구들한테. 아니, 맹세하건대 난 누구보다도 당신을 더 잘 보살필 수 있었소. 이 섬에는 아무도 오지 않소. 원주민 노파가 하나 있는데 열병에 걸린 것을 낫게 해 준 적이 있소. 그 노파가 와서 당신을 돌봐 주었소. 아주 충성스러운 노파요. 결코 말을 하는 법이 없지. 당신이 여기서 몇 달을 지내도 아무도 모를 거요."

"당신이 여기서 몇 달을 지내도 아무도 모를 거요!"라니, 얼마나 듣기 좋은 말인가!

"잘하셨어요. 당분간 아무에게도 연락하지 않을래요. 하루 이틀 더 걱정한다고 뭐가 달라지겠어요. 친한 친구도 아니고 그저 지인들일 뿐이에요. 수잰도 그렇고요. 누군지 모르지만 아무튼 그 편지를 쓴 사람은 알고 있겠죠. 그건 외부인의 소행이 아니에요."

이번에는 얼굴을 붉히지 않고 편지에 관한 얘기를 꺼낼 수 있었다.

"당신이 내 말에 따라 준다면……."

그가 머뭇거리며 말을 꺼냈다.

"그럴 것 같지 않아요. 하지만 지금은 들어서 나쁠 건 없겠네요."

가능한 솔직하게 말했다.

"당신은 언제나 자신이 하고 싶은 대로 일을 합니까, 베딩펠드 양?"

"그런 편이죠."

나는 조심스럽게 대답했다. 다른 사람이었다면 "언제나요."라고 대답했을 것이다.

"누가 남편이 될지 참 안됐군."

그가 느닷없이 이 말을 꺼냈다.

"공연한 걱정을 하시는군요. 난 눈먼 사랑에 빠지지 않는 한 결혼 같은 건 절대 하지 않을 거예요. 그리고 여자가 자신이 좋아하는 사람을 위한답시고 하기 싫은 일을 억지로 하면서 즐길 수 있는 일은 세상에 하나도 없어요. 자신의 의지대로 해야 그 일이 더 좋아지는 거 아닌가요."

"난 당신과 생각이 좀 다르오. 하지만 그건 번지수가 다른 얘기요."

그가 약간 냉소적으로 말했다. 나는 기다렸다는 듯이 대꾸했다.

"맞아요. 그래서 그렇게 많은 부부들이 불행한 거라고요. 그 모두가 남자들 잘못이에요. 여자들에게 양보도 하지 않고 매사에 이기적이라서 자신만의 길을 고집하면서 고맙다는 말을 절대 안 해요. 성공한 남편들은 아내를 자기 마음대로 부려먹고 대견하다고 호들갑을 떨며 치켜세우곤 하죠. 여자들은 길들여지는 걸 좋아하지만 자신들의 희생이 인정받는 것을 싫어하지 않아요. 반면에 남자들은 언제나 고분고분한 여자들을 인정하지 않아요. 내가 결혼한다면 아마도 악처가 될 거예요. 하지만 남편이 아무 기대도 하지 않는다면 가끔 완벽한 천사의 모습을 보여 줄 수도 있겠죠."

마지막 말에 해리는 소탈하게 웃었다.

"잘하면 견원지간처럼 살겠군!"

"연인들은 항상 싸워요. 서로를 이해하지 못하기 때문이지요. 서로를 이해하게 되면 사랑도 식는 법이죠."

"그 반대는? 서로 싸우는 사람들을 연인이라고 말할 수 있소?"

"잘…… 잘 모르겠어요."

나는 순간 당황하여 말을 더듬었다.

그는 벽난로 쪽으로 돌아서더니 무심한 어조로 물었다.

"수프 좀 더 들겠소?"

"예, 그럴게요. 배가 너무 고파서 하마라도 먹을 것 같아요."

"좋은 현상이군."

그는 열심히 불을 붙였고 나는 그런 그를 지켜보았다.

"자리에서 일어나면 요리해 드릴게요."

"당신이 할 줄 아는 요리가 있을지……."

"당신처럼 통조림 요리는 할 수 있어요."

나는 식탁 위에 잔뜩 쌓여 있는 통조림통을 가리키며 쏘아붙였다.

"항복!"

그는 이렇게 말하며 큰 소리로 웃었다.

웃는 그의 얼굴이 완연히 달라져 있었다. 천진난만하고 행복한, 전혀 다른 모습이 엿보였다.

나는 수프를 맛있게 먹었다. 먹는 동안 그가 내게 조언을 하려 했던 것을 상기시켜 주었다.

"아, 참, 내가 하려던 말은 이거였소. 만약 내가 당신이라면 기력을 회복할 때까지 여기서 조용히 지내겠소. 당신의 적들은 당신이 죽은 줄 알 거요. 시신을 발견하지 못한 것도 별로 놀라지 않았을 거요. 바위에 부딪혀 산산조각이 나서 급류에 휩쓸려 갔을 거라고 생각했을 테니까."

나는 순간 전율을 느꼈다.

"일단 완전히 회복되면 베이라(아프리카 모잠비크 중부에 있는 항구 도시 — 옮긴이)까지 가서 배를 타고 영국으로 돌아가시오."

"그건 너무 비굴해요."

나는 강력하게 반대했다.

"머리 나쁜 학생처럼 굴지 마시오."

"난 머리 나쁜 학생이 아니에요. 난 여자라고요."

나는 화가 나서 소리쳤다.

그는 헤아리기 어려운 표정으로 나를 쳐다보았다. 나는 흥분하여 상기된 채 일어나 앉았다.

"신이 도우셔서 당신이 이렇게 살아 있는 거요."

그는 이렇게 중얼거리더니 밖으로 나가 버렸다.

나는 빠르게 회복되었다. 부상은 두 군데였는데 머리를 심하게 부딪히고 팔은 비틀렸다. 팔은 아주 심각했는데 해리는 팔이 부러졌다고 믿고 있었다. 하지만 자세히 살펴본 결과 부러진 것은 아니었다. 통증은 말할 수 없이 심했지만 빠르게 회복하는 중이었다.

참 묘한 시간이었다. 우리는 이 세상과 단절되어 아담과 이브처럼 단 둘뿐이었다. 하지만 그들과는 완전히 다른 분위기였다. 원주민 노파는 개가 그렇듯 주변을 어슬렁거렸다. 나는 한 손으로 요리를 하겠다고 고집을 부렸다. 해리는 대부분 시간을 외출하고 없었지만, 우리는 야자나무 아래 함께 누워 시간을 보내거나 잡담을 나누면서 하늘 아래 모든 것을 놓고 언쟁하면서 싸우고 또 싸웠다. 우리는 툭하면 사소한 일로 말다툼을 했지만, 우리 사이에는 진실하고 질긴 동료의식이 자라고 있었다. 그것은 각별한 것이었다.

떠나야 할 시간이 가까워지고 있다는 것을 알고 있었다. 그리고 차츰 그것을 깨닫기 시작했다. 그는 나를 가게 할 것인가? 한마디 말도 없이 말이다. 어떤 내색도 없이 말이다. 그는 가끔 어디선가 갑자기 나타나 쾅쾅 걸어 다니면서 입을 다물고 한동안 시무룩해했다. 어느 날 저녁 위기가 찾아왔다. 우리는 간단한 식사를 마치고 오두막 출입구에 앉아 있었다. 해가 지고 있었다.

머리핀은 생활 필수품이었으나 해리는 그것을 구해 줄 수 없었고, 뻣뻣하고 시커먼 내 머리는 무릎까지 치렁치렁할 정도로 자라 있었다. 나는 턱을 괴고 앉아 생각에 잠겼다. 해리가 나를 바라보고 있다는 것을 느낌으로 알았다.

"당신 꼭 마녀 같군, 앤."

이윽고 그가 입을 열었다. 그의 목소리에서 전과 다른 무언가가 느껴졌다.

그가 손을 뻗어 내 머리를 만졌다. 소름이 끼쳤다. 그러다가 갑자기 벌떡 일어서며 이렇게 말했다.

"내일 떠나시오. 알겠소? 난, 난 더 이상 못 참겠소. 나도 남자요. 당신은 떠나야 해, 앤. 떠나야 해. 당신은 바보가 아니오. 이렇게 살 수 없다는 거, 잘 알잖소."

"잘 모르겠는데요. 하지만 행복했어요. 그렇죠?"

"행복? 나는 지옥 같았소!"

"정말 힘들었나 보군요."

"당신은 왜 날 고문하는 거요? 왜 날 조롱하는 거요? 왜 날 비웃으며 그런 말을 하는 거요?"

"난 비웃지 않았어요. 조롱하지도 않았고요. 내가 떠나길 바란다면 떠날게요. 하지만 당신이 있으라고 하면 여기 있을게요."

그는 격렬하게 부르짖었다.

"그게 아냐! 그게 아냐. 날 유혹하지 마시오, 앤. 내가 누군지 이제 알았을 거요. 전과자, 도망자, 여기선 해리 파커로 통하지. 사람들은 내가 늘 여행을 한다고 생각하지만 언젠가는 사실을 알게 되고 공격해 오겠지. 당신은 너무 젊어, 앤. 그리고 너무 아름답소. 남자들의 넋을 빼놓을 만큼 아름다워. 세상의 모든 것이 당신 앞에 펼쳐져 있소. 사랑, 삶, 그 모든 것이 말이오. 난 모든 것이 끝나 버렸소. 불에 타고 망가져서 이제 재만 남아 있소."

"당신이 날 사랑하지 않는다면……."

"아니라는 거 당신도 알잖소. 당신을 안아 여기 데려오기 위해, 이 세상으로부터 당신을 영원히 숨기기 위해 내 영혼을 바쳤다는 거,

알잖소. 그런데 당신은 날 유혹하고 있어. 마녀 같은 그 긴 머리와 황금처럼 빛나는 갈색 눈동자로 엄숙한 말을 할 때조차 당신은 언제나 날 비웃고 있소. 하지만 난 당신을 당신 자신과 나 자신에게서 구할 거요. 오늘 밤 떠나요. 베이라로 떠나⋯⋯."

"난 베이라로 가지 않겠어요."

나는 그의 말을 가로막았다.

"가야 하오. 내가 당신을 데려가서 배에 태우려면 베이라로 가야 하오. 당신은 내가 무슨 생각을 하고 있다고 여기는 거요? 그들이 당신을 데려가는 것이 두려워 밤마다 잠을 못 이룬다고 생각하오? 기적이 일어나길 바라고 있을 순 없소. 당신은 영국으로 돌아가야 하오, 앤⋯⋯ 가서 결혼해 행복하게 살아요."

"멋진 가정을 꾸려 줄 안정적인 남자를 만나서요!"

"비참한 운명으로 사는 것보다 그게 훨씬 나을 거요."

"그럼 당신은요?"

그의 얼굴이 험상궂게 변했다.

"나는 내 일을 끝마쳐야 하오. 무슨 일인지는 묻지 마시오. 이미 짐작하고 있겠지만. 하지만 이것만은 말해야겠소. 내 결백을 입증할 수 없다면 난 죽을지도 모르오. 지난밤 당신을 죽이려고 기를 썼던 그 빌어먹을 놈 손에 죽을지도 모르지."

"과장하지 말아요. 그가 정말로 나를 밀어 넣으려고 했던 건 아니에요."

"그럴 필요가 없었지. 놈의 계획은 훨씬 더 간교하오. 나중에 그

길로 올라가 봤더니 모든 것이 정상으로 보였는데, 길 표시를 해 놓은 그 돌들이 다시 제자리를 찾아가 다른 길을 표시했다는 걸 바닥에 난 자국을 보고 알았소. 길 가장자리에 풀들이 길게 자라 있었어. 놈은 바깥쪽 가장자리 돌멩이를 그 풀 위에 올려놓아 당신에게 그게 길이라고 착각하게 만든 거야. 사실은 허공을 내디뎠는데 말이야. 내가 놈을 덮쳤지만 그만 놓치고 말았어."

그는 잠깐 말을 끊었다가 이번에는 완전히 다른 어조로 말했다.

"우린 이런 얘기를 한 적이 없소, 앤, 안 그렇소? 하지만 때가 되었소. 나는 당신이 모든 얘기를 알고 있어야 한다고 생각하오. 처음부터."

"과거를 돌이키는 것이 힘들다면 하지 마세요."

나는 나지막하게 속삭이듯 말했다.

"하지만 당신이 알았으면 하오. 내 인생에서 이 부분을 그 누구에게 털어놓을 거란 생각은 해 본 적이 없소. 참 재미있지 않소. 운명의 장난이란 게?"

그는 잠시 침묵에 잠겼다. 해가 졌다. 아프리카 밤의 벨벳 같은 어둠이 망토처럼 우리를 감싸고 있었다.

"그중에 내가 아는 것도 있어요."

나는 다정한 목소리로 먼저 말을 꺼냈다.

"뭘 알고 있소?"

"당신의 진짜 이름이 해리 루카스라는 거요."

그는 여전히 내 시선을 피한 채 망설이더니 고개를 들고 정면을 바라보았다. 그가 마음속으로 무슨 생각을 하고 있는지 나로선 도무지 감을 잡을 수가 없었다. 이윽고 그는 결심한 듯 고개를 끄덕이고 나서 말을 꺼냈다.

26장

"당신 말이 맞아. 내 이름은 해리 루카스요. 우리 아버지는 로디지아에서 농장을 경영하기 위해 아프리카에 온 전직 군인이었지. 내가 케임브리지 대학 2학년 때 돌아가셨소."

"아버지를 좋아했나요?"

"잘 모르겠소."

그러고 나서 그는 얼굴을 살짝 붉히더니 갑자기 격렬하게 말을 이었다.

"내가 왜 이런 말을 하는지 모르겠소. 난 아버지를 사랑했소. 마지막으로 아버지를 만났을 땐 서로 모진 말을 해 댔고 무모한 내 행동과 빚 때문에 말다툼도 많이 했지만 나는 아버지를 사랑했소. 지금 생각해 보면 정말 사랑했지만 너무 늦었어."

그는 더 나직하게 말했다.

"내가 그 친구를 만난 건 케임브리지에서였는데……."

"이어즐리 2세요?"

"그렇소, 이어즐리 2세. 그의 아버지는 남아프리카에서 가장 막강한 사람이었지. 그 친구와 나는 무작정 돌아다녔소. 우리는 둘 다 남아프리카를 사랑했고 전 세계의 미답지를 가보는 게 꿈이었지. 이어즐리는 케임브리지를 떠난 후에 아버지와 마지막 전쟁을 치렀소. 노인은 두 번이나 아들의 빚을 갚아 주었는데 다시는 갚아 주지 않겠다고 했지. 그 두 사람 사이에 못 볼 광경이 연출되었소. 로렌스 경은 인내심의 끝을 선포했고 더 이상 아들을 위해 애쓰지 않겠다고 했지. 그래서 이어즐리는 한동안 혼자 힘으로 자립해야 했소. 결과는 당신도 알다시피 그 두 청년이 다이아몬드를 찾아 남미로 간 것이오. 지금 같으면 달랐겠지만 그때는 거기서 아주 즐거운 시간을 보냈소. 역경은 많았지만 멋진 삶이었지. 생존을 위해 입에 풀칠하기도 어려웠지. 하지만 그건 친구를 알게 되는 길이기도 했소. 우리 두 사람 사이엔 오직 죽음만이 떼어 놓을 수 있는 강한 결속력이 있었소. 그래요, 레이스 대령이 말했듯이 우리의 노력은 결국 성공으로 이어졌소. 우리는 영국령 기아나 정글의 중심에서 두 번째 다이아몬드 광산을 발견한 것이오. 돈으로 따지면 그다지 많은 것은 아니었지만 이어즐리는 돈에 익숙했고 아버지가 죽으면 자신이 백만장자가 되리란 사실을 알고 있었소. 그리고 루카스는 늘 가난했고 가난에 익숙해 있었지. 하지만 그것은 발견의 순수한 기쁨이었소."

그는 말을 멈추었다가 변명하듯 다시 덧붙였다.

"내가 이런 식으로 얘기해도 상관없소? 마치 남 얘기를 하듯 말하니 말이오. 지금 과거를 회상하며 그 두 청년을 보고 있는 것 같군. 그 두 사람 중 하나가 해리 레이번이라는 것을 나는 거의 잊어버리고 살았소."

"아무렇게나 얘기해도 상관없어요."

내 말에 그는 계속 말을 이어 갔다.

"우리는 의기양양해서 킴벌리로 왔소. 전문가들에게 보이기 위해 다이아몬드를 많이 가지고 왔지. 그런데 킴벌리 호텔에서 그녀를 만났소……."

나는 순간 몸이 굳어졌고 문설주를 잡고 있던 손에 힘이 들어갔다.

"아니타 그륀베르크. 그게 그 여자의 이름이오. 배우였지. 아주 젊고 아름다웠어. 남아프리카 태생이지만 엄마가 헝가리 사람이었던 것 같소. 불가사의한 데가 있었지. 그래서 야생에서 돌아온 두 청년에겐 그녀의 매력이 훨씬 더해 보였소. 그녀에겐 우리가 쉬운 상대였을 거요. 우리 두 사람은 곧장 그녀에게 매료되었고 절대 양보하지 않았소. 우리 두 사람 사이에 처음으로 그늘이 생겼소. 하지만 그때조차도 그것이 우리의 우정을 금 가게 하진 않았소. 우리는 상대방을 위해 기꺼이 양보하리라 결심하게 되었지. 하지만 그것은 그녀의 의도가 아니었소. 그 후에도 가끔 나는 그 이유가 궁금했지. 로렌스 이어즐리의 외아들은 이상적인 결혼 상대였으니까. 하지만 사실 그녀는 유부녀였소. 비록 아무도 모르긴 했지만 남편은 드비어스의 보석감정사였소. 그녀는 우리가 다이아몬드를 발견한 사실에 엄청난 관심을 갖고 있는 것처럼 행동했소. 그래서 우리는 모든 얘기를 들려주고 심지어 다이아몬드를 보여 주기까지 했소. 데릴라(삼손을 배반한 여자 — 옮긴이)…… 그게 바로 그 여자였소. 자신의 역할을 아주 충실하게 해낸 거지!

그리고 드비어스 사에서 절도 사건이 발생했는데 갑자기 경찰들이 우리를 찾아왔소. 다이아몬드를 압수당한 우리는 처음엔 어이가 없어 웃음만 나왔지만 모든 것이 너무 황당했소. 그리고 법정에서 다이아몬드가 공개되었는데 그것들은 말할 것도 없이 드비어스 사에서 훔친 원석들이었소. 아니타 그륀베르크는 이미 사라진 뒤였지. 그녀가 교묘하게 물건을 바꿔치기한 것인데, 그것이 원래 가지고 있던 원석이 아니라는 우리의 주장은 비웃음만 사고 말았소."

그는 잠시 말을 끊었다.

"로렌스 이어즐리 경은 막강한 영향력을 가진 사람이오. 그는 결국 이 사건을 기각시켰지만 두 청년은 이미 파산한 상태였고 도둑이라는 누명을 쓴 채 이 세상에 얼굴을 들고 다닐 수 없게 되었소. 그리고 그것은 노인의 심장에 타격을 주었지. 그는 아들과 모진 면담을 했고 계속 꾸짖고 또 꾸짖었지. 가문의 명예를 위해 할 수 있는 모든 것을 했지만 그날부터 이어즐리 2세는 더 이상 그의 아들이 아니었소. 아버지가 아들을 완전히 포기한 거요. 그리고 그 아들은 자존심 강한 철부지 어린애처럼 입을 다물었지. 믿지 못하는 아버지 앞에서 자신의 결백을 주장할 가치가 없다고 생각했던 거요. 그래서 아버지와의 면담을 박차고 나왔는데 친구가 그를 기다리고 있었소. 일주일 뒤에 전쟁이 터졌고 두 사람은 나란히 입대했소. 그 다음은 당신도 아는 얘기요. 한 남자에게 가장 소중한 친구는 결국 죽고 말았소. 위험한 상황으로 스스로를 내던져서 말이오. 그는 명예를 회복하지 못한 채 죽었소…….

당신에게 맹세하지만 나는 그 여자가 너무나도 증오스러웠소. 이것이 사건의 전모요. 그 여잔 나보다 내 친구와 더 깊은 관계였소. 나도 그땐 그 여자에게 완전히 미쳐 있었지. 지금 생각해 보니 그 여자에게 겁을 주기도 했던 것 같소. 하지만 그 친구와는 더 조용하고 더 깊은 감정이었어. 그녀는 그가 가진 우주의 중심이었소. 그래서 그녀의 배신은 삶의 뿌리를 끊어 놓은 거나 다름없었던 거요. 그 타격에 그는 인사불성이 되었고 모든 정신이 마비된 것이오."

해리는 잠깐 말을 멈추었다가 계속했다.

"당신도 알다시피 나에 대한 보도도 있었소. '실종, 살해되었을 것으로 추정.' 나는 그 오해를 굳이 해명하려 들지 않았소. 그래서 파커란 이름으로 오래전부터 알고 있던 이 섬으로 온 것이오. 전쟁 초기에는 내 결백을 증명한다는 막연한 희망을 가지고 있었지만 지금은 모든 열정이 식은 것 같소. 내가 느끼는 것은 '무엇이 선(善)인가?'라는 게 전부요. 내 친구는 죽었고 그 친구나 나나 신경 써 주는 친척 하나 없소. 나도 죽은 것으로 되어 있소. 그냥 그대로 내버려 두고 있는 거지. 난 여기서 평화롭게 살고 있소. 행복하지도 불행하지도 않소. 모든 감정이 무감각해져 버렸지. 옛날에는 몰랐지만 지금은 그것이 어느 정도 전쟁의 결과라는 걸 깨닫고 있소.

그러다가 어느 날 나를 일깨운 사건이 일어났소. 사람들을 내 배에 신고 유람을 하던 도중 부잔교(수면에 띄워 사람이나 짐을 옮기는 구조물 — 옮긴이)에 서서 사람들이 배에 타는 것을 도와주고 있었소. 그때 한 남자가 깜짝 놀라면서 외마디 소리를 질렀고, 그 바람에 그 남자를 보게 되었소. 그는 키가 작고 마른 데다가 턱수염까지 기르고 있었는데 유령이라도 만난 것처럼 나를 빤히 쳐다보고 있더군. 그 친구가 워낙 놀라는 바람에 나는 호기심이 발동했지. 그래서 호텔에서 그 사람에 대해 알아봤더니, 이름은 카턴이고 킴벌리에서 왔으며 드비어스 사에서 일하는 다이아몬드 감정사라고 하더군. 순간적으로 누명을 썼던 억울한 옛 감정이 되살아났소. 나는 섬을 떠나 곧장 킴벌리로 갔소.

그렇지만 그에 관해 더 이상 알아낼 수가 없었소. 결국 직접 만나기로 결심했지. 나는 권총을 챙겼소. 얼핏 봤지만 그가 겁쟁이라는 것을 알았소. 그를 만나자마자 나를 겁내고 있다는 걸 깨달았지. 나는 알고 있는 것을 털어놓으라고 했소. 그는 절도 사건에 조직적으로 개입했고 아니타 그륀베르크는 자기 아내라고 말해 주었지. 옛날 내 친구와 함께 호텔에서 그녀와 저녁 식사를 하고 있을 때 우리를 본 적이 있다고 했소. 내가 죽었다는 기사를 읽은 다음이라 폭포에서 나를 만나자 기절초풍을 한 거였소. 그 친구와 아니타는 아주 젊은 나이에 결혼했지만 얼마 안 있다가 그 여자는 그에게서 떠났소. 그 친구 말이 그 여자가 운이 아주 나빴다고 하더군. 그때 처음으로 '대령'에 대해 듣게 되었소. 카턴은 이 일만 빼놓곤 어떤 일에도 직접 개입된 적이 없다고 강조했지. 그래서 나도 그의 말을 믿게 된 것이오. 그는 노련한 범죄자가 될 만한 인물이 아니었소.

그래도 그가 무언가 숨기는 게 있다는 느낌을 갖고 있었지. 그래서 시험 삼아 여기저기 총을 쏘면서 난 갈 데까지 간 사람이라고 협박했지. 그는 공포에 질려 남은 얘기를 모두 털어놓았소. 아니타 그륀베르크는 '대령'을 별로 신뢰하는 것 같지 않았소. 그에게 호텔에서 가져온 다이아몬드 원석을 건네주는 척하면서 몇 개를 슬쩍 빼돌렸던 거요. 카턴은 자신이 알고 있는 전문적 지식을 바탕으로 어느 것을 빼돌려야 하는지 미리 조언을 해 주었다고 했소. 이 원석들이 세상에 나오면 언제든 색깔이나 품질로 인해 당장 그 출처가 밝혀질 거라는 말까지. 드비어스의 전문가들은 이 원석들이 드비어스 사에서 빠져나간 원석이 아니라는 것을 금방 알게 될 것이오. 이런 식으로라면 내가 빼돌리지 않았다는 사실을 증명할 수 있고 또 명예를 되찾고 의혹도 풀릴 거라 생각했소. 나는 '대령'이 이 일에 직접 개입했다면 아니타는 그의 칼자루를 쥐고 있음을 흡족해할 거라고 짐작했소. 카턴은 날더러 아니타 그륀베르크, 아니 나디나와 흥정을 해 보라고 제안했소. 돈만 충분하다면 그녀가 기꺼이 다이아몬드를 포기하고 이전의 고용주를 배신할 거라고 짐작했던 거요. 나는 그녀에게 당장 전보를 치겠다고 했소.

나는 여전히 카턴이 미심쩍었소. 그는 협박하긴 쉬운 사내이지만 거짓말을 밥 먹듯 하는 친구라 어디까지가 진실이고 거짓인지 판가름하기가 쉽지 않았소. 나는 호텔로 돌아가 기다렸소. 그다음 날 저녁에 나는 그가 전보의 답장을 받았을 거라 판단하고 그의 집으로 찾아갔소. 그는 외출 중이며 그다음 날 돌아온다는 말을 듣는 순간 의심이 들었지. 결국 아슬아슬한 순간에 그가 이틀 전 케이프타운을 떠난 킬모든 캐슬 호를 타고 영국으로 항해 중이란 사실을 알게 되었소. 그리고 나는 가까스로 그 배를 잡아탈 수 있었소.

내가 배에 탔다는 사실을 밝혀 그를 위협할 의도는 없었소. 케임브리지 대학 시절 연기를 많이 해 봐서 턱수염이 더부룩한 중년 신사로 변장하는 것은 식은 죽 먹기였지. 나는 뱃멀미를 위장해 가급적 선실에서 나오지 않고 카턴을 피했소.

런던에 도착해서 그를 미행하는 것은 그리 어렵지 않았소. 그는 곧장 어느 호텔로 갔고 그다음 날까지 나오지 않았지. 그러다가 1시 직전에 호텔을 나오자 그를 미행했소. 그는 곧장 나이츠브리지에 있는 부동산 중개업자에게 갔고 거기서 템스 강변에 있는 셋집을 알아봐 달라고 부탁하더군.

나는 역시 집을 찾는 척하며 옆 테이블에 앉아 있었소. 그런데 갑자기 아니타 그륀베르크인지 나디나인지가 들어왔소. 당당하고 오만하고 그 어느 때보다 아름다운 자태로 말이오. 맙소사! 내가 그녀를 얼마나 증오했는지 아마 모를 거요. 내 인생을 망가뜨린 여자, 내 미래를 망친 여자, 그녀가 거기 있었소. 그 순간 나는 그녀의 목을 졸라 서서히 숨을 끊어 놓을 수도 있었어! 나는 일순간 시뻘겋게 달아올랐소. 부동산 중개업자가 하는 말이 전혀 귀에 들어오지 않았지. 그다음 순간 약간 과장된 외국인 억양의 카랑카랑한 그녀의 목소리가 들려왔소. '말로의 밀하우스, 유스터스 페들러 경의 저택. 왠지 그 집이 제게 어울릴 것 같군요. 어쨌든 한번 가서 보겠어요.'

담당자는 허가증을 써 주었고 그녀는 당당하고 오만한 태도로 다시 걸어 나갔소. 그녀는 카턴을 알아보았다는 말 한마디, 내색 하나 안 했지만 나는 그들의 만남이 이미 계획되어 있음을 확신했소. 그래서 속단을 내린 거요. 당시 유스터스 경이 칸에 있다는 것도 모른 채 나는 이 부동산 임대는 밀하우스에서 유스터스 경을 만나기 위한 핑계라고 생각했소. 절도 사건이 있었던 당시 유스터스 경은 남아프리카에 있었고 그를 만난 적은 없지만 그가 그토록 자주 들었던 그 베일에 싸인 '대령'이라고 속단한 거요.

나는 나이츠브리지를 따라 두 용의자를 미행했소. 나디나가 하이드 파크 호텔로 들어가자 나는 걸음을 재촉해 그녀를 따라 들어갔소. 그녀는 곧장 레스토랑으로 갔고 나는 그 순간 나를 알아보게 해서 위험을 감수할 필요가 없다고 생각해 카턴을 쫓아가기로 했소. 나는 그가 다이아몬드를 손에 넣을 것이란 희망에 부풀어 있는 동안 꿈에도 생각지 못한 순간에 나타나 그를 놀라게 하고 진실을 얻어 낸다는 희망에 부풀어 있었소. 나는 하이드 파크 코너의 지하철역으로 그를 따라 들어갔소. 그는 플랫폼 맨 끝에 서 있었는데 근처에 어떤 여자가 있었지만 그 외엔 아무도 없었소. 나는 거기서 그에게 다가가 말을 걸기로 마음먹었고 그다음은 당신도 아는 얘기요. 그 친구는 남아프리카에 있을 것으로 상상했던 사람을 보더니 깜짝 놀라 정신을 잃고 뒷걸음질치며 선로로 떨어진 거요. 그는 항상 겁쟁이였지. 나는 의사를 가장하고 그의 호주머니를 뒤졌소. 지갑이 하나 나왔고 그 안에 쪽지 몇 장이 나왔지만 별로 중요하지 않은 거였지. 그리고 필름 한 통이 있었는데 그걸 어디선가 떨어뜨린 것 같소. 그리고 22일 킬모든 캐슬 호에서 만나자는 약속 시간이 적힌 쪽지가 있었소. 나는 누군가에게 잡히기 전에 서둘러 그 자리를 피하다가 그 쪽지 역시 떨어뜨렸는데 다행히 숫자를 기억하고 있었소.

나는 급히 가장 가까운 휴대품 보관소로 가서 변장을 지웠소. 죽은 남자의 주머니를 뒤진 사람으로 몰려 잡히고 싶지 않았기 때문이오. 그러곤 하이드 파크 호텔로 갔는데 나디나는 점심을 먹고 있었지. 내가 말로까지 그 여자를 어떻게 미행했는지 굳이 길게 설명할 필요는 없을 것 같소. 그녀는 그 집으로 들어갔고 나는 오두막 여자에게 그녀와 같이 왔다고 말했소. 그리고 나 역시 안으로 들어갔지."

그는 말을 멈추었고 깊은 침묵이 흘렀다.

"나를 믿어 주겠소, 앤? 하느님 앞에 맹세하지만 지금부터 내가 하는 말은 진실이오. 나는 죽이겠다는 그런 마음을 품고 그녀를 따라 안으로 들어갔소. 그런데 그녀가 죽어 있었소! 정말 끔찍하게 죽어 있었소. 겨우 3분의 시차를 두고 따라갔는데 말이오. 집 안에 다른 사람의 흔적은 전혀 없었지. 물론 아주 위험한 상황에 처했다는 것을 즉시 깨달았소! 아주 절묘한 솜씨로 갈취한 돈을 직접 회수한 동시에 범인으로 몰릴 희생자를 찾아낸 것이오. '대령'의 솜씨는 흠잡을 데 없었소. 나는 두 번째로 그의 희생자가 될 처지였지. 스스로 함정으로 걸어들어 간 바보 멍청이!

나는 어찌해야 할 바를 몰랐소. 애써 태연을 가장하고 서둘러 그곳을 빠져나왔지만 머지않아 범죄가 발각될 것이고 내 인상착의가 전국에 알려질 거란 생각이 들었소.

나는 며칠 동안 감히 움직일 생각도 못 하고 웅크리고 있었소. 마침내 기회가 왔소. 길거리에서 중년 남자 둘이 하는 대화를 우연히 듣게 되었는데 그중 한 사람은 유스터스 페들러 경이었소. 나는 비서가 되어 그의 휘하에 있으면 안전하겠다는 아이디어를 생각해 냈소. 엿들은 대화 내용이 내게 단서를 준 거지. 지금은 유스터스 페들러 경이 '대령'이란 확신이 별로 없소. 그의 집은 우연히 랑데부 장소가 되었던 것이오. 아니면 내가 모르는 다른 이유가 있을지도 모르지."

그때 내가 순간적으로 끼어들었다.

"그거 알아요? 살인 사건이 있던 날 가이 파젯이 말로에 있었다는 거?"

"그럼 뭔가 풀리는군. 나는 그가 유스터스 경과 칸에 있었다고 생각했는데."

"그는 피렌체에 있었다고 하지만 거긴 절대 가지 않았어요. 실제로는 말로에 있었던 게 틀림없어요. 물론 증명할 순 없지만요."

"그가 당신을 배 밖으로 집어던지려고 했던 사실을 알기 전까지 단 한 순간도 그를 의심하지 않았소. 그는 정말 훌륭한 배우요."

"정말 그래요."

"그래서 밀하우스를 선택한 거로군. 파젯이 남의 눈에 띄지 않고 드나들 수 있으니까. 물론 그는 내가 유스터스 경과 동행해서 배를 타는 것에 반대하지 않았소. 나를 당장에 잡아넣고 싶어 하지 않았던 거지. 나디나는 그들이 예측했던 것과 달리 랑데부 장소에 다이아몬드를 가지고 가지 않았소. 아무래도 카턴이 그 보석을 가지고 있다가 킬모든 캐슬 호에 탔을 때 그곳 어딘가에 숨겨 둔 것 같소. 그들은 내가 보석을 숨겨 둔 곳에 대한 어떤 단서를 가지고 있을 것이라고 기대했지. '대령'이 다이아몬드를 회수하지 않는 한 그에겐 여전히 위험이 도사리고 있을 테니까. 그래서 어떻게 해서라도 그것을 손을 넣으려고 했지. 그 빌어먹을 카턴이 보석을 어디에 숨겼는지는 나도 모르겠소."

"그건 또 다른 이야기네요. 지금부터는 내 얘기를 들어 보세요."

27장

내가 여기 기록한 모든 사건들을 들려주는 내내 해리는 주의 깊게 귀를 기울였다. 무엇보다 그를 당황케 하고 깜짝 놀라게 한 것은 그 모든 다이아몬드가 내 손에, 아니 더 정확하게 말하면 수잰의 손에 들어왔다는 사실이다. 그것이야말로 꿈에도 생각지 못했던 일이다. 물론 그의 이야기를 들은 후에 나는 카턴, 아니 나디나의 속셈을 정확히 파악하게 되었다. 그 계획은 다름 아닌 그녀의 머리에서 나왔다는 것을 확신하게 되었기 때문이다. 그녀, 아니 그녀의 남편을 상대로 아무리 놀라운 전략을 펼쳐도 다이아몬드를 강탈할 수는 없었을 것이다. 비밀은 그녀의 머릿속에 들어 있었고 '대령'은 그 다이아몬드가 어느 승무원의 손에 맡겨졌다는 것을 짐작조차 못 하고 있었다.

절도 누명에 대한 해리의 결백은 확실한 것 같았다. 우리를 꼼짝 못 하게 하는 것은 더 심각한 다른 누명이었다. 상황이 상황인지라 그는 공공연하게 나서서 자신의 입장을 증명할 수 없었다.

또다시 원점으로 돌아온 것은 '대령'의 신원이었다. 그는 가이 파젯일까, 아니면 다른 사람일까?

"한 가지 이유로 파젯이라고 할 수 있을 것 같소."

해리는 확신을 갖고 말했다.

"말로에서 아니타 그륀베르크를 죽인 자가 파젯이라는 것은 확실한 듯하오. 그리고 그것은 그가 실제로 '대령'이라는 가정을 뒷받침해 주고 있소. 아니타의 거래는 부하와 논의할 그런 차원의 성격이 아니었기 때문이오. 그 이론을 뒷받침해 주지 않는 유일한 사건은 당신이 여기 도착한 날 밤 당신을 낭떠러지로 떨어뜨린 일이오. 당신은 파젯이 케이프타운에 남아 있을 거라고 생각했소. 그가 그 다음 수요일 전에 이곳으로 올 수 있는 방법이 없기 때문이오. 그가 이곳에 밀사를 심어 놓은 것 같지는 않소. 그의 계획은 케이프타운에서 당신을 처리하는 거였지. 물론 요하네스버그에 있는 부하에게 전보로 지시를 내렸을 수도 있고, 그 부하가 마페킹(남아프리카 공화국 중북부, 케이프 주의 북동단에 있는 소도시 — 옮긴이)에서 로디지아행 기차를 탔을 수도 있소. 하지만 그의 지시는 단지 그 짧은 편지를 쓰라는 일이었을 거요."

우리는 한동안 말없이 앉아 있었다. 이윽고 해리가 천천히 말했다.

"당신이 호텔을 떠날 때 블레어 부인은 잠들어 있었고, 유스터스 경은 페티그루 양에게 지시 사항을 불러 주고 있었다고 했지요? 그럼 레이스 대령은 어디 있었소?"

"어디에서도 그 사람을 볼 수 없었어요."

"당신과 내가 서로 친하다는 사실을 그가 어떻게 알게 된 거지?"

마토보에서 돌아오던 길에 나누었던 대화를 떠올리며 조심스럽게 대답했다.

"그는 성격이 아주 강한 사람이에요. 하지만 '대령'은 아닌 것 같아요. 어쨌든 그 생각은 근거가 없어요. 그는 첩보원이에요."

"그가 첩보원이라는 것을 어떻게 믿겠소? 그런 척하며 힌트를 주는 것은 식은 죽 먹기요. 이의를 제기하는 사람도 없고 시간이 지나면 소문이 퍼져 결국 모두가 그것을 진실이라고 믿게 될 거요. 아무리 의심스러운 일을 해도 얼마든지 구실을 댈 수 있지. 앤, 당신은 레이스를 좋아합니까?"

"좋아하면서도 싫어해요. 그 사람은 나를 밀어내면서도 동시에 매료시키죠. 하지만 한 가지는 알아요. 내가 그를 조금 두려워하고 있다는 거."

"그 사람은 킴벌리 절도 사건이 일어났을 때 남아프리카에 있었소."

해리가 천천히 말했다.

"하지만 수잰에게 '대령'에 관한 모든 것을 들려준 사람이 바로 레이스예요. '대령'의 뒤를 쫓으려고 파리에 있었다는 얘기도 해 줬고요."

"위장…… 아주 교묘한 위장이지."

"그렇다면 파젯은 어디서 온 걸까요? 레이스에게 고용된 걸까요?"

"그럴지도 모르겠소. 그리고 그는 어디서 온 사람이 아니오."

해리가 천천히 말했다.

"뭐라고요?"

"생각해 보시오, 앤. 킬모든 호에서 그날 밤 일에 대해 파젯에게 직접 설명을 들어 본 적이 있소?"

"있어요. 유스터스 경을 통해서요."

나는 그 얘기를 다시 들려주었다. 해리는 하나도 놓치지 않고 찬찬히 듣고 있었다.

"그가 유스터스 경의 선실 쪽에서 나오는 어떤 남자를 보고 갑판까지 그를 쫓아갔다고 말합디까? 자, 그럼 유스터스 경의 맞은편 선실에 있던 사람은 누구요? 레이스 대령이오. 레이스 대령이 갑판으로 살금살금 기어올라 갔다가 당신을 공격하는 데 실패하고 다시 갑판에서 도망치다가 식당에서 나오는 파젯과 맞닥뜨렸다고 가정해 봅시다. 그가 파젯을 쓰러뜨리고 식당 문 옆에 처박아 놓았는데 마침 우리가 그곳을 지나다가 파젯이 누워 있는 것을 발견했다면, 어떻소?"

"파젯이 당신한테 얻어맞아 쓰러졌다고 했던 걸 잊었나 보군요."

"그래요, 의식을 차리자마자 그가 멀리 사라지고 있는 나를 봤다고 가정합시다. 파젯은 당연히 내가 공격했다고 생각할 거 아니겠소? 특히 그가 쫓는 사람이 나인 상황에선 말이오?"

"당연히 그렇게 생각할 수도 있어요. 하지만 그렇다고 우리 생각이 전부 달라지는 건 아니에요. 다른 것들도 있으니까요."

"그중 대부분은 쉽게 설명될 수 있소. 케이프타운에서 당신을 쫓던 사내는 파젯과 얘기했고, 파젯은 시계를 들여다보았소. 그 사내가 단순히 시간을 물어보았을 수도 있지 않겠소."

"그것이 단지 우연의 일치였다는 건가요?"

"딱히 그런 건 아니지만…… 파젯과 이 사건을 연관시키고 있는 이 모든 것엔 일정한 순서가 있소. 어째서 밀하우스를 살인 현장으로 선택했을까? 다이아몬드가 분실되었을 때 파젯이 킴벌리에 있었기 때문이 아닐까? 만약 내가 살인 현장에 그렇게 갑자기 나타나지 않았다면 그가 혹시 희생양이 되지 않았을까?"

"그럼 파젯이 무죄라고 생각하세요?"

"그런 것 같지만…… 만약 그렇다면 우리는 그가 말로에서 뭘 하고 있었는지 그걸 알아내야 하오. 만약 그가 그럴듯한 설명을 할 수 있다면 우리가 제대로 짚은 거겠지."

그가 갑자기 일어섰다.

"자정이 지났소. 가서 눈 좀 붙여요, 앤. 동이 트기 전에 당신을 배에 태우겠소. 리빙스턴에서 기차를 타야 하오. 거기서 기차가 출발할 때까지 당신을 숨겨 줄 친구가 하나 있소. 거기서 불라와요로 가서 베이라까지 가는 기차를 타시오. 나는 리빙스턴에 있는 친구를 통해 호텔 상황이 어떤지, 당신 친구들이 지금 어디 있는지를 알아보겠소."

"베이라라."

나는 생각에 잠긴 표정으로 말했다.

"그렇소, 앤, 당신은 베이라로 가야 하오. 이건 남자들 일이오. 그러니 나한테 맡겨요."

상황을 정리하는 동안 잠시 감정에서 벗어나 있었으나 다시 감정이 밀려왔다. 우리는 서로의 시선을 피했다.

"좋아요."

이렇게 말하고 나는 오두막으로 들어갔다.

가죽을 씌운 긴 의자에 누웠지만 잠을 이룰 수가 없었다. 밖에선 해리 레이번이 길고 어두운 시간 내내 서성대는 소리가 들렸다. 이윽고 그가 나를 불렀다.

"나오시오, 앤. 이제 떠날 시간이오."

나는 고분고분 자리에서 일어나 밖으로 나갔다. 주변은 아직 어둡고 적막했지만 곧 동이 틀 것이다.

"모터보트 말고 카누를 탑시다……."

해리가 말을 하다 말고 갑자기 숨을 멈추며 손을 번쩍 들었다.

"쉿! 저게 뭐지?"

귀를 기울였지만 아무 소리도 들리지 않았다. 그의 귀는 나보다 더 밝았다. 야생에서 오래 산 사람의 귀가 아닌가. 이제 내게도 그 소리가 들렸다. 강둑 방향에서 철썩철썩 노를 저어 우리의 부잔교를 향해 빠르게 다가오는 소리였다.

우리는 눈을 부릅뜨고 어둠 속을 응시했다. 그러자 수면 위로 시커먼 물체가 보였다. 보트였다. 다음 순간 불꽃이 타올랐다. 누군가 성냥불을 켠 것이다. 그 불빛으로 나는 한 형체를 알아보았다. 뮤젠버그 빌라에 있던 붉은 턱수염의 네덜란드인이었다. 나머지는 원주민들이었다.

"빨리…… 다시 오두막으로."

해리는 내 옷자락을 붙잡고 안으로 들어갔다. 그는 라이플 총 두 자루와 권총 한 자루를 벽에서 꺼냈다.

"라이플총에 탄알을 잴 수 있소?"

"해 본 적이 없어요. 어떻게 하는지 가르쳐 주세요."

나는 그의 지시 사항을 숙지했다. 우리는 문을 닫았고 해리는 창가에 서서 부잔교를 내다보고 있었다. 배는 부잔교로 다가오고 있었다.

"누구냐?"

해리가 울림이 있는 강한 목소리로 소리쳤다.

방문객의 저의에 대한 우리의 의심은 순식간에 분명해졌다. 우리 주변으로 총알이 우박처럼 쏟아졌다. 다행히 우리 모두 무사했다. 해리가 라이플을 치켜 올렸다. 미친 듯이 계속 총을 쏘아 대고 또 쏘아 댔다. 나는 두 번의 신음 소리와 물이 첨벙 튀기는 소리를 들었다.

"이제 생각들을 좀 하셔야 할걸."

그가 두 번째 라이플을 집으면서 험상궂게 중얼거렸다.

"뒤로 물러나 있어요, 앤. 빨리 장전하고."

총알이 다시 날아왔다. 하나가 해리의 뺨을 가볍게 스치고 지나갔다. 그의 반격은 그들보다 훨씬 더 셌다. 그가 라이플을 바꾸려고 돌아섰을 때 내가 넣은 탄알이 다시 장전되는 소리가 들렸다. 그는 왼손으로 나를 끌어당겨 맹렬히 키스한 다음 다시 창문으로 돌아섰다. 갑자기 그가 고함을 질렀다.

"돌아가고 있어…… 이걸로 충분해. 저들은 물 위에 있어서 쉽게 드러나지만 우리가 몇 명인지 알 수 없을 거요. 일단은 돌아가지만 다시 올 거요. 그때를 위해 만반의 준비를 해야겠소."

그는 라이플총을 내리며 나를 돌아다보았다.

"앤, 당신은 아름다워! 기적이야! 당신은 귀여운 여왕이오! 사자처럼 용감해. 검은 머리 마녀!"

그는 다시 나를 끌어안았다. 그리고 내 머리와 눈과 입술에 키스했다.

"이제 일을 합시다."

그가 갑자기 나를 안았던 팔을 풀며 말했다.

"저 파라핀 깡통들을 내다봐요."

나는 시키는 대로 했다. 그는 오두막 안에서 분주하더니 어느덧 무언가를 끌어안고 오두막 지붕에 올라가 있었다. 잠시 후 그가 다시 내려왔다.

"보트로 내려가요. 섬을 가로질러 반대편 쪽으로 이걸 가지고 가야 해."

이렇게 말하고 나서 그는 파라핀을 집어 들었다.

"그자들이 다시 와요."

나는 반대편 해안에서 움직이고 있는 물체가 보이자 나직이 속삭였다.

그가 내게 달려왔다.

"시간이 딱 맞았어. 그런데 빌어먹을 보트는 대체 어디 있는 거야?"

보트 두 척이 멀리서 표류하고 있었다. 해리가 나직이 속삭였다.

"장소가 비좁은데, 괜찮겠소?"

"당신과 함께라면 괜찮아요."

"아하, 하지만 둘이 같이 죽으면 별로 재미없을걸. 그런 일은 없도록 해야지. 봐요, 이번에는 놈들이 배 두 척에 타고 있소. 각기 다른 두 지점으로 상륙하겠다, 이거지. 그렇다면 내 무대 효과를 보여 줘야겠어."

그 말이 끝나기가 무섭게 오두막에서 긴 불꽃이 솟구쳤다. 그 불꽃은 지붕에 한데 웅크리고 앉아 있는 두 형체를 비추었다.

"내 낡은 옷에 넝마를 채웠소. 한동안 굴러떨어지지 않을 거야. 이리 와요, 앤, 최후의 수단을 써야 하니까."

우리는 손을 잡고 있는 힘을 다해 섬을 가로질러 뛰었다. 반대편 해안을 가로막고 있는 것은 오직 좁은 물길 하나뿐이었다.

"헤엄쳐 건너야 하오. 근데 수영할 줄 알아요, 앤? 그건 중요하지 않소. 내가 건너가게 해 주겠소. 바위가 너무 많아 배를 댈 수 없는 곳이야. 하지만 수영하기엔 딱이지. 리빙스턴으로 가는 쪽이고."

"수영은 조금 할 수 있어요. 저 정도는 가요. 그런데 뭐가 위험한가요, 해리?"

그의 얼굴에 불길한 표정이 떠올랐던 것이다.

"상어요?"

"바보 같긴……. 상어는 바다에 살잖소. 하여튼 앤은 예리해. 악어, 그게 문제요."

"악어요?"

"그렇소, 악어는 잊어버려요. 아니면 기도나 하든가."

우리는 물속으로 뛰어들었다. 내 기도가 먹혔는지 우리는 무사히 강변에 도착하여 젖은 몸을 이끌고 물을 뚝뚝 흘리며 강둑으로 올라갔다.

"이제 리빙스턴이오. 험한 길이라 걱정이 되는군. 젖은 옷이 불편하겠지만 할 수 없소."

그 산책은 악몽이었다. 내 젖은 스커트가 다리에 척척 감겨 올라왔고 스타킹은 가시에 찔려 이내 찢어졌다. 마침내 나는 기진맥진하여 걸음을 멈추었다. 해리가 나 있는 곳으로 다시 돌아왔다.

"조금만 참아요, 앤. 나한테 업혀요."

그렇게 해서 나는 석탄 자루처럼 그의 어깨에 매달린 채 리빙스턴으로 들어섰다. 그가 어떻게 나를 업고 리빙스턴까지 올 수 있었는지 모르겠다. 첫 여명의 빛이 열리고 있었다. 해리의 친구는 아프리카 골동품 가게를 운영하는 20대 청년이었다. 이름은 네드였다. 다른 이름이 더 있을 법했지만 나는 들어 본 적이 없었다. 그는 물을 뚝뚝 흘리며 역시 물이 뚝뚝 떨어지는 여자를 부축한 채 들어서는 해리를 보고도 눈 하나 깜짝하지 않았다. 남자들은 정말 경이로운 존재이다.

그는 우리에게 먹을 것과 뜨거운 커피를 주었고 옷을 말려 주었다. 그동안 우리는 촌스러운 색깔의 맨체스터산 담요를 뒤집어쓰고 있었다. 오두막의 비좁은 뒷방에서 우리는 안전하게 사람들의 시선을 피할 수 있었다. 그사이 네드는 유스터스 경 일행이 어떻게 되었는지, 누가 아직 호텔에 남아 있는지를 알아보기 위해 밖으로 나갔다.

해리에게 베이라에 갈 이유가 없다고 통보한 것은 바로 그 때였다. 나도 그럴 의도는 아니었지만 베이라에 가야 할 이유가 모두 사라진 것이다. 원래의 의도는 적들에게 내가 죽었다고 믿게 하는 것이었다. 그런데 내가 죽지 않았다는 것을 알게 된 지금 베이라로 가는 것은 의미가 없다. 거기서 그들은 나를 쉽게 미행해 얼마든지 조용히 죽일 수 있다. 나를 보호해 줄 사람은 아무도 없다. 일단은 수잰이 어디에 있는지 알아야 한다. 우선 그녀를 만나고 나서 젖 먹던 힘까지 다해 나 자신을 보호하는 것이 급선무였다. '대령'을 무찌르기 위해 모험을 쫓거나 애쓰거나 하지 않을 것이다.

나는 수잰과 조용히 앉아 해리의 지시를 기다릴 작정이었다. 다이아몬드는 파커란 이름으로 킴벌리 은행에 보관할 것이다.

"한 가지가 더 있어요. 어떤 암호가 필요해요. 우리 이름으로 보낸 가짜 편지에 또 속을 수는 없잖아요."

"그건 어렵지 않아. 내가 보내는 전갈에는 반드시 '앤드(and)'란 단어를 적고 그 위에 가위표를 해 두겠소."

"특징도 없이 말이죠. 그럼 전보는요?"

"전보는 '앤디'라는 서명을 하겠소."

"기차가 곧 도착해요, 해리."

네드가 머리를 들이밀었다가 얼른 빼며 말했다.

나는 일어섰다.

"혹시 착하고 성실한 남자를 만나면 결혼할까요?"

마지막으로 그에게 물었다.

그러자 해리가 내게 바싹 다가왔다.

"절대 안 돼! 내가 아닌 다른 사람과 결혼한다면 그 남자의 목을 비틀어 버릴 거야. 그리고 당신은……."

"그러세요."

기분이 좋아진 나는 쾌활하게 말했다.

"당신을 데려다가 흠씬 두들겨 패 줄 거요!"

"정말 내가 웃기는 남편을 골랐군요. 밤새 변심하는 건 아닌지 모르겠네."

나는 빈정대듯 말했다.

28장

(유스터스 페들러 경의 일기 발췌문)

전에 한번 언급했듯이 나는 원래 평화로운 사람이다. 나는 조용한 생활을 갈망한다. 그런데 이것은 내가 도저히 누릴 수 없는 일처럼 여겨진다. 난 늘 폭풍과 불안 속에서 살고 있다. 쉴 새 없이 코를 킁킁거리며 음모를 찾아내는 파젯에게서 벗어남으로써 느끼는 위안은 이루 말할 수 없이 크다. 그리고 페티그루 양은 참 쓸모 있는 사람이다. 요염한 구석은 없지만 한두 가지 재능만큼은 값으로 매길 수 없을 정도이다. 사실 불라와요에선 내가 신경이 예민해져 까다롭게 굴었지만 기차에선 사람들 때문에 조용한 밤을 보내지 못했다. 새벽 3시에 코미디 뮤지컬 「와일드 웨스트(Wild West)」 주인공처럼 보이는 한 세련된 청년이 내 객실로 들어와 목적지가 어디냐고 물었다. 그 청년은 "차, 주시오. 설탕은 넣지 말고."라고 중얼거리는 내 말은 들은 척도 안 하고 같은 질문을 반복하면서 오만상을 찌푸렸다. 알고 보니 웨이터가 아니라 입국 관리국 직원이었다. 결국 나는 전염병을 앓고 있지 않으며 순수한 목적으로 로디지아에 가는 중이라고 그가 원하는 대답을 해 주었다. 더불어 성명과 출생지까지 자세하게 알려 주었다. 그러고 나서 잠깐 눈을 붙이려 했으나 새벽 5시 30분에 어떤 주제넘은 놈이 차라고 하면서 설탕을 잔뜩 넣은 시럽 같은 음료를 들고 들어와 나를 깨웠다. 그것을 그놈 얼굴에 끼얹진 않았지만, 사실 그러고 싶은 마음이 굴뚝같았다. 그놈은 6시에 설탕을 넣지 않은 차디찬 차를 가지고 왔다. 그제야 난 기진맥진해 잠이 들었지만 불라와요에 도착할 즈음 깨어나 징글맞은 목각 기린을 들고 기차에서 내렸다. 그 긴 다리와 목이 어찌나 성가시던지!

하지만 이런 사소한 사건들이 겨우 지나가자 비로소 큰 재앙이 터지고 말았다.

우리가 폭포에 도착한 날 밤이었다. 거실에서 페티그루 양에게 글을 받아쓰게 하고 있었는데 갑자기 블레어 부인이 인기척도 없이 괴상한 복장으로 불쑥 들어왔다.

"앤이 어디 있는지 아세요?"

그녀가 다급한 목소리로 외쳤다.

얼토당토않은 질문이었다. 아니 내가 그 아가씨를 책임지고 있기라도 한단 말인가. 페티그루 양이 어떻게 생각할지, 거기까지 염두에 두지 못하는 걸까? 한밤중이나 꼭두새벽에 주머니에서 앤 베딩펠드를 꺼내 주는 습관이라도 있단 말인가? 나만 한 지위에 있는 사람에겐 참으로 황당한 일이 아닐 수 없었다.

"잠자리에 들었겠지요."

나는 어이없다는 듯 쌀쌀맞게 대꾸했다.

목청을 가다듬고 나서 페티그루 양을 힐끗 쳐다보았다. 다시 받아쓸 준비가 되었는지 알아보기 위해서였다. 그러면서 블레어 부인이 눈치를 챘으면 했다. 그런데 그녀는 전혀 눈치채지 못했다. 오히려 의자에 몸을 묻으며 슬리퍼를 신은 발을 초조한 듯 흔들었다.

"자기 방에 없어요. 벌써 가 봤거든요. 앤이 아주 위험한 일을 당하는 악몽을 꾸다가 잠이 깨어 혹시나 하고 앤의 방으로 가 봤죠. 그런데 없는 거예요. 잠을 잔 흔적도 전혀 없고요."

그녀는 애원하듯 나를 쳐다보았다.

"어떻게 해요, 의원님?"

나는 "가서 아무 걱정하지 말고 잠이나 자요. 앤 베딩펠드처럼 사지가 멀쩡한 아가씨는 혼자서도 잘할 수 있어요."라고 소리치고 싶은 마음을 꾹꾹 눌러 참으며 못마땅한 표정으로 미간을 찌푸렸다.

"레이스는 뭐라고 합디까?"

그는 왜 노상 제멋대로인지 모르겠다. 여성 사교계에서 혜택을 누리는 만큼 약간의 불이익은 감수해야 하는 것이 아닌가.

"그 사람도 보이질 않아요."

그녀는 이렇게 밤을 지새울 태세였다. 나는 한숨을 쉬며 의자에 등을 기댔다.

"블레어 부인이 흥분할 이유가 전혀 없는 것 같은데요."

나는 인내심을 가지고 말했다.

"꿈이……."

"그건 저녁 때 먹은 카레 때문이오."

"어머, 의원님!"

그녀는 몹시 화를 냈다. 그렇지만 악몽이 분별없는 식사의 직접적인 결과라는 것은 삼척동자도 안다.

"그럼 앤 베딩펠드와 레이스가 한가로이 산책을 나가면서 동네방네 떠들고 다녀야겠습니까?"

나는 달래듯 조용히 말했다.

"그럼 의원님은 그 두 사람이 함께 산책을 나갔다고 생각하시는 거예요? 자정이 넘은 시간에요?"

"젊을 때야 뭘 못 하겠소. 하기야 레이스는 사리를 분별할 만큼 나이를 먹긴 했지만."

"정말 그렇게 생각하세요?"

"두 사람이 결혼하려고 도망간 게 아닌가 싶은데."

나는 어처구니없는 얘기라는 것을 뻔히 알면서도 여전히 달래는 듯한 목소리로 말했다. 어쨌거나 이런 곳에서는 도망갈 데도 없지 않은가?

내가 설득력 없는 말을 얼마나 더 했는지 모르겠지만, 바로 그때 레이스가 걸어들어 왔다. 결국 내 말이 부분적으론 맞았다. 그가 산책을 다녀왔기 때문이다. 하지만 그는 앤을 데리고 나가지 않았다. 어쨌든 상황 판단에선 내 추측이 전적으로 빗나갔다. 그것은 즉각 증명되었다. 레이스는 순식간에 온 호텔을 이 잡듯이 뒤졌다. 그가 그토록 난감해하는 것은 처음 보았다.

문제는 보통 특이한 게 아니었다. 그 아가씨는 대체 어딜 간 것일까? 그녀는 10시 50분에 정장을 하고 호텔을 나갔다. 그리고 다시 나타나지 않았다. 자살 가능성은 전혀 없어 보였다. 그녀는 삶을 사랑하는 혈기 왕성한 젊은 여자였으며 삶을 포기할 의사가 전혀 없었다. 그다음 날 정오까지는 출발하는 기차도 없으니 이곳을 떠나지는 못했을 것이다. 그렇다면 대체 어딜 갔단 말인가?

레이스는 완전히 넋이 나가 있었다. 가엾은 친구…… 그는 백방으로 그녀의 행방을 알아보았다. 지방 법원이고 뭐고 수백 킬로미터까지 백방으로 수소문을 했다. 원주민 수색대는 사방을 뒤졌다. 해 볼 수 있는 것은 전부 해 봤다. 하지만 앤 베딩펠드의 흔적은 없었다. 가장 그럴듯한 가정은 그녀가 비몽사몽간에 산책을 나갔다는 것이다. 다리 근처 길가에 그녀가 가장자리 밖으로 넘어간 흔적이 있었다. 그랬다면 필시 바위에 부딪혀 산산조각이 났을 것이다. 불행히도 발자국은 월요일 아침 일찍 그 길을 걸어간 여행객들에 의해 대부분 지워져 있었다.

그것이 가장 수긍할 만한 가정인지는 잘 모르겠다. 젊었을 때 나는 몽유병 환자들이 잘 다치지 않는다는 말을 늘 들었다. 육감이 자신의 몸을 보호한다는 것이다. 블레어 부인도 그 가정을 인정하는 것 같지 않다.

나는 그 여자를 이해할 수가 없다. 레이스에 대한 그녀의 태도는 완전히 바뀌어 있었다. 요즘은 쥐가 고양이를 보듯 한다. 그녀가 그를 정중하게 대하려고 애쓰는 모습이 역력하다. 두 사람은 원래 친구 사이가 아니었던가. 하지만 최근 들어 블레어 부인은 그녀답지 않게 초조하고 신경질적이고 사소한 소리에도 깜짝 놀라곤 한다. 나는 지금이 요하네스버그로 가기에 적기라고 생각한다.

어제는 강 어딘가의 이상한 섬에 한 남녀가 살고 있다는 소문이 나돌았다. 레이스는 몹시 흥분했다. 하지만 사실은 별것 아니었다. 남자는 몇 년 동안 그 섬에서 살았고 호텔 매니저도 그를 잘 알고 있었다. 그는 관광 시즌에 관광단을 강 상류와 하류로 데리고 다니면서 악어들과 길 잃은 하마 따위를 구경시켜 준다고 한다. 내 생각엔 그가 악어 한 마리를 길들여 배를 물어뜯어 산산조각 나도록 훈련시켰을 것 같다. 그런 다음 갈고리로 놈을 떼어 내면 관광단은 정말 죽었다가 살아난 기분을 느낀다. 여자가 그 섬에 얼마나 있었는지 정확히 알려지진 않았지만 앤일 확률은 거의 없어 보인다. 그리고 남의 일에 끼어드는 것은 어쨌든 조심스럽다. 내가 그 젊은 친구라면 레이스가 불쑥 나타나 남의 연애사를 이러쿵저러쿵 따지고 들면 발로 걷어차 섬 밖으로 쫓아낼 것이다.

그 후.

나는 내일 요하네스버그로 가기로 했다. 레이스도 그러라고 부추긴다. 들려오는 소문대로라면 그곳 상황이 점점 나빠지고 있지만 더 나빠지기 전에 가야 한다. 아무튼 어느 파업 노동자가 쏜 총에 맞아 죽을 수도 있다. 블레어 부인은 나와 함께 가기로 했다가 마지막 순간에 마음을 바꾸어 폭포에 남기로 했다. 아무래도 레이스를 감시하지 못하는 것이 불안한 모양이다. 오늘 밤에 그녀가 나를 찾아와 머뭇거리며 부탁할 게 있다고 했다. 그녀가 산 기념품들을 대신 맡아 달라는 거였다.

"설마 그 목각 동물들은 아니겠지요?"

나는 깜짝 놀라 물었다. 그 지긋지긋한 동물들에게서 벗어나지 못하리란 예감에 시달렸던 것이다.

결국 우리는 타협을 했다. 깨지기 쉬운 물건들이 든 작은 나무 상자 두 박스는 내가 맡기로 했다. 동물 인형들은 그 동네 상점에서 큰 나무 상자에 포장하여 케이프타운까지 보내 주면 그곳에서 파젯이 보관하기로 했다.

포장하는 사람들은 모양이 너무 특이해서 케이스를 특별히 제작해야 한다고 말했다. 나는 블레어 부인에게 이 동물들을 영국으로 가져가면 하나당 1파운드는 족히 나갈 거라고 말해 주었다.

파젯은 요하네스버그에서 내게 복귀하고 싶어 안간힘을 쓰고 있다. 나는 블레어 부인의 일을 핑계로 그를 케이프타운에 붙잡아 둘 셈이다. 그것들이 막대한 가격의 진귀한 미술품인 만큼 소포를 받으면 안전하게 보관해야 한다고 그에게 미리 편지를 보냈다.

이렇게 해서 모든 것이 정해졌다. 나와 페티그루 양은 함께 미지의 땅으로 간다. 페티그루 양을 본 사람이라면 누구나 그것이 점잖은 여행임을 인정할 것이다.

29장

3월 6일 요하네스버그.

이곳 상황이 평화롭지 못한 데는 무언가 이유가 있다. 내가 자주 접하는 표현을 빌리자면 우리는 너 나 할 것 없이 화산 가장자리에서 살고 있다. 파업자 부대, 소위 파업자들이 거리를 행진하고 무시무시한 표정으로 사람들을 노려본다. 대량 학살이 시작될 때를 위해 그들은 피둥피둥 살찐 자본주의자를 쏙쏙 골라낼 준비를 하고 있는 것 같다. 택시도 탈 수 없다. 택시를 타면 파업자들이 당장 택시에서 손님을 끌어낸다. 호텔도 음식이 바닥나면 손님을 내쫓을 거라고 은근히 암시하고 있다.

나는 어젯밤 킬모든 호에서 봤던 노동당 친구인 리브스를 만났다. 그는 굉장히 겁을 먹고 있었다. 그렇게 겁먹은 모습은 처음 본다. 이곳 사람들은 하나같이 이런 상태에 빠져 있다. 그들은 오직 정치적인 목적으로 선동적인 연설을 어마어마하게 길게 하지만 그런 다음에는 발등을 찍으며 후회한다. 그는 요즘 자신은 그런 연설을 하지 않았다고 선전하고 다니느라 정신이 없다. 내가 만났을 때 그는 막 케이프타운으로 가려던 중이었다. 그곳에서 네덜란드어로 사흘 동안 연설을 하여 자신의 결백을 입증하는 한편, 자신이 한 말은 사실 다른 것을 의미하는 것이 아니라고 주장하려 한다고 말했다.

남아프리카의 의회에 앉아 있지 않아도 된다는 것이 내겐 정말 다행스러운 일이었다. 하원은 썩을 대로 썩었지만 적어도 우리는 언어가 하나로 통일되어 있고 연설 길이도 약간씩 제한하고 있다. 케이프타운을 떠나기 전 의회에 갔을 때 나는 머리가 희끗희끗한 신사의 연설을 들었다. 그는 『이상한 나라의 앨리스』에 나오는 '가짜 거북이'와 똑같이 생겼다. 그는 지극히 서글픈 표정을 지은 채 기어가는 목소리로 말을 삼키다가 갑자기 언성을 높여 앞과는 전혀 다른 말투로 열변을 토해 냈다. 그가 이렇게 웅변을 하자 청중들의 절반은 "후프, 후프."라고 고함을 질렀는데 이는 네덜란드어로 "옳소, 옳소!"라는 뜻일 것이다. 나머지 청중들은 화들짝 놀라 달콤하게 빠져 있던 잠에서 깨어났다. 나는 그 신사가 사흘 동안 연설했다는 것을 알게 되었다. 그들은 남아프리카에서 엄청난 인내심을 발휘하고 있음에 분명하다.

나는 파젯을 케이프타운에 붙잡아 두기 위해 끊임없이 손을 썼지만 마침내 내 상상력도 바닥이 나고 말았다. 그는 주인 곁에서 죽음을 맞이하는 충실한 개처럼 내일 복귀하기로 되어 있다. 내 회고록도 그럭저럭 잘 진행되고 있다. 나는 파업 지도자들이 내게 한 말과 내가 그들에게 해 준 말을 재치 있게 꾸며 넣었다.

오늘 아침에는 정부 관료 한 사람을 만났다. 그는 점잖은가 하면 말재주가 능란하고 수수께끼 같은 인물이었다. 말하자면 나의 높은 신분이나 비중을 은근히 치켜세우면서 내가 자발적으로 프리토리아(남아프리카 공화국의 행정 수도, 입법상의 수도는 케이프타운 — 옮긴이)로 가지 않으면 자신이 강제로 보내겠다고 했다.

"그럼 문제가 생긴다고 보시오?"

내 질문에 대한 그의 대답이 하도 장황해서 무슨 뜻인지 헤아리기가 어려웠다. 어쨌든 심각한 문제가 터진다고 예상하는 것 같았다. 나는 그의 정부가 상황을 너무 방치하고 있음을 넌지시 비쳤다.

"밧줄을 주어 스스로 목을 매게 하는 그런 일도 있습니다, 유스터스 경."

"아, 그렇겠지, 그렇겠지요."

"문제를 일으키는 것은 파업자들이 아닙니다. 그들 뒤에는 어떤 조직이 있습니다. 무기와 폭탄이 대량으로 공급되고 있지요. 우리는 무기를 수입하는 방식을 자세히 설명하는 문서들을 대량 입수했습니다. 정식 암호가 있어요. 감자는 '뇌관'을 뜻하고, 꽃양배추는 '라이플', 그 밖의 다른 야채들은 여러 가지 폭탄을 의미합니다."

"참 흥미롭군."

"그게 다가 아닙니다, 유스터스 경. 우리는 이 모든 일을 책임지고 지휘하는 천재 같은 인물이 바로 지금 요하네스버그에 있다고 확신하고 있습니다."

어쩌나 나를 뚫어지게 쳐다보는지 그가 혹시 나를 그 인물로 의심하는 건 아닌지 와락 겁이 났다. 그 생각을 하니 식은땀이 났다. 소규모 혁명을 직접 검열한다는 생각을 품었던 일마저 후회되기 시작했다.

"요하네스버그에서 프리토리아까지 기차가 운행되고 있지 않지만 전용차로 의원님을 모셔다 드릴 수 있습니다. 도중에 제지를 당할 경우 제가 두 개의 여권을 별개로 제공해 드리겠습니다. 하나는 영국 연방 정부가 발행한 것이고, 다른 하나는 의원님이 연방 정부와는 아무 관계없는 영국 관광객임을 증명하는 여권입니다."

"하나는 당신 쪽 사람들을 위한 것이고 다른 하나는 파업자들을 위한 것이로군. 그렇지 않소?"

"그렇습니다."

그 아이디어는 별로 마음에 들지 않았다. 나는 그런 경우에 어떤 일이 일어나는지 잘 알고 있다. 공연히 어리둥절해하다가 일이 뒤죽박죽되기 십상이다. 이쪽 여권을 저쪽 사람에게 줄 수도 있고 피에 굶주린 반란군의 총에 맞을 수도 있다. 그리고 라이플을 무심하게 겨드랑이에 낀 채 중산모자를 쓰고 파이프 담배를 피우면서 거리를 지키는 법과 질서를 지지하는 자들의 총에 맞아 죽을 수도 있다.

게다가 프리토리아에 가서 내가 뭘 하겠는가? 연방 건물의 건축 양식을 감탄하며 바라보고 요하네스버그 주변에서 울리는 총소리를 듣고 있으란 말인가? 언제까지 그곳에 갇혀 있을지 그건 아무도 모른다. 그들은 이미 철도를 폭파시켰다고 한다. 거기선 술 한 병도 구할 수 없을 것이다. 이틀 전 그들은 이미 계엄령을 선포했다.

"당신은 내가 랜드 사의 상황을 조사하고 있다는 걸 모르시는 것 같군요. 프리토리아에서 그 빌어먹을 조사를 어떻게 할 수 있소? 안전을 신경 써 주는 것은 고맙지만 내 걱정은 하지 마시오. 나는 별일 없을 거요."

"하지만 유스터스 경, 식량 문제가 벌써 심각합니다."

"잠깐 금식하면 오히려 몸매가 좋아지겠지요."

나는 한숨을 쉬며 이렇게 말했다.

전보 한 통이 도착하는 바람에 우리의 대화는 여기서 끊어졌다. 나는 놀란 표정으로 그 전보를 소리 내어 읽었다.

"'앤은 무사해요. 여기 킴벌리에 나와 함께 있어요. 수잰 블레어.'"

나는 앤의 죽음을 믿고 있지 않았다. 그 아가씨에겐 파괴할 수 없는 뭔가가 있다. 그녀는 테리어 견에게 던져 주는 어디로 튈지 모르는 공 같다. 미소를 불러일으키는 특별한 매력이 있다. 나는 그녀가 킴벌리에 가기 위해 한밤중에 호텔을 걸어 나갈 필요가 있었는지 아직도 그 이유를 모르겠다. 기차도 없었는데 말이다. 천사의 날개를 달고 킴벌리로 날아간 것이 틀림없다. 그렇다고 그녀가 해명하는 일은 결코 없을 것이다. 그 누구도 설명해 주지 않을 것이다. 나는 항상 혼자 지레짐작을 해야 한다. 그러고 나자 그것도 지루해졌다. 그녀가 그렇게 한 것은 아무래도 '나는 어떻게 위험을 넘겼나. 본사 특파원.' 등 신문의 긴박함이 가장 큰 이유였을 것이다.

나는 전보를 다시 접고 공무원 친구와 헤어졌다. 미리 배고픔에 대한 걱정을 하고 싶지도 않았지만 내 신변의 안전 또한 별로 걱정하고 있지 않다. 스머츠는 혁명을 처리할 능력이 충분하다. 하지만 술 한 잔 때문에 많은 돈을 퍼부을 생각은 없다. 내일 오면서 위스키 한 병 가져오는 센스가 파젯에게 있으려나?

모자를 쓰고 밖으로 나갔다. 기념품 몇 점을 사기 위해서였다. 요하네스버그의 골동품 가게는 꽤 재미있다. 특이하게 생긴 소매 없는 털가죽 외투가 잔뜩 진열된 창문을 들여다보다가 가게 안에서 나오던 어떤 남자와 몸이 부딪혔다. 알고 보니 놀랍게도 레이스였다.

그는 나를 만난 것이 별로 반가운 것 같지 않았다. 아니 사실은 불쾌한 것 같았다. 하지만 나는 굳이 호텔까지 같이 가자고 고집을 부렸다. 같이 잡담할 사람이라곤 페티그루 양뿐이었던 것이다.

"자네가 요하네스버그에 있는 줄은 꿈에도 몰랐군. 언제 도착했소?"

나는 허물없이 말했다.

"어젯밤에."

"어디 묵고 있는 거요?"

"친구들하고 같이."

그는 지극히 말을 아끼기로 작정한 사람 같았으며 내 질문에 당황한 것 같았다.

"그 친구들이 닭이나 칠면조를 챙겨 놓지 않았을까? 갓 낳은 달걀로 요리를 하고 늙은 수탉을 잡았다는 소리가 가장 듣기 좋을 때가 곧 올 거요."

그러고 나서 호텔로 돌아오자마자 그에게 물었다.

"그나저나 베딩펠드 양이 멀쩡하게 살아 있다는 소식을 들었소?"

내 말에 그는 말없이 고개를 끄덕거렸다.

"그 아가씨 때문에 우리 모두 가슴이 철렁 내려앉았잖소. 그날 밤엔 대체 어딜 간 건지, 그것이 알고 싶군."

나는 들뜬 목소리로 수다를 떨었다.

"내내 섬에 있었다고 하더군요."

"어떤 섬? 설마 젊은 사내가 산다는 그 섬은 아니겠지요?"

"맞습니다."

"망측해라. 파젯이 꽤나 놀라겠는걸. 언제나 앤 베딩펠드를 못마땅해했는데. 앤이 원래 더반에서 만나려고 했던 사람이 그 청년이오?"

"그건 아닌 것 같군요."

"마음 내키지 않으면 굳이 얘기하지 않아도 되오."

그를 다독거리듯 이렇게 말했다.

"아무래도 그 청년이 우리가 찾고 싶어 하는 그 사람인 것 같은데."

"설마……?"

순간 나는 흥분해서 외쳤다. 그러자 레이스는 고개를 끄덕였다.

"해리 레이번, 일명 해리 루카스. 그게 진짜 이름이오. 그 녀석이 또다시 우릴 따돌렸지만 곧 잡힐 거요."

"오, 저런, 저런. 앤은 공범은 아닌 것 같은데. 단순한 연애겠지."

나는 언제나 레이스가 앤을 사랑한다고 생각했다. 그의 마지막 어조로 봐서 그것은 더 확실한 것 같았다.

"앤은 베이라로 갔소."

레이스가 허둥지둥 말했다.

"정말이오? 그걸 당신이 어떻게 알고 있소?"

나는 그를 응시하며 물었다.

"불라와요에서 편지를 보냈는데 그렇게 해서 영국으로 돌아갈 거라고 하더군요. 그게 최선이라고 생각하오, 가엾은 아가씨."

"왠지 베이라에 있을 것 같지 않은데."

나는 생각에 잠긴 표정으로 말했다.

"출발하면서 편지를 썼소."

머리가 아팠다. 분명 누군가가 거짓말을 하고 있는 것이다. 나는 앤이 거짓말을 할 만한 충분한 이유가 있을 거라고 생각하면서, 한편으론 레이스를 제압하는 즐거움에 사로잡혀 있었다. 그는 언제나 그렇게 독단적이다. 나는 주머니에서 전보를 꺼내 그에게 건넸다.

"그럼 이건 어떻게 설명할 거요?"

나는 전보를 보여 주며 태연하게 물었다.

레이스는 말문이 막힌 것 같았다.

"베이라로 막 출발한다고 했는데."

그가 멍한 표정으로 말했다.

레이스는 똑똑하단 소리를 듣는 사람이다. 하지만 내가 볼 때 그는 멍청한 사내이다. 여자들이 항상 진실을 말하지 않는다는 것을 이해하지 못하는 것 같다.

"분명히 베이라로 간다고 했는데, 킴벌리에서 뭘 하고 있는 거지?"

그가 혼자 중얼거렸다.

"그래, 나도 놀랐소. 앤 양이 《데일리 버짓》에 보낼 기삿거리를 수집하느라 정신이 없었다는 걸 미리 생각했어야 했는데."

"킴벌리라."

그는 다시 중얼거렸다. 그곳이 아무래도 마음에 걸리는 모양이었다.

"거긴 볼 게 아무것도 없는데, 광산도 문을 닫았고."

"여자들이 다 그렇지요, 뭐."

나도 애매하게 말했다.

그는 고개를 절레절레 흔들더니 가 버렸다. 그러니까 내가 그에게 생각할 거리를 제공한 셈이다.

그가 가고 얼마 안 있어 정부 관리가 다시 나타났다.

"다시 실례하겠습니다, 유스터스 경. 한두 가지 여쭤 볼 게 있습니다."

"괜찮습니다. 물어보시오."

나는 기분 좋게 대꾸했다.

"의원님 비서에 관한 일인데요……."

"그 친구에 대해선 아는 바가 아무것도 없소."

나는 허둥지둥 둘러댔다.

"그 친구는 런던에서 나를 속였고 중요한 문서들을 내게서 훔쳤

소. 이 일은 나중에 반드시 추궁할 거요. 그러곤 케이프타운에서 귀
신같이 사라졌소. 알고 보니 그 친구와 내가 동시에 폭포에 있었더
군요. 하지만 나는 호텔에 있었고 그 친구는 어느 섬에 있었소. 확실
하게 말씀드릴 수 있는 건 거기 있는 동안 한 번도 그 친구를 본 적
이 없다는 거요."

나는 숨을 쉬느라 말을 멈추었다.

"잘못 짚으셨습니다. 제가 지금 말씀드리는 것은 다른 비서입니
다."

"뭐라고요? 파젯이?"

나는 깜짝 놀라 외마디 소리를 지르고 나서 물었다.

"그 친구는 나와 8년이나 같이 일했소. 가장 믿을 만한 친구요."

그러자 그는 미소를 지으며 말했다.

"여전히 빗나갔군요. 제 말은 여비서 말입니다."

"페티그루 양 말이오?"

"예, 그녀가 아그라사토의 원주민 골동품 가게에서 나오는 것이
목격되었습니다."

"하느님, 맙소사! 오늘 오후에 나도 거길 갔소만. 그럼 나도 보셨
겠군요."

요하네스버그에선 의심을 받지 않고 할 수 있는 일이 한 가지도
없는 것 같았다.

"하지만 그녀는 한 번만 목격된 것이 아닙니다. 그것도 아주 의심
스러운 상황에서요. 믿고 드리는 말씀이지만 그 가게는 이 혁명을

뒤에서 조종하는 비밀 조직들이 이용하는 유명한 랑데부 장소로 의심을 받는 곳입니다. 그래서 이 여비서에 대해 말씀을 듣고 싶은 겁니다. 어디서 어떻게 그 여자를 채용하게 되셨나요?"

"추천을 받았소. 바로 당신네 정부로부터."

나는 차갑게 대답했다. 그리고 맥없이 무너졌다.

30장

(앤의 서술 요약문)

킴벌리에 도착하자마자 나는 수잰에게 전보를 보냈다. 그녀는 번개같이 날아왔다. 오는 도중에 자신의 도착을 전보로 알리면서 말이다. 나는 그녀가 정말 좋아하는 것을 보고 적잖이 놀랐다. 그저 내가 새로운 감동이려니 생각했지만 그녀는 만나자마자 내 목을 얼싸안고 훌쩍거렸다.

감정이 조금 수습되자 나는 침대에 걸터앉아 처음부터 끝까지 있었던 모든 일을 하나도 남김없이 들려주었다.

내 말이 끝나자 그녀는 생각에 잠겨 말했다.

"앤은 늘 레이스 대령을 의심했잖아. 사실 자기가 실종되기 전까지 난 그 말을 믿지 않았어. 내내 그 사람이 너무나도 마음에 들었고 자기의 남편감으로 그만이라고 생각했어. 앤, 기분 나쁘게 생각하지 마. 앤이 말하는 그 청년이 진실을 말하고 있는지, 그걸 어떻게 알아? 지금 그 사람이 하는 말을 전부 믿고 있잖아."

"당연하죠."

나는 버럭 화를 내며 말했다.

"대체 그 사람의 어디가 그렇게 좋아? 대책 없이 잘생긴 외모하고 현대적인 섹시함 빼면 볼 것도 없던데."

한동안 나는 수잰에게 울분을 토해 냈다.

"수잰은 세상 걱정 없는 유부녀에다 나날이 살이 찌고 있기 때문에 낭만 같은 것이 존재한다는 걸 잊어버렸다고요."

"어머, 앤, 내가 무슨 살이 찌고 있다고 그래. 요즘 자기 걱정하느라 얼마나 빠졌는지 알아."

"더 좋아 보이시는데요. 고기 한 근은 족히 더 붙으신 것 같네요."

나는 쌀쌀맞게 대답했다.

"그동안 내가 그렇게 마음 편한 유부녀인 줄도 몰랐네."

수잰은 서글픈 목소리로 덧붙였다.

"클래런스가 최후통첩 같은 전보를 계속 보내고 있어. 당장 집으로 돌아오라는 거야. 난 결국 답장을 못 보냈어. 벌써 2주일째 연락 두절이야."

유감이긴 하지만 나는 수잰의 부부 문제를 진지하게 받아들이지 않았다. 때가 되면 수잰은 남편을 잘 구워삶을 수 있을 것이다. 나는 화제를 다이아몬드로 돌렸다.

수잰은 넋 나간 표정으로 나를 빤히 쳐다보았다.

"내가 설명할게, 앤. 레이스 대령을 의심하게 되니까 갑자기 다이아몬드 때문에 걱정이 돼서 살 수가 있어야지. 레이스 대령이 혹시 앤을 가까운 곳으로 납치했을지도 몰라 호텔에 있고 싶었는데 다이아몬드를 어떻게 해야 할지 모르겠더라고. 그걸 가지고 있다는 게 겁이 났어…….”

수잰은 벽에 귀라도 달린 듯 불안하게 사방을 둘러보았다. 그러곤 내 귀에 대고 소곤거렸다.

“아주 좋은 생각이에요. 당장은 그렇게 해야 해요. 지금은 좀 위험하거든요. 그런데 유스터스 경은 상자들을 어떻게 했대요?”

“큰 것들은 케이프타운으로 보냈어. 폭포를 떠나기 전에 파젯에게 들었는데 보관증을 동봉했다는군. 그는 오늘 케이프타운을 떠나서 요하네스버그로 오고 있어. 유스터스 경과 합류하려고.”

“그렇군요. 그럼 작은 상자들은요? 그것들은 지금 어디 있어요?”

생각에 잠긴 채 물었다.

“유스터스 경이 가지고 있을걸.”

나는 머릿속으로 그 문제를 요모조모 따져보았다.

“성가시군요. 하지만 그게 안전해요. 당장은 손 놓고 가만히 있는 게 더 나아요.”

수잰은 살짝 미소를 지으며 나를 쳐다보았다.

“앤은 손 놓고 기다리고만 있는 거 싫어하잖아?”

“그다지 싫어하진 않아요.”

솔직한 대답이었다.

내가 해야 할 일은 시간표를 구해 가이 파젯이 탄 기차가 몇 시에 킴벌리를 통과하는지 알아내는 것이다. 알아보니 기차는 다음 날 오후 5시 40분에 도착할 예정이었다. 나는 가급적 빨리 파젯을 보고 싶었고, 이번이 좋은 기회 같았다. 랜드에서의 상황이 점점 심각해지고 있어 이번 기회가 아니면 언제가 될지 알 수 없었다.

기분 좋은 일은 요하네스버그에서 전보가 도착했다는 사실이다. 지극히 평범한 내용의 전보였다.

무사히 도착. 별일 없음. 에릭과 유스터스는 여기 있지만 가이는 없음. 현재 있는 곳에 그대로 있을 것. 앤디가.

에릭은 우리가 정한 레이스의 가명이었다. 그 이름을 선택한 이유는 내가 지독하게 싫어하는 이름이기 때문이다. 파젯을 만나기 전에는 할 일이 전혀 없었다. 수잰은 멀리 있는 클래런스를 달래기 위해 긴 전보를 보내느라 바빴다. 그녀는 남편에 대해 꽤나 감상적이 되어 있었다. 물론 나와 해리와는 다르지만 나름대로 클래런스를 좋아하고 있었다.

"그 사람이 여기 있으면 좋겠어, 앤. 못 본 지가 너무 오래됐어."

그녀는 눈물을 삼키며 말했다.

"얼굴 화장 크림 좀 발라요."

내가 달래듯이 말하자 수잰은 매력적인 콧등을 살짝 문질렀다.

"금방 바를 거야. 그런데 파리에선 이런 크림밖에 없어."

그녀는 한숨을 쉬더니 읊조렸다.

"파리!"

"수잰, 남아프리카 크림과 모험을 실컷 즐길 텐데요, 뭘."

"정말 멋진 모자 하나 있었으면 좋겠어. 내일 함께 가이 파젯을 만나러 갈까?"

"혼자 가고 싶어요. 우리 두 사람이 함께 가면 주눅이 들 거예요."

이렇게 해서 나는 다음 날 오후 호텔 입구에 서서 아무리 해도 펴지지 않는 양산과 씨름하고 있었다. 수잰은 책과 과일 바구니를 끼고 편안하게 침대에 누워 있었다.

호텔 짐꾼에 따르면 기차는 오늘 모든 것이 정상인만큼 제시간에 도착할 테지만 요하네스버그를 통과할 수 있을지 지극히 회의적이었다. 그는 철로가 폭파되었다고 진지하게 말해 주었다. 그의 말은 참으로 기분 좋게 들렸다.

기차는 10분 늦게 도착했다. 모두가 쏟아져 나오자 플랫폼은 오가는 사람들로 북새통을 이루었다. 나는 어렵지 않게 파젯을 찾아 부지런히 다가가 말을 걸었다. 그는 나를 보자 예의 그 불안한 표정을 지으며 움찔했다. 이번에는 그런 표정이 더욱 두드러졌다.

"어이쿠, 저런, 베딩펠드 양께서 실종됐다고 알고 있었습니다."

"다시 나타났어요. 그간 안녕하셨어요, 파젯 씨?"

"저야 안녕하죠, 감사합니다. 유스터스 경과 다시 일을 시작하려고요."

"파젯 씨, 여쭤 보고 싶은 게 있어요. 기분 나쁘게 생각하지 말아 주세요. 워낙 중요한 일이라서요. 혹시 지난 1월 8일 말로에서 뭘 하고 계셨는지 알고 싶어요."

그는 소스라치게 놀랐다.

"아니, 베딩펠드 양…… 저는 사실……."

"그때 거기 계셨죠, 그렇죠?"

"저는…… 제 개인적인 일로 그 근처에 있었습니다, 그렇습니다."

"그게 무슨 일이었는지 말씀해 주실 수 있나요?"

"유스터스 경께서 이미 말씀드리지 않으셨습니까?"

"유스터스 경이오? 그분이 알고 계신가요?"

"알고 계신 걸로 아는데요. 저를 못 알아보셨으면 했는데 넌지시 비치신 말씀으로 미루어 알고 계신 줄 알았습니다. 어쨌든 저는 처음부터 끝까지 다 털어놓고 사직할 작정이었습니다. 의원님은 아주 특이한 분입니다, 베딩펠드 양. 유머 감각도 변태적이시고요. 제가 당황해하는 걸 즐기시는 것 같습니다. 감히 말씀드리자면 언제나 사실을 정확히 꿰뚫고 계시는 분이지요. 지금까지의 일을 모두 알고 계실 겁니다."

나는 언제인지 모르겠지만 파젯이 하는 말을 전부 이해할 수 있는 날이 오리라고 믿었다. 그는 이야기를 술술 풀어 나갔다.

"유스터스 경과 같은 지위에 계신 분이 저 같은 사람의 입장을 이해한다는 건 어려운 일이지요. 제가 잘못했다는 것도 압니다만 그건 선의의 거짓말이었어요. 그분의 입장에선 농담으로 돌려 말하느니 단도직입적으로 말하는 것이 더 좋았을 것 같습니다."

기차가 기적을 울렸고 사람들은 다시 기차로 몰려들기 시작했다.

"그래요, 파젯 씨, 유스터스 경에 대해 말씀하신 것에 전적으로 동의해요. 그런데 말로엔 왜 가신 거죠?"

"그건 제 잘못입니다만 그 상황에선 어쩔 수가 없었습니다…… 그래요, 전 아직도 그런 상황에선 어쩔 수가 없었다고 생각합니다."

"어떤 상황인데요?"

나는 필사적으로 매달렸다.

파젯은 처음으로 내가 질문을 하고 있다는 것을 깨달은 것 같았다. 그는 비로소 유스터스 경의 독특함을 설명하고 자신을 변명하는 일에서 벗어나 내게 시선을 주었다.

"죄송합니다, 베딩펠드 양, 뭘 알고 싶다고 하셨죠?"

그는 다시 기차에 올라 내게 말을 하려고 구부정하게 상체를 내밀었다. 나는 절망감을 느꼈다. 이런 남자와 무슨 말을 할 수 있단 말인가.

"너무 끔찍해서 제게 말씀하기도 민망하실 텐데요……."

나는 참지 못하고 독살맞게 말했다.

마침내 내가 단도직입적으로 묻자 파젯은 몸이 굳어지면서 얼굴을 붉혔다.

"끔찍해요? 민망해요? 무슨 말씀이신지."

"속 시원히 말씀해 주세요."

그는 세 마디로 짧게 설명했다. 결국 나는 파젯의 비밀을 알고 말았다! 그것은 내가 기대했던 것과는 정반대였다.

나는 천천히 호텔로 걸음을 옮겼다. 내게 전보 한 통이 와 있었다.

나는 그것을 펼쳐 보았다. 거기엔 당장 요하네스버그로, 아니면 요하네스버그의 한 역으로 가라는 지시가 분명하게 적혀 있었다. 그곳에 가면 자동차 한 대가 나를 기다리고 있을 거라고 했다. 이번에는 앤디가 아니라 해리란 이름으로 서명되어 있었다.

나는 의자에 몸을 파묻고 앉아 깊은 생각에 잠겼다.

31장

(유스터스 페들러 경의 일기 발췌문)

3월 7일 요하네스버그.

파젯이 도착했다. 그는 잔뜩 겁에 질려 있었다. 그러면서 지금 당장 프리토리아로 가야 한다고 했다. 내가 단호하면서도 부드럽게 우리는 여기 있을 거라고 말하자 그는 극단적인 반응을 보였다. 라이플이라도 있으면 세계 대전 때 그가 지켰던 다리라도 돌파할 기세였다. 리틀푸드콤비 교차로의 철도 다리나 뭐 그 비슷한 거라도 말이다.

나는 대형 타자기를 싼 짐을 풀라고 호령하며 당장에 그 기세를 꺾어 놓았다. 그래야 그를 당분간 붙잡아 놓으리라는 계산에서였다. 타자기는 고장 난 것이 분명했고 그래야 그가 어딘가 가서 고쳐 올 것이기 때문이었다. 하지만 나는 파젯이 옳다는 것을 잊고 있었다.

"짐은 벌써 다 풀었습니다, 의원님. 그리고 타자기는 말짱하더군

326

요."

"짐을 다 푼다니 그게 무슨 소린가?"

"작은 상자 두 개 말입니다."

"왜 그리 오지랖이 넓은가. 그 작은 상자들은 자네가 신경 쓸 게 아냐. 블레어 부인의 것이란 말이야."

파젯은 맥이 빠진 것 같았다. 실수하는 것을 견디지 못하는 성격이었다.

"그럼 다시 말끔하게 싸 놓게나. 그런 다음 밖으로 나가서 구경이나 하게. 내일은 요하네스버그가 잿더미가 될 테니 오늘이 마지막 기회야."

그래야만 오전이라도 그에게서 벗어날 수 있을 것 같았다.

"한가하실 때 드릴 말씀이 있습니다, 의원님."

"지금은 한가하지가 않아. 당장은 절대 한가하지 않네."

이렇게 황급히 둘러대자 파젯은 물러가려고 했다.

"그나저나 블레어 부인의 상자엔 뭐가 들어 있던가?"

나는 그의 등 뒤에 대고 소리쳤다.

"모피로 된 카펫과 모피 두어 장…… 모자, 그런 것들이 있던 것 같습니다."

"그래, 맞았어. 블레어 부인이 기차에서 산 것들이지. 일종의 모자야. 자네가 못 알아보는 것도 당연해. 그중 하나는 애스콧 경마장에서 쓸 거라네. 또 뭐가 있던가?"

"필름통도 몇 개 있었고 바구니도 있고…… 그런데 바구니가 아주 많았습니다……."

"그럴 거야. 블레어 부인은 뭐든 사면 한 다스를 사야 직성이 풀린다니까."

"그게 전부인 것 같습니다, 의원님. 참, 잡동사니들이랑 자동차 덮개와 이상한 장갑, 뭐 그런 것들도 있었습니다."

"자네가 선천적으로 머리 나쁜 사람이 아니라면 그것들이 내 물건이 아니라는 건 처음부터 알아봤어야지."

"몇 가지는 페티그루 양의 것인 줄 알았습니다."

"아하, 그러고 보니 생각나는데…… 그렇게 의심스러운 인물을 비서로 추천한 자네의 의도가 대체 뭔가?"

나는 주도면밀하게 반대 신문을 시도했으나 이내 미안한 마음이 들었다. 그의 눈이 반짝이는 것을 보았던 것이다. 그것은 내가 너무나 잘 아는 표정이었다. 나는 서둘러 화제를 바꾸었다. 하지만 이미 늦었다. 파젯이 반격을 시도해 왔던 것이다.

그는 킬모든 호에 관한 장황하고 두서없는 이야기로 나를 지겹게 만들었다. 그것은 필름통과 내기에 관한 것이었다. 한밤중에 어느 승무원이 현창으로 밀어 넣은 필름통 말이다. 난 소란스러운 장난은 딱 질색이다. 파젯에게 그렇게 말하자 그는 그 이야기를 처음부터 다시 꺼냈다. 어쨌든 그는 워낙 말솜씨가 없다. 그 이야기를 이해하기까지는 오랜 시간이 걸렸다.

나는 점심시간까지 그를 다시 보지 못했다. 그는 무슨 냄새를 맡은 블러드하운드처럼 잔뜩 흥분한 얼굴로 돌아왔다. 나는 블러드하운드가 싫다. 결론은 그가 레이번을 봤다는 거였다.

"뭐라고?"

나는 깜짝 놀라 소리쳤다.

그랬다, 파젯은 레이번과 똑같이 생긴 남자가 길을 건너는 것을 보았고 그 뒤를 미행했다는 것이다.

"그런데 그 친구가 걸음을 멈추고 누구와 얘기한 줄 아십니까? 페티그루 양입니다."

"뭐라고?"

"예, 의원님. 그리고 그게 전부가 아닙니다. 제가 페티그루 양에 대해 조사를 했습니다."

"잠깐, 레이번은 어떻게 됐나?"

"그 친구와 페티그루 양이 모퉁이 골동품 가게로 들어갔습니다……."

나도 모르게 감탄사를 외쳤다. 그러자 파젯은 의아한 표정으로 말을 멈추었다.

"아무것도 아냐. 계속하게."

"밖에서 무한정 기다렸는데…… 나오질 않더군요. 결국 제가 들어갔지요. 의원님, 가게에는 아무도 없었습니다. 다른 출구가 있었던 거지요."

나는 그를 빤히 쳐다보았다.

"말씀드렸듯이 저는 호텔로 돌아와서 페티그루 양에 대해 조사해 봤습니다."

파젯은 기밀 사항을 말할 때면 늘 그렇듯 목소리를 낮추고 숨을
거칠게 몰아쉬었다.

"의원님, 어젯밤에 어떤 남자가 페티그루 양의 방에서 나왔습니
다."

그 말을 듣고 나는 미간을 찌푸렸다.

"페티그루 양을 언제나 요조숙녀로 존중해 줬는데."

기분 나쁘다는 듯이 중얼거렸지만 파젯은 개의치 않고 계속해서
말했다.

"저는 곧장 들어가 그녀의 방을 뒤졌습니다. 제가 뭘 발견한 줄
아십니까?"

나는 고개를 흔들었다.

"바로 이겁니다!"

파젯은 안전면도기와 면도용 비누를 번쩍 들어 보였다.

"여자가 이게 어디에 필요하겠습니까?"

파젯은 상류층 숙녀들의 신문에 난 광고를 본 적이 없는 것 같았
다. 나는 본 적이 있다. 그 문제를 놓고 언쟁을 벌이는 대신, 나는 면
도기를 페티그루 양의 성별을 결정짓는 증거로 받아들이지 않았다.
파젯은 구제불능일 만큼 시대에 뒤처져 있었다. 그가 자신의 이론
을 뒷받침하기 위해 담배 케이스를 제시한다고 해도 나는 눈 하나
깜짝하지 않을 것이다. 그렇지만 파젯도 한계가 있었다.

"납득을 못 하시는군요, 의원님. 이번에는 아무 말씀도 못 하실 겁
니다."

나는 그가 높이 치켜들고 의기양양하게 흔들어 보이는 물건을 자세히 들여다보았다.

"머리카락 같은데."

나는 혐오스럽다는 듯이 말했다.

"예, 머리카락입니다. 이게 바로 가발이라고 하는 물건 같습니다."

"그렇군."

나는 고개를 끄덕이며 맞장구를 쳤다.

"이제 페티그루가 여장 남자라는 걸 믿으시겠습니까?"

"그래, 파젯, 정말 그런 것 같네. 내 진작 발을 보고 알아봤어야 했는데."

"그렇습니다. 그리고 이제 제 개인적인 일을 말씀드렸으면 합니다, 의원님. 피렌체에 가 있는 동안 제게 던지신 힌트와 암시로 미루어 볼 때 의원님께서 저를 본 적이 있으신 게 분명한 것 같습니다."

마침내 파젯이 피렌체에서 무슨 일을 했는지, 그 미스터리가 밝혀지는 순간이다!

"다 털어놓게, 파젯. 다 털어놓는 게 최선이야."

이해할 수 있다는 듯 다정하게 말했다.

"감사합니다, 의원님."

"그게 그녀의 남편인가? 남편이란 참 골치 아픈 존재들이야. 항상 뒤통수를 때린단 말이야."

"무슨 말씀이신지. 남편이라니, 누구 남편……?"

"그 숙녀의 남편 말일세."

"무슨 숙녀?"

"저런, 저런, 자네가 피렌체에서 만났던 그 여자 말일세. 여자가 있었잖아. 제발 기분이 나빠서 어느 이탈리아 놈을 찔러 죽였다거나 교회에 들어가 물건을 훔쳤단 소리는 하지 말게."

"무슨 말씀이신지 도통 못 알아듣겠습니다, 의원님. 지금 농담을 하고 계신 것 같은데……."

"가끔 문제가 생기면 농담도 하지만 이번에는 농담할 기분이 아니네."

"제가 워낙 그럴듯하게 꾸며 의원님께서 못 알아보신 줄 알았습니다."

"자네를 못 알아보다니, 어디서 말인가?"

"말로에서요."

"말로? 말로에서 자네가 무슨 짓을 했는데?"

"다 알고 계신 줄 알았는데……."

"갈수록 오리무중이군. 처음부터 다시 말해 봐. 자네는 피렌체에 간 게 아닌가……."

"그다음엔 모르십니다……. 절 알아보지 못하셨다고요!"

"보아하니 자네는 불필요하게 자신의 약점을 드러내고 있는 것 같군. 스스로를 소심하게 만들고 있어. 하지만 처음부터 끝까지 다 듣고 나면 이해가 더 잘될 것 같은데. 자, 숨을 깊이 들이마시고 다시 얘길해 봐. 자네는 피렌체에 갔지……."

"저는 피렌체에 가지 않았습니다. 말하려는 게 바로 그겁니다."

"그럼, 어딜 간 거야?"

"저는 집에 갔습니다. 말로에요."

"거긴 왜 갔는데?"

"제 아내를 보러 갔습니다. 건강이 나빠져서……."

"자네 아내를? 그럼 자네가 결혼을 했단 말인가?"

"예, 의원님. 그래서 지금 이렇게 말씀드리는 겁니다. 제가 의원님을 속였습니다."

"결혼한 지는 얼마나 됐나?"

"8년 됐습니다. 의원님의 비서로 처음 일을 시작했을 때가 결혼한 지 6개월 됐을 때였습니다. 저는 일자리를 잃고 싶지 않았습니다. 입주 비서는 아내가 없어야 하기 때문에 사실을 숨긴 것입니다."

"나를 정말 놀라게 하는군. 지금까지 자네 아내는 어디에 있었나?"

"말로 강가에 작은 방갈로가 하나 있습니다. 밀하우스와 아주 가깝습니다. 지난 5년 동안 그곳에……."

"하느님 맙소사. 그럼 아이들은?"

"네 명 있습니다."

나는 망연자실하여 그를 멍하니 쳐다보았다. 진작 눈치를 챘어야 했다. 파젯 같은 사람이 무슨 남모르는 죄를 짓겠는가 말이다. 그의 고결한 인격이 내겐 언제나 쥐약이었다. 그것이 그가 숨기고 있던 비밀이었던 것이다. 아내와 네 아이들 말이다.

"다른 사람한테도 이 얘기를 했나?"

한참 동안 망연자실하여 그를 바라보다가 물었다.

"베딩펠드 양에게만 했습니다. 킴벌리 기차역에 나와 있더군요."

나는 여전히 그를 쳐다보고 있었다. 그는 내 시선 때문에 안절부절못했다.

"의원님, 이 일을 너무 불쾌하게 받아들이지 않으셨으면 합니다."

"파젯, 자네가 얼마나 일을 망쳐 놓았는지 말하지 않을 수가 없군."

나는 몹시 심란하여 밖으로 나갔다. 모퉁이 골동품 가게를 지나치는 순간 나는 갑자기 참을 수 없는 유혹에 사로잡혀 가게 안으로 들어갔다. 가게 주인은 두 손을 문지르며 공손하게 물었다.

"뭘 보여 드릴까요? 모피? 골동품?"

"평범하지 않은 것들이면 좋겠소. 특별한 일이 있어서 말이오. 뭘 갖고 계신지 한번 봅시다."

"그럼 뒷방으로 들어오시겠습니까? 거긴 특별한 물건들이 많이 있습니다."

그것이 나의 실수였다. 내 딴에는 머리를 쓴다고 쓴 것이다. 나는 회전식 칸막이 커튼을 열고 그를 따라 들어갔다.

32장

(앤의 서술 요약문)

나는 수잰과 깊은 갈등에 빠졌다. 그녀는 우기고 애원하고 심지어 울기까지 하면서 내 계획을 실행에 옮기는 것을 보류해 달라고 졸랐다. 하지만 나는 결국 내 방식을 고수했다. 그녀는 내 지시를 정확하게 이행하겠다고 약속했으며 내게 눈물의 작별을 고하기 위해 기차역까지 따라 나왔다.

나는 다음 날 아침 일찍 목적지에 도착했다. 까만 턱수염이 짧게 난 네덜란드 남자가 날 기다리고 있었다. 처음 보는 사람이었다. 그가 자동차를 가지고 나왔으므로 우리는 함께 차를 타고 갔다. 멀리서 쿵쿵 하는 소리가 들려왔다. 그게 무슨 소리냐고 묻자 그는 대포 소리라고 짧게 대답했다. 정말로 요하네스버그에선 전쟁이 벌어지고 있었다.

나는 우리의 목적지가 요하네스버그 근교에 있는 어느 곳일 거라고 추측했다. 우리는 고불고불한 길을 돌아 그곳에 도착했으며, 매 순간 대포 소리와 더 가까워지고 있었다. 정말 손에 땀을 쥐게 하는 순간이었다. 마침내 금방이라도 쓰러져 내릴 듯한 어느 건물 앞에 멈추어 섰다. 원주민 소년이 문을 열어 주었다. 나를 태우고 온 사내가 들어가라는 시늉을 했다. 나는 거무죽죽한 정사각형 홀에 어정쩡하게 서 있었다. 사내는 나를 지나 휙 하고 문을 열어젖혔다.

"해리 레이번 씨를 만나러 오신 젊은 아가씨."

그는 이렇게 말하고 나서 큰 소리로 웃었다.

나는 안으로 들어갔다. 방에는 드문드문 가구가 놓여 있었으며 싸구려 담배 냄새가 났다. 책상에는 한 남자가 앉아 무언가를 쓰고 있었다. 그는 고개를 들고 눈썹을 치켜세웠다.

"아니, 이게 누구야, 베딩펠드 양 아닌가!"

"술에 취한 것도 아닌데 사물이 두 개로 보이는군요. 치체스터 씨인가요, 페티그루 양인가요? 두 사람이 정말 똑같이 생겼네요."

"페티그루 양은 잠시 보류 중이오. 페티코트를 벗어 버렸지. 옷도 마찬가지고. 좀 앉겠소?"

나는 침착하게 자리에 앉았다.

"제가 주소를 잘못 찾아온 것 같군요."

"당신이 보기엔 그렇겠지만 사실은 아니오, 베딩펠드 양. 이게 두 번째 함정이니까!"

"제가 경계를 소홀히 했나 보군요."

내가 모든 것을 순순히 받아들이자 오히려 그가 당황한 것 같았다.

"별로 놀라는 기색이 아니군."

그는 냉담하게 말했다.

"제가 과장을 좀 했더니 그게 먹혀든 모양이네요?"

"그럴 리가 있나."

"저의 대고모님께서는 진정한 숙녀는 어떤 일이 있어도 놀라거나 충격을 받지 않아야 한다고 말씀하셨지요. 저는 그분의 교훈을 실천하려고 노력한답니다."

나는 마치 꿈을 꾸듯 중얼거렸다.

치체스터이자 페티그루의 얼굴에서 그의 생각이 적나라하게 읽혀 나는 서둘러 말을 이었다.

"정말 변장의 귀재시군요. 페티그루 양으로 계시는 동안 전혀 눈치채지 못했으니까요. 케이프타운에서 제가 기차에 올랐을 때 페티그루 양이 너무 놀라 연필을 부러뜨렸을 때조차도요."

그 순간 그는 손에 들고 있던 연필로 책상을 세게 톡톡 두드렸다.

"이런 얘기도 나름대로 재밌지만 사업 얘기를 해야겠소. 베딩펠드 양, 내가 왜 당신을 불렀는지 짐작하실 텐데?"

"죄송합니다만 저는 당사자가 아니면 그 누구와도 사업 이야기를 하지 않습니다."

이 말은 고리대금업자의 전단지 광고에서 읽은 것으로 나는 이 말이 마음에 들었다. 이 말은 치체스터이자 페티그루에게도 큰 효과를 발휘했다. 그는 잠시 입을 벌렸다가 다시 닫았다. 나는 생글생글 웃어 보였다.

"그건 제 대고모부님의 좌우명이셨어요."

그리고 잠시 생각에 잠겨 있다가 덧붙였다.

"대고모부님은 놋쇠 침대 장식을 만드셨어요."

나는 치체스터이자 페티그루가 희롱을 당해 본 적이 있는지 의심스러웠다. 그는 그것을 못 견딜 것이다.

"말투가 고약하시군, 젊은 아가씨."

나는 대답 대신에 하품을 했다. 지루해 죽겠다는 것을 암시하는 가벼운 하품이었다.

"빌어먹을······."

그가 화를 내기 시작하자 그의 말을 가로막고 나섰다.

"소리를 질러 좋을 게 없을 텐데요. 여기서 우린 시간만 낭비하고 있는 거예요. 나는 아랫사람과 얘기할 마음이 추호도 없어요. 절 곧장 유스터스 페들러 경에게 데려가셔야 시간과 노력을 아끼실 수 있을 텐데요."

"누구······."

그는 말문이 막힌 것 같았다.

"유스터스 페들러 경 말이에요."

"자, 잠깐······ 실례······."

그는 토끼처럼 화들짝 놀라 자리에서 일어섰다. 나는 그사이에 가방을 열고 정성스럽게 콧등에 분을 찍어 바르고 모자를 매만졌다. 그리고 적이 다시 돌아오기를 참을성 있게 기다렸다.

그는 약간 누그러진 기분으로 다시 돌아왔다.

"이리로 오시겠소, 베딩펠드 양?"

그를 따라서 계단을 올라갔다. 그는 어느 방문 앞에서 노크를 했다. "들어와요."라는 무뚝뚝한 목소리가 안에서 들려왔다. 그가 문을 열고 들어가라는 시늉을 했다.

방으로 들어가자 유스터스 페들러 경이 벌떡 일어나 상냥한 미소를 지으며 내게 인사했다.

"이런, 이런, 앤 양 아니오."

그는 따뜻하게 악수를 나누더니 이내 반갑다는 표정으로 말했다.

"이렇게 만나다니 정말 반갑소. 이리 와 앉으시오. 여행 끝이라 피곤하지 않소? 이렇게 반가울 수가."

그는 나를 마주 보고 여전히 싱글벙글 웃고 있었다. 나는 당황하지 않을 수 없었다. 그의 태도가 너무 자연스러웠던 것이다.

"앤 양은 나를 직접 만나겠다고 고집할 권리가 있지. 밍크스는 머리가 나빠. 배우로서의 소질은 정말 뛰어나지만 머리는 영……. 앤 양이 아래층에서 본 친구가 바로 그 밍크스요."

"아, 그래요?"

나는 힘없이 대답했다.

"자, 그럼, 본론으로 들어갑시다. 앤 양은 내가 '대령'이란 걸 언제부터 알고 있었소?"

"파젯 씨가 칸에 계신 줄 알았던 의원님을 말로에서 봤다고 했을 때부터요."

유스터스 경은 안타까운 표정으로 고개를 끄덕였다.

"그래, 그 멍청이가 일을 망쳐 놨다고 생각했지. 물론 그 친구는 무슨 말인지 알아듣질 못했어. 내가 저를 알아봤는지 못 알아봤는지에만 관심이 있더군. 내가 거기서 뭘 하고 있었는지는 아예 궁금해하지도 않더군. 그것이 바로 불운이었소. 그 친구를 피렌체로 보내면서 나는 니스에 들러 하루나 이틀쯤 머물겠다고 일러두고 아주 신중하게 일을 처리했다오. 그리고 살인 사건이 발각되었을 즈음 나는 다시 칸으로 돌아갔던 거요. 리비에라를 떠났다는 사실을 감쪽같이 숨긴 채 말이오."

그는 여전히 너무 자연스럽고 무덤덤하게 말했다. 나는 이것이 모두 사실이란 것을, 내 앞에 있는 사람이 정말 그 순전한 범죄자인 '대령'이라는 것을 믿기 위해 내 살을 꼬집어 봐야 했다.

"그럼 킬모든 호에서 나를 배 밖으로 밀어 던지려던 사람도 당신이었군요. 그날 밤 파젯이 갑판으로 뒤쫓아 올라갔던 사람도 당신이었나요?"

내 질문에 그는 어깨를 으쓱해 보였다.

"미안하게 생각하오, 앤 양. 정말 미안하오. 난 예나 지금이나 당신을 좋아하오. 하지만 앤 양은 지독한 간섭쟁이요. 건방진 젊은 아가씨 하나 때문에 내 모든 계획을 망칠 순 없었소."

나는 초연하려고 애쓰면서 말했다.

"폭포에서 당신이 꾸민 일은 정말 간교하기 짝이 없었어요. 내가 밖으로 나갔을 때 당신은 어느 모로 보나 호텔에 있었어요. 직접 눈으로 확인했어야 했는데."

"그렇소, 밍크스는 페티그루 양으로서 최고의 성공을 거두었소. 게다가 내 목소리를 아주 그럴듯하게 흉내 낼 수도 있었고."

"그것도 제가 알고 싶은 거였어요."

"그렇소?"

"어떻게 파젯을 부추겨서 페티그루 양을 고용하도록 하신 거죠?"

"아, 그건 아주 간단하오. 그녀는 무역 위원회던가, 광산 위원회던가, 아무튼 그 사무실 앞에서 파젯을 만나 내가 부탁을 했기 때문에 자신을 정부에서 뽑은 사람이라고 소개했답디다. 그는 순진하게 그 말을 아무런 의심도 하지 않고 믿었지."

"아주 솔직하시군요."

나는 그의 표정을 살피며 말했다.

"솔직하지 않을 이유가 없지."

나는 그 말의 어감이 마음에 들지 않았다. 그래서 서둘러 내 나름대로 그 말을 해석해 버렸다.

"의원님은 혁명이 성공할 거라고 생각하시나요? 이미 배수진을 치셨더군요."

"지적인 젊은 여성에게 전혀 어울리지 않는 발언이군. 나는 이 혁명을 믿지 않소. 하루 이틀 더 시간을 끌다가 불명예스럽게 흐지부지 끝날 것이오."

"그게 의원님이 바라는 성공은 아니잖아요?"

나는 불쾌한 목소리로 말했다.

"모든 여자들이 그렇듯이 앤 양도 사업엔 문외한이군. 내가 맡았던 일은 막대한 액수를 받고 폭탄과 무기를 공급하고 사람들의 감정을 자극해서 선동하고, 또 사람들을 철저히 연루시키는 것이었소. 나는 계약을 완벽하게 이행했고 계약금도 모두 받았소. 은퇴하기 전의 마지막 계약이라고 생각하고 모든 일에 특별히 만전을 기울였지. 앤 양이 언급한 배수진을 쳤다는 얘기는 무슨 말인지 잘 모르겠소. 내가 반란군 대장도 아니고. 나야 그저 저명한 영국인 방문객인데, 다만 운이 없어 이상한 골동품 가게에 들어갔다가 예상치도 않았던 걸 봤을 뿐이지. 그래서 그 가엾은 친구가 납치된 것이오. 내일 아니 모레쯤 어디선가 내가 손발이 묶인 채로 발견될지도 모르겠소. 공포와 굶주림에 질린 상태로 말이오."

"호호! 그럼 저는요?"

나는 두려움을 드러내지 않으려고 천천히 물었다.

"바로 그거야. 앤 양은 어떻게 될까? 지금은 내가 여기서 앤 양을 모시고 있지. 옛날 얘기를 다시 꺼내고 싶진 않지만, 여기선 앤 양을 아주 얌전하게 모시고 있소. 다만 문제는 내가 앤 양을 어떻게 하느냐 바로 그거지요. 가장 간단하게 당신을 처리하는 길은…… 덧붙여서 가장 즐겁게 처리하는 길은 나와 결혼하는 것이오. 아시다시피 아내가 남편을 고소할 수는 없지 않겠소. 게다가 젊고 예쁜 아내가 내 손을 잡아 주면서 촉촉한 눈으로 쳐다봐 준다면 얼마나 좋겠소. 날 그렇게 흘겨보지 말아요! 난 앤 양이 무섭소. 내 계획이 마음에 들지 않는 모양이지?"

"마음에 안 들어요."

유스터스 경은 한숨을 내쉬었다.

"유감천만이군! 내가 무슨 불한당도 아닌데. 하긴 이런 일은 흔하지. 소설 속 얘기처럼 앤 양은 다른 사람을 사랑하니까."

"그래요, 다른 사람을 사랑해요."

"나도 생각할 만큼 생각해 봤소……. 처음에는 그 상대가 잘난 척하는 껑다리 레이스인 줄 알았는데, 지금 보니 그날 밤 폭포에서 앤 양을 낚아 올린 그 젊은 영웅인 것 같소. 여자들은 역시 보는 눈이 없어. 그 두 친구는 내 머리의 반도 못 쫓아오는데 말이오. 하긴 나는 진가가 잘 드러나지 않는 그런 사람이지."

나는 그 점에 관해선 그의 말이 옳다고 생각한다. 그가 어떤 사람인지 아무리 잘 알고 있다 해도 그걸 실감하기는 어려웠다. 나를 죽이려고 한 것도 한두 번이 아니었고 그는 내가 모르는 수많은 다른 업적의 주인공이었다. 그런데도 나는 그의 업적을 제대로 평가하지 못하고 있었다. 그저 재미있고 싹싹한 여행의 동반자 이상으로 그를 생각할 수가 없었다. 심지어 그가 두렵다는 생각조차 들지 않았다. 필요하면 나를 잔인하게 살해할 수도 있는 인물이란 것을 잘 알면서도 말이다. 다만 스티븐슨이 쓴 『보물섬』의 외다리 선장이 떠오를 뿐이다. 존 실버는 유스터스 경과 매우 흡사한 인물이다.

이 특별한 인물은 의자에 등을 기대며 말했다.

"자, 자, 유감스럽게도 페들러 부인이 될 마음이 조금도 없는 것 같군. 차선책은 전혀 우아하지 않은데."

순간 역겨운 기분에 사로잡혔다. 물론 나는 아주 큰 위험을 감수하고 있다. 하지만 충분히 그럴 만한 가치가 있는 것 같았다. 내가 계산한 대로 상황이 돌아가 줄 것인가, 아니면 빗나갈 것인가?

"솔직히 말해 난 앤 양이라면 꼼짝 못 하지요. 정말이지 일을 극단으로 몰고 가고 싶지 않소. 자, 처음부터 다 얘기해 보시오. 그러고 나서 어떻게 할 것인지 결정합시다. 단 소설은 쓰지 마시오. 내가 원하는 건 진실, 그것이오."

그 점에 관해 나는 어떤 실수도 하지 않을 것이다. 유스터스 경의 빈틈없는 성격에 대해 이미 존경하고 있는 바였다. 이제 진실, 완전한 진실, 오직 진실만을 밝혀야 할 때이다. 나는 그 어느 것도 빼먹지 않고 처음부터 끝까지, 그러니까 해리가 날 구조한 순간까지 모든 것을 다 털어놓았다. 내가 말을 마치자 그는 수긍한다는 듯 고개를 끄덕였다.

"현명한 아가씨로군. 속 시원히 다 털어놓으셨군. 조금이라도 숨기는 게 있었다면 내가 알아차렸을 것이오. 많은 사람들이 앤 양의 말을 믿지 않을 거요. 특히 처음 부분 말이오. 하지만 나는 믿소. 당신은 충분히 그런 식으로 시작했을 여자니까. 특별한 동기도 없이 당장 모험을 시작하는 그런 여자 말이오. 물론 엄청나게 운이 따라준 건 사실이지만 아무튼 아마추어가 프로를 따라잡으려고 하면 결과는 뻔하지. 난 프로요. 아주 젊었을 때 이 일을 시작했지. 지나고 보니 빨리 부자가 될 수 있는 아주 좋은 방법이었던 것 같소.

나는 항상 상황을 분석한 다음에 철저한 전략을 세우지. 그리고 전략을 실행하는 데 있어 몇 가지 원칙이 있소. 실수를 절대 용납하지 않을 것, 항상 전문가를 고용할 것, 이것이 나의 모토요. 딱 한 번 이것을 어겨 실패한 적이 있었지만…… 나를 대신해 일하는 사람은 그 누구도 신뢰할 수 없소. 나디나는 너무 많은 것을 알고 있었어. 나는 편안한 사람이고 마음도 무르고 성격도 좋은 사람이오. 단 허를 찔리지 않는 한. 하지만 나디나는 내 허를 찌르고 협박했소. 그것도 막 정상에 섰을 때 말이오. 그녀가 죽고 다이아몬드가 내 손에 들어오고 나서야 난 비로소 안전했지. 지금은 내가 실수를 했다는 결론에 이르게 되었소. 처자식을 거느린 그 멍청한 파젯! 그게 내 실수요. 르네상스 시대 이탈리아 독살범의 얼굴에다 빅토리아 시대의 영혼을 가진 그 친구를 고용한 건 유머 감각을 이기지 못한 내 실수였소. 앤 양, 당신에게 주는 교훈이기도 하지. 유머 감각이 넘치면 실수를 하게 되어 있어. 지난 수년 동안 나는 파젯을 내쫓아야 한다는 것을 직감적으로 여러 번 느꼈지만 그 친구가 하도 열심히 일하고 성실해서 쫓아낼 구실을 찾지 못했소. 그러다 보니 일을 되는 대로 내버려 두게 된 것이오.

애기가 빗나갔군. 문제는 당신을 어떻게 하느냐 하는 건데. 모든 것이 분명했지만 한 가지 빠뜨린 게 있소. 지금 그 다이아몬드는 어디 있소?"

"해리 레이번이 가지고 있어요."

유스터스 경의 표정을 살피며 말했다.

그의 얼굴 표정엔 변화가 없었다. 여전히 냉소적이고 기분 좋은 표정이었다.

"음, 내가 원하는 건 그 다이아몬드요."

"그걸 손에 넣긴 힘드실 것 같은데요."

"그럴까? 지금은 가능하리라고 보는데. 난 혐오스러운 일은 딱 질색이지만 이 도시에서 젊은 여자가 죽은 시체로 발견되면 얼마나 끔찍할지 한번 생각해 보는 게 좋을 것 같소. 그런 일을 아주 깔끔하게 처리하는 사내가 아래층에 있소. 당신은 지각 있는 아가씨가 아니오. 내 말을 잘 들으시오. 지금 당장 여기 앉아서 해리 레이번에게 편지를 쓰시오. 다이아몬드를 가지고 이리로 오라고 ……."

"그런 일은 할 수 없어요."

"어른이 말하는 데 끼어들지 말아요. 난 당신과 흥정을 하겠다는 것이오. 다이아몬드와 당신의 목숨을 맞바꾸는 것이지. 그 점에 관해선 실수가 없어야 하오. 당신의 목숨은 전적으로 내 수중에 있으니까."

"그럼 해리는요?"

"젊은 연인들을 갈라 놓을 만큼 나는 무정한 사람이 아니오. 그 친구 역시 자유롭게 살 수 있지. 물론 장차 두 사람이 내 일에 간섭하지 않는다는 조건으로 말이오."

"당신이 그 흥정을 지킨다는 걸 어떻게 믿죠?"

"그런 건 없소, 앤. 당신은 날 믿어야 하고 최선의 상황이 되길 기도할 수밖에 없을 거요. 물론 당신이 영웅적인 기분에 사로잡혀 죽음을 선택한다면 그건 또 다른 문제겠지만."

지금껏 나는 그런 기분에 도취해 있었다. 나는 미끼를 덥석 물지 않을 만큼 신중했다. 그리고 점차 협박과 감언이설에 넘어가 시키는 대로 했다. 나는 유스터스 경이 불러 주는 대로 받아 적었다.

해리에게

이제 모든 어려움을 극복하고 당신의 결백을 증명할 기회가 찾아온 것 같아요. 부탁인데 제가 시키는 대로 하세요. 우선 아그라사토의 골동품 가게로 가서 '특별한 경우를 위한, 평범하지 않은 물건'을 보여 달라고 하세요. 그러면 가게 주인이 뒷방으로 들어오라고 할 거예요. 그 사람을 따라들어 가면 당신을 제게 데려다 줄 심부름꾼이 기다리고 있을 거예요. 그가 하라는 대로 하세요. 다이아몬드를 가져오시는 것, 꼭 명심하시고요. 이 얘기는 아무에게도 하지 마세요.

여기서 유스터스 경이 불러 주기를 멈추었다.

"나머지는 당신의 상상력에 맡기겠소. 단 실수하지 않도록 조심하시오."

"당신의 영원하고 영원한 앤. 이거면 충분해요."

나는 그 말을 그대로 적어 넣었다. 유스터스 경은 편지를 집어 들고 처음부터 읽어 보았다.

"괜찮은 것 같군. 자, 이제 주소를 말해 보시오."

나는 그에게 주소를 불러 주었다. 그것은 돈을 받고 편지와 전보를 받아 주는 작은 가게의 주소였다.

그는 책상 위에 있던 종을 쳤다. 치체스터이자 페티그루, 일명 밍크스가 즉시 나타났다.

"이 편지를 즉시 부치게. 늘 하던 대로."

"알겠습니다, 대령님."

밍크스는 봉투에 적힌 이름을 쳐다보았다. 유스터스 경이 그를
쏘아보았다.

"자네 친구지, 아마?"

"제 친구요?"

밍크스는 깜짝 놀란 것 같았다.

"어제 요하네스버그에서 그 친구와 만나 긴 대화를 나눴지 않나."

"어떤 남자가 와서 대령님과 레이스 대령의 동태를 묻기에 거짓
정보를 주었는걸요."

"아주 잘했군, 아주 잘했어. 내가 오해를 했나 보군."

유스터스 경은 너그럽게 말했다.

나는 방을 나가는 치체스터이자 페티그루를 쳐다볼 수 있었다.
그는 공포에 질린 듯 입술이 새파랗게 변해 있었다. 그가 나가자마
자 유스터스 경은 팔꿈치에 걸쳐 있던 통화관을 들고 말했다.

"슈워츠? 밍크스를 감시해. 내 지시 없인 집 밖으로 나가지 못하
게 해."

그는 통화관을 다시 내려놓았다. 그러곤 눈살을 찌푸리며 테이블
을 가볍게 톡톡 건드렸다.

잠깐 침묵이 흐른 뒤 그에게 말을 건넸다.

"한 가지 여쭤볼 게 있는데요."

"해 보시오. 앤 양은 참 배짱 좋은 아가씨요. 다른 아가씨들 같으면 콧물을 훌쩍거리면서 몸부림을 쳐도 시원찮을 판에 지적인 흥미를 가질 수 있다니."

"해리를 경찰에 넘기지 않고 개인 비서로 채용하신 이유가 뭔가요?"

"난 그 빌어먹을 다이아몬드를 손에 넣어야 했어. 마녀 같은 나디나는 당신의 해리를 이용해 나와 게임을 하고 있었지. 자신이 원하는 액수를 주지 않으면 그 다이아몬드를 해리에게 팔아넘기겠다고 협박했어. 그것이 내가 저지른 또 다른 실수였지……. 원래 그날 나디나가 다이아몬드를 가지고 올 줄 알았거든. 하지만 영리하기 그지없는 그녀는 다이아몬드를 가지고 오지 않았어. 나디나의 남편인 카턴도 죽었고……. 그러니 다이아몬드를 어디에 숨겼는지 알 수가 있어야지. 그래서 킬모든 호에 탄 누군가가 나디나에게 전달할 무선 메시지 사본을 입수하고자 했던 것이오. 그 전달자가 카턴이건 레이번이건 간에 말이오. 앤 양이 주운 쪽지가 바로 그거였소. '17 121'. 나는 그것이 레이번과의 약속 날짜일 것이라고 추측했는데 그가 킬모든 호에 타지 못해 안달하는 것을 보고 내 추측이 옳다고 확신했소. 그래서 그의 말에 넘어가는 체하면서 배에 타게 했던 것이오. 그렇게 한다면 그 친구의 일거수일투족을 감시하고 더 많은 것을 캐낼 수 있을 것 같았소. 그런데 밍크스가 단독으로 나서 날 방해하고 있다는 것을 알았소. 나는 당장 그를 제지했고 그는 내 수하에 들어왔소. 17호실을 확보하지 못해 애석했고 당신을 채용할 수 없었던 것도 불안했지. 난 당신이 무고한 아가씨인지 아닌지가 궁금했소. 그날 밤 레이번이 약속 장소로 가려고 했을 때 밍크스는 그를 방해하라는 명령을 받은 상태였소. 물론 밍크스가 놓치긴 했지만."

"그런데 무선 메시지는 왜 '71'이라고 하지 않고 '17'이라고 했을까요?"

"나도 그 생각을 해 봤소. 카턴은 무선 교환원에게 자신의 메모를 베껴 쓰게 해 놓고선 막상 다시 읽어 볼 수가 없었던 거요. 교환원은 우리 모두가 저지른 것과 똑같은 실수를 저질러서 '1. 71. 22'가 아니라 '17. 1. 22'라고 적은 것이고. 밍크스가 어떻게 17호실로 가려고 했는지 그건 나도 모르는 바요. 아마 직감적으로 그랬을 것이오."

"그럼 스머츠 장군에게 발송하는 문서는요? 누가 그걸 바꿔치기한 거죠?"

"앤, 내가 아무 노력도 하지 않고 그 많은 계획들을 다 누설하도록 할 것 같소? 비서가 도주한 살인범인 마당에 무엇인들 백지로 못 바꾸겠소. 그렇다고 불쌍하고 늙은 페들러를 의심할 사람은 아무도 없었을 거요."

"그럼 레이스 대령은요?"

"그래, 눈엣가시였어. 그 친구가 비밀 첩보원이라고 파젯이 귀띔해 주었을 때 순간 불쾌했소. 전쟁이 터졌을 당시에도 그 친구는 파리에서 나디나 주변을 서성거린 적이 있었지. 그래서 그가 날 쫓고 있다는 아주 불쾌한 느낌을 받고 있었소. 그 후로도 그가 나와 얽히는 것이 영 못마땅했어. 그는 소매 속에 무언가를 감추고 다니는 말도 없고 강고한 그런 친구요."

그때 삐 하고 호각 소리가 났다. 유스터스 경은 통화관을 집어 들더니 잠시 듣고 있다가 대답했다.

"잘했어. 데리고 와."

"사업 얘기요. 자, 앤 양의 방을 안내해 드리겠소."

그는 작고 허름한 방으로 나를 안내했고 한 원주민 소년이 자그마한 내 트렁크를 가져왔다. 유스터스 경은 필요한 것이 있으면 뭐든 얘기하라고 했다. 그리고 물러갔다. 세면대 위에는 더운 물이 든 깡통이 하나 있었다. 나는 몇 가지 필요한 짐을 풀기 시작했다. 그러다가 세면도구 주머니에 무언가 딱딱하고 낯선 물건이 들어 있어서 깜짝 놀랐다. 끈을 풀고 안을 들여다보았다.

놀랍게도 내가 꺼낸 물건은 손잡이에 진주가 박힌 소형 권총이었다. 킴벌리를 출발했을 때는 없었던 물건이다. 나는 그것을 몹시 조심스럽게 들여다보았다. 탄알이 장전되어 있었다.

나는 익숙한 느낌으로 이리저리 그 권총을 만져 보았다. 이런 집에서는 아주 유용한 물건이었다. 하지만 이런 권총을 넣고 다니기에는 최신식 옷이 불편하기 짝이 없었다. 결국 스타킹 속으로 권총을 조심스럽게 밀어 넣었다. 권총은 불룩하게 튀어나와 움직일 때마다 내 다리를 쏠 것 같았지만 딱히 그곳 말고는 감출 만한 곳이 없었다.

33장

유스터스 경이 다시 나를 부른 것은 오후 늦게였다. 오전 11시에 차와 푸짐한 점심이 직접 방으로 배달되었고, 나는 앞으로의 싸움을 위해 부지런히 체력을 보강해 두었다.

유스터스 경은 혼자 있었다. 그는 방을 오락가락 서성대고 있었으며, 눈가에는 미광마저 번득이며 불안한 기색을 감추지 못했다. 하지만 무언가에 의기양양해하고 있었다. 나를 대하는 태도도 미묘하게 달라져 있었다.

"새로운 소식이 있소. 앤 양의 애인이 이리로 오는 중이오. 잠시 후면 도착할 거요. 한 가지 더 얘기할 게 있소. 당신은 오늘 아침에 날 속이려 들었소. 현명하게 진실만을 말하라고 경고했는데도 말이오. 물론 어느 선까지는 내가 시키는 대로 했지만 그러다가 탈선했소. 당신은 다이아몬드가 해리의 손에 있다고 했소. 그땐 그 말을 그냥 받아들였지. 일을 쉽게 하기 위해서였소. 해리 레이번을 이리로 유인하는 일을 말하는 거요. 하지만 다이아몬드는 폭포를 떠난 이후로 죽 내 손에 있었소. 어제야 그 사실을 알게 되었지만."

"알고 있었군요!"

나는 숨을 몰아쉬고 나서 말했다.

"그걸 밝혀 준 것이 파젯이란 말을 들으면 앤 양도 놀라겠지. 그 친구는 계속 내기 얘기와 필름통 얘기를 장황하게 늘어놓더군. 그 두 가지를 한데 연결시키는 일은 별로 어렵지 않았소. 블레어 부인이 레이스 대령을 못 미더워하던 일, 흥분하던 일, 또 기념품 산 것을 맡아 달라고 애원하던 일 말이오. 그런데 부지런한 파젯이 열성이 지나쳐서 벌써 상자들을 풀었지 뭐요. 호텔을 떠나기 전에 나는 필름통들을 모두 내 주머니에 넣어 두었소. 지금도 내 주머니 속에 들어 있지. 아직 열어 볼 시간은 없었지만 그중 하나는 다른 통들과 무게가 아주 다르더군. 덜거덕거리는 소리도 나고 입구를 아교풀로 붙여 놔서 아무래도 깡통 따개로 열어야 할 것 같소. 더 따질 것도 없을 것 같은데, 안 그렇소? 이제 보다시피 두 사람은 내 올가미에 단단히 걸렸소……. 페들러 부인이 되어 달라는 부탁을 거절하다니, 정말 유감이군."

나는 아무 말도 하지 않았다. 그냥 선 채로 그를 노려볼 뿐이었다.

계단에서 발걸음 소리가 들리고 문이 열렸다. 해리 레이번이 두 남자 사이에 끼어 방으로 끌려들어 왔다. 유스터스 경은 의기양양한 표정으로 나를 쳐다보았다.

"이게 무슨 뜻이야?"

해리가 거칠게 소리쳤다.

"당신이 내 집으로 걸어들어 왔다는 뜻이오. 파리가 거미에게 제 발로 온 셈이지."

유스터스 경은 아주 익살맞게 말했다.

"오, 레이번, 자넨 정말 운이 없군."

"이런 얘긴 없었잖아, 앤."

"그녀를 나무라지 말게, 레이번. 그 편지는 내가 받아 적게 한 거야. 이 숙녀분은 어쩔 수가 없었다네. 더 현명했다면 그런 편지를 쓰지 않았겠지만 그땐 내가 입을 다물고 있었거든. 자넨 앤 양이 시키는 대로 골동품 가게에 갔고 그 뒷방에서 비밀 통로를 통해 옮겨졌어. 그리고 깨어나 보니 적의 수중에 들어온 거지."

해리는 말없이 나를 쳐다보았다. 나는 그 시선의 의미를 깨닫고 유스터스 경에게 더 가까이 다가갔다.

"그래. 자네는 지독히 운이 없어! 이번이…… 그래, 세 번째 만남이군."

"그래. 이번이 세 번째 만남이야. 두 번째는 당신이 내 말을 믿었지……. 세 번째에 운이 바뀐다는 소린 못 들어 봤나? 이번에는 내 차례야……. 저자를 덮쳐, 앤."

나는 만반의 준비가 되어 있었다. 순식간에 스타킹에 꽂혀 있던 권총을 뽑아 들고 유스터스 경의 머리를 겨누었다. 해리를 지키고 있던 두 사내가 앞으로 튀어나왔지만 그의 목소리가 그들을 붙잡아

세웠다.

"한 발자국만 더 움직이면 '대령'은 죽는다! 저자들이 더 가까이 오면 방아쇠를 당겨요, 앤. 망설이지 말고."

"알았어요. 지금이라도 방아쇠를 당길까 봐 오히려 겁이 나는데요."

나는 쾌활하게 대답했다.

유스터스 경 역시 나와 두려움을 공유하고 있었던 것 같다. 그는 분명 벌벌 떨고 있었다.

"꼼짝 말고 있어."

유스터스 경이 명령하자 사내들은 시키는 대로 했다.

"밖으로 나가라고 하시오."

해리의 말에 유스터스 경이 나가라는 지시를 내렸고 사내들이 밖으로 나가자 해리는 문의 빗장을 질러 잠갔다.

"이제 얘기를 할 수 있겠군."

해리는 험악하게 말하면서 방을 가로질러 다가와 내 손에서 권총을 낚아챘다.

유스터스 경은 안도의 한숨을 내쉬며 손수건으로 이마를 문질렀다.

"내 건강이 정상은 아냐. 아무래도 심장이 너무 약한 것 같아. 권총이 전문가의 손에 들어가서 천만다행이군. 앤 양이 들고 있는 게 영 미덥지 못했는데. 자, 젊은 친구, 이제 자네 말대로 얘기를 할 수 있겠군. 이번엔 자네가 판을 뒤집었어. 그 권총은 대체 어디서 튀어나온 거야? 앤 양이 도착했을 때 분명히 짐 검사를 했는데 말이야. 대체 어디서 그걸 만들어 낸 거요? 방금만 해도 권총이 없었는데?"

"아뇨, 있었어요. 스타킹 속에 숨기고 있었어요."

"내가 여자들에 대해서는 아직도 잘 모르고 있군. 더 연구를 해야겠어. 혹시 파젯은 알고 있었을까?"

유스터스 경이 안타까운 어조로 말했다.

그러자 해리가 쾅 하고 책상을 내리쳤다.

"어수룩한 척하지 마시오. 당신의 그 희끗한 머리만 아니면 당장 창문 밖으로 집어던졌을 거야. 불한당 같으니! 희끗한 머리…… 나는……."

그가 한두 발자국 앞으로 나왔고, 유스터스 경은 책상 뒤로 물러나더니 나무라듯 말했다.

"젊은이들은 언제 봐도 너무 과격해. 머리를 쓸 줄 모르고 자기들 힘만 믿지. 이성적으로 얘기를 해 보세. 일단 자네가 유리한 입장이지만 그건 오래가지 않아. 이 집엔 내 부하들이 득실거리고 있어. 자네들은 숫자상으로 가망이 없어. 일시적으로 패권을 잡은 것뿐이라고……."

"과연 그럴까?"

해리의 목소리에서 느껴지는 조롱 어린 험악함이 유스터스 경의 주의를 흐트러뜨린 것 같았다. 그는 해리를 가만히 응시했다.

"정말 그럴까? 일단 앉으시오, 유스터스 경. 그리고 내가 하는 말을 잘 들으시오."

여전히 권총을 겨눈 채로 그가 덧붙였다.

"이번에는 당신에게 불리한 패가 나왔소. 저 소리가 들리시오!"

문 밑에서 쾅 하는 둔탁한 포성이 들려왔다. 그리고 외침과 욕설에 이어 발포 소리가 들려왔다. 유스터스 경의 얼굴에서 핏기가 가셨다.

"저게 뭔가?"

"레이스 대령과 그의 부하들이오. 당신은 몰랐을 거요, 유스터스 경. 앤과 내가 우리만 아는 표시를 했다는 것을. 그 표시를 통해 서로에게 보내는 편지가 진짜인지 가짜인지 알아볼 수 있다는 것을 말이오. 전보에는 '앤디'라는 서명을 하기로 했고, 편지에는 '앤드'라는 글자와 함께 엑스 표시를 하기로 약속했소. 앤은 당신이 보낸 전보가 가짜라는 걸 알고 있었소. 그런데도 굳이 여길 온 것이오. 자기 스스로 올가미에 걸려든 거지. 당신을 함정에 빠뜨리겠다는 기대를 걸고. 킴벌리를 떠나기 전에 앤은 나와 레이스 대령에게 전보를 보냈소. 그 후 블레어 부인은 계속해서 우리와 연락을 취하고 있었소. 나는 당신이 불러 줘서 쓴 편지를 받았는데 내가 기대했던 대로였지. 나는 그 골동품 가게와 연결되는 비밀 통로가 있을 가능성에 대해 레이스 대령과 얘기를 나누었고 그는 이미 출구가 있는 곳을 발견해 놓고 있었소."

비명과 찢어지고 쪼개지는 듯한 소리, 거친 폭발 소리에 집이 흔들렸다.

"이곳에 폭격을 퍼붓고 있군. 당신을 여기서 데리고 나가야겠소, 앤."

환한 빛이 갑자기 확 타올랐다. 반대편 집이 불길에 휩싸인 것이다. 유스터스 경은 벌떡 일어나 앞뒤로 서성거렸다. 해리는 그에게 권총을 들이댔다.

"유스터스 경, 보시다시피 게임은 끝났소. 당신의 소재를 우리에게 친절하게 가르쳐 준 사람은 다름 아닌 당신 자신이었소. 레이스의 부하들이 비밀 통로의 출구를 지키고 있었지. 당신이 아무리 조심했다고 해도 그들은 이곳까지 나를 따라왔을 것이오."

유스터스 경이 갑자기 돌아섰다.

"빈틈이 없으시군, 아주 훌륭해. 하지만 나에게도 아직 할 말이 남아 있다네. 만약 내가 기회를 놓치면 자네도 놓치는 거야. 자넨 나디나를 죽인 죄책감을 나한테 떠넘길 수 없을 걸세. 그날 나는 말로에 있었지만 그게 전부야. 심지어 내가 그녀를 알고 있었다는 걸 증명할 사람조차 없다네. 하지만 자네는 나디나를 알고 있었고, 그녀를 죽일 만한 충분한 동기를 가지고 있었지……. 자네의 전과 기록도 자네에게 불리하게 작용하겠지. 잊지 말게, 자넨 절도범이야, 절도범. 아마 자네가 모르는 게 하나 더 있을걸. 그 다이아몬드는 내가 가지고 있어. 바로 여기……."

그는 믿을 수 없을 만큼 날렵한 동작으로 몸을 웅크린 다음 팔을 들어 무언가를 던졌다. 유리창이 깨지는 소리가 들렸고, 그 물건은 창문을 지나 불이 타고 있는 반대편을 향해 사라졌다.

"킴벌리 사건에서 자네의 결백을 증명해 줄 유일한 희망이 사라지고 있군. 이제 얘기를 좀 할까. 자네와 흥정을 해야겠네. 자네는 날 막다른 골목으로 몰았어. 레이스는 이 집을 뒤져 결국 원하는 것을 모두 찾아내겠지. 만약 도주할 수 있는 기회가 있는데 여기 남아 있으면 난 끝장이야. 그건 자네도 마찬가지야, 해리! 옆방에 채광창이 하나 있다네. 지금 출발하면 난 무사히 도주할 수 있어. 이미 한두 가지 준비도 해 두었다네. 자네가 날 여기서 나가게 해 준다면…… 내가 나디나를 죽였다는 각서를 쓰고 직접 서명해 주겠네."

"그렇게 해요, 해리. 그렇게 해요, 어서요!"

내 간절한 목소리에도 불구하고 그는 단호한 표정으로 나를 돌아다보았다.

"아냐, 앤, 천 번이라도 그건 아냐. 당신은 그게 무슨 뜻인지 모를 거야."

"알아요. 하지만 그래야 모든 게 해결돼요."

"그럼 다시는 레이스를 볼 수 없게 돼. 이 늙은 여우를 도망가게 해 주면 난 지옥에 떨어질 거야. 그건 옳은 일이 아니야, 앤. 그럴 순 없어."

유스터스 경이 키득거리며 웃었다. 그는 무덤덤하게 패배를 받아들였다.

"자, 자, 이제 앤 양이 임자를 만난 것 같군. 자네들에게 해 줄 수 있는 말이 있어……. 청렴결백함이 언제나 보상을 받는 건 아니라는 거."

나무가 와지끈 쪼개지는 소리가 들리고 계단을 올라오는 발걸음 소리가 들렸다. 해리는 빗장을 벗겼다. 레이스 대령이 가장 먼저 방

안으로 들어섰다. 우리를 보자 그의 얼굴이 환해졌다.

"무사했군요, 앤. 걱정 많이 했는데⋯⋯."

이렇게 말하고 나서 그는 유스터스 경을 돌아다보았다.

"자넬 아주 오랫동안 쫓아다녔는데, 드디어 잡았군."

"모두 완전히 맛이 갔군."

유스터스 경은 마치 구원군을 만난 것처럼 반갑게 말했다.

"이 젊은 친구들이 권총으로 나를 협박하고 더없이 충격적인 사건에 대한 죄를 추궁했다네. 그게 무슨 소린지 난 도무지 모르겠어."

"모른다고? 그건 내가 '대령'을 찾았다는 뜻이라네. 지난 1월 8일, 자네가 칸에 있지 않았고 말로에 있었다는 뜻이라네. 자네의 끄나풀인 마담 나디나가 자네를 배신하자 그녀를 제거할 계획을 세웠다는 뜻이란 말일세⋯⋯. 그리고 마침내 자네가 죄책감을 느낄 수 있게 되었다는 뜻이기도 하지."

"그게 사실인가? 그 흥미로운 정보는 누구한테 들은 건가? 아직도 경찰이 찾고 있는 사람한테 들었나? 그렇다면 물증이 중요하겠군."

"우린 다른 증거를 가지고 있다네. 나디나가 밀하우스에서 자네를 만나려고 했다는 것을 알고 있는 사람이 한 사람 더 있지."

유스터스 경은 정말 놀란 것 같았다. 레이스 대령이 손짓을 하자 아서 밍크스, 일명 에드워드 치체스터 목사, 일명 페티그루 양이 안으로 들어왔다. 그는 얼굴이 창백하고 불안해 보였지만 또박또박 말했다.

"저는 나디나가 영국으로 가기 전날 밤 파리에서 그녀를 만났습니다. 그 당시 러시아 백작 행세를 했는데 그녀는 저에게 자신의 목적을 털어놓았습니다. 저는 거래하려는 사람이 어떤 사람인지 잘 알고 있다고 하면서 위험하다고 경고했습니다. 그러나 그녀는 제 충고를 받아들이지 않았습니다. 테이블에 무선 전보 한 장이 놓여 있어서 그 전보를 살짝 엿볼 수 있었습니다. 저는 나중에 그 다이아몬드를 빼내려고 했습니다. 그런데 요하네스버그에서 레이번 씨가 제게 다가와 말을 걸었습니다. 자기편이 되어 달라고 했지요."

유스터스 경이 그를 노려보았다. 아무 말도 하지 않았지만 밍크스는 눈에 띄게 의기소침해졌다.

"쥐들은 가라앉는 배를 떠나는 법이지. 난 쥐를 좋아하지 않아. 해충은 언제든지 박멸해야 돼."

유스터스 경은 모든 걸 포기한 듯 말했다.

"유스터스 경께 한 가지 드릴 말씀이 있어요. 당신이 창밖으로 던진 그 필름통엔 다이아몬드가 들어 있지 않아요. 돌멩이가 들었어요. 다이아몬드는 아주 안전한 곳에 있지요. 사실은 기린 목각의 배 속에 들어 있답니다. 수잰이 기린의 속을 파내고 덜거덕거리지 않게 솜으로 다이아몬드를 싸서 그 안에 안전하게 넣어 두었어요. 그리고 파낸 구멍을 다시 막았지요."

유스터스 경은 한동안 나를 빤히 쳐다보았다. 그의 대답이 걸작이었다.

"난 그 빌어먹을 기린이 내내 싫더라고. 아마도 직감이었을 거야."

34장

그날 밤 우리는 요하네스버그로 돌아갈 수 없었다. 포탄이 날아다니고 있었으며, 반란군이 외곽 지역을 점령해 길이 차단되고 말았다.

우리의 은신처는 요하네스버그에서 30여 킬로미터쯤 떨어진 초원 지대에 있는 한 농장이었다. 피로가 한꺼번에 몰려오는 듯했다. 지난 이틀 동안에 있었던 흥분과 불안으로 기진맥진해진 것이다.

나는 모든 일이 끝났다고 스스로 되뇌었지만 아무래도 실감이 나지 않았다. 해리와 나는 함께 있었고 우리는 다시 헤어지지 않을 것이다. 그런데 우리 사이에 약간의 벽이 느껴졌다. 무슨 일인지 그는 거북해하는 것 같았는데 그 이유를 짐작할 수가 없었다.

유스터스 경은 중무장한 호송병에 의해 반대편 지역으로 이송되었다. 떠나면서 그는 우리를 향해 경쾌하게 손을 흔들었다.

다음 날 아침 나는 베란다로 나가 멀리 초원을 가로질러 요하네스버그 쪽을 살펴보았다. 희미한 아침 햇살을 받은 대형 덤프트럭들이 작게 반짝거리고 있었다. 낮게 으르렁대는 대포 소리도 들려왔다. 혁명은 아직 끝나지 않았나 보다.

농부의 아내가 밖으로 나와 아침을 먹으라고 소리쳤다. 그녀는 상냥하고 푸근해서 어머니 같았다. 나는 벌써 그녀가 좋아졌다. 해리가 새벽에 나가 아직 돌아오지 않았다는 그녀의 말에 다시 불안감이 엄습해 왔다. 우리 사이에 존재하는 이 어둠의 정체는 과연 무엇일까?

아침 식사를 마친 뒤 베란다에 나가 앉았다. 손에는 책을 들고 있었지만 읽지 않았다. 생각에 골몰한 나머지 레이스 대령이 말을 탄 것도 말에서 내리는 것도 보지 못했다. 그가 다가와 "잘 잤어요, 앤." 이라고 인사할 때까지 그의 존재를 의식하지 못했던 것이다.

"어머, 대령님이셨군요."

나는 얼굴을 붉히며 말했다.

"앉아도 될까요?"

그는 내 옆으로 의자를 끌어당겼다. 마토보에서의 그날 이후 단둘이 있기는 처음이었다. 항상 그렇듯이 나는 그가 뿜어내는 이상한 매력과 두려움을 동시에 느꼈다.

"새로운 소식이라도 있나요?"

"스머츠 장군이 내일 요하네스버그에 도착하고 한 사흘만 지나면 이 폭동은 완전히 진압될 거요. 그동안 싸움은 계속되겠지만."

"무고한 사람들이 죽지 않았으면 좋겠네요. 그러니까 전쟁이 터진 곳에 살고 있는 불쌍한 사람들 말이에요. 죽어야 할 사람들은 싸움을 일으킨 장본인들이죠."

그는 고개를 끄덕이며 말했다.

"무슨 말인지 알아요, 앤. 그게 전쟁의 부당함이지요. 참, 앤을 위한 소식이 있소."

"뭔데요?"

"내가 무능하다는 걸 고백하는 일이기도 하고요. 페들러가 결국 도주했소."

"뭐라고요?"

"어떻게 도주했는지는 아무도 모르오. 밤새도록 확실하게 가둬 두었는데 말이오. 군대가 점령한 농장의 2층 방에 가뒀는데, 오늘 아침에 보니 방은 비어 있고 페들러는 사라지고 없었소."

나는 오히려 속으로 기분이 좋았다. 그날까지도 유스터스 경에 대한 은근한 애정을 떨쳐 버릴 수 없었기 때문이다. 물론 괘씸하긴 하지만 여전히 애정이 남아 있었다. 나는 그를 동경했다. 그는 철저한 악당이지만 그러면서도 기분 좋은 사람이었다. 그처럼 재미있는 사람을 일찍이 본 적이 없다.

물론 내 감정을 드러내지는 않았다. 레이스 대령의 감정은 나와는 아주 다를 것이다. 그는 유스터스 경을 법대로 처벌하고 싶어 했다. 하지만 유스터스 경이 도주했다는 것은 그다지 놀랄 일이 아니었다. 요하네스버그 곳곳에는 경이 심어 놓은 스파이와 요원이 셀 수 없을 정도로 많다. 레이스 대령이 어떤 생각을 하고 있든 나는 유스터스 경을 붙잡는 일이 쉽지 않을 거라고 생각했다. 그는 아마도 철저하게 은퇴 계획을 세워 두었을 것이다. 그런 말은 그 스스로도 수없이 하지 않았던가.

나는 마음이 내키진 않았지만 적당히 받아넘겼고 그러면서 그 얘기는 대충 마무리되었다. 그러자 레이스 대령이 느닷없이 해리의 안부를 물었다. 나는 그가 새벽에 나갔으며 오늘 아침까지 보지 못했다고 대답했다.

"법적인 절차는 차치하고 해리가 결백하다는 건 앤도 잘 알고 있을 거요. 물론 기술적인 문제가 남아 있긴 하지만 유스터스 경은 유죄가 확실합니다. 이제 당신이 망설여야 할 이유가 없소."

그는 내 시선을 피한 채 천천히 말했다.

"알겠어요."

"그리고 이제 해리도 실명을 쓰지 않을 이유가 없소."

"아, 물론이죠."

"그의 실명을 아시오?"

그 질문에 나는 당황했다.

"물론 알죠. 해리 루카스잖아요."

그는 대답하지 않았다. 그 침묵에서 평소와 다른 무언가가 느껴졌다.

"앤, 그날 마토보에서 차를 타고 호텔로 돌아오던 때를 기억하시오? 내가 뭘 해야 하는지 이제 알겠다고 한 말, 기억나시오?"

"예, 기억나요."

"이제 그 일을 한 것 같소. 앤이 사랑하는 사람은 이제 혐의를 벗게 된 것이오."

"그게 그 뜻이었나요?"

"물론이오."

나는 근거 없이 의심했던 것이 부끄러워 고개를 들지 못했다. 그가 다시 사려 깊은 목소리로 말했다.

"젊었을 때 어떤 아가씨를 사랑한 적이 있었는데 차였소. 그 후론 오직 일에만 매달렸지요. 내겐 일이 전부였소. 그러다가 당신을 만난 거요, 앤……. 그 모든 것이 한순간 아무 의미도 없는 것 같았소. 하지만 젊음은 젊음을 부르는 법……. 내겐 아직 일이 있소."

나는 잠자코 듣고만 있었다. 두 남자를 동시에 사랑할 수 없는 법이지만…… 그런 느낌을 알 수는 있을 것 같았다. 이 남자가 가진 힘은 정말 대단했다. 나는 그를 올려다보며 말했다.

"대령님은 크게 성공하실 거예요. 아주 훌륭한 미래가 당신을 기다리고 있을 거예요. 그리고 이 세상에서 정말 위대한 분이 되실 거예요."

마치 어떤 예언이라도 하고 있는 것 같았다.

"그러나 난 혼자잖소."

"그래서 위대한 일을 하는 사람들이 있지요."

"그렇게 생각하오?"

"예, 그렇게 생각해요."

그는 내 손을 잡고 나지막하게 말했다.

"다른 직업을 가졌다면 좋았을걸."

그때 해리가 집 모퉁이를 돌아 성큼성큼 다가왔다. 그 모습을 보고 레이스 대령이 자리에서 일어났다.

"잘 있었나, 루카스."

해리는 무슨 이유에선지 이 말에 얼굴을 붉혔다.

"이젠 진짜 이름을 밝힐 때가 되지 않았나."

하지만 해리는 여전히 레이스 대령을 응시하고 있었다.

"그럼 대령님은 알고 계신 거군요."

"나는 한번 본 얼굴을 절대 잊어버리지 않아. 어렸을 때 자네를 본 적이 있지."

"그게 다 무슨 소리예요?"

놀란 나는 두 사람을 번갈아 가며 쳐다보았다.

두 사람 사이에 의견 대립이 있는 것 같았다. 결국 레이스가 이겼다. 해리가 가볍게 시선을 피했던 것이다.

"대령님 말씀이 맞는 것 같군요. 앤에게 제 진짜 이름을 가르쳐 주시죠."

"앤, 이 친구는 해리 루카스가 아니오. 그는 전쟁에서 죽었소. 이 친구는 존 해럴드 이어즐리요."

35장

그 말과 함께 레이스 대령은 휙 돌아서서 내 시야에서 사라졌다.
나는 멍하니 선 채로 대령의 뒷모습을 바라보았다. 해리의 목소리
에 비로소 정신이 들었다.

"앤, 용서해 줘요. 날 용서한다고 말해 줘요."

그가 내 손을 잡자 나는 기계적으로 그의 손을 뿌리쳤다.

"왜 날 속인 거죠?"

"앤을 이해시킬 재간이 없었소. 그 모든 것이 두려웠어……. 부의
힘과 매력까지도. 나는 당신이 나 자신 그 자체를 사랑하길 원했소.
나라고 하는 남자를…… 외모와 겉치레가 아닌."

"그럼 날 믿지 못했다는 뜻인가요?"

"그렇게 생각하면 그럴 수도 있겠지만 그건 사실이 아니오. 난 혐
의를 받는 비참한 신세가 되었고 다른 저의가 있다는 오해를 받기

일쑤였지…… 그런데 당신이 날 사랑한다는 사실은 정말 경이로운 일이었소."

"그렇군요."

나는 그가 한 말을 다시 생각하고 있었다. 그리고 처음으로 내가 간과했던 차이점을 깨달았다. 돈의 확실성, 나디나의 다이아몬드를 살 수 있는 능력, 그가 객관적인 관점에서 두 남자에 대해 말하고 싶어 했던 입장을 깨달았다. 그리고 그가 '내 친구'라고 말했을 때 그 사람은 이어즐리가 아니라 루카스였던 것이다. 나디나를 그토록 깊이 사랑했던 과묵한 친구, 바로 루카스였던 것이다.

"어떻게 된 거죠?"

"우리 두 사람은 너무 무모했소. 그래서 죽게 되지 않을까 불안하기도 했고. 어느 날 밤 우린 서로의 인식표를 교환했는데…… 정말 다행이었지! 루카스는 다음 날 죽었어……. 산산조각이 나서."

나는 몸서리를 쳤다.

"그 얘기를 왜 진작 하지 않았죠? 오늘 아침에도요? 그때도 당신에 대한 내 사랑을 의심했나요?"

"앤, 난 이 모든 것을 망치고 싶지 않았소. 당신을 다시 섬으로 데려가고 싶소. 돈이 무슨 소용이 있겠소. 나는 돈으로 행복을 살 수 없을 거라 생각하오. 그리고 우린 섬에서 행복했소. 솔직히 다른 삶은 두려워……. 이미 한번 나를 타락시켰기 때문이오."

"유스터스 경은 당신이 누구인지 알고 있었나요?"

"오, 물론."

"그럼 카턴은요?"

"카턴은 몰랐던 것 같소. 그는 킴벌리에서 우리가 나디나와 같이 있는 것을 본 적이 있지만 누가 누군지 몰랐을 거요. 내가 루카스라고 했더니 그냥 그런 줄 알았고 나디나는 카턴이 보낸 전보를 받고 잘못 알고 있었던 거요. 그녀는 루카스를 두려워하지 않았어. 루카스는 조용한 놈이었지……. 속이 깊고. 하지만 나는 언제나 성격이 불같았어. 그녀는 내가 다시 살아오지 않을까 겁을 먹고 있을 거요."

"해리, 만약 레이스 대령이 내게 말해 주지 않았다면 어쩔 셈이었죠?"

"그냥 잠자코 있을 작정이었지. 그냥 루카스로 살 생각이었소."

"그럼 당신 가문의 재산은요?"

"그건 레이스에게 넘어갔어. 그가 나보다 더 잘 쓸 거야. 앤, 당신 생각은 어때? 그렇게 눈살만 찌푸리지 말고."

"생각 중이에요. 레이스 대령이 그냥 넘어갔다면, 그래서 당신이 아무 얘기도 하지 않았다면 더 좋았을 뻔했어요."

"아냐, 레이스가 옳아. 난 앤에게 진실을 밝혔어야 해."

그는 잠시 멈추었다가 문득 이렇게 말했다.

"앤, 나는 레이스에게 질투심을 느끼고 있소. 그도 당신을 사랑하니까…… 게다가 나보다 덩치도 크고."

나는 그를 돌아보며 깔깔대고 웃었다.

"해리, 멍청하긴. 내가 원하는 건 당신이에요……. 중요한 건 그것뿐이라고요."

우리는 가급적 빠른 시일 내에 케이프타운을 향해 출발했다. 거기서 수잰이 나를 기다리고 있었다. 우리는 함께 기린의 배를 갈랐다. 마침내 혁명이 진압되자 레이스 대령은 케이프타운으로 내려왔고 그의 제안에 따라 로렌스 이어즐리 경의 소유였던 뮤젠버그에 있는 저택의 문이 다시 열렸다. 그리고 우리 모두는 그곳을 거처로 삼았다.

그곳에서 우리는 계획을 짰다. 나는 수잰과 함께 영국으로 돌아가 런던에 있는 그녀의 집에서 결혼식을 올리기로 했다. 그리고 혼수품은 파리에서 가져오기로 했다. 수잰은 이 모든 일을 계획하면서 너무 즐거워했다. 나 역시 마찬가지였다. 그렇지만 미래는 불확실했다. 그리고 이따금 이유도 모른 채 질식할 것만 같았다. 마치 숨을 쉴 수 없는 것처럼 말이다.

항해를 떠나기 전날 밤이었다. 나는 잠을 이룰 수가 없었다. 괴로운 심정이었지만 그 이유를 알지 못했다. 아프리카를 떠나는 것이 정말 싫었다. 다시 돌아왔을 때 예전과 똑같은 아프리카로 남아 있을까? 지금과 똑같을까?

다음 순간 덧문을 톡톡 두드리는 소리에 소스라치게 놀라 벌떡 일어났다. 해리가 바깥 베란다에 나와 있었다.

"옷 입고 나와요, 앤. 할 얘기가 있어요."

나는 서둘러 겉옷을 걸치고 차가운 밤공기 속으로 걸어 나갔다. 대기는 고요하고 향긋했으며 벨벳처럼 부드러운 느낌이었다. 해리는 집에서 멀어지며 내게 따라오라고 손짓했다. 그의 얼굴은 창백하고 단호해 보였으며 눈동자는 이글이글 타오르고 있었다.

"앤, 여자들은 자기들이 좋아하는 사람을 위해 싫어하는 일도 기꺼이 한다고 했던 말, 기억나시오?"

"예."

기대감에 사로잡혀 재빨리 대답했다. 그러자 그는 나를 끌어안았다.

"앤, 나와 함께 갑시다……. 지금…… 오늘 밤에. 로디지아로 돌아갑시다……. 섬으로 돌아가자고. 이런 광대 짓은 더 이상 못 참겠소. 당신을 기다릴 수가 없소."

나는 그의 품에서 벗어나며 애석한 어조로 물었다.

"그럼 프랑스제 예복은요?"

그때까지도 해리는 내가 언제 진지한지 언제 놀리고 있는지를 구분하지 못했다.

"프랑스제 예복은 잊어버려요. 내가 당신에게 그런 예복을 입히고 싶어 할 것 같소? 오히려 찢어 버리고 싶을 거야. 당신을 보낼 수가 없소. 당신은 내 여자요. 지금 보내면 당신을 잃을지도 모르오. 난 늘 당신이 불안하오. 지금 당장 나와 같이 가……. 오늘 밤에…… 같이."

그는 나를 끌어안고 숨이 막힐 때까지 키스했다.

"이제 당신 없인 안 돼, 앤. 안 돼. 돈은 레이스에게 다 줘 버립시다. 그리고 어서 떠나자고."

"칫솔도 없이요?"

나는 난색을 표하며 물었다.

"하나 사면 되지. 내가 괴팍스럽다는 거 알고 있소. 하지만 어쩔 수가 없소. 어서 가자니까!"

그는 화가 난 사람처럼 성큼성큼 걸어갔다. 나는 폭포에서 봤던 원주민 여자처럼 순순히 그의 뒤를 따랐다. 다만 프라이팬을 머리에 이지 않은 것이 다른 점이었다.

걸음이 어찌나 빠른지 나는 그를 따라잡는 것이 힘에 부칠 정도였다.

"해리, 로디지아까지 걸어갈 건가요?"

나는 숨을 헐떡이며 간신히 물었다.

그는 갑자기 고개를 돌리더니 큰 소리로 웃음을 터뜨리며 나를 끌어안았다.

"내가 제정신이 아니었소. 나도 알고 있소. 하지만 당신을 그만큼 사랑하오."

"우리 둘 다 미쳤어요. 오, 해리, 당신이 묻지 않아서 말할 기회가 없었지만 실은 나도 너무너무 가고 싶었어요!"

36장

그것이 벌써 2년 전이다. 우리는 아직도 섬에 살고 있다. 내 앞에 있는 거친 나무 탁자 위에는 수잰이 보낸 편지가 놓여 있다.

순진한 아가씨, 사랑에 빠진 괴짜 아가씨에게

내겐 새삼스러운 일이 아니야. 전혀 아니야. 우리가 파리와 프랑스제 예복 얘기를 하는 동안 나는 그것이 현실이 아니라고 느꼈어. 그냥 앤이 미지의 땅으로 사라져 옛날 집시 스타일로 결혼할 것 같았어. 두 사람은 정말 괴짜 커플이야! 막대한 재산을 포기한다는 것은 어리석은 생각이야. 레이스 대령은 그 문제를 얘기하고 싶어 하지만 나는 시간에 맡기라고 했어. 그는 해리를 위해 재산을 관리할 거야. 그게 최선이야. 왜냐하면 어쨌든 신혼여행이 영원히 계속되진 않을 테니까.

자기가 여기 없으니 들고양이처럼 날 덮치지 않을 것 같아 마음 놓고 하는 얘기니까 잘 들어. 황야에서의 사랑은 오래 지속되겠지만 언젠가는 파크레인에 있는 집과 호화스러운 모피와 프랑스제 예복과 제일 큰 자동차와 제일 큰 유모차와 프랑스 하녀와 놀랜드의 유모를 원하게 될 거야. 그래, 원하게 될 거라고.

하지만 괴짜들이여, 일단 신혼여행은 재미있게 보내고 싫증이 날 때까지 실컷 즐기도록 해. 진수성찬 실컷 먹고 포동포동해지면서 가끔 내 생각도 해 줘!

사랑하는 친구
수잰 블레어

추신: 결혼 선물로 프라이팬과 푸아그라 파테 요리용 단지 하나씩 보내. 나를 잊지 말라고 보내는 거야.

내가 가끔 읽는 편지가 한 장 더 있다.

보고 싶은 앤 베딩펠드 양에게

앤 양에게 편지를 쓰지 않을 수가 없군요. 내가 쓰고 싶어서라기보다는 당신이 내 소식을 무척 궁금해할 것 같아서 말이오. 우리 친구 레이스는 본인이 생각하는 것만큼 그리 현명하진 않았소.

나는 앤 양을 내 저작권 유언 집행자로 임명할 생각이오. 그래서 내 일기를 동봉합니다. 레이스와 그 일당에게는 흥미로운 내용이 전혀 없지만 앤 양에겐 제법 재미있는 내용이 들어 있을 거요. 앤 양이 마음 내키는 대로 활용해도 좋소.《데일리 버짓》을 위한 기사 한 편을 추천하고 싶은데 다름 아닌 「내가 만나 본 범죄자들」이오. 다만 나를 중심인물로 다뤄 달라는 것이 조건이오.

이젠 앤 양은 더 이상 앤 베딩펠드가 아니라 파크레인의 여왕, 이어즐리 부인이 되어 있겠군요. 나는 앤 양에게 아무 원한도 없다는 것을 꼭 밝혀 두고 싶소. 물론 내 인생에서 모든 것을 다시 시작해야 한다는 것이 쉬운 일은 아니지만 만일의 사고에 대비해 약간의 예비 자금을 따로 마련해 두었소. 우리끼리 얘기지만. 그나저나 혹시 아서 밍크스를 만나게 되면 내가 아직 그 친구를 잊지 않고 있다고 전해 주시오. 아마 그 말을 들으면 꽤나 켕길 거요.

전반적으로 보면 내가 기독교적인 용서의 덕을 베풀었다고 생각하오. 심지어 파젯에게도 말이오. 그 친구의 부인이 얼마 전 여섯 번째 아들을 낳았다는 소식을 우연히 들었소. 머지않아 영국이 파젯의 아들들로 득실대지 않을까 걱정이 되는군. 그 친구에게 은 찻잔 하나를 선물로 보내면서 내가 기꺼이 대부가 되어 주겠다는 엽서도 같이 보냈소. 파젯이 경직된 표정으로 그 찻잔과 엽서를 들고 런던 경찰청을 찾아가는 모습이 눈에 선하군.

촉촉한 눈의 아가씨, 그대에게 신의 가호가 있기를. 언젠가 나와 결혼하지 않은 것을 후회할 날이 올 거요.

당신의 영원한 친구

유스터스 페들러

해리는 펄펄 뛰며 화를 냈다. 이것은 우리의 의견이 일치하지 않는 유일한 부분이다. 해리에게 유스터스 경은 나를 죽이려고 했으며 자신의 친구를 죽음으로 몰아넣은 장본인이었다. 유스터스 경이 내 목숨을 노린 것은 언제나 내겐 수수께끼였다. 말하자면 실감이 나지 않는다. 그가 내게 남다른 감정을 가지고 있다는 것을 확신하기 때문이다.

그렇다면 그는 어째서 두 번이나 내 목숨을 노렸던 것일까? 해리는 그가 불한당이기 때문이라고 하는데, 그렇게 말하면 또 그런 것 같다. 하지만 수잰의 생각은 조금 다르다. 우리 두 사람은 이 얘기를 여러 번 해 봤는데 그녀는 이것을 '두려움에 대한 강박 관념'이라고 말했다. 수잰은 정신분석학적으로 접근하고 있다. 그녀는 유스터스 경의 일생은 안전하고 편안해지려는 욕구로 점철되어 있다고 지적했다. 그는 자기 보존 욕구가 강한 사람이다. 나디나를 살해한 것은 결국 두려운 감정을 제거하기 위해서였다. 그의 행동을 보면 나에 대한 감정을 표현하고 있다고 할 수 없지만 결국은 자신의 안전에 대한 두려움에서 비롯된 결과라고 생각된다. 나는 수잰의 말이 옳다고 생각한다. 나디나는 죽어 마땅한 여자였다. 남자들은 부자가 되기 위해 온갖 수상쩍은 일을 하지만, 여자들은 불순한 동기가 있을 때 일부러 사랑에 빠진 체한다.

나는 유스터스 경을 쉽게 용서할 수 있지만 나디나는 결코 용서
할 수 없을 것이다. 절대로, 절대로!

어느 날 오래된《데일리 버짓》신문지에 싸여 있는 통조림을 풀
다가 문득 신문 기사 한 줄이 눈에 들어왔다.「갈색 양복의 사나이」
라는 기사였다. 얼마나 오래된 일처럼 느껴졌는지 모른다. 물론《데
일리 버짓》과는 아주 오래전에 인연이 끊겼다. 내가 먼저 인연을 끊
었다. 낭만적인 내 결혼식 광고를 통해 말이다.

내 아들은 지금 다리를 흔들며 햇살 아래 누워 있다. '갈색 양복의
사나이'도 있다. 그는 최소한의 옷만 걸치고 있다. 그것이 아프리카
에선 최고의 의상이다. 햇볕에 그을려 가무잡잡한 피부 말이다. 그
는 언제나 굴을 판다. 아무래도 아버지를 닮은 것 같다. 그럼 아버지
처럼 홍적세기 흙에 집착하고 있는 건가?

아들이 태어났을 때 수잰이 전보를 보냈다.

'괴짜들의 섬에 새 사람이 도착한 거 축하해. 근데 녀석은 장두야
단두야?'

나는 도저히 가만히 있을 수가 없었다. 그녀에게 즉시 답장을 보
냈다. 지극히 경제적으로 요점만 써서 말이다.

'편평두개(扁平頭蓋).'

〈끝〉

옮긴이 | 유혜경

한국외국어대학교 통역번역대학원 한서과 석사 학위를 받고 동 대학원 번역학 박사를 수료하였다. 현재 대구 가톨릭 대학교 국제실무학부 겸임교수로 재직 중이며 주요 역서로 『너만의 명작을 그려라』, 『튤립 피버』, 『쉐클턴의 항해 모험』, 『침대 밑 악어』, 『개를 살까 결혼을 할까』, 『지문』, 『사랑의 수첩』, 『여자의 영혼은 뇌에서 길들여진다』 등 다수가 있다.

애거서 크리스티 전집

갈색 양복의 사나이

3판 1쇄 찍음 2022년 6월 20일
3판 1쇄 펴냄 2022년 6월 27일

지은이 | 애거서 크리스티
옮긴이 | 유혜경
발행인 | 박근섭
편집인 | 김준혁
펴낸곳 | 황금가지

출판등록 | 2009. 10. 8 (제2009-000273호)
주소 | 06027 서울 강남구 도산대로 1길 61 강남출판문화센터 5층
전화 | 영업부 515-2000 편집부 3446-8774 팩시밀리 515-2007
홈페이지 | www.goldenbough.co.kr

도서 파본 등의 이유로 반송이 필요할 경우에는 구매처에서 교환하시고
출판사 교환이 필요할 경우에는 아래 주소로 반송 사유를 적어 도서와 함께 보내주세요.
06027 서울 강남구 도산대로 1길 62 강남출판문화센터 6층 민음인 마케팅부

㈜민음인은 민음사 출판 그룹의 자회사입니다.
황금가지는 ㈜민음인의 픽션 전문 출간 브랜드입니다.